君不见驯犬熬鹰，鲜衣怒马凉州走。

君不见纵横捭阖，算尽机关吐绣口。

虎踞龙盘是北凉，徐字王旗震四方。

脂虎渭熊凤天狼，宇寰龙象力金刚。

骑牛洗象候江南，上阴纵横十九方。

龙虎山上天师府，玄帧座下啸黑虎。

自言无赖人纨绔，绿蚁素手温红炉。

玄机花魁舞剑器，胭脂探花吃胭脂。

帝崩青楼动歌舞，劣马黄酒六千里。

三年风尘十六州，狐脸南宫入庭阁。

背匣老黄出剑三，带刀老魁破水来。

风紧扯乎饮黄酒，瘦马老仆奔东海。

武帝城头六千里，一剑立道天下知。

大凉龙雀美人鼓，剑冢吴素护人屠。

独人独剑行宫路，白衣白衫已成狐。

慈母老仆相加恨，誓雪徐骁未雪仇！

绣冬春雷厉疾骤，玄武当兴五百年。

重楼两指断大江，黄庭散尽身空转。

雪中悍刀行

XUEZHONG
HANDAOXING

6 扶摇上青天

烽火戏诸侯 著

江苏文艺出版社
JIANGSU LITERATURE AND ART
PUBLISHING HOUSE

**图书在版编目（CIP）数据**

雪中悍刀行. 6，扶摇上青天 / 烽火戏诸侯著. —
南京：江苏文艺出版社，2014.1

ISBN 978-7-5399-6935-0

Ⅰ.①雪… Ⅱ.①烽… Ⅲ.①长篇小说－中国－当代
Ⅳ.①I247.5

中国版本图书馆CIP数据核字（2014）第002319号

| | | |
|---|---|---|
| **书 名** | 雪中悍刀行6扶摇上青天 | |
| **作 者** | 烽火戏诸侯 | |
| **出 版 统 筹** | 黄小初　侯 开 | |
| **选 题 策 划** | 李文峰　风染白　梁 朕 | |
| **责 任 编 辑** | 姚 丽 | |
| **文 字 编 辑** | 风染白 | |
| **责 任 监 制** | 刘 巍　江伟明 | |
| **出 版 发 行** | 凤凰出版传媒股份有限公司 | |
| | 江苏文艺出版社 | |
| **出版社地址** | 南京市中央路165号，邮编：210009 | |
| **出版社网址** | http://www.jswenyi.com | |
| **经 销** | 凤凰出版传媒股份有限公司 | |
| **印 刷** | 北京润田金辉印刷有限公司 | |
| **开 本** | 700×980毫米　1/16 | |
| **字 数** | 250千字 | |
| **印 张** | 18.5 | |
| **版 次** | 2014年1月第1版，2019年4月第6次印刷 | |
| **标 准 书 号** | ISBN 978-7-5399-6935-0 | |
| **定 价** | 28.00元 | |

**影视版权抢订热线**　13911704013

江苏文艺版图书凡印刷、装订错误可随时向承印厂调换

# 第一章

## 温柔乡好梦好眠，敦煌城春光旖旎

徐凤年嗯了一声，低声道：「希望世间多一个苦心人天不负。」

男人赢了江山，赢了美人，不过任你豪气万丈，多半还是要在床榻上输给女子的。

任劳任怨的徐凤年总算没死在女子肚皮上，主要是红薯没舍得，临了她娇笑着说要放长线钓鱼，慢慢下嘴入腹。不过徐凤年精疲力竭，躺在小榻上气喘如牛，没力气去反驳。

尽情尽欢云雨过后，红薯依偎在徐凤年怀里，一起望向窗外如同一只大玉盘的当空明月。以前梧桐苑里的丫鬟们一起陪同世子殿下中秋赏月，都是绿蚁黄瓜这些争风吃醋喜欢摆在脸上的二等丫鬟，猜拳赢了就去他怀里，红薯只会柔柔笑笑坐在不远不近的地方，伺候着那个有一双漂亮眼眸的年轻主子。她们喜欢他的多情，喜欢叽叽喳喳聚头说些他在外头如何拈花惹草了，然后个个气呼呼幽怨，想不明白怎就舍近求远，去青楼勾栏里头临幸庸脂俗粉，唯独红薯钟情他的凉薄无情。

她贴在徐凤年心口听着心跳，手指摩挲着他的腰身，不觉又起兴致，顿时身子酥软如玉泥，满眼春情，望向公子。

徐凤年缴械投降道："女侠饶命。"

红薯瞥了眼徐凤年的腰下，俏皮地伸手一弹，笑道："奴婢在六嶷山上初见公子，还有些纳闷为何明明练刀却去背剑，现在知道了，公子剑好，剑术更好。"

徐凤年无奈道："别耍流氓了。"

红薯轻声道："远在数千里以外，谁都不认识我们，真好。"

徐凤年才坐起身，熟稔公子脾气的红薯披了件绸缎子外裳，下榻去拿过底衫，回榻后半跪着帮他穿好，戴好紫金冠，再伺候穿上那件紫金蟒衣，然后用两根手指捻着紫金冠的丝带，站在他身前，眯眼笑道："公子，真的不做皇帝吗？"

徐凤年摇头道："要是做皇帝，尤其是勤政的君王，别的不说，就说咱们耕作的时候，就会有太监在外头拿着纸笔记录，若是时间长了，还会用宦官独有的尖锐鸭嗓子提醒皇帝陛下珍重龙体。不是很扫兴？不过要是做爱美人不爱江山的昏君，一旦亡国，你瞧瞧那件龙袍的旧主人，不说嫔妃，连皇后公主都一并成了广陵王那头肥猪的胯下玩物。西楚的皇帝皇后，也就是运气好，碰上了徐骁，换成顾剑棠燕刺王这几位，你看看是怎样的凄凉场景。"

红薯叹息一声。

徐凤年平静问道："听师父李义山说仍有'皇帝宝座轮流坐，明天到我北凉军'的'余孽'，还说这些人既是忠心耿耿又是冥顽不化，以后可以成为我对付陈芝豹的中坚力量，那你算不算一个？"

红薯抬起头，与他直视，眼神清澈，摇头道："奴婢没有投了哪家阵营派系，只听公子的。"

徐凤年自嘲道："才欢好过，说这个是不是很煞风景，有拔卵不认人的嫌疑？"

红薯笑脸醉人，使劲摇头，"奴婢最喜欢公子的这股子阴冷，就像是大夏天喝了一碗冰镇梅子汤，透心凉，舒爽极了。"

徐凤年伸了个懒腰，"你已经病入膏肓，没得治。要不出去走走？会不会牵一发而动全身，给你惹来麻烦？"

红薯一边穿上寻常时候的装束，一边笑语答复道："无妨的，姑姑治理敦煌城，以外松内紧著称于橘子州和锦西州，就像那夜禁令一下，被更夫发现，禀告给巡骑，后者可以不问事由击杀当场。听姑姑说当初禁令推出时，效果不好，她也不急，后来有一名临近金刚境的魔头游历至敦煌城，半夜违禁行走，姑姑得到消息，非但没有息事宁人，而是一口气出动了巨仙宫外的全部侍卫，大概是五百骑，那一场街道截杀，血流成河，魔头事后被悬首城头，打那以后，敦煌城的夜禁就轻松百倍。"

徐凤年和她走出庆旒斋，一个玉带紫蟒衣，一个锦衣大袖，十分登对。凉风习习，这一双身份吊诡的公子丫鬟在月下惬意散步，走到隔开内廷外廷的两堵红墙中间，徐凤年一只手抹在墙壁上，突然问道："五百骑截杀高手，你给说说是怎么个杀法。"

红薯回忆了一下，慢悠悠说道："一般说来，北莽成名的魔头都喜欢落单行走，也不会主动和朝廷势力闹翻，大抵可以井水不犯河水；加上北莽律令相对宽松，也就少有这类硬碰硬的事情。那名魔头之所以抵死相击，可不是他骨头硬，而是姑姑亲自压阵，带了几名武道高手，不许他逃窜溜走。敦煌城有七八万人，守城士卒都称作金吾卫骑，都是轻骑兵，短刀轻弩，夜战巷战都不含糊，一半在巨仙宫外，一半在城外。其中有四五十人都是江湖

草莽出身，身手不错，在外边犯了事，走投无路，才投靠敦煌城，姑姑也以礼相待，有功者，甚至将一些大龄宫女赏赐给他们。那场大街战事，大致说来，就是两侧屋顶上蹲有百余弩手，不是不能多安排一些弩手，只不过受限于射程，一百人已经足够，其余四百骑兵屯扎街道两端，三骑并列，一轮冲杀，东西两头各出二十骑，分别由一名武力不俗的校尉带头，战死殆尽以后，屋顶箭矢就会一拨拨激射投下，不给魔头喘息机会，当下一批骑士冲至，就停弩不动，恢复臂力。这里头有一点很关键，除去巨仙宫五百金吾卫骑兵，还有三十几人的黄金甲士，专门针对敦煌城内犯禁的武林人士，这些人不擅长骑兵作战，就被姑姑偷偷分散藏入冲锋队伍，每次两人三人，伺机偷袭刺杀，屋顶上也安插有一批，他们准许败退，身份和职责形同刺客。如此一来，第六次骑兵冲杀中，魔头就力竭而亡，被马蹄踩踏成一摊烂泥。”

徐凤年点头说道："这很像咱们北凉军当年对阵一剑守国门的西蜀剑皇，都是铁骑和死士双管齐下明暗交替，加上那名皇叔也心存必死之心，这才有了那让整个江湖寒心的一幕。上次沈门草堂，说到底还是少了一个一品高手坐镇，而且配合不够娴熟，那批弓弩手数量过少，造成不了实质性伤害，否则我绝不可能那么轻松下山。我很好奇两百年前吴家九剑是如何破得北莽万骑，敦煌城这边有没有文献秘录？"

红薯笑道："姑姑是个武痴，除了珍藏兵器，还有一些冷僻秘笈，再就是喜好点评天下武夫，都写在纸上。奴婢对这些都不怎么感兴趣，回头去给公子翻出来。"

徐凤年玩笑道："你放心，我一时半会不离开敦煌城，想看看一座城池是如何运作的，所以在这件事上不必藏藏掖掖。"

红薯搂着徐凤年的胳膊，胸前那一团物事真可谓是分量惊人，压迫得徐凤年又有些心神荡漾，只听她娇笑道："奴婢哪敢糊弄公子。"

徐凤年感慨道："这里真像是皇宫大内。不知道天底下最大的那一座，是怎样的景象，早知道当初碰上三入皇城的曹长卿，多问几句。"

红薯笑道："这里倒是也有宫女宦官，不过不多，就几百人，不好跟太安城皇宫去比。太安城出了一位人猫韩貂寺，跟曹长卿死磕了三次，实在是阉人里的奇葩。奴婢这巨仙宫，大小老幼宦官都没出息，倒是宫女个个姿容上品。姑姑以前跟五大宗门里第四的公主坟一位密妃宗主以姐妹互称，这个门派是北莽第一大的大魔教，女子居多，极为擅长蛊惑男子，采阳补阴，调教出的女子更是绝品。巨仙宫的敦煌飞仙舞，就脱胎于公主坟的一门绝学，公子要不要看？只听说有无数男子瞧见了后丧心病狂的，没听过有谁还能老僧入定做菩萨的，因此又有长生舞一说，意思是谁能不动如山，就算是证道长生了。可惜敦煌飞仙舞比较公主坟的长生舞，只得了三四分精髓。"

徐凤年直截了当说道："不看白不看。就算没法子长生得道，看了养眼也好。"

红薯巧笑倩兮，眼底秋波里没有半分幽怨冷清，这便是她的乖巧智慧了。

徐凤年搂住她腰肢，跃上高墙，一路长掠，挑了一座敦煌城中轴线上的雄伟宫殿屋顶躺下，身边就是屋檐翘角，松手后望向头顶那轮明月。徐凤年指了指，轻声道："小时候问别人月亮上到底有没有住着仙人，身边人都问了一遍，答案各异。我娘亲说有的，只要飞升，就可以住在天上。徐骁不正经，也说有，还说天上下雨就是天人撒尿，打雷是放屁，冰雹是拉屎，那会儿害得我每逢下雨，就不敢出门。二姐跟师父李义山一般，不信鬼神之说，都说没有。大姐喜欢与二姐顶牛，偏偏说有，一次中秋，就跟二姐赌气，抱着我说以后她死了，肯定就要和娘亲一起在月亮上看着我，还故意对二姐说你不是不信飞升吗，你死了就再见不着两个弟弟了，把二姐气得差点动手打人。说实话我也不懂两个姐姐为什么总是吵架，那时候不懂事，还喜欢煽风点火，乐得见她们瞪眼睛鼓腮帮。你也知道我二姐多骄傲的一个人，也就只能在这种鸡毛蒜皮的家事上让她恼火了，什么军事国事天下事，她都跟下棋计算一样，因为漠不关心，才可以心算无敌。记得每次打雪仗，跟她做一伙儿，那叫一个隆重，都被她折腾得跟行军打仗一样，总是大胜而归，她也不腻歪。有一次我偷偷往她后领口塞进一个小雪球，她追着我打了半座王府，徐骁没义气，就在那儿傻乐，我被二姐不痛不痒拾掇了一顿后，就撺掇着徐骁追杀了半座王府，解气啊。现在想想看，天底下有几个徐骁这样憋屈当老爹的？没有了吧？有我这么个不争气儿子，不气死都算好的了。及冠以后，我也不想做什么皇图霸业，就是只想着做好两件事：习武，亲手给娘亲报仇；掌兵，给徐骁一个肩膀轻松点的晚年。"

红薯握着徐凤年微凉的手，没有劝慰什么。

看到她斜靠院门等候着自己归来，徐凤年有些失神。

红薯柔声道："公子，奴婢已经照着你的口味，做好了一份清粥、几碟小菜。"

徐凤年点了一下她的额头，"你就不知道一些养生之道？不会偷个懒？"

红薯笑道："那是小姐千金们的日子，奴婢可羡慕不来，而且也不喜欢。吹个风就要受寒，晒个日头就得中暑，读几句宫闱诗就哭哭啼啼，可不是咱们北凉女子的脾气。"

徐凤年吃过了早餐。当今世道一般是富人三餐，穷人两餐，至于有资格去养宫女阉人的，就已经不是一般意义上的富贵人家了。如此说来，都能穿上龙袍扮演女皇帝的红薯实在是比千金小姐还要富贵万分，她一手执掌了敦煌城七八万人的生死大权，结果到了他这里，还是素手调羹的丫鬟命，徐凤年实在找不出不知足的地方。

来到如同置身北凉王府梧桐院的书房，紫檀大案上摆满了红薯搬来的档案秘笈和她姑姑的亲笔手书，徐凤年瞅见有一幅黄铜轴子的画轴，瞥了一眼站在身畔卷袖研墨的红薯，见她嘴角翘起，不由打开一看，不出所料，是一幅明显出自宫廷画师之手的肖像画。画中之人戴着一顶璀璨凤冠，母仪天下的架势十足。徐凤年的视线在画上和红薯之间来来回回几次，啧啧道："还真是像，形似七分半，神似六分。"

见到红薯视线炙热，徐凤年面无表情地摆手道："休息两天再说。"

她撇头一笑。

徐凤年一巴掌拍在她臀部上，笑道："德行！到了梧桐院以外，就野得不行。等公子我养精蓄锐一番，下次一定要让你求饶。"

徐凤年没有去碰那些武林中人梦寐以求的秘笈——自家听潮阁还少了？那些根骨天赋不差的武人，是忧心巧妇难为无米之炊，既无名师领路登堂，师父领进门后，又无秘笈帮着入室，的确是举步维艰，英雄气短，难成气候。但是乱花迷人眼，一样遗祸绵长。这两样东西，对于门阀子弟而言也不算少见，但其中成就大气候的，却也为数不多：一方面是他们毅力不够，吃不住逆水行舟的苦头，但很大程度上则是有太多条路子通往高层境界，以至于不知如何下手；或者是误入歧途，样样武艺都学，本本秘笈都看，反而难成宗师。对于近水楼台的徐凤年来说，自知贪多嚼不烂，故而一直只拣选裨益于刀法的秘笈去咀嚼，如今有了王仙芝的刀谱，就更加心无旁骛。徐凤年这般拼命，实在是觉得再不玩命习武，对得起一起吊儿郎当偷鸡摸狗如今还是挎木剑的那家伙吗？下次见面，一旦被知晓了身份，还不得被温华拿木剑削死。

放下画轴，徐凤年翻阅起红薯姑姑的笔札，触目千篇一律的蝇头小楷，显而易见，是狸毛为心覆以秋兔毫的笔锋，所谓字由心生，其实不太准，毕竟写字好的人数不胜数，但加上用笔何种，尤其是钻牛角尖只用一种的那类人，大体上可以猜个八九不离十。这名女子不愧是跟当今北莽女帝争宠争皇后的猛人，她写的虽是笔画严谨的端庄小楷，极其讲究规矩格调，但就单个字而言，下笔却字字恨不得入木三分，徐凤年有些理解她如何教出了红薯这么一位女子了。慢悠悠浏览过去，所记大多是一些上一辈北莽江湖的枭雄魔头成名事迹，仅作书读，许多精彩处就足以令人拍案叫绝。红薯善解人意地拎了一壶北凉运来的绿蚁酒。徐凤年终于看到吴家剑冢九剑那一战，红薯姑姑也是道听途说，不过比起寻常人的天花乱坠，这位敦煌城"二王"的文字就要可信太多，她本身就是武道顶尖高手，笔下寥寥数百字，让后来者的徐凤年触目惊心。

徐凤年反复看了几遍后，意犹未尽，唏嘘道："原来如此。"

吴家剑冢两百年前那两代人，号称剑冢最为惊才绝艳、英才辈出的时分，九位剑道宗师，一位高居天象境，两位达到指玄高度，一名金刚境，加上剩余五名小宗师，可想而知，只要再给吴家一代人时间，哪怕算上老死一两人，一样有可能做到前无古人后无来者的一门五一品！徐凤年对于吴家九剑赴北莽，只是听一名守阁奴说当时北莽有自称陆地剑仙的剑士横空出世，扬言中原无剑。不过对于这个说法，徐凤年并不当真，吴家虽然一直眼高于顶，始终小觑天下剑士，但再意气用事，也不至于倾巢而出去北莽；他曾在游历途中询问过李淳罡，羊皮裘老头只是神神叨叨说了一句西剑东引，就不再解释。

凭借红薯姑姑所写内容，徐凤年了解到一个大概，九剑对万骑，不是各自为战，而是交由最强一人——那位天象境剑冠做阵眼，八人轮流做剑主剑侍，终成一座惊世骇俗的御剑大阵。可以想象那密密麻麻万骑，死死包围情，才带了这个苦命孩子入宫做了小太监。不曾想他私白不净，在床上躺了三个月后才痊愈，就又被拎去慎刑房给净身一次，孩子差点没能熬过那个冬天，幸好老宦官有些余钱，都花在了这个孩子的生养上，这才保住了性命。孩子懂得感恩，毫无悬念地拜了老宦官做师父，这便是冬寿的由来。不过老宦官无权无势不结党，自己本就在紫金宫御景苑打杂，冬寿自然无法去紫金宫捞取油水活计，不过好在宫中开销不大，每月俸钱都还能送出一些宫外给家人，这期间自然要被转手宦官克扣掉一些。小太监冬寿也知足，不会有啥怨言，听说家里还是卖了一个妹妹，但是接下来他的俸钱就足够养活一家子。冬寿只是有些愧疚，想着以后出息了，熬五六年去做个小头目，再攒钱把妹妹赎回来。

掖庭宫年长一些的小太监都喜欢合着伙拿他逗乐。宫中规矩森严，宦官本就不多，除了兢兢业业埋头做事，也无乐趣可言，聚众赌博私自碎嘴之类，一经发现就要被杖杀，况且掖庭宫人烟稀少，跟后娘养的似的，格外死气沉沉，性情顽劣的小宦官就时不时把无依无靠的冬寿当乐子耍，也不敢正大光明，一般都是像今天这样喊到御景苑背静处，剥了他裤子，一顿乱踩，也不敢往死踩踏，闹出人命可是要赔命的。

五六个小宦官嬉笑着离去。冬寿默默穿上裤子，拍去尘土，靠着假山疼痛喘息。他身后假山叫堆春山，师父说是由东越王朝那边春神湖找来的石块堆砌而成，山上种植有四季长春的名贵树木，于是就叫堆春山了。脚下石板小径是各色鹅卵石镶嵌铺成的"福、禄、寿"三字，他现在也就只认识那三个字，估计这辈子也就差不多是这样，最多加上个名字里的"冬"字，他本想请教师父那个自己姓氏的"童"字如何书写，老宦官冷冷说了一句，进了宫就别记住这些没用的东西，那以后冬寿就死了心，开始彻底把自己当作宫里人。

冬寿走了几步，吃不住疼，又弯腰休息了会儿，想着还要偷偷替师父去给一片花木裁剪浇水，就忍着刺痛挪步，猛然停下脚步，看到眼前堆春山口子上站着个穿紫衣的俊逸人物，人长得可比金吾卫骑还要精神，至于那件袍子，更是从未见过无法想象的好看贵气，冬寿赶紧下跪请安。

徐凤年看着这名小宦官，这是他第二次遇见冬寿。第一次他当时坐在一棵树上赏景，看到少年在园子里鬼鬼祟祟去了堆春山顶，望向宫外，偷偷流泪。

徐凤年平淡道："别跪了，我不是宫里人。"

小宦官愣了一下，脸色苍白，赶忙起身抓住这人袖口，紧张道："你赶紧走啊，被抓住是要被杀头的！"

徐凤年笑着反问道："你怎么不喊人抓我？"

冬寿似乎自己也蒙了，犹豫了一下后还是摇头，意识到自己一只手可能脏了这人的袖子，连忙缩回手，仍是神情慌张，压低声音央求道："你快逃啊，被发现就来不及了，真会被砍头的！"

徐凤年说道："放心，我是来御景苑的石匠，负责修葺堆春山。就是身后这座假山。"

冬寿盯着他瞧了一会儿，见他不像说谎，顿时如释重负。

徐凤年问道："怎么被打了？"

冬寿又紧张起来，有些本能地结巴道："没，没，和朋友闹着玩。"

徐凤年讥讽道："朋友？小小宦官，也谈朋友？"

冬寿涨红了脸，转而变白，不知所措。

徐凤年微微摇头，问道："你叫冬寿？宫里前辈宦官给你取的破烂名字吧，不过我估计你师父也是混吃等死的货色。"

冬寿破天荒恼火起来，还是结巴："不许你……你……这么说我师父！"

徐凤年斜眼道："就说了，你能如何？打我？我是请进宫内做事的石匠，你惹得起？信不信连你师父一起轰出宫外，一起饿死？到时候你别叫冬寿，叫'夏死'算了。"

冬寿一下子哭出声，扑通一声跪下，不再结巴了，使劲磕头道："是冬寿不懂事，冲撞了石匠大人，你打我，别连累我师父……"

小宦官很快在鹅卵石地板上磕出了鲜血，恰巧磕在那个"寿"字上。

徐凤年眼角余光看到红薯走来，摆摆手示意她不要走近，慢悠悠说道："起来吧，我是做事来了，不跟你一般见识。"

小宦官仍是不敢起身，继续磕头："石匠大人有大量，打我一顿出气才好，出够了气，小的才敢起身。"

徐凤年怒道："起来！"

别说小宦官，就连远处的红薯都吓了一跳。

冬寿怯生生站起身，不敢去擦拭血水，任其流淌下眉间，再顺着脸颊

滑落。

徐凤年伸手拿袖口去擦，小宦官往后一退，见他皱了一下眉头，便不敢再躲，生怕前功尽弃，又惹怒了这位"石匠大人"。

擦过了血污，一大一小，一时间相对无言。

徐凤年尽量和颜悦色道："你忙你的去。"

小宦官战战兢兢离去，走远了，悄悄一回头，结果就又看到身穿紫衣的"石匠大人"，徐凤年笑道："我走走看看，你别管我。"

接下来冬寿去修剪那些比他这条命要值钱很多的一株株花草，当他无意间看到"石匠大人"摘了一枝花，就忍着心中畏惧哭着说这是砍头的大罪，然后"大人"说他是石匠，不打紧。于是接下来冬寿干了一个时辰的活，就哭了不下六次。所幸御景苑占地宽广，也没谁留意这块花圃的情形。冬寿感觉自己的胆子都吓破了，上下牙齿打战不止，偏偏没勇气喊人来把这个紫衣大人物带走，虽然"石匠大人"嘴上说得轻巧，可他觉得这样犯事，被逮住肯定是要被带去斩首示众的，这两年，每次见着从树上鸟巢里跌落的濒死雏鸟，他就都要伤心很长时间，哪里忍心害死一个活生生的人。

然后冬寿被眼中一幕给五雷轰顶，那名"石匠大人"走到远处一名看不清面容的锦衣女子身前，有说有笑。

私通宫中女官，更是死罪一桩啊！

冬寿闭上眼睛念念叨叨："我什么都没有看见，什么都没有……"

徐凤年走回小宦官身前，笑道："你入宫前姓什么？"

冬寿欲言又止。

徐凤年安静等待。

冬寿低头轻声道："童贯，一贯钱的贯。"

徐凤年点头微笑道："名字很不错。"

冬寿迅速抬头，神采奕奕，问道："真的吗？"

徐凤年一本正经道："真的，离阳那边有个被灭了的南唐，曾经有个大太监就叫童贯，很有来头，做成了媪相。"

冬寿一脸迷惑。

徐凤年坐在临湖草地上，身后是姹紫嫣红，解释道："寻常男子做到首辅宰相后，叫公相，其实一般没这个多此一举的说法，耐不住那个跟你同名同姓的童贯太厉害，以宦官之身有了不输给宰相的权柄，才有了'媪相'和相对的'公相'。"

少年咧嘴偷偷笑了笑，很自豪。

徐凤年换个话题，问道："知道堆春山是敦煌城主在九九重阳节登高的地方吗？"

小宦官茫然道："没听师父说过。"

徐凤年笑道："以后想家了，就去那里看着宫外。"

小宦官红了脸。

徐凤年问道："如果有一天你当上了大太监，会做什么？"

冬寿腼腆道："给宫外爹娘和妹妹寄很多钱。"

"还有呢？"

"孝敬师父呗。"

"没了？"

"没了吧。"

"说实话。"

"杀了那些笑话我师父的宦官！"

"欺负你的那几个？"

"一起杀了，剥皮抽筋才好。"

不知不觉吐露了心事，记起师父的教诲，小宦官骤然惊骇悔恨，再不敢多说一个字。

徐凤年望向湖面，轻描淡写道："别怕，这才是男人该说该做的。我没空跟你一个小宦官过意不去。"

冬寿低头道："我是男人吗？"

徐凤年笑道："你自己知道就行。"

云淡风轻。

红薯始终没有打搅他们。

接下来几天徐凤年除了阅览笔札和类似史官记载的敦煌城事项，得空就去御景苑透气，和小宦官聊天，一来二去，冬寿也不再拘谨怯弱，多了几分活泼生气，两人闲聊也没有什么边际。

"女子的脾气好坏，跟胸前那团物事的大小直接挂钩。不信你想想看身边宫女姐姐们的情景，是不是这个道理？"

"咦，好像真的是！"

"那你觉得哪个宫女姐姐那里最为沉甸甸的？"

"那当然是女官绮雪姐姐，脸蛋可漂亮了，那些值卫的金吾骑每次眼睛都看直了，嘿，我也差不多，不过也就是想想。嗯，还有澄瑞殿当差的诗玉姐姐，可能还要大一些，就是长得不如绮雪那般好看。"

"那你是喜欢大的？"

"没呢，我觉得吧，太大其实不好，还是小一些好，长得那么沉，都要把衣裳给撑破了，我都替她们觉得累得慌。还是脸蛋最紧要了。"

"你还小，不懂。"

"石匠大人你懂，给说说？"

"你一个小宦官知道这个做什么。"

"唉。"

"很愁？"

"有吃有喝，愁啥，男女之间的事情，才不去想，其实我知道宫里有对食的大宦官和宫女姐姐，都挺可怜的。"

"有你可怜？"

"唉。"

"冬寿，你就知道'唉'。"

"嘿嘿，没学问哪，不知道说啥，没法子的事情。"

最后一次碰头很短暂，是一个黄昏，徐凤年说道："事情办完了，得出宫。"

小宦官不想哭但没忍住，很快哭得稀里哗啦。然后说让他等会儿，跑得匆忙，回来时，递给徐凤年一只钱袋子，求他送给宫外家人。

徐凤年问道："不怕我贪了去？"

小宦官摇头道："知道石匠大人不是这样的人！"

徐凤年丢回钱袋，砸在他脸上，骂道："你知道个屁！万一被私吞了或者被我不小心忘了，你一家子挨饿熬得过一个月？"

冬寿捡起那只钱囊，委屈而茫然，又开始哽咽。

徐凤年摸了摸他的脑袋，轻声道："以后别轻易信谁，不过认准了一件

16

事，是要钻牛角尖去做好。钱袋给我，保证帮你送到。"

冬寿擦了擦泪水，送出钱袋子，笑得无比开心。

徐凤年转身就走，想了想转身，吩咐道："去折根花枝过来。"

小宦官天人交战，最终还是壮起胆去折了一枝过来，徐凤年蹲在地上拿枝丫在地上写了两个字，抬起头。

冬寿激动颤声，小心翼翼问道："童贯？"

徐凤年起身后，捏断花枝一节一节，一捧尽数都丢入湖中，使劲揉了揉小宦官脑袋。

少年哭哭笑笑。

徐凤年径直走远，到了拐角处，看到亭亭玉立的红薯。

红薯轻声问道："给小家伙安排个安稳的清水衙门，还是丢到油锅里炸上一番？"

徐凤年摇头道："不急，再等两年，如果性子没变坏，就找人教他识字，然后送去藏经阁，秘笈任他翻阅。你也别太用心，拔苗助长，反殃其身，接下来只看他自己造化。"

红薯点了点头。

湖边，小宦官捡起一些临湖的枝丫，塞进袖子，准备丢进堆春山那些深不见底的狭小洞坑里。回到"童贯"两个字边上，他蹲着看了一遍又一遍，记在脑中，准备擦去时，仍是不舍得，想了想，拿出一截带刺的花枝，在手心深深刺下细小两字。

他蹲在那里发呆，许久才回神说道："早知道再恳求恩人教我'冬'字如何写了。"

小宦官一巴掌狠狠拍在自己脸上，"别不知足！"

他站起身，攥紧拳头，眼神坚毅。

少年松开拳头，低头望去，喃喃道："童贯！"


紫金宫有养令斋，可俯瞰全城，顶楼藏书阁，斋楼外有石雕骊龙吐水，红薯姑姑手植有五株海棠树。徐凤年这几天由庆旒院搬到斋内书阁，经常站在窗口，一站就是个把时辰。红薯在梧桐苑可以只在那一亩三分地优哉游哉，如锦鲤游水，在敦煌城就断然不行，如今七八万人都要仰其鼻息，她就

像一位垂帘执政的年轻女皇，虽然有紫金宫一批精干女官帮忙处理政事，但是敦煌城势力盘根错节，千头万绪，如一团乱麻，都要她来一锤定音。好在徐凤年也不让她黏在身边。世上没有不透风的墙，哪怕这墙是天子家墙，也一样遮瞒不住。时不时就在宫内隐匿游走的徐凤年察觉到一股暗流涌动，触须蔓延向外，再哺宫中。徐凤年不知道这是否是巨仙宫和敦煌城的常态，一次询问红薯，她说敦煌城在姑姑手上，就向来是管不住人管不住嘴，当初魔头洛阳在城外，敦煌城就是一盘散沙，受恩于她姑姑的势力都眼睁睁看着她独身出城，重创而返。洛阳离去，之后才做些锦上添花的事情，至于那些老百姓，大多将此视作天经地义的事情：你是敦煌城城主，你不出马谁出马？你死了无非换个主子，城若破，洛阳不管如何滥杀无辜，七八万人，总不太可能杀到咱头上不是？换了主子，最不济也不过是大家一起吃苦头，总好过当下强出头给魔头宰了。徐凤年听到这个答案，一笑置之。

红薯那会儿问了一句："如果北凉三十万铁骑有一天没能守住西北国门，北凉道百万户百姓一齐束手就擒，甚至投靠了北莽，反过来对付北凉军，公子会不会心冷？"

徐凤年反问道："如果你是我，怎么做？"

红薯手指抹过嘴唇，笑眯眯道："奴婢若是公子这般世袭罔替北凉王，真有这种事情，不被我看到还好，见到一个，杀一个。"

徐凤年感叹道："你来做敦煌城城主，还是有些大材小用。"

温柔乡终归是英雄冢，红薯说起往北去五百里锦西州境内，就是吴家九剑破万骑的遗址，徐凤年就起了离城的念头。那一夜在巨仙宫主殿龙椅上，她身穿龙袍，高坐龙椅，摆出君临天下的架势，若是上了岁数的北莽皇帐重臣，见到这一幕，只会误以为是女帝陛下返老还童。暮春时分，一夜荒唐，幸好敦煌城没有早朝一说，否则城内的读书人就有的说了。破晓前，一起回到了庆旒院，两人洗了个鸳鸯浴，徐凤年在她服侍下穿回文士装束，背上书箱，红薯绕了两圈，查漏补缺，只求尽善尽美，实在是挑不出毛病，她才一脸惋惜道："公子这般装束像腹有诗书的读书人，很好看，不过那身紫蟒衣，更好看。"

徐凤年拍了拍那柄春秋剑，轻声道："就别送了。"

红薯摇头道："送到本愿门外。"

来到地藏本愿门外，红薯又说要送到十里地外，徐凤年无奈道："照你这么个送法，直接回北凉算了。"

红薯又给徐凤年细致打理了一番，问道："真的不要那匹夜照玉狮子？就算是怕扎眼，随便弄匹良驹骑乘也好，若是不耐烦了，随手丢掉。"

徐凤年摇头道："谁照顾谁还不知道，还是走路轻松。处出感情来了，不舍得说丢就丢。"

红薯柔声道："公子走好。"

徐凤年点头道："你也早点回北凉，我还是那句话，我不管敦煌城在北凉的布局中是如何重中之重，都要你好好活着。"

红薯低眉道："奴婢知晓了。"

徐凤年想了想，继续说道："小宦官童贯你再冷眼旁观个两三年，之后送去养令斋，这个孩子的识字读书和武道筑基，就要你多费些心思，说是放养，全然不顾听天由命，那也不行。"

红薯笑道："公子放一百个心，冬寿以后一定可以让敦煌城大吃一惊，藏经阁里还真有几本适合他去习练的秘笈，算他运气好。"

徐凤年嗯了一声，低声道："希望世间多一个苦心人天不负。"

"走了。"徐凤年转身背对锦衣大袖如芙蓉的红薯，挥了挥手。

红薯似乎想追上去，一脚踏出尚未踩地就缩回，久久停留，当宫中晨钟敲响，这才走过本愿门，走往掖庭宫，站在堆春山上眺望远方。


敦煌城在她姑姑手上按例十五一朝，这类朝会规模不大，也就是城内有资格分一杯羹的各方势力聚在一起瓜分利益，姑姑一直想将其拧成一股绳，奈何至死都没有达成，红薯也不奢望同仇敌忾，不过似乎眼下连表面上的和气都成奢望了。她眯起眼，流露出和徐凤年相处时截然不同的冷冽气息，跳梁小丑都该浮出水面了，其实姑姑一死，他们就开始鼓噪，尤其是确定魔头洛阳懒得插手敦煌城后，这些以元老自居的老狐狸就要拿她这个势单力薄的狐媚子开刀了，时下城内疯狂流传的面首窃权一事，不正是他们府上撒出去的鱼饵？

红薯缓缓走下堆春山，她虽然是北凉王府的一等丫鬟，但每年都会有两三个月在敦煌城，亲眼看着姑姑如何处理政事，那些算是看着她长大的势

力，都只知道她是"二王"当作下一任城主去器重栽培的亲外甥女，而不知她是锦麝。

走下山经过一块花圃，无意间遇上又早起替老宦官师父做活的冬寿，站在花圃外，红薯安静站立。

小宦官之前曾远远瞧见过她，对其依稀有些模糊印象，将她当成了与恩人私通的宫中女官，此刻见到她不由羞涩笑了笑，腼腆真诚。他小心翼翼想着"石匠大人"真是好眼光，这位姐姐长得跟壁画上的敦煌飞仙一般。

红薯柔声道："你叫冬寿？"

小宦官赶忙放下手中青铜水壶，眉眼伶俐地跪下请安，"冬寿见过女官大人。"

红薯笑道："起来吧，跪久了，你那身衣衫就又要清洗了。暮春多雨，这两天就得下一场，万一晒不干，穿着也难受。"

冬寿缓缓起身，眼神清澈，笑脸灿烂道："女官姐姐菩萨心肠，保准儿多福多禄。"

红薯爽朗笑道："果然没看错，小小年纪，是个有心人。你师父痰黄黏稠，常年反复咯血，是肺痨，回头我让人给你师父治一治，病根子兴许祛除不掉，不过能让他安度晚年。"

冬寿哇一声哭出来，磕头道："姐姐和石匠大人都是活菩萨，冬寿这辈子都不敢忘记你们的大恩大德！"

红薯冷淡道："多哭多跪，进庙烧香，见佛磕头，在宫里是顶好的习性。"

等小宦官抬起头，已经不见神仙姐姐的踪迹。

红薯走出掖庭宫，两宫中间有一条画线做雷池的裕隆道，几名被姑姑亲手培养出来的死士女官都肃穆站立，眉宇间透着一股视死如归的刚毅神情。

一同走向巨仙宫南大门白象门，一名鹅蛋脸女官轻声说道："城主，宫外五百金吾卫骑，有三百骑兵忠心耿耿，其余两百人都已被收买。"

一名身材高大似魁梧男子的女官平静道："小姐，密探传来消息，除了补阙台摇摆不定，不愿早早露面，还有宇文和端木两大家族按兵不动，剩下几大势力都已公然聚集在白象门外，借机闯宫政变。其中茅家重金雇用了近百位江湖人士，想要趁着内斗时浑水摸鱼，城外五百金吾卫则在茅柔的率领下即将冲过主城门，届时声势浩大朝巨仙宫奔来，紫金宫暂时没有多余力量去阻拦。小姐，这恐怕会让许多中立人士倒向那批乱臣贼子。"

一名长了张娃娃脸的紫缎长裳女官皱眉道："宫主，为何不让奴婢去联系魔头洛阳，城主在世时说过这一天到来，就可以搬出这尊魔头弹压作乱势力。即便是拒狼引虎，也总好过这些养不熟的白眼狼来做敦煌城新主子呀，毕竟洛阳是掖庭宫名义上的宫主，名正言顺，而且以洛阳的地位，相信也不会鸠占鹊巢太过厉害。"

红薯伸手点了下这名女官额头，调侃道："胳膊肘都拐向那尊魔头了，洛阳这还没进敦煌城，来了以后还了得，可不得把我给卖了？"

娃娃脸女官红着脸，鼓起腮帮道："宫主欺负人！"

一路上，又陆续加入十几名双手衣袖沾血的老宦官，才解决了宫中内患。他们在红薯面前都以臣子自居，都是红薯姑姑死前就摆下的暗棋，不乏原本看似倒戈投入敌对阵营的人物，一旦真正揭锅，就知道这些老阉人的确比起那些裤裆子带把的金吾卫骑更男人一些，更懂得认准一个主子去忠诚。历数那些宦官当政的王朝内斗，昏聩皇帝都喜欢放权给身边阉人，重用这些宦官去与权相或者外戚钩心斗角，并非完全没有道理。权臣可以坐龙椅，外戚可以披黄袍，谁听说过连子孙都没有的阉人去自己做皇帝？

三十几名身披重甲的黄金甲士也加入队伍。

红薯笑了笑，自己有了一场好隆重的死法。

死之前总要拉上几百人去陪葬。

如此一来，敦煌城就彻底干净了。

到时候就轮到连她都不知底细的北凉势力开始接手。

上一次出北凉时，听潮阁李义山面授机宜，便是如此算计的，步步不差，她毫无怨言。

出了北凉，就再不回北凉。

红薯回首望北。

公子走好。

她却不知，敦煌城大门。

一名书生模样的负剑年轻人，面对五百骑兵，一夫当关，为她独守城门。

第二章　徐凤年仗剑拒敌，敦煌城祸起萧墙

我死前守城门。

教你们一步不得入！

清晨钟鼓响起，敦煌城主城南大门就缓缓推开，一些聚集在城门内外的百姓就蜂拥出入。敦煌城建立在荒凉黄沙之上，因为方圆百里内独树一帜，成为当之无愧的活水城，商贾众多，城池出入频繁，一天不下五六千人来来往往，加上城外有释教圣地采矶佛窟，每逢初一、十五，信徒礼佛出城烧香，就更是浩浩荡荡满城皆出的盛大场景。今天恰逢暮春时节尾巴上的最后一个十五，若是往常，南门主道早已密密麻麻，今日却出奇的少，仅有几百虔诚香客，还都不是拖家带口的，沿街两旁有因利起早的贩夫挑担吆喝，售卖葱饼点心，还有的卖些粗劣香黄纸。

街边就一家店铺开张，店主是个出了名不善经营的中年汉子，本来以他铺子所在的地段，卖些烧香物件，保管一本万利，可他只是卖酒，还卖得贵，生意惨淡，只得清晨做几锅清粥卖给商旅。此时狭小店铺里就一个熟客，还是那种熟到不好意思收铜钱的熟面孔，汉子虽然家徒四壁，没有媳妇帮着持家，不过却把自己收拾得清爽洁净，有几分儒雅书生气。敦煌城都知道他这么一号人，写得一手好字，也传出过许多脍炙人口的诗文佳句。当年敦煌城里的一名大姓女子，姓宇文，瞎了眼竟然逃婚跟他私奔，在敦煌城阔绰程度首屈一指的宇文家族倒也大度，没有追究，钻牛角尖的秀美女子还真跟这个外来户落魄书生成亲，她那个差点气得七窍生烟的爹惦念闺女，生怕她吃苦，还偷偷给了好些嫁妆。不曾想这个男子颇为扶不起，有才气，却不足以建功立业，而且高不成低不就，偌大一座酒楼开成了酒肆，最后变成了小酒铺子。女子心灰意冷，终于让旁观者觉得大快人心地离他而去，改嫁了门当户对的端木家族，夫妻琴瑟和鸣，皆大欢喜。那位坐拥佳人的端木公子还来酒铺喝过酒，没带任何仆役丫鬟，温文尔雅，尽显士子风流，据说只说了几句客套话，说是以前听过酒铺汉子的诗词，十分拜服。再后来，女子偶有烧香出入敦煌城，都是乘坐千金良驹四匹的辉煌马车，好事者也从未见她掀起过帘子看看身为旧欢的落魄男子一眼，想必是真正伤透了心。

来这里蹭吃的汉子一脚踩在椅子上，喝完一碗粥，又递出碗去。都说吃人家的嘴软，可这厮却是大大咧咧教训道："徐璞，不是我说你，这儿要是卖香火你早挣得盆满钵满了。嘿，到时候我去烧香拜佛，也好顺个一大把，菩萨见我心诚，保管心想事成，我发达以后，不就好提携提携你了？"

神色恬淡的中年男人接过大白碗，又给这位脸皮甚厚的朋友盛了一碗米粥，摇头道："烧香三炷就够了，敬佛敬法敬僧，香不在多。"

接过了白碗的邋遢汉子瞪眼道："就你死板道理多，你婆娘就是被你气走的。你说你，有个不要那胭脂水粉山珍海味，却乐意跟你挨冻吃晒一起吃苦的傻婆娘，还不知珍惜，不知道上进，活该你被人看笑话戳脊梁骨！"

男人端了条板凳坐在门口，望向略显冷清的街道，皱了皱眉头。身后健壮汉子犹自唠叨，"要不是我爹当年受了你一贴药方的救命大恩，我也不乐意跟你一起受人白眼。你说你既然会些医术，做个挂悬壶济世幌子的半吊子郎中也好啊，这敦煌城郎中紧缺，有大把人乐意被骗，只要你别医治死人就成。喂，说你呢，徐璞，你好歹嗯嗯啊啊几声。得，跟你这闷葫芦没话可说，走了走了，那几只我打猎来的野鸭，自己看着办。"

酒肉朋友都讲究一个不揭伤疤不打脸，多锦上添花少雪中送炭，可见这人要么是没心没肺，要么就是真把寒酸的酒铺老板当作朋友。中年男人突然问道："今天出城烧香的人这么少？"

才要起身的猎户白眼道："都说你们读书人喜欢两耳不闻窗外事一心只读圣贤书，你倒好，书不读，外边事情也不去听。跟你说了吧，今天巨仙宫那边不安分，老城主跟大魔头洛阳一战后，已经过世登仙，是三岁孩子都知道的事实，现在明摆着造反，恐怕就那位小姑娘不知情了。有消息说城外那茅家手里的五百金吾卫，马上要杀进城，直直杀去紫金宫，把那个小姑娘从龙椅上拖下来。老子看这事儿十有八九要成。一个二十几岁的小姑娘当敦煌城主，说出去都丢人。"

男人问道："城内宫外不是驻扎有五百金吾卫骑卒吗？"

猎户都不乐意回答这种幼稚问题，实在是憋不住话，这才说道："你当那些茅家和端木、宇文几个家族都是木头，用屁股想都知道这些家伙肯定花钱给宫送女人，那五百骑里头肯定有很多家伙早就不跟宫内一条心了啊；再加上外头这五百骑兵一股脑杀进城去，就是我这种小百姓也知道根本挡不住。不过这都是大人物的把戏，要死也是死那些生下来就富贵的，跟咱们没半点干系，躲远点看热闹就好。变了天，咱们一样该吃啥吃啥，该喝啥喝啥。你等着瞧，没多久肯定就有金吾卫冲进城了。"

中年男人陷入沉思，准备关铺子，猎户踏出门槛，一脸欣慰，"徐璞，这次你总算有些脑子，知道关起门来看热闹了。"

男子笑了笑，没有出声，等到猎户走远，才轻声道："凑热闹。"

他看到猎户没多时跟许多香客一同狼狈往回跑，才关上最后一块门板，就见猎户跑得上气不接下气，急匆匆道："你咋还没躲起来，快快快，进门，借我躲一躲，他娘的有个脑袋被驴踢了的年轻后生，堵在城门口，好像要和五百骑兵硬抗，疯了疯了！"

男子问道："多少人？"

猎户骂道："那后生找死！就一个！"

已经一脚向前踏出的男子想了想，追问道："用刀还是用剑？"

猎户脚底抹油溜进酒铺，气急败坏道："管这鸟事作甚，方才听旁人说是一名背书箱的读书人，倒也用剑，老子估摸着也就是个不知天高地厚的绣花枕头，读书读傻了！徐璞，你还不滚进来？"

一些个腿脚比猎户慢些的香客，住处离得城门较远，见到酒铺子还没关门严实，都过来躲着。胆大一些的让酒肆老板别关门，立马被胆小的痛骂，生怕被殃及池鱼，给几个当权大家族秋后算账。


城外三百步，在为首的茅家女子停下后，金吾卫五百骑骤停。

一名三十来岁的英武女子披银甲持白矛，骑了一匹通体乌黑的炭龙宝驹。茅家势大，根深蒂固，是敦煌城建城时就屹立不倒的元老派，在诸多势力角逐中始终不落下风，很大原因就是茅家始终牢牢掌控有这五百精锐骑兵。茅家子弟历来尚武骁勇，但这一代翘楚却是一名女子，叫作茅柔。敦煌城出了三位奇女子，第一位当然是被誉为"二王"的城主，一位是宇文家族那名不爱富贵爱诗书的痴情女子，嫁鸡随鸡给了一个卖酒的汉子，再就是当下这名靠武力统帅五百铁骑的茅柔。城内金吾卫是轻骑，近几年来城外五百骑都被换成重甲铁骑，在敦煌城宽敞主道上策马奔驰，只要不入巨仙宫，足以碾压城内五百轻骑。

茅柔素来瞧不起那名作威作福的小丫头，靠着跟城主拖亲带故，不就是胸脯大一些腰细一些屁股蛋圆一些吗？能当饭吃？她已经跟一些世交子弟谈妥，事成以后，这头可怜小狐狸精就交给他们轮流玩弄，即便是做连襟轮番上阵，玩坏了那具柔软身子，茅柔也只会开怀大笑，恨不得在床榻边上尽情

旁观，亲手拿刀割去那对碍眼很多年的胸前肉才让她舒爽。

茅柔停马以后，死死盯住那名守在城门口的年轻书生，长得人模狗样，是她好的那一口，可惜大事临头，容不得她贪嘴。挥了挥手，她对身后一名壮硕骑将吩咐道："去宰了！就当祭旗。"

茅柔身后金吾骑尉狞笑着提枪冲出。

铁骑铁骑，就是重马重甲，以冲刺巨力撕开一切布防。金吾骑尉喜欢这种奔袭的快感，跟在床上欺负那些黄花闺女是一个感觉。主子茅柔是个让所有她裙下重骑兵都心服口服的娘们儿，带兵和杀人都带劲，骑尉这辈子最大的念想就是有朝一日能爬上她的身上去冲刺。茅将军有一句话被整座敦煌城将门子弟称颂：姑奶奶带出来的士卒，胯下一杆枪，手上一杆枪，比起城内五百软蛋金吾卫强了百倍！金吾骑尉随着马背起伏而调整呼吸，握紧铁枪。他并未一味轻敌，那家伙敢独自拦在城门口送死，多少有些斤两。

敦煌城毕竟藏龙卧虎，大好功业等着老子去挣取，不能在阴沟里翻了船。

徐凤年摘下书箱，放在脚边上。

他并未摘下春秋剑，对上那名铁骑，徐凤年不退反进，大踏步前奔。

茅柔和五百骑都有些惊讶，一些铁骑讶异过后，都发出笑声。想要拦下一名冲刺状态下的重骑兵，知道得有多少气力吗？何况这位金吾骑尉可不是稻草人，他枪法超群，在金吾卫中是战力可以排在前五的绝对好手！

金吾骑尉与那名书生相距五十步时，精气神几乎已经蓄势到了顶点，眨眼过后的十步时，他凶猛提枪就是一刺。

徐凤年侧过头，弯臂挽住铁枪，一掌砸在踩踏而来的高头大马脖子上，连人带马都给往后推去五六丈外，当场马死人将亡。

铁枪环绕身体一圈，徐凤年身体继续前掠，期间经过那名痛苦挣扎的重骑都尉，一枪点出，刺透头颅，将其钉死在地上。

茅柔皱了皱眉头，抬起手，划出一个半弧，骑兵列作六层，层层如扇面快速铺开。

其余有八十随行弓弩手在前。

战阵娴熟，在茅柔指挥下如臂指使。

不论是单兵作战，还是集结对冲，都绝非城内刻意安排下弓马渐疏的五百金吾卫可以媲美。

百二十步时，茅柔冷血道："射。"

箭雨扑面。

徐凤年身形一记翻滚，铁枪抡圆，泼水不进，挡去一拨箭矢后，一枪丢出。

虽然仅是形似端孛尔纥纥的雷矛，却也声势如惊雷。

在战阵之前的茅柔神情剧变，身体后仰贴紧马背。一枪掠过，她身后两名铁骑连人带甲都给刺透，跌落下马。

茅柔不再奢望弓弩手能够阻挡，率先冲杀起来。

虽有三人阵亡，六层扇形骑阵却丝毫不乱，足见茅家之治军森严。

铁蹄阵阵。

徐凤年眯眼望向那名英伟女将，扯了扯嘴角，微微折了轨迹，直扑而去。

茅柔不急于出矛，当看到这名年轻剑士身形临近，轻松躲过两根铁枪刺杀，这才瞅准间隙补上一矛，直刺他心口。

矛尖看似直直一刺，朴实无奇，实则刹那剧颤，锋锐无匹，这是茅家成名的跌矛法，无数次战阵厮杀都有不知底细的敌人给震落兵器。

"下马！"

徐凤年左手一弹，荡开长矛，身体前踏几步，一个翻身，就与铁矛脱手的茅柔好似情人相对而坐，才要一掌轰碎这名女子的心口，她便抽刀划来，徐凤年两指夹住，指肚骤然传来剧烈震动，摩擦出一抹血丝，茅柔趁机弃刀，一手拍在马背上，侧向飞去，接住铁矛，撞飞一名骑兵，换马而走，流窜进入战阵，不再给徐凤年捉对厮杀的机会。十来条枪矛刺来，徐凤年身形下沉，压断这匹炭龙马的脊梁，宝马痛苦嘶鸣一声，马腹着地。徐凤年一手推开一骑，一肩撞飞一骑，恰到好处地夺取骤如雨点般刺来的枪矛，身形并无丝毫凝滞。

在五十步外拨转马头的茅柔脸色阴沉，怒喝道："结阵。"

徐凤年身形后掠，将背后偷袭的一骑撞飞，脚尖踩地，潇洒后撤，撤出即将成型的包围圈，然后长呼出一口气，抽出春秋剑。

他右手握剑，剑尖直指五百骑，左手竖起双指并拢。

开蜀。

茅柔怒极，沉闷下令道："杀！"

她眼中那一人，一人一剑。

身前五百骑，身后是城门。

徐凤年不动如山。

哪怕魔道第一人洛阳驾临，敦煌城也只是一人对一人。

徐凤年习武以前还有诸多对于江湖的美好遐想，但是真正疯魔习武以后，就从不想去做什么英雄好汉，但既然身后是自己的女人，别说五百骑，五千骑，他也会站在这里。

我死前守城门。

教你们一步不得入！

茅柔见这名年轻剑士如此托大，恨得牙痒痒，若是以往见着如此性子刚烈的俊彦，还不得好好绑去床上调教怜爱一番，只是此时兵戎相见，就只剩下刻骨挠心的怒意了，一连说了好几个"杀"字！

战马前奔炸如雷，徐凤年一气不歇滚龙壁，虽然做不到羊皮裘李老头那样一条剑气数十丈，不过在草原上对阵拓跋春隼的生死之间，悟出了一袖青龙，剑气滚龙壁就越发货真价实，身形如鱼游弋在潮头，对上第一批铁骑冲锋。

徐凤年春秋在手，当下就劈开一人一马，然后横向奔走，无视铁矛点杀，仗着真气鼓荡的海市蜃楼，一开始就抱有持久厮杀的念头，不去执意杀人，而是见马便斩。重甲骑兵马战无敌，下马步战就成了累赘。

战马冲锋如同一线潮的阵形，被徐凤年杀马破潮，顿时有十几骑人仰马翻。迫于第二拨铁矛如雨点，他只是略微后撤停歇，复尔再进，身形逍遥剑气翻，好似丹青国手的写意泼墨，看得持矛高坐的茅柔咬牙切齿。仿佛才几个眨眼工夫，茅家倾注无数心血精力和足以堆成小山真金实银的铁骑，就已经阵亡了将近二十人。骑卒一旦坠马，就要被那名书生装束的剑士一剑削去脑袋，或者剑气裂重甲，死无全尸。这几乎是剐去她身上肌肉一般疼痛，她很想一脚踩爆那相貌英俊小王八蛋的裤裆，然后质问一句："你知道老娘养这些铁骑跟养自家儿子一样，容易吗？容易吗！"

茅柔很快安静下来，别说五百骑杀一人，就是三百骑，对阵一品金刚境高手，后者十有八九也得被活生生耗死，不过这里头有一个重要前提，那就是死了一两百人后，铁骑阵形不乱，胆子没碎，不至于被杀溃逃散。对于这一点，茅柔有不小的自信，这五百金吾卫骑兵等同于茅氏亲兵，她养兵千日，极为看重实战和赏罚，经常拉出去绞杀山寇和马贼；即便对上前者轻骑轻甲，后者铁骑铁甲也是毫不犹豫扑上去好一阵混杂厮杀。每次功成归来，别说酒肉赏银，只要你敢拼命搏杀，就算是敦煌城里窑子里的那些花魁，茅柔也有魄力去花钱请来军营打赏下去。

气闷的茅柔重重吐出一口浊气，恶狠狠道："玩剑的小子，你死了以后，姑奶奶我用铁蹄将你的尸体踏成肉泥！"继而对着手下骑兵高声道："别给他换气的机会，用马撞死他！哪个家伙第一枪刺中这厮，老娘就打赏他城里全部叫得上名号的花魁，玩个三天三夜，直到你们再没力气折腾为止！谁第一个刺死他，老娘亲自上阵，给那个走狗屎运的王八蛋来一次玉人吹箫！"

金吾骑兵都杀红了眼。

徐凤年面无表情，一手驭剑取头颅，一手近距离杀马杀敌。

茅柔看着战场中惊心动魄的单方面绞杀，冷笑道："拉开三十步，丢矛掷枪，捡起以后再来！"

与徐凤年纠缠的半圆形骑阵顿时后撤，第二拨骑兵瞬间丢掷出枪矛，这可不像百步以外的箭矢那般能轻易拨开，能够成为重骑兵，膂力本就不俗，因此每一次劲射都堪称势大力沉。

驭剑不停，斩乱阵营，徐凤年握住两柄擦肩的铁枪中段，在手中一旋，两枪如镜面圆盾，所有近身枪矛都弹飞在外。一拨丢掷过后，徐凤年握住铁枪，双手回馈了一次抛掷，立即有两骑应声落马，铁甲通透！

茅柔看得触目惊心，事已至此，竟然开始麻木，声调冷硬下令："围住他！"

这名心狠手辣的女将低声嗤笑道："老娘就不信你能做到两百年前的吴家九剑破万骑，一人如何成就剑阵？"

茅柔给身边五名嫡系骑兵都尉一个眼神，撇了撇下巴。

五骑开始悄悄提枪急速冲锋。

一圈六十骑，尽量躲避那柄恐怖飞剑，然后三十步外同时丢掷枪矛。

子，而一只干枯如老松的手则扯住女婢的头发，按在香炉上，侍女被烫得嘶声尖叫，茅锐慢慢松手后，不理睬缩在角落瑟瑟发抖的破相侍女。

除了他们这些大人物遥遥对峙，宫外五百金吾卫更是剑拔弩张。一批两百骑，不过有三十黄金甲士坐镇；另外一批人数占优，有三百人，而且掺杂了许多鲁家假子死士。

更有茅家重金引诱来的一百来号江湖人士，一半是敦煌城本土势力，一半是近日由城外渗入的亡命之徒。

这批人密密麻麻聚集在一起，声势一样不小。

陶勇是公认的慕容宝鼎麾下的一条恶犬，他在敦煌城内势力只算末尾，主要是渗透得时日不多，才五六年时间，比不得茅家和宇文、端木这三个靠年月慢慢积累起威势的大家族，不过城内许多成名的江湖豪杰都归拢在他帐下，而且有十几名慕容亲军打底子，不容小觑。这次他精锐尽出，而且胃口小，只要藏经阁那几十本生僻秘笈，故而有一席之地。他不曾骑马，只是步行，朗声道："姓燕的，你暗中害死城主，整整两年秘不发丧，心机如此歹毒，不愧对列祖列宗吗？！"

暂任紫金宫宫主的红薯笑了笑，简简单单说了一个字，"杀。"

金吾卫骑兵展开一场不死不休的血腥内耗。

当鲁家假子和陶勇嫡系以及江湖莽夫都投入战场，使得黄金甲士都悉数战死，再去看那名女子仍是轻描淡写挥了挥手，连宫女和老宦官都掠入门前血河。茅锐有些按捺不住，走下马车，来到鲁武身边，沉声问道："宇文、端木两家当真不会帮着那小娃儿？"

与那两个大族有密切联姻的鲁武摇头道："绝对不会。唯一需要小心的就是补阙台。"

茅锐松了口气，讥笑道："这个你放心，补阙台有老夫的密探，这次一定不会插手。只要宇文、端木不出手搅浑水，老夫不介意分给他们一些残羹冷炙。"

鲁武冷哼一声。

陶勇有些怜悯地望向那名妖艳女子，"敦煌城台面上就只有这么些人，就算你还有一些后手，也扭转不了战局。需知马上还有五百铁骑入城！嘿，可惜了这副皮囊，真是便宜姓茅的老玩意儿。"

红薯形单影只，站在空落落的宫门前，伸出一指，重重抹了抹天生猩红如胭脂的嘴唇。

她由衷笑了笑，可惜没大雪，否则就真是白茫茫一片死得一干二净。

就当红薯准备出手杀人时，人海渐次分开。

五百骑不曾有一骑入城，只有一人血衣背剑拖刀入城。

一身鲜红，已经看不清衣衫原本颜色。

他手中提着一颗女子头颅。

这名背剑拖刀的年轻人丢出头颅，抹了抹满脸血污，说道："这娘们儿好像叫茅柔，说只要杀了我，就给他手下动嘴活儿，我就一刀搅烂了她的嘴巴，想来这辈子是没法子做那活了。"

然后他指了指红薯，"她是老子的女人，谁要杀她，来，先问过我。"

茕茕孑立在宫门外的红薯一袭锦衣无风飘摇，眼眶湿润，眼眸赤红，五指成钩。

几乎刹那入魔。

她亲姑姑死时，都不曾如此。

不知何时出现了一名背负眼熟书箱的中年男子，对她摇了摇头。

红薯的锦缎大袖逐渐静止下来。

场上，众人只见那名血衣男子好像是咧嘴笑了笑，然后说道："放心，我没能杀光五百金吾卫，就杀了两百骑。宰了这个茅柔后，三百骑就逃散去。"

就杀了两百铁骑。

车厢内的茅锐那副老心肝差点都要裂了，城外五百金吾卫是茅氏数代人的心血，被茅柔掌握兵权后，更是力排众议，轻骑改做重骑，这里头的算计、付出和代价，早已不是三言两语可以说尽，你个挨千刀万剐的跟老夫说就杀了两百骑？！茅锐跟跄扑出马车，在无数视线中跑去抱住小女儿的头颅，顾不得什么颜面体面，坐在地上号啕大哭。茅柔虽然离二品小宗师境界还差一线，可众所周知，女子相较男子，登堂入室困难百倍，但只要踏入二品门槛，往后在武道上的攀登速度往往能令人瞠目结舌，何况茅柔不论武力还是才智，都是茅氏未来三十年当之无愧的主心骨，死了她，丝毫不逊色于失去两百铁骑的伤痛程度，甚至犹有过之。一个家族，想要福泽绵延，说到

底还是要靠那一两个能站出来撑场面的子嗣，百人庸碌，不及一人成材，白发人送黑发人的茅锐如何能够不肝肠尽断？

这期间又有几道玩味古怪的眼神，来自深知敦煌城肮脏内幕的鲁武之流。茅锐嗜好渔色，生冷不忌，被嘲笑成一只趴在艳情书籍里的蠹鱼，而茅柔年过三十仍未嫁出，看来父女两人私下苟且多半是真实无疑。不过取笑过后，鲁武和陶勇默契地视线交会，都看出对方眼中的忧虑，一介匹夫之怒，不足挂齿，可当这名武夫临近一品，是谁都无法轻视的，那些北莽甲字大姓为何不遗余力去聘请供养这些人物？还不是想要震慑宵小，不战而屈人之兵？像眼下这种肯为了个娘们儿去抗衡整整五百铁骑的疯子，鲁武自认就算把自己正房媳妇偏房小妾一并拱手相送，都舍得！只要那满身血污的年轻人看得上眼。

那些个被金银钱财吸引来的武林草莽都早早吓破了胆，他们比不得那些个抱团家族，自个儿单枪匹马闯荡江湖，死了就彻底白死了，都没人收尸，板上钉钉的，身上武器银票秘笈都会被人搜刮殆尽。这趟入城是在稳操胜券的前提下去博求富贵的，不是来当垫背送死的。一时间跟金吾卫厮杀过后还剩下七八十号的这伙人，都蠢蠢欲动，萌生退意。一些个相互有交情的，都提防着其余面生脸孔开始窃窃私语，打算盘权衡利弊。

鲁武有大将风度，策马冲出，问道："来者何人？！"

徐凤年只是看着那名撕心裂肺哀号的老头子，平淡道："你叫茅锐，我知道你。"

负弓猛将陶勇猛然喊道："小心！"同时搭弓射出一箭，众目睽睽之下，射向茅锐脑袋，让一些眼尖的旁观者以为陶勇丧心病狂了，或者是要落井下石。

殊不知箭矢与某物相撞，发出金石铿锵声。

但茅锐的脑袋仍是往后一荡，一颗眼珠子炸出一团小血花。

茅锐松开那颗女子头颅，捂住眼睛，嘶吼越发凄厉。

眼睛通红的陶勇咬牙吱吱作响，沉声提醒道："此子可驭剑两柄！"

徐凤年抹了抹嘴角渗出的鲜血，伸出一根手指旋了旋，有双剑绕指飞掠如小蝶，问道："我再刺他一眼，这次你如果还是拦不住，下一次就轮到你了。"

陶勇二话不说，干净利落地收回铁胎大弓。

徐凤年自然轻而易举地驭剑刺透茅锐手掌，刺破另外一颗眼珠，笑道："我的女人，好看吗？可惜你看不到了。"

分明是笑，可看他那一身鲜血浸染的红衣，还有那扭曲的英俊脸孔，实在是让人看着战栗心寒。

徐凤年不急于杀死茅锐，归鞘春雷立在地上，双手搭在刀鞘上，问道："谁敢与我一战？！便是群殴也无妨，老子单挑你们一群！"

这实在不是一个能逗人发笑的笑话。

这名原本只被当作宫中裙下面首的年轻人，满身的血腥渗出滔天戾气。

还有那几乎所向无敌的剑气和刀意。

这一刻，不知道有多少老一辈枭雄都感慨，生子当如此！


当时城外，明明可以驭剑的年轻书生竟然拔刀，杀人如麻后，一刀刺入躺在地面上的茅柔的嘴巴，扭动刀锋将其搅烂，不忘记仇地对着尸体说了句"让你吹"。大半仍有战力的金吾骑兵彻底崩溃，开始疯狂逃窜。徐凤年不去追杀这些做散兵游勇奔走的骑卒，割下茅柔的脑袋，提着蹒跚返身，看见城门口站着一名干净清爽的文雅男子，徐凤年默不作声，春秋即将出鞘。

男子挡下一剑后平静说道："在下徐璞，北凉老卒。来敦煌城之前，算是朋友李义山的死士。"

杀红了眼的徐凤年微微错愕，问道："徐璞，当年北凉轻骑十二营大都督徐璞？"

男子单膝跪地，嗓音沙哑，轻声道："末将徐璞见过世子殿下。"

北凉王府，不去说徐骁那些见不得光的死士，除了镇压听潮阁下的羊皮裘老头，深藏不露的剑九老黄，接下来就是这位素未谋面的徐璞了。他的身份极为特殊，曾经官拜正三品，在军中跟教出兵仙陈芝豹的吴起地位相当，两人在北凉三十万铁骑里的声望堪称伯仲之间，不过徐璞的形象更倾向于儒将，至于后来为何弃官不做，成了死士，注定又是一段不为人知的秘辛。徐璞眼神真诚和煦，帮忙背起那只曾经藏有春雷刀的书箱，笑了笑："殿下放心调息便是，虽比不得殿下英武，徐璞到底还剩下些身手，沿街一路北去，断然不会有人能打扰。"

挥出不下六十记一袖青龙的春雷刀，已然斩杀将近两百骑，此时在主人手中颤动不止，可见已经到了极限。徐凤年捂住胸口，缓了缓气机，皱眉问道："不会让徐叔叔身份暴露？"

徐璞摇头道："无关紧要了，今天按照李义山的算计，本来就要让敦煌城掀个底朝天，末将肯定要露面的。原本殿下不出手，事后末将也一样会清理掉。"

徐凤年缓缓入城，听到这里，冷笑道："那时候徐叔叔再去给红薯收尸？掬一把同情泪？"

徐璞神情不变，点了点头。

察觉到他的勃然杀意，徐璞隐约不悦，甚至都不去刻意隐藏，直白说道："殿下如此计较这些儿女情长？"

徐凤年缓步入城，一个字一个字平淡道："放你娘的臭屁！"

徐璞并未出声。

沉默许久，大概可以望见巨仙宫的养令斋屋顶翘檐，徐凤年好像自说自话道："我今天保不住一个女人，以后即便做了北凉王，接手三十万铁骑，你觉得我能保得住什么？"

徐璞哈哈大笑，整整二十年啊，积郁心中二十年的愤懑，一扫而空，笑出了眼泪。

徐凤年疑惑地转头看了一眼。

徐璞收敛神色，终于多了几分发自肺腑的恭敬，微笑道："当年李义山和赵长陵有过争执，李义山说你可做北凉王，赵长陵不赞同，说陈芝豹足矣！外姓掌王旗也无妨。"

徐凤年扯了扯嘴角，实在是挤出个笑脸都艰难，若非那颗当初入腹的两禅金丹不敢肆意挥霍，一直将其大半精华养在枢泉穴保留至今，这一战是死是活还真两说，不由好奇问道："那徐叔叔如何看？"

徐璞眯眼望向城内，满脸欣慰，轻轻说道："在徐璞看来，殿下选择站在城门口，胜负仍是五五分，可走入城中以后，李义山便赢了赵长陵。"

他忽又说道："李义山断言，吴起绝不会惦念亲情而投靠殿下，此次赶赴北莽，殿下可曾见过？"

徐凤年脸色阴沉，"兴许我没见到他，他已经见过我。"

此时场中，寂静无声，落针可闻，竟是无一人胆敢应战。

不知何时，试图围攻巨仙宫的茅氏等多股势力，报应不爽，被另外几股势力包围，堵死退路。

除了仍然沉得住气的补阙台在外，宇文家、端木家等等，都不再观望，可谓是倾巢出动，螳螂捕蝉黄雀在后。

什么联姻亲情，什么多年交情，什么唇亡齿寒，比得上铲除掉这帮逆贼带来的权力空位来得实在？

徐凤年望向那些江湖莽夫，冷笑道："要银子是吧？茅家给你们多少，巨仙宫给双倍，如何？"

徐璞笑着放下书箱，开始着手杀人。

他作为北凉军六万轻骑大都督，亲手杀人何曾少了去？

徐凤年负剑提刀前行，大局已定，更是无人敢拦，径直走到锦衣女子眼前，抬起手作势要打。

她泪眼婆娑，根本不躲。

红薯死死抱住这个红衣血人，死死咬着嘴唇，咬破以后，猩红叠猩红。

徐凤年只是伸手捏了捏她的脸颊，瞪眼道："你要死了，你以为我真能忘记你？做丫鬟的，你就不能让你家公子省省心？退一步说，做女人的，就不能让你男人给你遮遮风挡挡雨？"

有那些几十号草莽龙蛇倒戈一击，战局就毫无悬念，而在红薯授意下依着兵书上围城的封三开一，故意露出一条生路。陶勇明摆着舍得丢下敦煌城根基，率先丢弃失去主心骨的茅家，带着亲信嫡系逃出去。锦西州旧将鲁武则要身不由己，身家性命都挂在城内，悍勇战死前高声请求红薯不要斩草除根，给他鲁家留下一支香火，红薯没有理睬，鲁武死不瞑目。茅家扈从悉数战死，足见茅锐茅柔父女不说品性操守，在养士这一点上，确实有独到的能耐。徐璞将宫外逆贼金吾卫的厚实阵形杀了一个通透，剩余苟活的骑兵都被杀破了胆，丢了兵器，伏地不起。

徐璞随手拎了一根铁枪，潇洒返身后见到红薯，以及一屁股坐在书箱上调息休养的徐凤年。红薯欲言又止，徐凤年笑道："敦煌城是你的，其中利害得失你最清楚，别管我，该怎么做就怎么做。这位徐叔叔，是我师父的至

交好友，信得过。"

"见过大都督。"红薯敛衽轻轻施了个万福，先私后公，然后正色道："劳烦徐叔叔带五十骑兵，追剿陶勇，只留他一人返回橘子州，也算敦煌城给了慕容宝鼎一个面子。徐叔叔然后领兵去补阙台外边，什么都不要做就可以。"

徐璞领命而去，几名侥幸活下来老宦官和紫金宫女官也都跟在这名陌生中年男子身后，徐璞三言两语便拉拢起五六十名想要将功赎罪的金吾骑兵，杀奔向一直不知是摇摆不定还是按兵不动的补阙台。

徐凤年一直坐在书箱上吐纳疗伤，看似满身血污，其实一身轻伤，外伤并不严重，不过经脉折损严重。一人力敌五百骑，没有半点水分，虽然茅家铁骑欠缺高手坐镇，但五百骑五百坐骑，被徐凤年斩杀两百四十几匹，又有撞向徐凤年而亡四十几匹，足见那场战事的紧凑凶险。茅柔显然深谙高手换气之重要，靠着铁腕治军和许诺重赏，躲在骑军阵形最厚重处，让骑兵展开绵绵不断的攻势，丢掷枪矛，弓弩劲射，到后来连同时几十骑一同人马撞击而来的手段都用出来，这其中武力稍高的一些骑尉，在她安排下见缝插针，伺机偷袭徐凤年。可以说，若只是双方在棋盘山对弈下棋，只计棋子生死，不论人心，哪怕徐凤年再拼死杀掉一百骑，也要注定命丧城门外，只不过当春秋以剑气滚壁和一袖青龙开道，再以春雷刀捅死茅柔，好似在大军中斩去上将首级，铁骑士气也就降入谷底，再凝聚不起气势，兵败如山倒就在情理之中。徐凤年即便有五六分臻于圆满的大黄庭和金刚初境傍身，也要修养两旬才能复原。这一场血战的惊险，丝毫不下于草原上和拓跋春隼三名高手的死战，放在市井中，就像一个青壮跟三名同龄男子厮杀，旁观者看来就是心计迭出，十分精彩；后者就是跟几百个稚童玩命，被纠缠不休，咬上几口几十口，甚至几百口，同样让人毛骨悚然。

徐凤年安静地看着那些尘埃落定后有些神情忐忑的江湖人士，然后看着那个扑地身亡的壮硕老人。这位敦煌城鲁氏家主原本应该想要摆出些虎死不倒架的势头，死前将铁枪挤裂地面，双手握枪而死，但很快被一些人乱刀劈倒，践踏而过。一些个精明的江湖人边打边走，靠近了尸体，作势打滚，凑近了老者尸体，手一摸，就将腰间玉佩给顺手牵羊而去，几个下手迟缓的，腹诽着有样学样，在鲁武尸体上滚来滚去，一来二去，连那根镶玉的扣带都没放过，给抽了去，脚上牛皮靴也只剩下一只。都说死者为大，真到了江湖上，大个屁。此时的茅家，除了马车上两名蜷缩在角落的香侍女，都已经死绝，一个眼尖的武林汉子想要去马车上痛快痛快，就算不脱裤子不干活，过过手瘾也好，结果被恰巧当头一骑而过的徐璞一枪捅在后心，枪头一扭，身躯就给撕成两半，就再没有谁敢在乱局里胡来，个个噤若寒蝉。

徐凤年已经将春雷刀放回书箱，一柄染血后通体猩红的春秋剑横在膝上，对站在身侧的红薯说道："接下来如何安抚众多投诚的势力？"

红薯想了想，说道："这些善后事情应该交由大都督徐璞，奴婢本该死在宫门外，不好画蛇添足。"

她笑了笑，"既然公子在了，当然由你来决断。"

徐凤年皱了皱眉头，"我只看，不说不做。不过先得给我安排个说得过去的身份，对了，连你都认识徐璞，会不会有人认出他是北凉军的前任轻骑十二营大都督？"

红薯摇头道："不会，奴婢之所以认得徐璞，是国士李义山当初在听潮阁传授锦囊时，专门提及过大都督。再者，凉莽之间消息传递，过于一字千金，都是拿人命换来的，密探谍子必须有所筛选，既不可能事无巨细面面俱到，也不可能有本事查探到一个二十年不曾露面的北凉旧将。咱们北凉可以说是两朝中最为重视渗透和反渗透的地方，就奴婢所知，北凉有秘密机构，除了分别针对太安城和几大藩王，对于北莽皇帐和南朝京府，更是不遗余力。这些，都是公子师父一手操办，滴水不漏。"

徐凤年自嘲道："仁不投军，慈不掌兵。我想徐璞对我印象虽然有所改观，不过估计也好不到哪里去。"

红薯黯然道："都是奴婢的错。"

徐凤年笑道："你这次是真错了，如果不是因为你，我执意要逞英雄，返身入城，徐璞兴许这辈子都不会下跪喊一声世子殿下，顶多叔侄相称。你是不知道，这些军旅出身的春秋名将，骨子里个个桀骜不驯，看重军功远远重于人情，徐璞已经算是难得的异类了。像那个和我师父一起称作左膀右臂的谋士赵长陵，都说三岁看老，可我未出生时，徐骁还没有世子，他就料定将来北凉军要交到陈芝豹手上才算安稳。人之将死，在西蜀皇城外二十里，躺在病榻上，他不是去说如何给他家族报仇，而是拉着徐骁的手说，一定要

把陈芝豹的义子身份，去掉一个'义'字，他才能安心去死。"

红薯没敢询问下文。

徐凤年站起身，春秋归鞘背在身后，吐出一口猩红中透着金黄的浊气，笑道："因祸得福，在城外吸纳了两禅金丹，又开了一窍。还有，你可知道这柄才铸造出炉的名剑，若是饮血过千，就可自成飞剑？"

红薯眨了眨眼睛道："那借奴婢一用，再砍他个七八百人？"

徐凤年伸手弹指在她额头，气笑道："你当这把有望跻身天下前三甲的名剑是傻子不成，得心意相通才行的，养剑一事，马虎不得，也走不了捷径。"

徐凤年望向宫外的血流成河，叹了口气，暗骂自己一句妇人之仁，矫情，得了便宜还卖乖。言罢提着书箱起身往宫内走去，红薯当然要留下来收拾残局。她望着这个背影，记起那一日在殿内，她穿龙袍坐龙椅，一刻欢愉抵一生。此时才知道，跟姑姑这样，在选择一座孤城终老，为一个男人变作白首，也不是多么可怕的事情。徐凤年突然转身，展颜一笑。红薯刹那失神，不知此生他最终到底会爱上哪一名幸运的女子。姜泥？红薯打心眼里不喜好这个活着就只是为了报仇的亡国公主，她觉得要更大气一些的女子，才配得上公子去爱。当然，这仅是红薯心中所想，至于公子如何抉择，她都支持。

徐凤年早已不是那个五谷不分四体不勤的世子殿下，在庆旒斋独自沐浴更衣，换过了一身洁净衣衫，神清气爽。

敦煌城大局已定，各座宫殿的宫女宦官也就继续按部就班安分守己，宫外那些风起云涌，对她们而言，无非是一朝天子一朝臣，只是大人物们的荣辱起伏，对他们的影响无非就是官帽子变得大一些或者被连脑袋一起摘掉而已，惊扰不到他们这些小鱼小虾的生活，不过说心里话，他们还是十分喜欢现任宫主做敦煌城的主人，虽然赏罚分明，但比起上任几十年如一日冷如冰山的城主，要多了些人情味。

徐凤年坐在繁花似锦的院子石凳上，桌上摆有春秋和春雷，光听名字，挺像是一对姐弟，徐凤年没有等到情理之中的红薯，反而是徐璞意料之外地独身造访。

徐璞也没有用下跪挑明立场，见到徐凤年摆手示意，也就平静坐下，说道："按照李义山的布置，造反势力，分别对待，城内根深蒂固的本土党派，斩草除根，一个不留。近十年由城外渗入敦煌城的，如橘子州和锦西州两位持节令的心腹，旧有势力被掏空铲平以后，会继续交给他们安排人手填平，而且新敦煌城会主动示好，不光给台阶下，还搭梯子上，放手让他们吞并一些茅家和鲁家的地盘，如此一来，有了肥大鱼饵去慢慢蚕食，可保五年时间内相安无事，说到底，还是逃不过一个庙堂平衡术。"

徐凤年点了点头，好奇道："补阙台到底是怎样一个态度？"

不杀人时分外文雅如落魄书生的徐璞轻声笑道："不表态便是最好的态度，新敦煌乐意分一杯羹给他们。"

徐凤年问道："到底有哪几股势力是北凉的暗棋？"

徐璞毫不犹豫地说道："宇文、端木两家都是李义山一手扶植而起，不过恐怕就算是这两族之内，也不过四五人知道真相。其余势力，都是因事起意，因利而动，不值一提。"

徐凤年苦笑道："我闹这么一出，会不会给师父横生枝节？"

徐璞由衷笑道："李义山自己常说人心所向，方才使得棋在棋盘外，可见国手真正棋力，世子殿下不要担心，末将相信李义山肯定乐见其成，能让一局棋额外生气眼，可见殿下已经真正入局发力，是好事。"

徐凤年感兴趣道："徐叔叔也精于弈棋？"

徐璞赶紧摆手道："跟李义山相处久了，只会说些大道理，真要对局，就是俗不可耐的臭棋篓子，万万不过殿下的，殿下不要强人所难啊。"

徐凤年哈哈笑道："我想总比徐骁来得强上一些。"

一个恭恭敬敬称呼世子殿下，一个热热络络喊徐叔叔。

是不是牛头不对马嘴？

一场暮春苦雨骤然泼下。

徐凤年和徐璞一起走入斋子，徐凤年说道："魔头洛阳何时入城，才是当下敦煌城的真正劫数。"

徐璞点了点头，饶是这位轻骑大都督，也有些忧心忡忡。

徐凤年自嘲道："可别乌鸦嘴了。"


城内城外瓢泼大雨。

一袭白衣去过了采矶佛窟,缓缓走向敦煌城。

白日大雨如黑幕,男子白衣格外显眼,雨滴在他头顶身遭一丈外便蒸发殆尽。

一些逃散溃败的茅家金吾卫骑兵,路上见着了这名菩萨女相的俊美男子,心生歹意,只是还来不及出声,就在大雨中连人带马给大卸八块。

院中植有几株肥美芭蕉,雨点砸在蕉叶上,声响清脆。异乡相逢的徐凤年和徐璞端了两条凳子就坐在门口,徐凤年突然笑了笑,看到徐璞投来疑惑视线,汗颜道:"徐叔叔应该也知道我以前有花钱买诗词的无良行径,记得有一次花了大概两三百两银子买了首七言绝句,里头有一句'雨敲芭蕉声声苦',当时我觉得挺有感觉的,就拿去二姐那边献宝,不曾想被骂了一个狗血淋头,说这是无病呻吟之语,我临时起意,就说修改成'雨打薄衫声重'如何,二姐还是不满意,我一恼,就破罐子破摔,说'雨打芭蕉人打人,院内院外啪啪啪',问她这句诗咋样,哈哈,没想到二姐揍了我一顿后,金口一开,有些咨啬地说了两个字:不错。"

徐璞起先没领悟"啪啪啪"三叠字的精髓,有些纳闷,后知后觉才会心一笑,眯眼望着灰蒙蒙阴沉沉的雨幕,轻声道:"是不错。"

徐凤年正想说话,红薯撑了一柄缎面绣伞走入庆旒斋院落,收伞后将其倒立在门口,徐凤年记起小时候娘亲的教诲,雨伞不可倒置,去把小伞颠倒过来。红薯莞尔一笑,言语谐趣,柔声道:"处理得差不多了,虽然不能说皆大欢喜,不过大方向谈妥了,细枝末节就交给他们回去府邸私下磋商,反正板上就那些几块肉,割来割去,也就是落在谁家碗里的事情。奴婢猜想少不得又要靠家族内适龄女子去联姻,大伙儿结成亲家才宽心。这两天几家白事几家红事,都有的忙。"

徐璞一笑置之。

徐凤年看了眼天色,问道:"要不出去走走?"

徐璞笑道:"敢情好,走累了,可以到末将那里歇脚,还有几壶舍不得喝的绿蚁酒,温热一番,大口下腹,很能驱寒。"

红薯面有忧色,徐凤年无奈笑道:"真当我是泥糊菩萨纸糊老虎,娇气得见不得雨水?"

听到这话,红薯便不再坚持己见,三人两伞,一起走出芭蕉飘摇的庆旒斋，走出复归安详宁静的巨仙宫。徐璞所在酒肆就在主城道上，笔直走去即可，大雨冲刷，鲜血和阴谋也就一并落入水槽。不过城禁相比往常要森严许多，已经有好几起谋逆余孽在家将忠仆护送下，乔装打扮试图逃出城外，给临时补充到三座城门的金吾卫骑和江湖人士识破身份，当场截杀，至于是否有逃出生天的漏网之鱼，天晓得，恐怕只有从若干年卧薪尝胆后的复仇才能知道，这就又是另外一出类似赵老夫子和西蜀遗孤太子的悲欢离合了。而且这笔浓稠血账，将来多半要强加到徐凤年头上。

昏暗的街道上人迹寥寥，三人绕进一条宽敞巷弄，才总算见到了些人声生气，只见前方一座撑起大油伞的葱饼摊子前，排了长长的队伍。老字号摊子在敦煌城卖了好几十年的葱饼，不怕巷子深，口碑相传，便是这等时光，也有嘴馋的食客前来买饼狼吞虎咽，或是捎给家人。徐凤年一行三人排队站在末尾，期间又有一些百姓前来，有几个认识卖酒有些岁月的徐璞，知道他曾经娶了个貌美如花的大姓媳妇，然后跑了跟端木家的长公子过上只羡鸳鸯不羡仙的日子，都带着笑意悄悄对这名中年男子指指点点。其中一位体态臃肿的富态商贾，跟写得一手极好毛笔字的徐璞讨要过春联，念旧情，当下有些不满，阻止了那些相熟食客的取笑，插队来到徐璞身后招呼了一声，徐璞转身笑道："乔老板，又给你家宝贝闺女买葱饼了？小心长太胖，以后嫁不出去。"

肥胖商贾哈哈笑道："我那闺女可不是吃胖的，长得随我，嫁不出去没啥关系，入赘个就成，老乔我起早摸黑地挣钱，图啥？还不是想着自家子女日子过得轻松一些。对了，徐老弟，我在城东那边购置了一栋新宅子，回头还得跟你要几副联子，能不能帮忙写得气魄一些？"

徐璞点头道："这个没问题，记得常来喝酒，没你乔大老板撑场子，酒肆就办不下去了。"

乔姓胖商贾拍了拍徐璞肩头，豪爽道："这个没问题，这不凑巧赶上乔迁之喜，本来想去你那边商量一声，酒水都从你铺子里买，中不？不过说好了，可得给老乔我一个实惠价格啊。"

徐璞点头笑道："乔老板是行家，我要敢卖贵了，以后就没法子在敦煌城做生意了。"

红薯撑伞而立，转头望着这一对中年老男人唠叨客套，有些兴趣玩味。

徐凤年转过身，见商人兴许是瞧见自己衣着鲜亮，还带了个倾城的绝色婢女，一副想要套近乎又不敢造次的扭捏姿态，主动笑道："这位就是乔老板？我是徐叔叔的远房侄子，才来敦煌城做些瓷器买卖。徐叔叔常说这些年亏得乔老板照应铺子，回头乔迁之喜，别的不说，我手边赶巧儿有些瓷碗瓷碟，还算上得了台面，登门时候给乔老板送十几套去。"

乔老板一脸惊喜道："当真？"

徐凤年温颜笑道："要是糊弄乔老板，小侄还不得被徐叔叔骂死，当真当真。"

乔老板家境殷实，倒不是说真稀罕那十几套瓷器碗碟，只不过眼见着这对主仆男女风采惊人，做生意想要滚雪球钱生钱，一靠本钱，再靠人脉，尤其是后者，做过生意的，都知道很多时候在这个狗眼看人低的世道，庙里的那些座高高在上的菩萨，要是觉得你身份低贱，耻与为伍，就算有再多真金实银也白搭，提着猪头都进不了庙。碰上个好说话的权贵人物，真是比逛窑子遇上是雏的花魁还破天荒了。乔老板之所以跟徐璞这种落魄士子接近，说到底心里还是有些噼里啪啦的小算盘。他是商人出身，对于那些肚子里有墨水的读书人，都有一种天生的自卑，好不容易逮着一个落魄寒酸的，总有些沾沾自喜，想要抖搂抖搂自家的富贵气派，邀请徐璞写春联和入府喝酒，何曾不是有着叫徐璞见着府邸后生出自惭形秽感觉的那点小心思？

锦衣红薯买过了三只裹在油纸里的葱饼，徐凤年和徐璞就跟乔老板告别离去。

胖子当时不敢正视红薯，这会儿得空就使劲瞧着她的曼妙身段，狠狠咽了一口口水，心想徐璞怎的就有这种阔绰亲戚了？

走在巷弄春雨汹涌的青石板上，红薯笑道："大都督，想必不需要多久，宇文家就要悔青肠子了。"

徐璞略带涩意，笑着摇了摇头。

徐凤年问道："怎么一回事？"

红薯瞥了瞥徐璞，后者笑道："但说无妨。"

红薯这才缓缓说道："曾经有个独具慧眼的宇文家女子相中了大都督，不惜私奔跟家族决裂，嫁给了大都督，做了贩酒的老板娘，后来不知为何，回到了家族。"

徐璞平淡道："是改嫁给了端木家的长公子。不怪她，有几个女子乐意跟一个不上进的男子白头偕老。说实话，她当年愿意陪我这么个穷书生柴米油盐酱醋茶，就已经让我刮目相看，这些年也一直心怀愧疚，觉得亏欠了她太多。有几对门不当户不对的年轻男女，真正能够白首以对的？就算有，也多半只是才子佳人小说里的段子。再者，书中男子还得是高中状元才行，那才扬眉吐气。如徐璞这般的，能把百两黄金的嫁妆挥霍一空，就常理而言，如何都做不成书中的男子。"

徐凤年轻轻笑道："这些女子，看似可歌可泣，其实说到底还是既看错了男子也误认了自己。富贵悠游时，不谙世事，一方面家境优裕，可以看不起那些鲜衣怒马胭脂檀榻，真跟了男子吃苦，才逐渐知道黄白俗物的厉害之处，不说别的，与闺房密友闲聊，次次听她们说起山珍海味，说起最新衣裳又不够穿了，珠玉金钗又样式老旧了，跌落枝头变麻雀的女子兴许不是真的图这种享受，却总也心里不太好受，久而久之，潜移默化，再去看身边那个没出息的男子，知道了他的诗书才气没办法变作妻凭夫贵，甚至还要连累自己子女以后吃苦受累，自然而然的，心思就变了，当初那些转首问夫君，画眉深浅入时无，就悄悄成了相看两相厌。"

"徐叔叔，如果我猜得没错，是不是起先她去见昔日好友，都会与你说起，还会说笑几句？过了几年，接下来就越发沉默，然后会与你发些莫名其妙的小脾气，到最后，干脆都不跟你说这些事情了？"

徐璞愕然。

显然被这个年轻人一语中的了。

"徐叔叔，你要愧疚，在情理之中，无人敢说你的不是，不过若是太过愧疚，深陷其中，就有些小家子气了。退一万步说，那名女子嫁了个好人家，这比什么自怨自艾的此情可待成追忆，都要圆满许多。真要怪，就怪我师父去，他若给你一个敦煌城将军的身份，哪来这么多糟心事。"

徐璞愣了许久都没有说话。

红薯小声叹息道："那女子若是听到公子这一席话，可就要无地自容了。"

徐凤年自嘲笑道："我本来就是这种煞风景的庸俗男子，她估计都不乐意污了她耳朵，不会听上半句的。"

性子却截然相反。三十而立，成家立业，至今还是八字没一撇的事情，让他父亲端木庆生愁出不少白头发来。端木重阳是两州边境上久负盛名的刀客，经常跑去杀马贼玩，杀着杀着竟然还跟一股大马贼的头目成了结拜兄弟，若非家族阻拦，他差点把自己妹妹拐骗出去给马贼当压寨夫人。端木重阳也是唯一一个敢在茅家如日中天时出手教训茅氏子弟的爷们儿。三家互成邻居，远亲不如近邻，加上姻亲，表面上还算融洽，端木重阳、宇文椴和茅冲、茅柔兄妹都是青梅竹马的玩伴，只不过这些年端木重阳跟宇文椴有些有意无意的疏远。少年时代，这两位敦煌城内首屈一指的公子哥都喜欢跟在茅冲屁股后头当喽啰，可惜茅冲死得早，尚未及冠就死于非命，暴毙于采矶佛窟那边，至今没查出到底是仇杀还是情杀。

端木庆生隐忍许久，见这个次子还是一脸玩世不恭，终于忍不住拍案怒道："你去茅府作甚？茅冲那寡妇把你魂儿都勾去了？一只破鞋，你丢人不丢人？坏了两家大事，你拿什么去赔！"

宇文椴又眯起眼，低着头品茶。宇文亮始终微笑不语。端木重阳挑了挑眉头，跟自家老子针锋相对说道："大事啥，咱们两家背着主子躲起来算计利益就是大事？也不怕遭到燕脂那小婆娘的猜忌？要我说来，这次瓜分茅鲁两家和陶勇的地盘，咱们就不该仗着护驾有功咄咄逼人，真以为是咱们护的驾？还不是主子早就设好的局，等着那几个老狐狸主动跳入火坑。再说了，真计较起来，也是一人一剑挡在城门口的年轻人功劳最大，我也没听见他怎么叫嚷着要报酬啊，总不可能跟燕脂关上门那个啥一番就行了吧，怎么不见他捞个金吾卫统领当当？嘿，这是人家故意给咱们瞧的唱双簧，敲打我们不要得寸进尺。爹，你要是不去茅家闹腾几下，故意留给这婆娘一些把柄去小题大做，我倒要看你叼进嘴里的肉会不会吃坏肚子。"

端木庆生作势要拿起类玉似冰的东越青瓷杯，去砸这个满嘴胡言的混账儿子，宇文亮赶紧拦下，拉住亲家的手臂，打趣道："别扔别扔，这小子不怕疼，我可心疼杯子。"

端木庆生气呼呼道："宇文兄，你听听这兔崽子的话，什么叫叼，当老子是狗吗？"

宇文椴拎着一柄精美茶帚，弯腰低首，嘴角微微翘起，眯眼冷笑。

等端木庆生气顺了，宇文亮自顾自望着越瓷青而茶色绿的景象，抚须淡然笑道："其实重阳说得也不是没有道理，咱们啊，吃相是不太好，难免惹人嫌。你我两家是见不得光的北凉棋子，祸福相依，确实不用担心那个来历古怪的小姑娘亏待了咱们，大可以明面上吃得少些，暗地里多拿一些也无妨，如此一来，方便巨仙宫安抚人心。说句不好听的，别嫌'狗'这个字眼难听，咱们两家啊，就是人家养的走狗，咬人之前得夹紧尾巴不吭声，该咬人了就得铆足了劲，好不容易该吃食了，吃多吃少，还得看主子的脸色和心情。"

端木庆生满脸怒容，他是个舞枪弄棒的粗人，谈吐文绉绉不来，实在想不出反驳的言辞，只得生闷气，倒是端木重阳哈哈大笑，"伯伯这番话实在精辟。"

宇文亮笑道："那就这样定下调子，少吃多餐，慢慢来？亲家，要不你我都先吐出几块肉？"

端木庆生犹豫了一下，转头瞥见那个满城笑话的兔崽子顺手摸了一只茶盏入袖，气不打一处来，也不好道破，只得瓮声瓮气点头道："反正这些年都是大事随你。"

心不在焉喝过了茶，端木庆生几乎是拎拽着儿子离开茶室书楼，宇文椴正要开口说话，没个正行的端木重阳小跑进来，笑着拿走挂在屏风上的蓑衣。

宇文亮等到脚步声远去，才看了眼茶几上少了一位小先生的残缺茶具，这一整套就报废了，不由轻轻叹息一声。

宇文亮再无饮茶的兴致，只觉得厌烦，望向窗外雨幕，问道："你可知道那个叫徐璞的废物，是以后敦煌城大红大紫的新权贵？"

宇文椴皮笑肉不笑道："已经知道了。"

宇文亮问道："知道了身份，可曾知道如何相处？"

宇文椴脸色阴沉道："大不了将那个不要脸的贱货改嫁回去，端木中秋本来就是个只会读死书摆弄文采的废物，一对狗男女，看着就恼火，拆散了万事大吉。听说端木中秋新看上了一个妓女，想要纳妾，就让贱货假装打翻醋坛子，正好安上一个妒妇名头，休妻出户，名正言顺，反正徐璞那个窝囊废不介意这种事情。"

宇文亮怒极，拿起茶杯就狠狠砸过去，额头出血的宇文椴一脸愕然，宇

文亮骂道："蠢货，你真当徐璞只是一介莽夫？北凉出来的死士，有哪个是庸碌之辈？就算才智不堪大用，北凉另外有高人躲在幕后出谋划策，那实力骇人的徐璞瘟神，也是我们宇文家招惹得起的？"

宇文椴抚着额头，鲜血从指间渗出，嘴硬说道："我给他找回女人，怎就成坏事了？"

宇文亮怒气更盛，抓起杯子就要再度砸过去，不过见着嫡长子的坚毅眼神，不由颓然叹气道："你啊你，想事情怎就如此一根筋直肠子。女子心思自古难料，你那个妹妹向来性子刚烈，受到如此羞辱，即便遂了你我父子的心愿被迫改嫁，你真当她一怒之下，不会失心疯了去徐璞那边告状？自古重臣名将，没死在沙场上，有多少是死在君王枕头上的阵阵阴风？此事休要再提！"

宇文椴习惯性眯眼，松开手后，慢慢拿起茶巾擦拭，微笑道："我有一计，可以祸水引去端木家。"

宇文亮眼睛一亮，将信将疑道："哦？"

宇文椴伸出手指摩挲那只圆润茶瓶，笑道："我有心腹亲近端木中秋，可以怂恿他纳妾。端木中秋是伪君子，性子怯弱多变，耳根子极软并且最好面子。这名心腹正好欺负他不懂经营，手上压了一笔死账，有六七百两银子，本就该是端木中秋的银钱，这时候还给他，手头也就宽裕了。一个男人突然有了一笔数目不小的私房钱，没有歪念头也都要生出歪念头。我再让心腹双管齐下，一面去青楼旁敲侧击，如今端木家与我们一起压下茅氏，想必青楼那边也知晓其中利害，一个花魁原本得有八九百两的赎身，六七百也就拿得下来。一面去给端木中秋灌迷魂汤，说是徐璞记仇，要是敢霸占着那个贱货，就要拿整个端木家族开刀，茅家就是前车之鉴。爹，你说这个废物会不会双手奉送一封休书？到时候我们宇文家好生安慰那个没有廉耻心的贱货，她却跟端木家反目，撕破脸皮，此消彼长，谁会是敦煌城未来的第一大势力？"

宇文亮细细咀嚼，小心翼翼权衡利弊和考量操作可行性，笑容越来越浓郁。

楼外，端木家父子二人渐行渐远，走向后院，钻入一辆不起眼的马车，蹄声没能响过雨声。

收起羊皮伞，端木庆生闭目养神，并未脱去蓑衣的端木重阳也绝无半点吊儿郎当的姿容，正襟危坐。

端木重阳掀起窗帘看了眼高墙，笑道："不出意外，这会儿那对装腔作势的阴柔父子开始算计咱们端木家了，翻脸可比他们翻书快多了。宇文椴这小子，打小就一肚子坏水，自恃清高，偏偏还自以为谁都看不穿，实在是好笑。"

端木庆生低声说道："重阳，你觉得他们如何算计？"

端木重阳冷笑道："设身处地，肯定是从大哥大嫂那边下手，立竿见影，宇文家也就这点眼界和出息了。"

端木庆生睁开眼睛，十指交叉在腹部，轻淡笑了笑："你大哥胆小怕事，甚至连与你争夺家主位置都没胆量，我对他已经死心，倒是你，当年单枪匹马就敢一举袭杀茅冲，手脚也干净，让我这做爹的十分欣慰。这次宇文亮宇文椴要坑害你大哥，你去盯着，别闹出大事就行了，没必要跟他们一般见识，否则被他们看破我们的藏拙，反而不美。咱们父子是大老爷们儿，别跟那两个娘们儿锱铢必较。端木家从来就不把敦煌城当作做大事的地方。"

端木重阳爽朗大笑，讥讽道："这喝茶，不过是喝一个和和气气的'和'字，回头来看宇文亮这些年的阴险手段，真是白喝了几百斤的茶水。"

端木庆生没有附和这个话题，而是加重语气说道："方才你去茅家救人，情义味道都有了，很好。你这些年的行事作风，一直是做样子给北凉主子看的，现在是时候摘熟果子了。爹什么都可以不要，但一定会让你去当那个金吾卫大都尉。你和徐璞，还有那个年轻人多接触，喝喝花酒之类的，千万不急，只要循序渐进，总有你去北凉建功立业的机会。敦煌城这座庙还是太小，容不下你施展手脚，投了北凉军，争取成为那个世袭罔替北凉王的世子亲信，若是此子不足以托付性命，你大可以转投陈芝豹，一样不差。不过记得弄出一出苦肉计，否则被当成反骨之臣，在北凉会没有出头之日。"

端木重阳靠着车壁，啧啧道："白衣战仙陈芝豹，宰了枪仙王绣的狠人啊，真是神往已久。"

端木庆生摇头道："北凉世子和陈芝豹的军权之争，不像外界设想的那样一边倒，我觉得徐骁一天不死，陈芝豹就一天不反，但是陈芝豹一天不

反，这样拖着耗着，可供世子辗转腾挪的余地就会越来越大。"

端木重阳疑惑道："徐骁一刀杀了陈芝豹，不是什么都轻松？虽说如此一来，北凉三十万铁骑的军心就要散了一半，可到底是长痛不如短痛。"

端木庆生脸色凝重，摇头道："这就是北凉王御人术的高明所在，知道有些人杀不得，知道如何养虎却防后患。在我看来，陈芝豹之于雄甲天下的北凉军，是世子杀得，徐骁偏偏杀不得，兴许这位异姓藩王也舍不得杀。"

端木重阳极为珍惜和这个老爹独处的时光，更珍惜他吐露经验的机会，追问道："那爹你觉得陈芝豹是真反了？"

端木庆生笑了笑，道："就算一开始是做样子给赵家天子看，让太安城的放宽心，长此以往，陈芝豹就跟当初他义父在西垒壁一战后，差不多的处境了，不得不反。只不过当时徐骁有那个定力，才能有今天的荣华富贵，当初若是真反了，也就三四年时间和赵家隔江而治的短暂风光，到头来耗光了民心，又不得士子支持和民望支撑，只能是画地为牢，只有死路一条，这才是徐骁这个武夫的大智慧啊。到了高位，如何去保持清醒，殊为难得。而陈芝豹不同，他反了，不光是整座离阳王朝乐见其成，北莽一样要拍手叫好，就算是北凉内部，恐怕也是赞成多过反弹。"

端木重阳小心翼翼加了一句："前提是徐骁老死。"

端木庆生点了点头，说道："不错。所以其实徐骁和陈芝豹都在等。等到时候一旦轮到北凉世子披上凉王蟒袍，亲自去跟陈芝豹对弈，就是真正毫无情面可言的你死我活了。那之前，也是你待价而沽的大好时机。"

端木重阳神采奕奕，跃跃欲试。

端木重阳出身一般，且不说北凉棋子的尴尬身份，对比那些庞然大物，只算是地方小族。北莽有八位持节令把持军政，无亲无故，若无巨大战事，攀爬速度注定一般，去士子如林的北莽南朝，就更是个笑话，徒增白眼而已。北凉军才是毫无疑问的首选，若是将对峙的离阳和北莽说成是玉璧对半，那么为何不趁这机会去夹缝中的北凉军？男儿何不带吴钩，收取半壁五十州！

端木重阳突然皱眉说道："如果有朝一日魔头洛阳来到敦煌城，怎么办？"

端木庆生松开手指，摆了摆手，说道："无需杞人忧天，当时老城主拼得重伤致死仍要出城一战，可以说是拿命去换取口头盟约，这都是北凉方面的布局，要给敦煌城换来一尊奇大的供奉菩萨。"

端木重阳一脸敬佩道："北凉陈芝豹，魔头洛阳，都是喜欢穿白衣，嘿嘿，害得我遇上烦心事就去出门杀马贼，也喜欢穿上白袍子。"

端木庆生有些无奈，心情也放松一些，调侃说道："白衣有洛阳，青衣有西楚曹长卿，你小子争取出息一些，以后弄一件大红袍什么的。"

端木重阳有自知之明，摇头道："可不敢想啊。"

虽说江山代有人才枭雄出，各领百年风骚，颜色就那么多种，不是白衣就是青衣，要么红衣紫衣，可是历史上从未有过这样一袭白衣，所到之处，神挡杀神，佛挡杀佛，他第一次初到江湖，死在他手上的不下千人，其中有拦在路上的无辜百姓，可能只是多瞧了他一眼，更有闻讯赶至拦截的豪侠女侠，而这位白衣魔头脚步不停，辗转八州，最后杀至北莽王庭，中途不乏十大宗门里的高手，像提兵山的一位副山主，甚至连采矶佛窟的一位扫窟老僧都出面，更有道德宗的一位嫡传真人，结果无一例外都给杀得死无全尸。

杀人如麻，杀人不眨眼。这两个说法放在魔头洛阳身上，实在是合适得不能再合适了。

端木重阳突然说道："那天然嘴唇艳如胭脂的小姑娘，其实挺适合跟洛阳在一起的，要是再撞上那个一人杀退五百骑的年轻好汉，就有好戏看了。"

端木庆生皱眉道："想这些有的没的作甚？！"

端木重阳讪讪一笑。

端木庆生唏嘘道："我跟宇文亮，撑死了就是图谋一城一州本事的老狐狸，比起徐骁这条吞天大蟒，实在差得太远。"

老人继续说道："这并非为父妄自菲薄。徐骁，只是直呼这个名字，就有些胆战心惊啊。"

马车缓缓停下，所谋远胜宇文父子的端木二人一起走下车，端木重阳披蓑衣而行，怎么看都像是个混吃等死的浪荡子，没有规矩地抢在老爹身前，大步走入府邸。

撑伞而行的端木庆生自言自语道："夜气清明，扪心自问，最能知道良心有几斤，学问有几两。"

他跨过门槛，面带自嘲，"可惜了，是白天。"

# 第二章 敦煌城洛阳发威，黄沙地凤年御风

你是天下第三的新剑神，我便以飞剑杀你。

我之所以排在你身后，只是未曾与你一战，仅此而已。

这一日，依旧大雨，白衣才入城门，就遇上了走向酒铺子的一行三人。

在敦煌城隐姓埋名许多年的徐璞挡在两人身前，充沛气机勃发。

一对陌生高手相逢，吃饱了撑着抖搂威风，这是行走江湖极为忌讳的事情，不过徐璞也顾不上这些。若说他对晚辈徐凤年有了臣服之心，则属滑稽荒诞了。徐璞身为当年的轻骑十二营大都督，麾下七八万骑兵，不仅跟先锋军大都统吴起平起平坐，不说李义山这位知己，就算是赵长陵这位当时当之无愧的北凉首席谋士，对徐璞这位儒将也十分敬重。徐璞什么样的人物没有见过？只是徐璞行事严谨，恪守本分，既然心甘情愿做了敦煌城的死士棋子，况且连世子殿下都敢单身赴北莽，他就有在这座城内死在徐凤年前头的觉悟。天下劲旅无数支，可敢说能够彻彻底底死战到底不剩一兵一卒的，只有北凉军，以及拓跋菩萨的亲卫军。徐璞以北凉老卒自居，岂会怯战！

你是魔道第一人又如何，能让我徐璞多死上几回？

红薯深呼吸一口。

才要踏出一步，就被徐凤年拉住。

白衣洛阳入了城，眼中没有徐璞和红薯，只是眼神玩味地望向换了一张生根面皮的徐凤年。

徐凤年走出雨伞，苦笑着走到徐璞身前，"原来是你。其实我早该想到的，只是心底一直不敢相信。"

北莽魔道唯我独尊的枭雄伸了个懒腰，缓缓走来，任由雨点砸在衣衫上，尽显那具不算十分凹凸有致的修长身材，说道："黄宝妆终于死了。"

徐凤年站在原地，抿起嘴唇不言语。只是心中有些想抽自己嘴巴，让你乌鸦嘴！更加悔恨没有带出春秋和春雷！

两人相距不到二十步，红薯是第一次见到这名大魔头，早已视死如归。徐璞则是第二次，当时敦煌城主"二王"即红薯的姑姑与洛阳一战，他曾在城头远远观看，但瞧不清面孔，但洛阳身上的那股气势，换作谁都假装不来，就算是拓跋菩萨都不行，这位白衣魔头的那股子杀气，独一无二，江湖百年独一份！

就算近观洛阳，有些女子面相，但徐璞仍是打死不信他是一名女子。

只有在飞狐城挂剑阁那边吃过苦头的徐凤年心知肚明，她的确是女子，兼具天人相和龙妃相，口衔骊珠，而且的确是年轻得很，该死的是她的卓绝

天赋足可与李淳罡媲美。

徐凤年问道："黄宝妆怎么死了？你的骊珠呢？"

既是洛阳也是黄宝妆的棋剑乐府女子没有答复，只是摸了摸肚子，"又饿了。"

徐凤年知道这疯婆娘说过一饿就要杀人，比起那个善良无辜的黄宝妆实在是天壤之别。

这尊当之无愧的魔道巨擘突然笑起来，连徐璞都有些眼花，她轻声笑道："黄宝妆不知道我做了什么，我却知道她做了什么。"

红薯和徐璞不需淋雨，就已经是一头雾水。

徐凤年正要开口，该称呼洛阳的女子终于肯正眼看向如临大敌的红薯和徐璞，皱了皱眉头，"你怎么长得跟那老婆娘如此相似，难怪你姑姑要我留你一命。我不杀你，滚回紫金宫，此生不许踏足掖庭宫半步！"

红薯妩媚笑了笑，纹丝不动。

洛阳一步就到了红薯身后，轻轻一掌拍向她心口，几乎同时，洛阳这只右手变拍作撩，拨去红薯一踢，左手粘住徐璞的鞭腿，一旋就将他丢出去。徐凤年虽然站在原地，成胎最多的金缕、朝露两柄飞剑却都已经出袖，可金缕到了洛阳眉心两寸，就悬停轻颤，不得再近，朝露更是在她心口三寸外停顿不前。红薯和徐璞正要联手扑杀过来，好给徐凤年蓄势驭剑的时机，不料骤然间，天地变色，雨丝如千万柄飞剑向二人激射而来，两人仅是抵挡剑势，就苦不堪言，拼着千剑万剐才前进些许。

要知道，洛阳是近百年以来进入天象境界的最年轻一人。这一点，比武榜前三甲的王仙芝、拓跋菩萨和邓太阿都要来得惊世骇俗。

徐凤年完全放开对二剑的驾驭，神情平静，分别看了一眼两人，然后注视着一袭白衣的魔头洛阳，摇头道："红薯，徐璞，你们先走，不要管我。"

红薯率先转身，徐璞犹豫了一下，也往后撤退。

洛阳破例并未追杀。大概是觉着眼前那柄金缕飞剑有些意思，伸出两根手指，夹住下坠的金黄色飞剑，不去理睬心口附近坠地的朝露，说道："姓徐的，你有些道行啊，越来越出息了，怎么入的金刚境，又怎么受的伤？"

无所凭依的朝露直直掉落地面，被水槽倾泻不尽的雨水遮掩。

徐凤年不去看朝露和金缕，问道："一定要杀我？"

洛阳手指微微用力，金缕弯出一个弧度，继而听她笑道："给个不杀的由头，说说看。算了，反正你怎么都得死，我更想知道你的真实身份。"

徐凤年直截了当说道："徐凤年。"

洛阳面无表情地说道："没有徐殿匣好听。"

徐凤年笑了笑，不见任何气机牵引，便见朝露暴起，再度刺向白衣魔头的心口，这一击，足够阴险刁钻，时机把握也天衣无缝，恐怕像是目盲琴师薛宋官都要措手不及。

可她只是轻轻咦了一声，又是双指伸出，夹住这柄略显古怪的通灵飞剑，恍然道："吴家养剑秘术。似乎你的剑道天赋跟你耍刀一样不太行啊，身上共计十二柄飞剑，唯独这柄小玩意儿剑胎大成。"

头一回被嘲讽天赋的徐凤年没有跳脚骂娘，安静站在原地，心有灵犀的徐璞和红薯都止住身形，以三足鼎立之势围住白衣女子。

大雨渐停歇。

此地无山，不见雨后山渐青。

洛阳问道："你是李淳罡的半个徒弟，这个我听说过。不过你跟邓太阿有什么关系。你们最好有些关系，我一路杀来，就是想传话给这位新入剑仙的剑客，想和他一战。"

"你真当自己举世无敌了？"徐凤年呸了一声，笑道，"还我黄宝妆，相比你这个魔头，我更喜欢那个温婉妹子。"

洛阳笑了笑，杀气横生，不过不是针对口无遮拦的徐凤年，而是城头上一名负无名剑的男子，讥讽道："难怪你胆气足了，原来是他传音给你。"

乌云散去，天上只有一缕阳光透过缝隙洒落人间，恰巧映照在那名剑士身上。

恍恍惚惚如仙人下天庭。

那名面容并不出彩的中年剑士飘然落下，有些笑意，"我是有传音给这小子，不过原话是要他说你也配瞧不起邓太阿？"

徐凤年撇了撇嘴角，"要是换成李淳罡，还差不多。"

洛阳屈指弹掉两柄可有可无的飞剑，望向这名才与拓跋菩萨战过的当代剑士新魁首，眼神炙热。

她一跺脚。

满街雨水溅起，便是无数柄飞剑。

你是天下第三的新剑神，我便以飞剑杀你。

我之所以排在你身后，只是未曾与你一战，仅此而已。

这就是天下第四人洛阳的自负！

邓太阿不去看那些剑意凛然的万千飞剑，只是看了眼徐凤年，平淡道："这一战，是邓某欠了李淳罡的万里借剑传道之恩。你站远点闭上眼睛仔细看好了。"

闭上眼睛仔细看？

外人可能不懂，初入金刚境的徐凤年却深谙个中三昧。

就像剑胎大成以后，以气驭剑就成了鸡肋，远不如心之所向剑之所至。方才无法一击得手，不是飞剑不够凌厉，而是徐凤年自身养神仍有不足，若是杀人术真正举世无双的邓太阿使来，洛阳岂能那般闲适轻松。邓太阿剑招自称第二，无人敢称第一，这一点连李淳罡都不曾否认。徐凤年睁眼观战，就要捡芝麻丢西瓜，得不偿失，闭眼以后，五感消失一感，其余四感无形中就可增强几分，这与瞎子往往相对耳力出众聋子容易视力出彩是同一个浅显道理。

他让红薯和徐璞放心离去，这才沿着街道掠去，离了将近半里路，盘膝闭目而坐。

这一日，不仅敦煌城南门城墙全部倒塌，以徐凤年所坐地点为南北界线，南边城池全部毁去。

这一战的最终结果，第三仍是第三，第四仍是第四。

当徐凤年睁开眼睛，只看到邓太阿蹲在一旁，不见魔头洛阳踪影，徐凤年瞧见一张脸色如金黄薄纸的惨淡脸孔，心中震撼。背了一柄无名剑的邓太阿道望向满眼的沟壑纵横城垣倒塌，平静道："跟拓跋菩萨一战后，不胜不败，一路东行到吴家九剑遗址，期间出现过提兵山山主，棋剑乐府的铜人，还有几名魔头，都各自战上过一场，至于这个才胜过洪敬岩的洛阳，我早已御剑空中发现了她。这场车轮战，由拓跋菩萨起头，由洛阳结尾，不枉此行。你小子运气不好，她入城后其实原本没了杀机，察觉到我剑气倾泻以后，才想要将你当作鱼饵，迫使我现身。"

徐凤年笑道："北莽这次做事好像不地道。"

没有毛驴也没有桃花枝的新剑神站在一道鸿沟之前，"见水劈水，见山开山，这本里就是李淳罡借给我的剑道，就算武榜九人都在前头等着，也绝无绕道的可能。这种大道理，说给别人听，兴许有些扫兴，不过你既然独身来了北莽，想必多少能领会一些。"

似乎知道徐凤年要问什么，邓太阿浮现一个温暖笑脸，缓缓说道："李老前辈那一剑既是开山又是开天，我以剑术问道，走了条羊肠小径，前辈万里借剑，不是要我走他那条阳关大道，而是指点了那条路上的风景气象给我看，并非要我改换道路，这才是可贵之处。我曾赠剑与你，刻意隐瞒十二飞剑的秘密，除了要你自行悟道修行，未尝不是我的性子不够爽利使然，如果是换成李前辈来做，可能就不会如此扭捏。"

徐凤年点了点头。

邓太阿转头瞥了一眼，眼中有笑意："你倒是爽利，不矫情。难怪李淳罡对你有些看好。"

徐凤年笑容羞赧，除了邓太阿武道地位超然，当然是因为还有一层沾亲带故的便宜关系在，晚辈跟亲戚长辈相处，这对于徐凤年来说是十分陌生的处境。邓太阿仅就容颜气韵而言，不是如何卓尔不群的男子，人到中年，笑脸泛泛，更多像是个好脾气好说话的邻居大叔，甚至还不如卖酒多年的徐璞更有雅气或是威严，尤其是剑不出鞘时，返璞归真，就越发不显山露水，和蔼和亲。当然，徐凤年也曾私下想象过邓太阿倒骑驴摇桃花的画面，青山绿水间，或是枪林箭雨中，想必应该也会十分高人风范，可惜都没能见着。

邓太阿望气一番，问道："如何受的伤？"

徐凤年轻声道："跟几百铁骑打了一架，有点力所不逮。"

邓太阿调侃道："跟你爹一个德行，年轻时候都不安分。说实话，我前些年一直觉得徐骁配不上我姐，替她不值，这趟去北莽，边境上给拦了下来，被徐骁死皮赖脸逮住，灌了一通酒，印象改观不少。虽然还是没明白当年我姐为何要跟他私奔，不过觉得跟了徐骁这个大土棍，起码过得开心舒服，别的不说，徐骁这辈子就娶了她一个媳妇，就很难得，也就没什么对不对得起了。对了，你金缕剑胎成就大半，是他山之石攻玉，我不好奇，倒是

朝露一剑，如何妙手偶得，说来听听。"

徐凤年回头指了指巨仙宫殿群，笑道："在屋顶想了一晚上事情，旭日东升，一线晨曦由东向西推移而来，落在身上，就无缘无故想通了。也是那时候才醒悟每柄飞剑通灵以后，就是一种秘剑术。"

邓太阿点头轻声道："无根器者不可与其谈道，就是这个道理了，你的天资，不错。"

徐凤年小心翼翼问道："我眼拙，没看出你和洛阳胜负是否悬殊。"

邓太阿笑道："不悬殊。洛阳新败棋剑乐府同门师兄洪敬岩，乘大势而来，我却连番苦战，所以她雨剑八百道，都结结实实刺中了我，这会儿五脏六腑并不好受，不过既然到了世人眼中的陆地神仙境界，还扛得住；至于她，只受了我一剑，击碎了心窍处骊珠，算是一珠抵一命。一半是她故意所为，一半是难逃此劫，兴许她邀约一战，本就是想要一举两得甚至一箭三雕。其中古怪，你要是有胆量，自己去探究。"

徐凤年直截了当地摇头道："她不来找我就万幸了，绝不敢去自寻晦气。"

邓太阿看了眼天色，轻声感慨道："王仙芝这老头儿，都等了一甲子，我们这些人都没能把他拉下来，拓跋菩萨和曹长卿也都不行。以后就看你、洛阳、南宫仆射这些年轻人了。"

徐凤年一脸讶异。

邓太阿没有卖关子，给出答案，"我要寻访海外仙山异士，砥砺剑道。"

他复又豁达笑了笑，"天下剑士百万众，应该有几人真心去为剑而生，为剑而死。说不定以后我若是无法返回中原，临死之前，也会借剑一次。省得江湖忘了邓太阿。"

他随即修正道："邓太阿忘记无妨，不能忘了邓太阿的剑。"

邓太阿临行前，指了指身前满目疮痍的光景，见到徐凤年点头，最后说了一句："北莽清净福地道德宗有一座雾霭天门，你有机会一定要去看一看。"

邓太阿负剑轻吟，飘然远去，"梦如蕉鹿如蜉蝣，背剑挂壁崖上行。"

接下来整整三天，南门一线，都可以看到一个年轻书生在那里仔细端详每一条剑痕，每一条沟壑。

　　整座敦煌城都没心思放在这等小事上，知道魔头洛阳进城入主掖庭宫后，几乎一夜出逃近万人，后来见洛阳不曾滥杀无辜，又有紫金宫宫主燕脂张榜安抚，才有三四千人陆续返城。除了新近成为武榜第四人的白衣洛阳，谈论最多的还是一鸣惊人的卖酒郎徐璞，成了敦煌城副城主，爬上了两人之下万人之上的高位。有说此人是旧城主的面首，也有说他是一位隐藏很深的魔头巨枭，一些个光顾过铺子的酒客，都沾沾自喜，扬言早就慧眼看出了徐璞的能耐，至于接到老宦官登门亲送十几套瓷器碗碟和五六副春联的乔老板，短暂的战战兢兢过后，更是倍感蓬荜生辉，地位暴涨，一跃成为城内身份显眼的商贾。徐凤年本就是外人，不理俗事，只顾着埋头从千万道痕迹中找寻剑术定式，与刀谱相互印证，受益匪浅。

　　正午时分出城离开敦煌时，城南荒废，他便和红薯、徐璞在城东外一座酒摊子喝临行酒。摊子老板眼窝子浅，处事却精明，认不得三人，只当是城里惹不起的达官显贵，都没敢胡乱给酒水喊高价。三人坐了一张角落桌子，徐凤年之所以选择此时出城，是因为红薯手边事务有条不紊，井然有序，他待着也无事可做，再有就是洛阳只在掖庭宫生人勿近地待了两天就悄然离开，没了这位让他不敢掉以轻心的心腹大患盘踞宫中，徐凤年也就放心许多。

　　徐璞兴致颇高，拿筷子敲瓷碗如石锤，轻声哼了一支北凉腔的采石歌，有荒腔走板嫌疑的小调小曲，听在耳中则格外亲切，算是给徐凤年送行。

　　徐璞也不是那种不谙世情的榆木疙瘩，率先起身告辞，没走多远的返城途中，看到一架马车擦肩而过，窗帘子掀起一角，车外车内一男一女相视而过，脚步不停，马车不停。

　　车内温婉女子咬着嘴唇，满颊清泪。

　　徐凤年低声问道："是她？"

　　红薯笑道："可不是，真巧。"

　　徐凤年摇头道："巧什么巧，有心人安排的，当然多半不是她刻意所为。"

　　红薯一笑置之，其中门道，她自然也不陌生。只不过一旦说破说穿，就

丁点儿余味都给弄没了。你见青山多妩媚，料青山应如是，这叫两情相悦。你见青山多妩媚，青山见你是坨屎，这叫一厢情愿。青山见你多妩媚，你在山上拉坨屎，还要让青山待你如初见，这就是人心不足了。

红薯主动换了个话题，"公子怎么不多待几天，好试着去收服徐璞。"

徐凤年摇头道："我这辈子最不擅长的事情就是收买人心。第二次出门游历，也没想着怎么去跟一百凤字营轻骑客套寒暄。而且我也受不了那些纳头便拜的老套戏码。出来混官场公门和行走江湖的，都不是傻子，运气好些，能够意气相投，那也是适合做朋友。你看我当世子殿下的时候，除了几个从小玩到大的狐朋狗友，可曾收过小弟喽啰？被人在后背捅刀子，很好玩啊？"

红薯揉了揉徐凤年的眉心，柔声道："这个得改。"

徐凤年点头道："在用心改了。徐璞方才说徐骁是聚势造势，我得借势乘势，很有道理。"

喝过了几碗酒，徐凤年起身背好一只新紫竹书箱，说道："别送了。"

红薯乖巧站在原地，只是怔怔远望相送。


徐凤年往锦西州境内一路北行，尚未到吴家九剑破万骑的遗址，却遇上了一条横空出世的陆地大龙卷。

蔚为壮观。

徐凤年系紧书箱绳带，大笑着冲过去。记得当年武当山上骑牛的木剑划瀑布，今朝世子殿下春秋剑破开一条缝隙，穿墙入龙卷。

陆龙卷一般而言，比不得水龙卷势大，但是其中多夹杂有风沙巨石，凶险无比。当下这条陆地龙吸土，规模奇大，徐凤年进入之后，就有大把的苦头吃了，几乎等于是绵绵不断承受目盲女琴师的胡笳拍，不过徐凤年早有心理准备，抽出春秋剑，一边出剑迅猛，以剑气开蜀击碎大石，一边筑起大黄庭的海市蜃楼，踩踏而上，如登高楼，如攀五岳，昏天暗地，闭目凝神，出剑复出剑，拔高再拔高，不知身临离地几百丈。

骤然风停，徐凤年一冲而出，身形高出云海，如入天庭。

全身上下沐浴在金黄色日光中，好像一尊金身佛陀。

可惜世人不得见此时此景。

徐凤年身处九天之上，眼见壮阔无边的黄金云海，哈哈大笑："我有一剑叫扶摇！"

徐凤年冲出陆龙卷的巨大旋涡后，高喊"一剑扶摇"，身体借着抛力继续往天空攀升，到了最高点，盘膝而坐，好似一尊天人静止坐天门，坐看云起潮落，这大概称得上是人间最逍遥的一幕场景了。

徐凤年举目看去，云海滔滔，一望无垠。

意气风发过后，身体就直直坠落，跌破佛光普照浸染的金黄云层，才几息时间，陆龙卷已经远去半里。徐凤年终于不再摆架子装佛陀，心神所向，朝露飞出袖口，徐凤年四肢舒展，脚尖轻轻在飞剑上一点，略微阻挡了下坠速度，若是率先祭出其余仍然需要气机牵引的飞剑，一气断去，跌落势头就势不可挡。如此反复点点停停滞滞，不断减缓下坠速度，离地差不多一百丈时，从云海摔下的徐凤年猛然抽出春秋，剑剑扶摇起风，五十丈后，十一柄飞剑齐出，在空中布置出一条倾斜天梯，步步踩剑身，同时大黄庭充沛气机鼓荡全身，头巾双袖一起飘拂，真有几分仙姿。

大黄庭精妙处在于一粒种下而满太仓，气断一停刹那生新气，才使得他可以春秋剑出。寻常金刚境高手如此摔下，估计不死也要在地面上重重砸出个大坑，砸成内伤。十丈以内，徐凤年已是黔驴技穷，尽量提气，几乎瞬间踩地，双腿弯曲卸去冲劲，地面尘土飞扬，还背着个书箱的徐凤年翻滚出溅射灰尘，有些狼狈。

抬头望了望天空云海，天上人间。

几次呼吸以后，气满太仓，徐凤年撒腿奔跑，又冲向那条接起天地的陆地龙汲水，同样是以春秋劈开墙缝，钻入以后，依然是剑劈巨石无数，踩石而升，踏气而浮，再度一举冲出漆黑昏暗的陆龙卷大壶口。这一次徐凤年没有悬停云海之上做仙人远眺，故意一次吐纳换气，身体被吸往龙卷旋涡，春秋剑不断以扶摇式劈斩，这一趟是逆行向下而去。魔头洛阳是逢仙佛杀仙佛，邓太阿也曾说李淳罡的剑道即是遇山水开山水，徐凤年不信自己还斩不断一条无根的陆龙卷。向上是顺势，虽有飞旋巨石如飞蝗箭矢，但大多有迹可循，往下而走，大石走动滚玉盘，就成了不计其数的凌厉暗器。徐凤年所幸亲身经历过目盲女薛宋官的琴声控雨点造就的密麻杀伐，艰难行至陆龙卷中部，几次换气，仍然隐约扛不住，又咬牙坚持片刻，终于不再拿性命开玩

笑，返身顺势如飞升，跃出了壶口，再跌回去，如同再度身临敦煌城门外五百骑轮番冲击的境地，期间被碎屑刮擦得满身血污。亏得他第三次被抛出大壶时还能养剑，反正出血不少，别浪费了，苦中作乐至此，可歌可泣。

徐凤年就这般随着陆龙卷往北而去。

世人有乘马坐船而行，随着一条龙卷飘摇，不知能否算是前无古人后无来者。不过进入北莽后，在飞狐城听说过道德宗麒麟真人曾经一苇渡去十三峰，而把极北冰原当作淬体炼魄之地的拓跋菩萨也有过站鲸浮海的壮举，比较这两位，徐凤年也差得不太多了。

万物皆有生死，衣衫褴褛的徐凤年养剑六柄以后，察觉到龙卷已经开始式微，远不如起初势如破竹，便开始以一剑扶摇不断斩向气壁，加速这条陆龙卷的消散。最后一次给丢出龙卷，徐凤年骤然提气拔高身形，站在云海之上，看了一眼西下夕阳，但见云雾透紫，呈现出紫烟袅袅的唯美风光，徐凤年如痴如醉，那一刻，一个念头掠过，御剑的她是否见过此情此景了？

回落人间，春秋一剑扶摇斩裂气象声势都不复当初的陆龙卷，落地原本无碍，徐凤年还沉浸在方才思绪中，结果被人一脚踹出个狗吃屎，虽有临时警醒，却仍然躲不过偷袭，好在那一脚没有击杀欲望，徐凤年在地面上扑出一大段距离，身上这套衣衫彻底破碎，起身后看去，是他这辈子最不想见到的熟人，另一个黄宝妆——洛阳！黄昏中，黄沙上，一袭白衣飘飘。徐凤年头大如斗，碰上拓跋春隼和目盲女琴师这两拨劲敌，都不曾如当下这般棘手。强自压下心中寒意，徐凤年不退不跑，并非是徐凤年悟出扶摇式后便有了视死如归的气魄，而是那一脚透露出的信息，让他不至于掉头逃窜。果然，女魔头洛阳开门见山说道："你随我去一趟冰原，我杀拓跋菩萨，宝物归你。"

徐凤年毫不犹豫地点头道："好！"

不答应十成十是个死字，形势比人强，容不得徐凤年打肿脸充英雄好汉，只要这尊女阎罗不是要他拿春秋抹脖子，他就都会乖乖应承下来。洛阳显然有些满意徐凤年的爽快态度，转身先行，徐凤年跟在她身后，始终远远保持十丈距离，这能保证她无缘无故想杀人时，不至于被一击毙命，好歹拼死给出几招。凝神望着那个修长背影，她穿了那件很大程度上模糊性别的白袍子，木簪挽发，当初在敦煌城见到她，若非近距离见过棋剑乐府女子黄宝妆的容颜，徐凤年一样不会将她当成女子，她实在是杀气过重，英武非凡，撑死了被当作算命先生常说的生而富贵的男子女相。

徐凤年游历假装相士骗钱那会儿，经常对着相貌磕碜的男子笑脸说道公子相貌不俗，南人北相，定然是大富大贵难跑了。不过那时候肯定还会有转折，加上"不过"两字，若非这样，也不好从口袋里骗出铜钱来。徐凤年吃足苦头的那三年，总结出一个道理，简称"两大难"，一难是让别家媳妇爬上自家床，二难是让别人囊中铜钱入自家口袋。倒霉撞上骊珠被邓太阿击碎后的洛阳，徐凤年半点揩油占便宜的小念想都欠奉。

洛阳稍缓了步伐，十丈距离变作九丈，徐凤年悄悄重新拉回十丈，当再次变成九丈时，徐凤年就不再多此一举，任由她慢慢将距离拉近到三丈。这位女子辗转北莽一战最终跻身武榜前十，再战赢过洪敬岩就成为天下第四，虽然第三战输给了邓太阿，止步于第四，但既然她有去跟拓跋菩萨扳腕子的决心，想必和邓太阿那一场毁城之战，未必就是倾力搏杀，因为她始终是以雨剑对邓太阿的剑，而此战之前天下皆知魔头洛阳杀人如拾草芥，唯独不曾见她用过剑，可想而知，洛阳最可怕的地方不在于她排名之高，而在她的年纪轻轻，在于她的进步速度之快，而她明显跟王仙芝、拓跋菩萨走了一条路子，就是以战养战。

背对徐凤年的洛阳平淡说道："你要去吴家剑士葬身遗址？"

徐凤年轻声道："不错。"

洛阳平静道："那你我两旬后在宝瓶州打娥城相见。"

说完她便一掠而去。

见过洛阳并且有过约定的徐凤年心头压大石，驻足原地，望着那个潇洒远去的身影，世子殿下脸色阴沉，叹了口气。去吴家九剑破万骑的路上，已经碰到魔头，霉运至极，接下来只求别祸不单行。这个念头才起，在敦煌城就乌鸦嘴过一次的徐凤年狠狠拍了自己一巴掌，随即摘下书箱，换上一身衣衫，继续徒步前往西河州。在敦煌城，红薯有说过遗址的状况，两百年前吴家剑冢精锐尽出，完成那桩几乎称得上玉石俱焚的壮举后，北莽并未恼羞成怒地拿吴家剑士遗体发泄怒火，相反予以厚葬，战死了的剑士都享有一坟一碑一遗剑。几名当时不曾随行的剑侍之后都陆续进入北莽，在那边结庐守墓而终老，专门在战场驻扎有一队铁甲骑兵的北莽也不曾加害剑侍。剑侍死

后，仍有代代相传的吴家守陵后人打理墓地，这和中原动辄拿仇家挖棺鞭尸的举措，形成鲜明对比。中原士子名流谈及两朝习俗，只说北蛮子饮毛茹血，风化鄙陋，都有意无意避过这一茬。

徐凤年扳着手指计算路程，来到西河州目的地，才知道遗址位于一个方圆三四里的小盆地内，让他啼笑皆非的是兴许有太多练剑人士慕名而来，络绎不绝，这块下陷盆地四周有一个接一个贩酒卖茶售瓜果的小摊子，无一例外的，不管主营什么买卖，摊子上都叠放着一摞摞武林秘笈，以吴家剑术相关秘笈最为繁多，名目都很吓人，什么《吴家仙人九剑》《剑冢十大剑招》等等，外加另外一些绝学宝典，大多有着类似副书名《王仙芝毕生绝学十八式》，反正怎么唬人怎么来，大多粗制滥造，字都写不好。徐凤年花了点碎银子买了一袋子西河特产青枣干果，在眼前摊子上拣起其中一本书皮写有"错过此书就要抱憾终身"一行歪扭大字的《牯牛神功》，摊贩是个身材矮小贼眉鼠眼的中年汉子，见到生意上门，立马说得唾沫四溅："少侠，这本秘笈可了不得，看了此书，只要勤练个几年，保管你成为三品高手。别看隔壁摊子上卖那些吴家剑技的破烂书籍，夸得天花乱坠，其实都是昧着良心骗人的，天底下哪有看几眼就变成剑仙的好事。咱这儿就是一分钱一分货了，这本《牯牛神功》是离阳王朝那边轩辕世家的绝学，别看名气不算大，可真金实银实在货，我见少侠你根骨清奇，一看便是天资卓绝的练武奇才，这本宝典原价六两银子，我就当跟少侠善一份缘，半价卖你，三两银子！只要三两！"

徐凤年吃着青枣干果，看着伸出三根手指的摊贩，只是笑了笑。

很快隔壁摊子的壮汉就拆台，坐在长椅上跷着二郎腿，一边嗑瓜子一边冷笑道："《牯牛神功》是吧？老子这里就有一大摞，都没卖出去，别说三两银子，三十文一本，还买一送一，这位公子要不要？这价钱，拿去擦屁股都不贵。"

卖枣子顺带卖秘笈的矮小汉子转头跳脚骂道："张大鹏，你欠削是不是？"

健壮汉子丢了他一脸瓜子，站起身，弯了弯胳膊，露出结实的块状肌肉，吼道："三老鼠，谁削谁？！"

被唤作三老鼠的摊贩缩回去，撇嘴腹诽，壮硕汉子见到徐凤年放下那本狗屁不通卖不出去的破书，立即换了一张灿烂笑脸，招徕生意道："公子这边请这边请，我张大鹏是这边出了名的厚道人，做生意最讲究买卖不成情意在，这些秘笈随便挑选，有看上眼的，折价卖给公子，三年以后若是没能神功大成，回来我双倍价钱赔偿给你。来，瞧瞧这本《剑开天门》，记载的是那老剑神李淳罡的成名绝学，你瞅瞅这精美装订，这书页质地，还有这份笔迹，显然是真品无疑。公子要是在这附近找到一本相同的，我把脑袋拧下来给你当尿壶。"

徐凤年走过去拿过"秘笈"，显然比较一般摊贩售卖的密集宝典，这本要多花许多心思，他想了想，问价道："多少文钱？"

本想开口一两银子的汉子给硬生生憋回去，眼角余光瞥见隔壁三老鼠要报复，一瞪眼将那王八蛋吓得不敢作声，这才犹豫了片刻，挤出真诚笑脸，一口咬死道："九十文钱，我这儿从不还价！"

徐凤年伸手去腰间干瘪钱囊掏了掏，捞出大约三十枚铜钱，面无表情说道："就这么多。"

壮汉赶忙半接半抢过铜钱，"情谊重要情谊重要，公子有心就好，三十文就三十文，张大鹏岂是那种见钱眼开之人。"

徐凤年将这部"秘笈"放入背后书箱，摊贩张大鹏还不忘对这个背长剑的年轻顾客溜须拍马道："一看公子便知是剑术高手，未来成就不可估量，以后若是一鸣惊人了，别忘了给人说说张大鹏这部《剑开天门》的好。"

徐凤年点头笑道："一定一定。"


有老黄和羊皮裘老头两位剑士珠玉在前，吴家遗址看与不看都没什么关系了。

徐凤年过吴家遗址而不入，走上北面山坡，发现背阳面半腰有一片非驴非马的建筑群，半寺庙半道观，青白袍道士和红衣喇嘛夹杂而处，各自招徕香客。徐凤年啃着青枣干果，绕过朱漆斑驳的外墙，在后院门口停脚，院门悬有道门鲜红桃符，楹联由中原文字写就，难得的铁画银钩，颇见功底，却是佛教腔调：任凭你无法无天，见此明镜高悬，自问还有胆否？须知我能宽能恕，且把屠刀放下，速速回转头来！徐凤年跨过门槛，走进院中。正值黄昏时分，一群斜披红袍的喇嘛做完了晚课，在殿外走廊席地而坐，说法辩

经，年迈者早已古稀花甲，年幼者不过七八幼龄，俱着毛绒红色袍子，一些性子跳脱的小喇嘛就干脆坐在栏杆上，栏杆年久不修，发出一串不堪重负的吱吱呀呀声响，年长喇嘛手握胸前佛珠，神态各异，辩论者或神采飞扬，或眉头紧蹙，旁听者或沉思或欣然。徐凤年没有走近，安静站在远处，有些吃力地听着那些北莽偈语相诘。暮色余晖洒落，几名对辩论心不在焉的小喇嘛瞧见了香客徐凤年，咧嘴一笑，复尔转头窃窃私语，也不知是说新学经书佛法如何，还是说今日昨日某位烧香姐姐的姿容如何。院内院外不过几尺高度小门槛，一跨可过，但是出世入世，才是大门槛。徐凤年沿墙绕行，期间有中年僧人托木盆迎面而来，表情平静，单手轻轻施礼。徐凤年还了一礼，去主殿外焚香三炷，敬佛敬法敬僧，没来由想起即将到来的两朝灭法浩劫，以及龙树僧人的可无佛像佛经不可无佛心的说法，世子殿下有些感慨。山雨欲来，陆地起龙卷，一个两禅寺老和尚，能挡得下来？

徐凤年抖了抖肩膀，系紧绳带，稍稍挂起那只书箱，准备找路去正门离开，蓦地看到前方有一对熟悉男女绕殿而出，正是酒摊上同桌而坐的食客。男子绸缎长衫，面如冠玉，风度翩翩，腰间挂有一串南朝士子间十分风靡的金银铛；女子秀气贤淑，金钗步摇，小家碧玉的中人之姿，却拥有大家闺秀的气韵。年轻英俊男子正给结伴女子讲述佛门三十二相，顺势解释了佛门金身相和一品武夫里金刚境的不同，言辞深入浅出，显然熟谙释教典故，女子温雅点头。徐凤年不想加快步子超过两人，本意是不愿打搅这对火候只比情侣身份差一筹半筹的出彩男女，不曾想片刻工夫以后，男子转头狠狠瞪了一眼，似乎是觉得徐凤年不怀好意盯着女子婀娜身段，不过男子家教使然，并未恶言相向。徐凤年只得停下脚步，等他们走远，才再行向前，耳力所致，听到那名男子愤愤然说道："我朝佛法已然末世，本该彻底涤荡，就说这些寺庙，如果有人阻碍出家，哪怕你是住持和尚，也要被诅咒生生世世得瞎眼报，如此一来，大半寺庙和尚都是依附佛门的外道骗子，不是做那欺财骗色的勾当，就是浑然不懂佛法为何物。佛门清净地，何来清净二字！尽是一些该杀的混账东西！"

女子性情温婉，看待人事也似乎要中正平和许多，轻言轻语："那些辩经的喇嘛都挺好呀，不像是坏人，你故意递出金银，他们都不愿手触银钱，反而送了你一本经书。"

男子手指弹了一下腰间金银铛，神情轻蔑，嗤笑道："大势所趋，一两个好和尚做不得准。"

女子一笑置之，虽有质疑，仍是没有与他争执。

徐凤年远远见到他们在一座鼎炉前烧香拜天，为了不徒惹人厌，就干脆坐在台阶上，摘下书箱，当作是休憩片刻。他没来由想起西蜀老黄，恰好是这个最不会讲道理的老剑客教会了徐凤年最多的质朴道理，这大概是道理总在平淡无声处的缘故。记得游历返回北凉途中，与温华离别之后，和白狐儿脸相遇之前，两人不再如当年出行那般狼狈，颠沛还是颠沛，不过规矩熟稔以后，也就熟门熟路，哪怕不用老黄搭手帮忙，徐凤年也能独力偷鸡摸狗烤地瓜编草鞋，饿不死冻不着。那时候凑巧远远见识到一桩秘笈争夺引起的命案，秘笈很普通，三流都称不上，不过还是交待了五六条鲜活人命。

"老黄，敢情秘笈在江湖上这般吃香啊，我家听潮亭好几万本，要不啥时候都贱卖了出去？就当做好事，行不行？那整个江湖还不得都对我感恩戴德啊，得有多少青春貌美的女侠对我暗送秋波，想想就舒坦。"

"公子，可不能这么做。别人不知道，要是老黄我年轻时候听说有秘笈送，也得荒废了手上的功夫，到头来江湖上就没几个人肯用心练武了。"

"老黄，你除了养马，有屁的功夫。再说了你也不识几个字，给你多少本秘笈都是白搭，你认不得字，字认不得你。"

"打铁啊。公子你真别说，二十岁出头那会儿，门牙还在，老黄俺也是方圆十里顶有名的俊哥儿，起码是铁匠里最俊的。还有小娘子给俺偷偷送过黄酒哩，长得不咋的，不过屁股可翘了。俺离家时都没舍得喝，埋在后院里，想着啥时候回老家，再挖出来，肯定香！"

"就只有一坛子？"

"她也只算是一般殷实人家的闺女，就算当年使劲惦念俺的英俊相貌，也送不得多。"

"就你这模样，年轻时候也英俊过？那我不得是英俊到天上去了？"

"那是，俺跟公子没得比。公子若是在，那坛子酒就没俺老黄啥事了。"

"得了，别提酒，咱俩走路都喉咙冒火了，渴死。"

"俺晓得了。"

"对了，老黄，你都离家多少年了，那坛黄酒还能在？"

"记不住离家多少年了，应该还在的。是黄酒就熬得住，跟公子以前装在琉璃杯里喝的那些葡萄酒不一样。要是公子有机会去俺家，保管有得一顿好喝。"

"唉，又提酒了，愁得不行。前头有炊烟，咱俩去讨口水喝，老规矩，开门的是大老爷们儿，你开口讨要，是女人，我来。"

"中！"

"对了，老黄，你全身家当就只剩那坛子酒了，真舍得分我一半喝？"

"咋就不舍得了？公子觉着好喝，都给公子就是。"

"换成我，肯定不舍得。顶多分你一半。"

"公子是实诚人，俺中意。"

"去去去，你要是个俏小娘，我也中意你。"

"唉，可惜俺也没娶上媳妇，要是能有个闺女就好了。"

"随你样子，我也看不上眼，老黄你甭想这一茬了。别用那种眼神看我。"

那一次撞上一位出门劳作的妇人，是徐凤年上门讨要的两碗凉水，他至今记得，偶然回首望去，老黄蹲在一边，笑脸灿烂，一如既往的缺门牙，滑稽得很。喝水时，老黄还不忘憨憨念叨有个闺女该多好。

"老黄，你要是有个闺女，我就娶了。"

只不过这类话，如同那些王府那些没能喝入腹的黄酒一样，没能说出口。

徐凤年坐在台阶上怔怔出神，那名女子不知为何瞧见了他的身影，趁着潇洒公子哥前往道观与一位老真人说长生，她犹豫了一下，单独朝徐凤年走来，温颜微笑。徐凤年对于天地气机探寻，已经几乎臻于金刚武夫化境，只不过对她视而不见而已。女子没有急于出声，好像在酝酿措词，女子搭讪男子，终归是有些于理不合，尤其是对南朝遗民子弟来说，大多数中原习俗都一脉相承下来。女子站在一棵北莽境内罕见的龙爪槐下，余晖浅淡，槐树虽老态龙钟，却也算枝繁叶茂，衬托得女子亭亭玉立，不沾俗气，可惜徐凤年早已不是那个拈花惹草的年轻世子，对此也只是惋惜一朵好花给猪拱了去。他对那名信口开河的公子哥并无好感，但这不意味着他就要挺身而出，救她于"水深火热"，世间太多女子，心甘情愿被或皮囊优越或才情出众的男子用花言巧语骗去大好年华。

徐凤年见她不说话，主动开口，免去她的尴尬，笑道："敢问小姐芳名。"

这是他跟温华学来的，挎木剑的家伙肚子里没墨水，也不知是从哪里学来的套路，每次遇见了心仪姑娘，就要厚着脸皮去说上一句"小姐芳名几许，家住何方"。当初一同游历，温华这句话说了不下几十遍，上次相逢，温华说真喜欢上了一名女子，徐凤年也不知真假。

女子微微羞恼，仍是轻声说道："陆沉。"

徐凤年心中了然，是春秋遗民无疑。当年离阳王朝一统天下，被中原士子痛心疾首称作神州陆沉，只要是姓陆的，北奔以后，在北莽南朝，说不定十个人里头能抓出两三个叫陆沉的，不过女子叫作陆沉，还是比较稀罕。徐凤年看到与她同行的男子跟一名仙风道骨的老道士走出大殿，就站起身，背起书箱，往正门走去。此地道佛同院共受香火，在离阳王朝肯定被当作邪僻行径，北莽风俗，一叶可知秋。徐凤年出院时，想起一桩江湖妙事，病虎杨太岁前往龙虎山和道统百年第一人的齐玄帧说法，莲花顶上齐玄帧抚顶杨太岁，斩魔台塌去一半。都说仙人抚我顶，结发得长生，可见年轻时的杨太岁脾气性情就相当糟糕，亏得能和徐骁成为相知一生的朋友。

而风头一时无两的齐玄帧，又算是骑牛的前生前世。

徐凤年下意识伸出手揉了一个圆。

一路前行，不断画圆。

与武当山上洪洗象传授机宜时的情形，形似以后，直达神似。

仙人抚顶。


一路北去，路上偶遇西河州百姓，徐凤年听到了许多高腔号子，韵律与中原笙歌截然不同，言语质朴得令人心颤，有婆姨叮咛，有小娘盼嫁，有汉子采石，有子孙哭灵，一般这个时候徐凤年都会停下脚步，远远聆听这类不登台面的拦羊嗓子回牛声，直至声乐尾声才重新动身北行。

他走得不急，因为他只需要掐着时间点到达宝瓶州打娥城即可，去早了，越早碰上魔头洛阳，说不定就要横生风波，反而是祸事。

这一路，徐凤年走的是一条粗糙驿道，半旬后有一次还遇上了骑马而游的那对年轻男女。离开吴家遗址后，他们换了身爽利劲装，佩刀男子越发风流偶傥，挎剑女子也平添几分英武气韵。徐凤年入北莽，已是突破那一线之隔，跻身江湖人士梦寐以求的金刚初境，大可以居高临下，查探那名青年游侠的气机，大体可以确定他在二品三品的门槛上，就公子哥的年纪而言，是货真价实的年少有为，即便遇上一股半百人数的精悍马贼，也足可自保，想必这也是他敢带一名女子悠游黄土高原的底气所在。北莽虽乱，却也不至于任谁出行都乱到横尸荒野的地步。在徐凤年看来，北莽越来越相似春秋时期，士子书生逐渐崛起掌权，规矩多了以后，也就不是所有人都有资格横冲直撞。

北行时，他不是抽出春秋剑气滚龙壁，便是徒手仙人抚大顶，也不如何寂寥。

道教典籍说人有三宝精气神，精气为实物，游神为变，因此可知鬼神之情状。不扯这些看似玄而又玄的东西，简单说来，精气神三者以神为贵，才有陆地仙人神游窍外的说法。剑道驳杂，大致分术剑和意剑，前者钻研剑招极致，吴家剑冢是最佳典型；后者重剑意，也不乏其人，而剑意即是重神。武道上也是同理。一个招式威力，形似五六分远不如神似三四分，按照徐凤年自己的理解，所谓养神铸意，就是追求类似堪舆中藏风聚水的功效，这一记新悟的仙人抚顶，便是灵光所至，妙手偶得。

心生神往，简单四字，对武夫而言，何其艰难。

根骨，机缘，勤勉，缺一不可。

一个日头毒辣的晌午，徐凤年有些哭笑不得，竟见着了虎落平阳的两位熟人。不知是否是那对男女背运到了极致，竟然撞上了一批分不清是马贼还是悉惕帐下精兵的庞大势力，百来号人马皆披皮甲，各自携有制式兵器，也怪那养尊处优的公子哥不谙人情，被一名精甲头领仅是言语寻衅后，一言不合，就拔刀相向，彻彻底底折了那名甲士的颜面，冲锋过招后将其劈落下马还不够，还心狠手辣补上一刀，若非鱼鳞甲优于寻常软皮甲，就要给他一刀砍死。这就惹了众怒，草原游弋猎杀，向来怎么功利怎么来，反正一拥而上，箭矢如雨，刀出矛刺，对那个自恃武艺的世族子弟展开了十几拨车轮战。若是进入二品小宗师境界，他大可以脱险而走，可惜他既要自保杀敌，还要分心累赘女子的安危，被软刀子割肉般戏弄，招架不住潮水攻势，被激起了血性，再度被他砍杀劈死了十几名软甲骑士，终于给一箭透入肩膀，不等他抽出羽箭，就给十几个马套娴熟丢来，连人带马一起被拖拽倒地。女子看得梨花带雨，可惜援手不及，自己分神后也被一名精壮头领拿长枪拍落马背，这还算是半军半匪的家伙手上有所余力，存了怜惜心思，否则一枪透心凉都说不定，当然，事后女子下场注定还不如给一击毙命。

马到功成的头领猖狂大笑，耍了一记精湛马术，侧马弯腰探臂，搂起岔气后无力挣扎的纤弱女子，一手提枪，一手掐住她脖子贴在胸前，勒了勒缰绳，故意停下马转悠一圈，朝地面上那个面红眼赤的公子哥示威。西河州多黄沙漫天也多沟壑起伏，徐凤年蹲在斜坡上，嚼着一颗青枣干果，从头到尾看着人数悬殊的厮杀，替那名相貌俊逸的南朝公子哥不值。显然这位俊俏公子是不常经历杀伐的雏儿，原本以他技击技巧和厚实战力，大可以护着她远遁，就算脱不开追击，但只要不完全陷入包围圈，回旋余地就要多出太多。江湖武夫对敌军旅甲士，许多所谓的百人敌甚至是千人敌，少有李淳罡这般一步不退硬抗铁甲的剑仙风采，绝大多数都是且战且退，在正面仅是对上少数死敌的前提下相互消耗，这样的缠斗，依然会被江湖大度认可。

徐凤年猜测这名高门公孙十有八九是听多了荡气回肠的前辈传奇，成了一根筋，才被那百人骑兵用不算如何高明的法子给折腾得精疲力竭。徐凤年如今眼力不俗，瞧得出那人招式套路都极为出彩，机巧百出，搁在棋盘上，等同于具有许多不曾流传开来的新颖定式，哪怕一些个广为流传的古板招式在他手上，也能有衍生开来的变数，可见此人要么是有个名师指点，要么是根骨出奇。同等境界的捉对厮杀，他会有很大胜算，不过真实的行走江湖，更多是乱拳打死老师傅，蛮横围殴胜过英雄好汉。混江湖是脑袋拴裤腰带的血腥活计，谁容得你跟下棋落子一般循序渐进，早就丢开棋盘，一拳砸在你鼻梁上了。

徐凤年弓腰如豹尽量隐匿潜行，在百步以外一座小土包附近停下，见到鱼鳞甲首领将怀中女子丢下马，跳下马背，一脚踹在她心口，习武只是当作养生手段的女子几乎当场晕厥过去，顿时蜷缩起来，大口喘气，如一尾被丢上岸的可怜青鱼，脸色发白。鱼鳞甲汉子蹲下去，扯住女子一大缕青丝，晃了晃，望向那名不知好歹的服饰华美的外乡公子哥，后者已经被马套绳索裹

得如同一颗粽子，更有几条铁链系在四肢上，被四批人分别拉直悬在空中。一些个性子急躁的骑士，下马后除了吐口水，就是拿刀鞘拍打这个俊俏公子的脸颊，一场硬仗打下来，死了二十几名兄弟，谁都要杀红了眼。在大漠黄沙里头讨生活，一方面人命不值钱，刀口舔血杀人越货是常有的事，可另一方面自家兄弟则是不得不值钱，这跟兄弟情谊关系不大，而是一不小心就要给黑吃黑了去，他们这批人就是一次次大鱼吃小鱼才有当今的架势。有几十号人马就可以当大爷，有一百号就连官军都要头疼，若是有个八百一千人的，那还做个屁的马匪，直接去王庭皇帐捞个武将，这是西河州不成文的规矩，到了三百这个数目，就可以大摇大摆去持节令大人坐镇的州城，要啥给啥，总之带多少兄弟去，就给你多大的官。

这批骑士是典型的北莽人士，剃发秃顶，后脑勺结发成辫，鱼鳞甲壮汉撤了撤头，也不废话，四批拉住铁链的下马骑兵也就心领神会，狞笑着开始拔河。几名头领模样的鳞甲汉子聚在一起，眼中也不都全是阴鸷戾气，明显带着算计权衡，一边看戏一边嘀咕，兴许是觉着既然结下了死仇，就无需讲究脸面和后果，反正大漠上人命跟杂草一样，都是一岁一枯荣，没他娘的那么多细水流长，也别管这公子哥是什么身份背景了，他们还真不信南朝大姓门阀可以带着人手赶赴西河州寻仇。

四个方向，四条铁链，总计二十多人，一齐倾力拉伸，亏得那名身陷死地的年轻男子身负上乘武学，只是无形中受苦更多，一名马匪头领嫌不够酣畅，让麾下喽啰翻身上马，又加了一条铁链环住男子脖子，下定决心来一场鲜血淋漓的五马分尸。

五匹马卖力拉扯，下场悲惨的公子哥双眼通红，手腕和脚踝摩擦出血，更别提脆弱的脖颈，发出一阵濒死野兽般的凄厉嘶吼，浑身仅剩气机勃发。铁链如水纹颤动，竟然使得五马倒退几步，骤然换气，铁链刹那笔直如枪矛，牵链马匹顿时裂毙，谁都没有料到这名必死之人如此刚烈勇猛。鱼鳞甲首领迁怒在女子身上，将头发被抓住的女子往地面上一摔，交由手下看管，亲自上马，再喊上四名体魄雄健的心腹，对付这头不容小觑的垂死困兽。战马马蹄艰难前踏，男子四肢和脖子鲜血涌出，若无意外，必定是相对孱弱的脖子先被扯断，然后才是手臂和双腿，不过这帮马匪精于此道，负责拉扯五体的骑士有讲究力道，都会先扯去双手，再撕掉一腿，留下脖子和余下一条大腿，这场鲜血盛宴才能算是圆满落幕。

这种手段，比起枪矛悬挂尸体，来得更为毒辣骇人，是从北莽边境军伍中捣鼓出来的法子，不知有多少离阳王朝俘虏都死在五马撕扯之下。唯一美中不足的是北凉军那边喜好死战到底，战役过后，活人不多，况且许多场毫无征兆的小规模接触战，往往发生在两军最为精锐的游弩手和马栏子之间，北凉军总是占优，所以一名落网的北凉俘虏，在北莽王庭是比什么尤物女子都来得珍贵抢手的好东西，经常能卖出咋舌的天价。像那位留下城城牧陶潜稚，每日杀一名北凉士卒，这等行径落在北莽达官显贵眼中，那就是杀的不是人，都是大把大把的黄金啊！

北莽更是有律，阵上杀过北凉士卒，退伍以后可抵大罪一桩。

就在男子即将被扯裂时，马上五人几乎是一瞬横死，都不见明显伤痕，只是直直坠马，立即死绝。几名有资格穿鳞甲的马贼头领壮胆凑近了一瞧，只见死卒头颅眉心处有细微通透，好似被锋锐小物件刺出了窟窿，说不清道不明的古怪。北莽人不分贫富，都各自信佛信命，只不过寻常时分再虔诚信佛，该杀人时照样不含糊，但是当祸事临头，穷凶极恶之辈也要犯嘀咕，害怕是真正惹恼了那些个宝相庄严的泥菩萨佛老爷。此时五人死法诡谲，超乎想象，即便不是仙人所为，也是有人暗中作祟。对付一个南朝世子就躺下二十几人，实在经不起损耗。马贼来去都如风，当下就翻身下马，一名心思细腻的鱼鳞甲头领想要偷偷拿刀砍死男子和女人，不留后患，当下就被一物过眉心，溅出一丝不易察觉的血线。如此一来，再无马匪胆敢出手，瞬间跑了一干二净。人、马加在一起六条腿，逃命就是快。

叫陆沉的南朝女子不知缘故，恍惚片刻，才知道劫后余生，哭着起身，跑去那名世交的年轻公子哥身边，艰难解开铁链，尤其是脖子间，血肉模糊，触目惊心，她只是瞧着就觉得无比刺疼。她压抑下哭声，盘腿坐在他身边，撕下袖口，包扎几处露骨伤口。女子真是水做的，流泪没个停歇，轻轻呼唤着他的名字，种桂，一遍一遍，生怕他死在这里，她也没勇气独活。返程几千里，她一个提剑不比拿绣花针更熟稔的弱女子，如何回得去？再说他死了，她活着又有什么乐趣？

侥幸从鬼门关上走回阳间的公子哥缓缓吸了一口气，吐出大口浊气后，扯出一个笑脸，艰难说道："死不了的。"

收回了飞剑朝露，徐凤年本想就此离开，不过望见远处有一骑不死心地做出瞭望姿态，只得耐住性子待在原地，确保送佛送到西，再度驭剑出袖，刺杀了那名倒霉的马贼后，贴地而听，那些马贼终于认命地逃窜散去。徐凤年悄悄站起身，背着书箱就要走开，就当自己萍水相逢行侠仗义了一回，不奢望那名女子以身相许，更不奢望那名世家子纳头拜服，这类称兄道弟，实在矫情得经不起任何推敲。他伸手往布囊里掏了掏，掏出最后几颗枣子，一股脑丢入嘴里，看到那名再也潇洒不起的剑士在女子搀扶下，仍是跌坐地上，血流如注，可女子不精治疗外伤，束手无策，只是哽咽抽泣。前程锦绣的男子自然也不想死在荒郊野岭，只不过叫天天不应叫地地不灵，只是枯坐当场，面容狰狞如恶鬼。不知是疼痛所致还是伤怀身世，女子瞧着更是伤心欲绝，愧疚万分，悔恨路途中几次他试图同床共枕都被她因矜持而婉拒，早知如此，清白身子给了他又何妨。

徐凤年见到那名倨傲男子被打入尘埃后，回光返照一番，精气神都重新开始涣散，露出没有及时救治就要死去的颓败迹象，皱了皱眉头，只得走出小土包，身形现世，还得假扮路见不平的模样，小步奔跑向那对男女，挤出一脸无懈可击的惶恐和紧张。公子哥眼神本已浑浊不堪，看到徐凤年后露出一抹精光，没有发现破绽后才恢复死寂神色，不过一只手轻轻搭在铁链上。徐凤年蹲在他们身前，摘下书箱，转身背对大难余生的男女，男子似乎有所思绪激斗，终于还是没有将铁链做兵器，一举击杀这名好心过客。好似浑然不知一切的徐凤年只是匆匆从书箱中拿出一瓶敦煌城带来的瓷瓶，里面装有漆黑如墨的软膏，可以接筋续骨生肉的药膏并无名号，膏如掺水油脂，黏性很足，瓶口朝下，也并未倾泻如注，只是如水珠滑落莲叶的场景，缓缓滴落。那名种姓子弟眼神冷漠，看着双手双脚伤口被滴上黑色药膏，清凉入骨，说不出的惬意，因为识货，他心中才越发震撼，眼前这个只能掏几文钱买假秘笈的陌生人，如何得来这瓶价值一两百金的药膏？

徐凤年卷袖擦了擦额头汗水，抬起头笑了笑，一脸心疼表情，像是天人交战后才下定决心，把瓷瓶交给叫陆沉的女子，龇牙咧嘴道："药膏是祖传秘方，一瓶能卖好些银子。早中晚一日三次涂抹，不出半旬，这位公子就可痊愈。对了，在吴家剑冢遗址那边没来得及自报名号，在下徐朗，也是南朝人士，家住红叶城狮子巷。"

徐凤年明显犹豫了一下，小声说道："不说药膏，这只手工地道的天球瓷瓶也值些银子。"

陆沉好像听到一个不小的笑话，如释重负，破涕为笑，擦拭去两颊泪水，柔声道："我和种公子回去以后，一定去红叶城寻访徐公子。"

听到泄漏身份的"种公子"三字，种桂脸上闪过一抹阴霾，不过隐藏很深，原本松开铁链的那只手复尔握紧，尽量淡泊神情，一手拂过止住血迹的脖子，轻声笑道："自当如此感谢徐公子救命大恩。"

徐凤年依然扮演着一个精明市侩得并不聪明的寻常游学士子，笑道："不敢当不敢当。"

陆姓女子虽然出身南朝官宦大族，不过家内有几位兄长支撑重担，轮不到她去亲历风波，心思相对单纯，对于阴谋诡计人心险恶的认知，仅限于高门大墙内被父辈兄长们当作谈资笑语的道听途说，感触浅薄，自然而然，察觉不到身边种桂的几次微妙反复的神情变化，更看不破徐凤年无迹可寻的伪装，对于膏腴大姓的世族子女，就像她和种桂，尊贵到能够成为西河州持节令的座上宾，平时何须在意寻常人的图谋不轨，只不过今日遭遇横祸，才让她格外念恩感激。

徐凤年问道："要不要在下护送二位？"

陆沉本想点头答应，却闻种桂摇头道："不用了。"

豪阀世子的清高风范在这一刻尽显无疑，陆沉不知其中门道，只以为是种桂拉不下脸面，见他眼神坚毅，执着己见，也不好再说什么。

徐凤年赧颜一笑，恋恋不舍地瞥了一眼陆沉手上的瓷瓶，这才起身告辞。

陆沉倒是有些好感这名陌路人的浅白作态，比起往日见着那些摇尾乞怜还要假装道学的南朝士子，可要顺眼许多。

她蓦然瞪大眼睛，只见负笈男子才站起转身，就给如一条被拉直身躯毒蛇的铁链击中后背，向前飞出去，扑地后再无动弹，多半是气绝身亡。她转头，痴痴望向种桂，满眼惊骇。

种桂冷漠道："你可以看到本公子的落魄，至于他，没这份福气。"

陆沉捂住嘴巴，泫然欲泣。

种桂似乎感到自己的语气太过僵硬生冷，稍微换了一种柔缓腔调，不去

理会蓄力杀人后导致的脖颈鲜血迸发，温声说道："这个徐朗，早不出现晚不出现，偏偏在你我落难时现身，十有八九是与那些马贼串通一气的匪人，存了放长线钓大鱼的企图。陆姑娘，你涉世不深，不知江湖凶险，这类亡命之徒，大多极为弯弯肠子，手法高明不输官场狐狸，退一步说，我们宁肯错杀，也不可错放。"

种桂见她仍是心有余悸，秋水长眸中除去戚戚然，还有一丝戒心，不由柔声道："我若死在这里，你怎么办？我不舍得死，要死也要送你回家才行。"

陆沉泪水猛然流淌出眼眶，扑入种桂怀中，对于那名徐朗的死活，就不再如初见惊变时那般沉重。

生死之间，患难与共，过惯了富态闲暇生活的女子兴许不喜好那些风淡风轻的相濡以沫，可有几人，经得起敌得过种桂这种场景这类言语的篆刻在心？三言两语，早就远胜安稳时日的甜言蜜语几万斤了。

种桂抱住她的娇躯，却是嘴角冷笑，眼神淡漠。

显而易见，这位恩将仇报的种家子孙，武功不俗，花丛摘花的本事，也一样道行深厚。

不过这幅温情画面，给几声咳嗽打断，种桂在遇见徐朗后头一回流露出惊惧。

徐凤年站起身，拍了拍衣袖，喃喃道："做好人真累，难怪北莽多魔头。"

见到背箱负剑的男子面无表情走来，种桂笑脸牵强，气势全无，伪意愧疚，嚅嚅嗫嗫道："徐公子不要见怪，是种某人行事唐突了，只不过种桂身份敏感，出行在外，万万不敢掉以轻心。"

种桂看那人一脸平静，连讥讽表情都没有，心知不妙，赶紧亡羊补牢，"我叫种桂，是南朝种家子孙，我可以弥补，给徐公子一份大富贵，公子你身手卓绝，有我种家扶植帮衬，一定可以飞黄腾达！"

说话间，种桂一只手又握住铁链。

不见棺材不掉泪。

徐凤年总算打赏了他一个笑脸，"来，再试试看能否杀了我。"

这一刻种桂出手也不是，松手也不是，自打娘胎出生以来，这等羞愧愤恨难当，只比刚才五马拖拽的境地稍好。

种桂侥幸由阴间回阳间，而陆沉则是从阳间堕入阴间，呆然坐在一旁，心冷如坠冰窖。

徐凤年一手画圆，不见拍在种桂头顶，种桂整个人就陷入地面，头颅和四肢一同炸裂，好似给人用大锤砸成了一块肉饼，比起五马分尸还要凄惨。

仙人抚顶。

可不只是结发授长生一个用处。

鲜血溅了陆沉一身，可她只是痴然发呆，无动于衷。

她单纯，却不是蠢货。

见微知著，几乎是大族子女的天赋。

徐凤年才要再画一圆，让陆沉和种桂做一对亡命鸳鸯共赴黄泉，她突然抬头问道：“我想知道你到底跟马贼是不是一伙的，求求你，别骗我。”

徐凤年摇了摇头。

她终于心死如灰烬，平静等待。

徐凤年也不怜香惜玉，依旧是仙人抚顶的起手式，不过又一次被打搅，她冷不丁撕心裂肺哭出声，“我不想死！”

徐凤年走过去，走了几步距离，她便坐在地上滑退了几步距离，徐凤年不再前行，蹲下身，伸出手，“瓷瓶还我。”

还握有小瓶的她烫手般丢出，她情急之下，丢掷得没有准头，徐凤年探手一抓，就驭物在手，放回书箱。

陆沉好像积攒了二十年的心机城府都在一瞬间爆发出来，声音打战道：“徐公子你要如何才能不杀我？我是南朝甲字陆家的嫡孙女，我和种桂不同，没有任何抱负可言，只想好好活着，出嫁以后相夫教子，只要公子不杀我，只要不玷污我的身子，我便是给你做牛做马半年时间，也心甘情愿，而且我许诺，回到陆家，绝不提今日事情半句，只说种桂是死于百人马贼。”

瞧见那名书生模样的男子嘴角勾起，隐约有讥讽意思，醒悟有了纰漏的陆沉马上改口说道：“只说是种桂某日死在前往西河州持节令府邸的旅程中，我半点不知情！”

说到这里，她秋波起涟漪，熠熠生辉，泛起一股果决，咬着嘴唇，缓缓说道：“公子不杀我，我便说是与种桂有过鱼水之欢，到时候种家假若不

信，让嬷嬷验身，也寻不到破绽。"

她言下之意，只要是个男人就明白，她是愿意以清白之身做代价，换取活命了。

徐凤年发出啧啧声，感慨真是天高高不过人心。

陆沉见他没有暴起杀人的意思，伸手捋起鬓角一缕散乱青丝，继续说道："小女子也不敢奢望与公子一同回到陆家，但既然公子手握把柄，我陆家清誉南朝，当然不允许这般天大丑闻流出，更不愿因此惹上种家，也就不用担心我不对公子百依百顺，只需远远牵扯，陆沉愿意做公子的牵线木偶，相信以公子出类拔萃的身手和心智，一定可以找到既能控制陆沉又能不入险地的两全法子。"

徐凤年要去掏枣子，发现囊中空无一物，缩回手后笑道："你很聪明啊，怎么会被种桂这个纨绔子弟当傻子逗弄？"

陆沉竟然有胆量笑了笑，自嘲道："不是种桂如何，而是种家底蕴胜过陆家。否则一个偏房子弟，如何能与一个甲字嫡孙女称得上门当户对。"

徐凤年点了点头，深以为然，果然是个有慧根的豪阀女子。

陆沉刹那间眼神冰冷，咬牙道："你还是想杀我！"

才起杀意的徐凤年好奇问道："女子的直觉？"

她反问道："难道不是？"

没等徐凤年有所动作，陆沉站起身，疯了一般冲向他，自寻死路，一阵毫无章法的拳打脚踢，哭腔可怜："你这个王八蛋，大魔头，我跟你拼了！"

她唠唠叨叨，骂人跟打人一个德行，翻来覆去就那么几个古板路数，都是不痛不痒。

徐凤年一巴掌把她凶狠拍飞出去，直接将其打蒙了，看着捂着脸的疯女人，徐凤年冷冷说道："杀不杀你，看你接下来的表现，你先埋了种桂，然后跟我一起去西河州腹地，用得着你。"

陆沉如获大赦，眼神焕发光彩，瞥了一眼种桂的模糊尸体，冷笑道："不收尸才好。"

她脸上顿时又挨了一巴掌，整个人都翻了个身，重重摔在黄沙地面上，像一只土灰麻雀。

徐凤年讥讽道："男人冷血，指不定走狗屎还能当个枭雄，你一个娘们儿，这么没心没肺的，很讨喜吗？"

陆沉低下头，两颊各自挨了一耳光的她惊怯温顺道："我知错了。"

徐凤年以一记仙人抚顶砸出一个大坑，权且当成种桂的坟茔，看着她一点一点一块一块将那摊血肉搬入坑内，问了一些种家和陆家的事情，她一一作答，并无丝毫掺假。

间隙时她小心翼翼问道："是公子杀退了那些马贼？"

徐凤年没有作声。只是耐心看着她捡回泥土覆盖，勉强填平以后，还不忘跳着踩踏，让填埋痕迹不那么明显。安静下来后，她歪着脑袋问道："种桂种桂。公子你说，以后这儿会不会长出一棵桂树？"

徐凤年骂道："你脑子有病。"

满身血污的女子竟是敛衽施了一个万福，妩媚横生，笑容说道："求公子救我。"

徐凤年扯了扯嘴角，"你真是病入膏肓，失心疯，没救了。"

女子孤零零站在坟茔上，只是笑脸凄美。

## 第四章 陆家女风雨人生，徐凤年又逢洛阳

徐凤年笑道：『雁已还，人未南归。』

洛阳留给他一个背影，轻轻说道：『矫情。』

埋过了那个初出茅庐就躺坟的种家王孙，徐凤年把玩着从尸体上扒下的那串金银铛，风起敲叮咚。带着莫名其妙就成了丫鬟的陆沉，徐凤年往西河州腹地走去，才走了没多久，就又遇上了一队马贼，三十几号人，比较前边悍匪的兵强马壮，这些马贼家当就要寒碜许多，没几样制式兵器，更别提鱼鳞甲这类军伍校尉的专属甲胄，唯一的亮点是为首一名马贼持有一杆马槊，可惜精致到了花哨的地步，槊首精钢，槊纂红铜，槊身涂抹朱漆，关键是还系有一丛紫貂绣团子。春秋之战以后，造价昂贵和不易使唤的马槊就跟铁戟一样不易见到，可谓养在深闺人不识。惯用马槊者，往往是武艺超群的世家子弟，用以标榜身份，只是真到了战场上，两军对阵厮杀，寻常士卒为了捞取更大战功，见着这类人物，就要一哄而上，持槊子弟常常陷入包围圈，成为围殴搏杀的靶子，比那些身穿鲜亮铠甲的将军还要吸引兴趣，因为喜好马槊的大族子孙，多半是初尝战事的雏儿，搏杀起来，比起深谙自保之道的老油子校尉们远远易于割取头颅。

徐凤年二话不说就迎面前奔，将其擒拿，稍微敲打，就诈出真相，果然这批马贼是种桂聘请来演苦肉戏的货色，想要以此来博取陆沉的倾心，真是辛苦到头为谁忙。接下来陆沉就看到这些马贼被宰杀干净，她眼中露出一种古怪的神采。徐凤年挑了两匹坐骑，快马加鞭，走出三十里路都不见一处人烟，稍作停顿，拿囊中清水刷洗马鼻。裹了头巾的陆沉揭开一角，露出略显干涩的樱桃小嘴，好奇问道："你真叫徐朗？你该有小宗师境界了吧？"

徐凤年没有应声。她又问道："你是要拿我的身份做文章吗？先前已经和你说过，我与种桂只是离开大队伍，绕道而行，如今只剩我一人去西河州持节令府邸，一旦被发现行踪，你该怎么解释？"

见这名负笈挂剑的年轻男人仍是练习闭口禅，陆沉也不气馁，刨根问底，"骑马出行，三十里一停，你难道是北凉人？"

徐凤年正在给她的马匹刷洗，也不抬头，离去放好水囊，翻身上马，继续前行。性子执拗起来的陆沉艰辛跟上，并驾齐驱，侧头凝视这个满身云遮雾绕的年轻人，痴情女看情郎一般，徐凤年终于开口，"改了主意，将你送到安全地方，我就离开。"

陆沉眼神迷离。

徐凤年讥讽道："前一刻还要死要活，恨不得跟种桂同葬一穴，怎么

转眼间就连收尸都不乐意了，是你如此，还是你们大姓女子都如此？你这样的，就算收了做通房丫鬟，说不定哪天晚上就给你勒死，睡不安稳。"

陆沉认真思索片刻，似乎在自省，缓缓回答道："我这辈子最恨别人骗我，我曾经对自己说过，以后嫁了谁，这个男人花心也无妨，即便睡了别家女子，也一定要跟我招呼一声，而且不领进家门恶心我，我都会不介意，我会继续持家有道。但我若是最后一个知晓他和别的女子苟合，成了笑话，肯定恨不得拿剪刀剪了他子孙根，再去画烂那婆娘的整张脸，让她一辈子勾引不了男人！"

徐凤年笑道："你长得不像这种女人。在吴家遗址初次见你，误以为你挺好相处的，是那种受了委屈也不敢回娘家诉苦的小女子。"

陆沉咬着嘴唇说道："可我就是这种女人。"

徐凤年似笑非笑，"我是不是应该直接一巴掌拍烂你的头颅？"

她媚眼如丝，"公子可不许如此绝情。"

徐凤年一笑置之，跟她说话，见她做事，很有意思，跟文章喜不平一个道理，总是让人出乎意料。

她察觉到这位徐公子谈兴不错，就顺杆子往上爬，柔声道："我猜公子一定出自武林世家，而不是种桂这类将门子孙。因为公子杀人，会愧疚。"

徐凤年捧腹大笑，"你知道个卵！"

她歪着脑袋，一脸天真无邪，问道："难道我猜错了？"

徐凤年笑骂道："少跟我装模作样，我见过的漂亮娘子，多到数不过来。你的姿色不到七十文，不值一提。"

陆沉也不计较这份贬低，自言自语道："我本来就不是好看的女子。"

徐凤年换了个话题，"你说这次种陆两家联手前往西河州府，你们陆家由你父亲陆归领头，图谋什么？"

陆沉摇头道："我不向来关心这些，也接触不到内幕。"

徐凤年瞥了一眼她的秋水长眸，放弃了打探。

陆沉笑道："不敢相信，那个被称作通身才胆的种桂说死就死了，而且死法一点都不壮烈。"

徐凤年随手丢了那串金银铛，他本意是借陆沉的身份去西河州腹地乱杀一通，杀几个赚几个，只不过得知这趟出行种家几位高手都一个不漏，尤其是那个高居魔头排行第七的种凉，甚至连北莽十二位大将军的种神通也乔装打扮，隐匿其中，一番权衡过后，不想惹祸上身，耽误了跟白衣洛阳的约定，恐怕即使逃过了种家的追杀，也出不了北莽。陆沉看到这个动作，笑着从袖中抽出一柄匕首，直白道："本想着找机会一下刺死你的。现在匕首是交给你，还是丢掉？"

徐凤年头也不转，说道："留着吧。你要是下一个三十里路前还不掏出来，你也会跟种桂一样死得不明不白。"

陆沉开心笑道："我赌对了。"

徐凤年莫名其妙感慨道："这个江湖，高手常有，高人不常在。"

陆沉问道："那公子你是高手还是高人？"

徐凤年摇头道："做不来高人。"

两人夜宿荒漠，在一处背风山坡坡底歇脚。昼夜温差极大，徐凤年拾了许多枯枝丢入火堆，除了悄悄养剑和维持篝火，一夜都在假眠。破晓时分，见她还在打瞌睡，就独自走到坡顶，仰望着天色。突然间，徐凤年掠回坡脚，眼神复杂地盯着那个颤颤巍巍手提匕首的女子，她竟是心狠到拿匕首在自己脸上划出了四道血槽，皮开肉绽，这得是如何坚韧心性的女子，才做得出这种行径？其实以两人心智，心知肚明，每走一步，临近西河州城，她极有可能是离黄泉路近了一步，种陆两家不乏城府修炼成精的枭雄角色，身负绝学的种桂身死人亡，而她一个弱女子却反常活下，想要蒙混过关，继续有一份富贵生活，几乎是不可能的事情，连徐凤年都想不到她如何能够编出天衣无缝的理由，他嘴上说是要把她送至安全地点，但事实上，昔日可以为她遮天蔽日的树荫下，对姓陆的女子来说，那将会是世间最不安全的险境。

这一对命运无缘无故交织在一起的男女，似乎谁都不是好东西。

破相以后，说是仇家杀死种桂，再放她生还，当成对种陆两家的羞辱。她才硬生生从一局死局棋盘上做眼，生出了一气。

只是这样的手法，对女人而言，是不是代价太大了？是不是太过决绝了？男女皆惜命。男子惜命，女子惜容，更是常理。

徐凤年当下涌起戾气，几乎有一举杀死她的冲动。只是随后缓缓吐出一口浊气，压抑下杀机。

女子望向眼前那个只知姓不知名的年轻男人，眼神痴呆，不是泪流两

颊，而是血流满面。

这个曾经自己说自己不好看的女子，视线终于不再涣散，泛起一些泪水。

她噙着泪水，笑着说："疼。"

渐近繁华，驿道渐宽，徐凤年和破相女子在一座没有城墙遮挡的小镇歇息，离州城还有三天路程。

她穿着徐凤年的文士衣衫，略显宽松。脸上四条疤痕开始结茧，不幸中的万幸，为了不露出蛛丝马迹，让她的伤势好跟种桂身死时同步，得以涂抹药膏，小小加速痊愈进度，只是大漠风沙粗粝，拂面以后，哪怕裹有头巾，护着那张秀气不再的脸孔，前几天她也经常血肉模糊，受到的锥心疼痛，想必不比匕首划面来得轻松。她没有如何哭泣，徐凤年也从未出言安慰，两两沉默，倒是陆沉偶尔会主动询问一些江湖事，徐凤年也有一说一，都是正儿八经的温吞言辞，兴许是怕逗笑了她，又要遭罪。

徐凤年和她才入城，天色骤变，乌云蔽日，明明是正午时分，天色却阴沉漆黑如夜。一场沙暴将至，徐凤年只得和陆沉入了一家简陋客栈，客栈老板趁火打劫，往死里抬价，徐凤年本意是被宰几两银子无所谓，有个落脚地就行，殊不料陆沉又钻了牛角尖，扯住他袖口，如何都不肯被当作冤大头坑钱，看来她说自己持家有道，是真心话。徐凤年无可奈何，在店老板白眼下转身，想着去换一家良心稍多的店铺，还没跨过门槛，就看到狭小街道上商贾旅人蜂拥而来，看架势，不住这家，就有可能要露宿街头，躲在巷弄避风沙。徐凤年朝她笑了笑，她也不再坚持，客栈老板小心眼，又刻意刁难，价钱往上翻了一番，陆沉气恼得肩膀颤抖，徐凤年搭在她肩头上，摇了摇头，老老实实付过定金，领了木牌钥匙去后院住处。

头巾遮掩容颜的陆沉有些闷闷。徐凤年打开柴门，一屋子霉味扑鼻，关上门后，他摘下书箱和春秋剑，桌上有陶罐，摇了摇，滴水不剩。陆沉安静坐在凳子上，解下头巾，轻轻撇过头，不与徐凤年对视，只是问道："以公子出神入化的身手，为何要和这些市井小民低声下气，都不需剑出鞘，就能吓破他们的胆子。"

徐凤年关严实那两扇漏风窗户，坐在桌前，微笑道："你是不是以为高手都得是一双眼光射寒芒那种？要不就是生得虎背熊腰，恨不得在背后挂两片虎豹尸体？要么在身上悬满刀枪棍棒矛，出门闯荡才显得气派？"

陆沉嘴角有些勾起，听出言语中的调侃，她的心情好转了几分。

徐凤年弯腰从书箱里翻出几本秘笈，放在她眼前，盘膝坐在凳上，意态闲适，轻声说道："我这些天闲来无事的时候就翻一翻，还照着里头的把式练了练，才发现很好玩。"

她柔声道："耍耍看？"

徐凤年摆手道："那不行，天崩地裂了咋办。"

不等她说话，徐凤年柔声道："别笑。"

她果真板住脸。

徐凤年拿起茶水陶罐，说道："我去弄些水和吃食来，等着。"

陆沉点了点头，拿起一本伪劣秘笈信手翻阅，徐凤年没多久就返身拎着装满凉水的茶罐子，陆沉抬头问道："又花钱了？"

徐凤年笑道："没法子，小鬼难缠，一壶水半两银子，等会儿咱们当琼浆玉液来喝就是。对了，饭食还得等会儿。"

陆沉低头看书，说道："等得起。"

没有敲门，一个客栈伙计就大大咧咧推门而入，陆沉连忙抓起头巾，转过头去慌乱裹缠，伙计一手端着大木盘，盛放有几样马虎粗糙的伙食，他无意间瞅见陆沉的脸庞，吓了一跳，差点砸翻盘子，火急火燎放下食物，跑出去才跨过门槛，就大声嚷嚷："快来看快来看，屋里有个丑八怪，老子白天见鬼了。"

陆沉扯住徐凤年的袖口，但徐凤年轻轻一抖，大步出门，把那个口无遮拦的倒霉虫一脚踢得陷入院墙，生死不知。回屋后，陆沉黯然道："我本来就很丑。"

徐凤年平静道："对，是不好看。脸上画花了，好看才怪。但谁敢说出口，入了我耳朵，我就让他……"

她接口道："去死？"

徐凤年一本正经道："哪能呢，我又不是魔头，向来喜欢以貌服人，实在不行才会以德服人。"

陆沉盯着这个说不清是好人还是坏人的书生，抿紧嘴唇，似笑非笑，摇

头道："一点都不好笑。"

徐凤年一笑置之，分发了碗碟餐食，然后埋头狼吞虎咽。陆沉一手掩面，细嚼慢咽，一副食不言的淑媛风范。跟徐凤年同时放下筷子，她犹豫了一下，说道："刚才以为你会说些漂亮的言辞来安慰我。"

徐凤年见她还有剩余饭菜，也不客气，一并搬到眼前，边吃边说道："你不是说过最恨别人骗你吗，不管你信不信，在我眼中，你还是那个秀秀气气的女子，不好看，但也难看不到哪里去。"

陆沉问道："当真？"

徐凤年低头吃饭，点了点头。

风暴弥漫了小半个下午，逐渐趋于平静，徐凤年推开窗户望去，天色已经不至于耽误行程，便和陆沉走出院子。触了霉头的客栈伙计已经被抬走，也不见客栈方面有任何寻衅报复。徐凤年在街上帮她购置了一顶帷帽，策马缓行。兴许是明知终点将至，陆沉言语活泼了几分，也开始乐意主动询问徐凤年一些江湖轶事，从吴家九剑破万骑铺散开了说去，也不存在试探的企图，一对男女都有意无意淡了心机城府，陆沉本身也是内里性子跳脱的女子，否则也不至于会单独跟种桂出行游览。

有聚就有散。

临近州城，驿道宽度已经不输北凉几条主道。

陆沉望向那座庞然大物一般趴在黄沙上的雄伟城池，心有惊悸，咬着嘴唇，痴呆出神。许久，往后望去，想要看一眼那个男子，道别一声也好。

只是却已经不见他踪影。

她笑了笑，看不见人，仍是调转马头，挥了挥手。

远处，看到这一幕的徐凤年慢慢后仰，躺在马背上，叼了一根野草茎。


陆沉出示了关牒，单骑入城，兴许是习惯了风沙如刀的荒凉大漠，初至繁华地，有些恍惚失神，差点冲撞了一队巡城甲士，致歉以后，她本以为还要将身份靠山托盘而出，才能免去纠缠，不曾想对方仅是让她骑马缓行，不得疾驰伤人，让陆沉有些不适应。

武侯城作为西河州州城，位于绿洲之内，也被称作无墙城，缘于持节令赫连武威自恃军力，扬言即便离阳王朝有胆子打到西河州，他也不需要借助城墙拒敌。身在南朝，陆沉也有耳闻武侯城甲士的彪悍善战，若说橘子州登榜武评的持节令慕容宝鼎一人夺走了一州光彩，那么西河州则要分散到了两支屯军上，其中一支便是戍守武侯的控碧军，战力仅次于皇帐亲卫军和拓跋军神的白鲸军。陆沉本以为战力雄厚至此，城内士卒也就难免骄纵，对于异象，她也未深思，粗略问过了路，便往欢喜泉方向而去。

城内有泉水，据说曾有女身菩萨出浴，因此数百年来每位密宗明妃都要来泉中沐浴净身。泉畔有雷鸣寺，每逢雨季，雷鸣动天，方圆十里可闻。欢喜泉附近府邸连绵林立，居住着一州最为拔尖的权贵人物。春秋遗民北奔后，仅是泉北住北人，泉南才逐渐交付南朝大族，界线分明。种家却在欢喜泉北坐拥一栋豪门私宅，购置于北人一位皇室宗亲之手，与持节令比邻而居，由此可见种家底蕴。陆家虽是甲字大姓，也只算是沾光才得下榻泉北。

陆沉才接近欢喜泉，就有一辆挂绸悬铃的豪奢马车迎面而来，百枚纤薄的玉质铃铛，声响悦耳自然远超驼铃，陆沉闻声抬眼望去，见一位白袍纶巾面相却是豪迈的男子掀起帘子，朝她温和一笑。陆沉认得他，是种家的嫡长子，单名一个檀字，而立之年，不管放在哪朝哪代，都已是十分成家立业，他官居井廊都尉，独领三千骑兵，被种家寄予厚望，成为北莽第一位世袭的大将军，种桂与他对比，当真是萤烛之光岂可与日月同辉。离阳王朝都尉校尉多如牛毛，不过掌兵三四百，还要百般受制于人，在北莽则要真金实银百倍，尤其是边防要地的军镇都尉，可以算是迈过了一级大台阶。何况种檀还年轻，文武兼备，文采被女帝青眼相加，是北莽凤毛麟角的进士出身，更是前途无量。种檀气象粗犷，可是喜好文巾儒衫，也无矫揉之态，与董卓交好，当初便是他率先带着三千井廊骑追杀越境的陈芝豹，这样的人物，既有过硬本事，又有家世做凭仗，没有平步青云才算怪事。但是陆沉每次见到笑言笑语的种檀，都会浑身不舒服，打心眼里畏惧，也说不出哪里不喜好他的行事，只能解释是女子直觉。

陆沉本来就是半个名义上的种家媳妇，和种檀同车而坐，也谈不上有伤风俗，再者以种陆两家的声望，根本不用计较那些碎嘴闲言。

车内有冰壶，在这种地方，一两冰一两金，小富小贵开销不起，有一位容貌平平的侍女静坐一旁，也不见她如何服侍种家世子，倒是种檀拿一双银钳子分别夹了冰片给陆沉和侍女。陆沉摇头婉拒，倒是侍女不懂规矩地接

过，发出轻微的嘎嘣声响，似乎察觉到有外人在，不成体统，连忙捂住嘴巴，减弱声音。种檀身材修长，长臂如猿，弯腰掀起车窗帘子，披起钩住，可供陆沉欣赏欢喜泉的景致。泉畔有一条宽敞的青石路径，依偎在树荫中。西域风沙，日头毒辣，风沙鼓荡，不过若是躲去了绿荫下，很快就可清凉下来，不似江南，闷热起来，让人无处可藏。

种檀望向陆沉，轻声道："陆姑娘，让你受委屈了。"

陆沉低敛眉眼，默不作声。种檀转过头，叹了口气，"是种家对不住你。"

陆沉抬头，欲言又止。种檀笑了笑，正了正身形，有些正襟危坐的意思，摆手缓缓道："我没有在自家人伤口抹盐的癖好，这趟出行的细节，陆姑娘不愿说，只需要写在纸上即可，到时候托人给我，也不用去面对那些个唠唠叨叨的老家伙，不过事先说一声，家大了，下边的闲言闲语自然而然会少不了，陆姑娘大可以左耳进右耳出，我也会跟家里长辈知会一声，就当种家不曾给陆家什么礼聘书，不会污了陆姑娘的清白名声。种檀可以保证，以后陆姑娘有了百年好合之喜，种家也不吝登门道贺。"

陆沉抬起头，直视这名未来的种家家主，眼神坚毅道："我生是种家的儿媳，死是种家的鬼，我愿为种桂守寡。见到爹以后，会说服他允许办一场冥婚。"

种檀望向窗户，眉头紧皱。

陆沉语气凄清，说道："是陆沉的命，逃不过的。"

到了种家府门，种檀先行下车，站在边上，亲自护着她走下马车，落在门口许多一辈子都在琢磨人心的人物眼中，注定别有一番滋味在心头。种檀送到了仪门外，没有跨过门槛，说是要出城去雷鸣寺烧香。跟陆沉别过以后，他返回马车，侍女展颜一笑，绝无半分谄媚，就像见着了相识多年的朋友，种檀也习以为常。她含住一片冰，腮帮鼓鼓，柔声含糊问道："你这般给陆沉开脱，从旋涡里摘开她，会不会让种家人反感？只是言语相激，让她嫁入种家，迫使种桂那一房倒而不散，小心捡了芝麻丢西瓜。"

种檀盘膝而坐，神态闲适，轻声笑道："种桂怎么个死法，死于谁手，我不好奇，种家的仇人，实在太多。陆沉破相受辱而还，对女子而言，已经是极限，再去撩拨她，不说她会崩溃，恐怕陆家也要恼火，而种陆两姓联姻，是大势所趋。我既然生为长子，就必须要有长远的眼光。陆沉有这份决心，敢冥婚守寡，说明她也并不是目光短浅的小女人，这样的有趣女人，实在不应该毁在西河州。替她挡下一些风雨，于情于理于利，都是应该。"

侍女一手钳住冰片，一手悬空托住，生怕坠落，种檀低头咬住，大口咀嚼。她放下银钳，这才说道："女子心思多反复，这份香火情，未必能让她以后始终站在你这边。"

种檀淡然道："她不是安分守己的那种人，以后一定会惹是生非，我继续护着她就是。"

她突然掩嘴笑道："其实只要你要了她的身子，万事皆定。"

种檀一脸委屈道："我怕鬼。"

她轻轻踢了种檀一脚，种檀大笑道："你比她好看多了。"

她感叹道："陆沉算是活下来了。"

种檀啧啧道："这算不算我日行一善？等会到了雷鸣寺，也有底气烧香了。"


种檀的温和姿态无形中成了陆沉的一张护身符，这让做好最坏打算的陆沉像是等着刀子抹脖，却等来了羽毛轻拂，惊喜之余，有些不知所措。应该是种檀有过吩咐，她被特意安置在种家别宅的临湖小筑中，坐享一份难得的荫凉。

种神通和弟弟种凉，一位是权柄煊赫的北莽大将军，一位是名列前茅的魔道大枭，想必都不至于跟一个陆家后辈女子计较，不过种家暂时隐忍，并不意味着陆家就可以云淡风轻，毕竟种桂在大哥种檀面前不值一提，与南朝大族子弟相比，仍是一流俊彦，平白无故暴毙在异乡，陆家不主动给出解释，说不过去。

陆归此时就站在小筑窗栏前，安静听着女儿讲述一场惨痛经历，从头到尾都没有插嘴，不曾质疑询问，也不曾好言抚慰。陆沉神色悲怆，压抑苦闷，尽量以平缓语气诉悲情。陆沉自认不出纰漏——有些女子委实是天生的戏子。陆归作为甲字陆家的家主，身材修长，当得玉树临风四字评价，虽已两鬓微白，但仍是能让女子心神摇曳的俊逸男子，尤其是尝过情爱性事千般滋味的妇人，会尤为痴迷陆归这类好似醇香老窖的男子。等女儿陆沉一席话

说完，稍等片刻，确定没了下文，陆归这才悠悠转身，只是盯住女儿的眼睛。陆沉下意识眼神退缩了一下，再想亡羊补牢，在陆归这种浸淫官场半辈子的人物面前已是徒劳，何况知女莫若父，怎能隐瞒得滴水不漏？不过心中了然的陆归戚戚然一笑，走近了陆沉，替她摘去还来不及换去的面纱，凝视那张近乎陌生的破败容颜，双手轻柔按在她紧绷的肩头上，摇头道："爹要是不紧着你，怎么会只有你这么一个独女，你说的这个故事，是真是假，爹心知肚明，至于是否骗得了种家兄弟，听天由命。"

陆沉眼眶泛红，几乎就要竹筒倒豆子道出实情，这一刹那，她有意无意攥紧拳头，指尖刺在手心，清醒几分，鬼使神差地咬住嘴唇，将头枕在陆归肩上。陆归动作温柔地拍着她的后背，说道："种桂的尸体尚未寻见，不出意以外会是一座衣冠冢，你真愿意阳人结冥姻？"

陆沉抽泣道："这是不孝女儿分内事。"

陆归黯然无语。

陆归走后，临泉小筑复归寂寥，陆沉坐在梳妆台前，低头看到一柄铜镜，被她挥袖一把丢出去，砸在墙上。

将军白头怕新甲，美人迟暮畏铜镜。可她还只是年纪轻轻的女子，未曾嫁人。


徐凤年入武侯城以后，情理之中要择一个居高临下的处所观察欢喜泉建筑地理，不过久病成医，对于刺杀潜伏一事，烂熟于心，知道许多雷池禁区。北凉王府占山为王，清凉山附近以王府为圆心，诸多将军和权贵的府邸以官职爵位高低渐次铺散，其中也有几栋不低的酒楼客栈，登楼以后好作瞭望，不过这些便于观察王府地形的珍贵制高点，无一不例外被府上密探牢牢掌控，外地新鲜面孔初入城中，首选这几处，登楼故作观景眺望，十个里有九个会被秘密格杀，剩下一个之所以活得略微长久，那也是北凉王府想要放长线钓大鱼。一头扎入这些个雷池，自以为聪明，其实根本与自杀无异。徐凤年事后得知，他及冠之前那一小段时日，府上婢女仆役每次出行，都有死士盯梢，褚禄山亲自负责每一个细节，揪出来的杀手刺客不下六十人，都被尽数绞杀，拔出萝卜带出泥，几位品秩不算低的北凉官员住所都在一夜之间变成鸡犬不留的无人之府。

故而徐凤年只是拣选了一座离欢喜泉较远的低矮客栈入住，跟伙计看似随口问过了武侯城内几个游览景点，从伙计口中得知两天以后是十五，雷鸣寺香火鼎盛，外乡士族旅人和手头宽裕的富贾，都喜欢在初一和十五这两日去雷鸣寺供养一尊菩萨，或点燃或添油一盏长命青莲灯。不过小小一盏灯的贡钱，最低也要百两银子，虔诚信佛的，出手动辄黄金几十两，是个无底洞，武侯城内就有豪横高门为整族点灯三百盏，那才叫一掷千金。

大概是心底瞧不起装束平平的徐凤年，伙计说起这些，也是豪气横生，总说没有几百两银子就莫要去雷鸣寺打肿脸充胖子。徐凤年一笑置之，也说是会掂量着烧香，顺嘴夸了一番武侯城的富裕，说他这个外地人长了见识。这才让伙计脸色好转，当下言语腔调也热络几分。徐凤年领了铜钥匙，不忘递给他几粒碎银，请他把西瓜吊在竹篮放入后院一眼井水中。伙计道了一声好咧，提着两只瓜开怀离去，对这名书生越发顺眼。徐凤年放下了书箱，摘下春秋剑，都放在桌上，出门前在窗户和房门缝隙都粘有两根丝线，不易察觉，推开即断，再将剑胎圆满的飞剑朝露钉入屋梁之上。进城后徐凤年敛去一身十之八九的气机，不过百步以内，仍可与朝露有所牵挂，放心下楼去吃午饭。客栈生意惨淡，也没有几桌食客，冷冷清清，徐凤年要了一壶烧酒，独饮独酌，意态闲适，颇有几分士子的风发意气。

武侯城是北莽内腹，不过有容乃大，风俗开明，对待中原遗民还算厚道，比较等级严苛的橘子州，要宽松许多。商人趋利，橘子州不留爷，爷就来西河州，因此有许多生意往来，不仅茶叶瓷器，包括古玩经书在内大量流落民间的春秋遗物，也都输往武侯城这几座大城。徐凤年赴北之前，对八大持节令和十二位大将军都有了解。西河州的赫连武威，声名相对不显，只知是北莽勋贵出身，年少风流多情，不过家世颓败后，竟然不是破罐子破摔，反而浪子回头，戎马二十年，战功卓著，得以光耀门庭。其妻早早病逝，他也未再娶，导致膝下无子。跟武力和暴戾并称于世的慕容宝鼎截然不同，除了带兵不俗以外，庙堂经纬，赫连武威只能算是个捣糨糊的角色，女帝历年的春搜冬狩，也罕见他的身影，因此八位持节令中使得这位封疆大吏最为与世无争。

徐凤年返回房间，丝线未断。除了进食饮水，就只是独处，翻阅秘笈刀谱。也许绝大多数人获得这部王仙芝武学心得，都会欣喜若狂，快速浏览，

恨不得一夜之间跻身一品境，亏得徐凤年熬得住，当下一招不得精髓，不翻下一页，此时仍是停顿在青丝结这个瓶颈上，也没有耍什么绕道而行的小聪明。敦煌城门一战，即将出海访仙山的邓太阿和天赋甲江湖的洛阳，可谓棋逢对手，打得天翻地覆，徐凤年闭眼感触，事后抚摸剑痕千百道，只觉得一股神意盈满心胸，却摸不着头脑，徐凤年也不急躁，仍是告诫自己循序渐进。

第二天负笈背剑游行武侯城，边吃边走，城内军容肃整，可见端倪。李义山总说治军功底在毫厘微末之事，在听潮阁悬挂的北莽军镇布置图上，徐凤年明显发现一点，凉莽接壤的西线，北莽精锐悉数赶赴南部边境，摆出要和北凉铁骑死磕到底的架势。两朝东线，双方兵力甲士还要胜出一筹，只不过是往北推移，军力渐壮愈盛，北莽东线边境上东锦、橘子二州，显然不如有控碧军打底子的西河州，徐凤年对于这种孰优孰劣不好断言的布置，也不清楚是刻意人为布局，还是只与几位持节令心性和能力有关的无心之举。

正月十五，徐凤年并未追随大流，在清晨拂晓时前去雷鸣寺，而是在正午时分，日头炽烈时离开客栈，不背春秋不负箱。

雷鸣寺坐落于欢喜泉南北交汇处，依山而建，主体是一栋九层重檐楼阁，楼内有比敦煌佛窟还要巨大的一尊大佛，属于典型的西域硬山一面坡式，香客稀疏。敛起气机的徐凤年一身汗水，缓缓入寺。寺内古树参天，绿荫深重，顿觉清凉，烧香三炷，跨过主楼门槛，九层楼阁，总计开窗八十一扇，却不曾打开一扇，俱是紧闭。只不过底下四楼，点燃数千盏青灯，灯火辉煌，如佛光普照，因此楼内不会给人丝毫阴沉印象。徐凤年仰头望去，是弥勒坐佛像，眯眼低眉而视世人，大佛之大，位居天下第三，据说当初仅是金粉便用去数百斤。佛像建于八百年前，正值佛教第三场浩劫。大佛面相慈悲，轮廓柔和，一手放于膝上，一手作平托状结印，翘食指，此手印不见于任何佛教典籍，历代为僧侣疑惑，争执不休，后世各朝，不曾对佛像本身做修改，只是重新赋彩添金，女帝登基以后，就对坐佛袈裟赋以浓郁彩绘。

徐凤年入寺前便得知欲燃长明灯，要向雷鸣寺点灯僧人告之名讳祖籍等，只得遗憾作罢。楼内空旷无人，偶有一阵清风入楼，四楼数千盏青莲长明灯由低到高，依次微微浮摇，景象不似人间，仿佛置身极乐净土。

香客不得登楼看佛，寺内僧侣也要在四楼止步。雷鸣寺建寺八百年，得道高僧大多停留在第六第七层，唯有帝王可登至八楼，号称九五至尊的帝王尚且如此，寓意在大佛面前自降一级阶梯，自然至今无人可上九楼，连那有志一统天下的北莽女帝也不例外。

徐凤年拜过大佛，正要转身离楼，去附近一栋藏经楼观景，一瞬心思微动，抬头望去。

看见了一颗脑袋探出大佛手掌心，目光直直落在他身上，眼神冷清。

徐凤年这一刻只觉得荒谬不堪，古怪心绪说不清道不明。

这娘们儿，真是胆大包天了。

白衣洛阳。

坐在佛掌之上，弯腰伸出头颅，在和徐凤年对视。

徐凤年心想要是黄宝妆那个温婉女子，肯定不敢如此大逆不道。

徐凤年自言自语道："魔佛一线吗？"

想起武侯城外云层下坠天地一线的壮阔景致，恍惚间徐凤年有一丝明悟，却溜之而去，没有抓住。

不知为何出现在雷鸣寺的洛阳没有离开佛手，徐凤年也不好上去，两人只得对视。

接下来徐凤年差点憋闷得吐血，白衣洛阳似乎恼火徐凤年的胆小如鼠，身形飘落时，气机汹涌如江河东流入海，数千盏长明灯刹那熄灭。

徐凤年头大如斗，暗自腹诽："造孽啊！"

不知为何楼中无人看守大佛青莲灯，徐凤年也顾不得这些，在楼梯口一尊小龛前找到几个火褶子，点燃以后，人如一尾游鱼，沿着走廊倒退飘滑一周，身形所至，一盏盏长明灯接连点亮，底楼再次白亮如昼，徐凤年急匆匆登楼，燃起第二个火褶子，退行只为疾行不熄火花，有意无意，徐凤年心神清澈如莲池，一圈下来，再登三楼四楼。魔头洛阳身为罪魁祸首，毫无愧疚心思，始终冷眼旁观，她不再是那词牌名为"山渐青"的黄宝妆后，不遮掩赤紫双眸，邪意流溢。徐凤年点燃三千零八十九盏长明灯，驻足抬头凝望坐佛。人视万物如蝼蚁，佛视众生平等，烧香拜佛祈愿，临时抱佛脚，真能愿有所得？菩萨们会不会不厌其烦？

徐凤年收回神思，自嘲一笑，正要下楼，接下来一幕让他措手不及，白衣女魔头在楼下佛脚前，一握拳头，接近四千盏长明灯的灯火被气机牵扯，

瞬间离开青色灯座，飞掠向坐佛，离石佛身躯几尺以外悬停，佛身本就涂抹金粉，灯火照映之下，熠熠生辉，如大佛真身临世，好一个佛光普照！

洛阳屈指一弹，三千余灯火冲向九层楼顶，在佛头附近炸开，流星万点。徐凤年心中气恼，也只得跃过围栏凌空掠过，不断拂袖招摇，能取回几点火星是几点。他大袖卷荡，一些火星被丢回青灯灯座，一盏盏长明灯复燃，不过终归力有不逮，才点亮青灯七八百。落地后，他又去小龛前拿起火褶子，望向女魔头，后者转身负手，望向门外，徐凤年这才放心去点灯，青灯复燃如旧，徐凤年如释重负，缓缓下楼，站在洛阳身侧。她也不废话，开门见山说道："种家擅长盗陵，春秋战乱时在南唐钱王墓得到一卷竹简，记载了一件几百年的机密，八百年前大秦那位千古一帝葬身在西河州境内，陆归精通堪舆地理，于是两家联手来开墓盗宝。我对秦帝遗物没有兴趣，只不过不喜种凉这个人，他要做什么，我就偏偏让他做不成。"

徐凤年皱眉道："以你天下第四的大神通，直接杀了种凉不就成了？种凉再厉害，比得过邓太阿和洪敬岩？"

洛阳语调冰冷，"有这么简单？"

徐凤年无言以对，你这个天底下单枪匹马杀人最多的大魔头，当年辗转北莽八州，见人就杀，一鼓作气杀了几千人，杀到北莽帝城被拓跋菩萨阻拦，才算止步，都称得上尸山血海，怎么这会儿还客气自谦上了？不过徐凤年没把这份心思说出口，对上目盲琴师薛宋官就足够搏命，跟洛阳过不去，实在是十条命都不够她杀的。徐凤年也不敢把她当女人看待，以至于初见棋剑乐府山渐青，以他卓绝的记忆力，清晰地记住了她的容颜身段，敦煌城再见她时，只觉得脸孔模糊起来，这不简单是由于洛阳气势磅礴，使得雌雄莫辨，而是一种感觉不怎么好的水到渠成。在徐凤年的直觉中，大魔头必然会取代温婉善良的黄宝妆，魔道消长，在这个女子身上魔性终会吞噬道性，使得黄宝妆最终变成天下人人闻之胆寒的大魔头洛阳。这可能是徐凤年生平第一次如此忌惮一个女子。

洛阳平淡说道："我在这里等了你两天。"

徐凤年一脸疑惑。洛阳犹豫了一下，说道："你可知大秦皇帝的陵墓藏在何处？"

徐凤年忍住差点脱口而出的刻薄反讽，咧嘴道："要是知道，我就早拿锄头去刨坟挖宝了。"

洛阳走向一栋悬匾"如来如去"的高耸藏经阁，徐凤年问道："为何不见雷鸣寺僧侣？"

洛阳轻描淡写说道："你进寺前，我躺在佛像手掌休息，嫌他们诵经木鱼功课聒噪，都打杀干净了。"

徐凤年出楼外收敛的气机倾泻而出，大黄庭的海市蜃楼气象巍峨，长衫袖口扶摇，只可惜应了那句俗语，道高一尺魔高一丈，在洛阳压制下，憋得徐凤年不仅收回气机，还有一口鲜血涌到喉咙。这时候，徐凤年看到大雄宝殿那边有僧人鱼贯而出，黄色袈裟的披挂方式与中原略有不同，神色安详，遥遥看到自己和洛阳，也仅是当作寻常富贵人家的香客，一些修为稍浅的和尚不过是多看了几眼白衣洛阳，并未上心。徐凤年这才知道女魔头开了个玩笑，拿他当猴子耍，一时哭笑不得，咽下那口鲜血。洛阳却雪上加霜，"你这种心智根骨，怎么进入的金刚境界？我看不过是靠着北凉世子的身世和因身份结下的机缘，小家子气，半点格局都无，白费了邓太阿的馈赠。"

徐凤年也不反驳，心中拿好男不跟女斗这种站不住脚的理由安慰自己，顺带腹诽几句。洛阳洞察人心，嗤笑道："你肯定在拿李淳罡跟我作对比，以为我取笑你根骨不行，只是五十步笑百步。但事实上我不光在一品前三境，金刚、指玄、天象都比李淳罡更早踏足，哪怕陆地神仙境界，也一样不例外。"

徐凤年毫无诚意地低声说道："对对对，你武功盖世，明天就打得拓跋菩萨抱头鼠窜，后天就能让王仙芝打成缩头老王八，第三天就可以视天劫如无物，证道飞升跟玩儿似的。"

然后徐凤年就飞入藏经阁，是被洛阳打入，一掌拍在后心，海市蜃楼溃散七八分。一则徐凤年不敢躲，二来他也想揣度洛阳的实力。苦头之大，只有坐在阁内石板地面上的徐凤年自己清楚，他抹掉渗出嘴角的猩红鲜血，苦中作乐地养剑一柄。喜怒无常的洛阳进阁后，看也不看徐凤年一眼，径直登楼。名义上是藏经阁，实则是一座六层碑塔，木质阶梯旋转递升。

洛阳来到顶楼，举目眺望欢喜泉，塔顶墙壁上篆刻许多文人骚客的赏景诗文，因为后来者不讲规矩，刻字重重叠叠，使得壁刻面目全非。徐凤年百无聊赖四下浏览，也没瞧见几首神韵俱佳的诗词，都是无病呻吟之流，

不过一些小曲残句还算趣味上乘，如春风绿江南，古树上莺声嫩，等等，都一一记在脑中，想着以后见着那位被誉为雄绝文坛的二姐，剽窃了去献宝。

无意间见到半句依稀可见的诗词，徐凤年拿手掌抹去。

徐凤年站在窗口，略微放开气机，视线逐渐清明，开始去记忆欢喜泉府邸的格式地形。随着遗民北移，带来一股南风北进的风潮，庭院建筑沾染春秋风格无疑是最为直观的现象，北莽不光是南朝，北边的高门大族，也有不少追求小桥流水庭院深深，而且极有青出于蓝而胜于蓝的趋势，深谙南派建筑精华，是一等一的大手笔，没有非驴非马的滑稽观感。徐凤年身在钟鸣鼎食王侯家，耳濡目染，对于这类事物的了解自然不会仅限于一知半解。清凉山的北凉王府楼廊曲折，以前闹出过许多笑话，历经千辛万苦大半夜潜入王府的刺客，好几批竟然战战兢兢逛荡了一整晚，都没能找到徐骁或者徐凤年的别院，落网后那叫一个死不瞑目。这些笑话，一直被王府下人津津乐道，徐凤年两次游历以后，就不怎么笑得起来。还记得一次被温华拖拽，去偷窥一位被这位木剑游侠一见钟情的士族女子，温华踮起脚尖站在高墙外，听着墙内佳人秋千上笑，后来只好让徐凤年弯腰，他站在好兄弟的肩膀上，才算见着了心仪女子，被护院家丁察觉后，拎棍棒追着一顿好打，徐凤年也被折腾得腰酸背痛。关键是每一次温华信誓旦旦的非谁不娶都靠不住，再见貌美女子，就要见异思迁，一起游历，也不知一见钟情了多少回，徐凤年气不过，事后就挖苦他就算偷入了宅子，也做不来采花贼。

洛阳一语道破天机，问道："你要去欢喜泉北边杀谁？杀赫连威武？就凭你能成事？还是有北凉内应？"

徐凤年摇头道："就去看看。"

洛阳讥讽道："不小心被排名在我之后的魔头种凉盯梢上，你就算活得下来，也要脱几层皮。"

徐凤年装傻憨笑道："不打算惹事，身上银钱不多了，只是去顺手牵羊几样值钱的物件而已。"

洛阳平静道："我跟你一同去。"

徐凤年立即拒绝，"千万别，我是去当贼，不是当杀人灭口的魔头。"

洛阳转头，笑了笑，"我不会暴露你的行踪，只是好奇你一个北凉世子想做什么勾当。其实你心知肚明，我在武侯城没有滥杀无辜，多半也不会去欢喜泉大开杀戒，你就别揣着明白装糊涂了，当我是傻子，那也得等你到了天象境界，有资格与我拼命才行。不过以你的悟性，想要达到天地共鸣，我看悬。"

徐凤年被揭穿所行目的，也就不遮掩，正大光明地眺望欢喜泉绵延府邸的布置。洛阳突然说道："你我互问一件事，各自作答，如何？"

徐凤年想了想，问道："我先问？"

洛阳直截了当说道："不行。你已问过，我也回答。该我问了。"

徐凤年憋屈得不行，洛阳又不是那个性子婉约的黄宝妆，何曾与人为善过，更别提善解人意了，对于徐凤年的郁闷也不理睬，直接问道："你来北莽，最终想要做什么？"

徐凤年沉默不语。

洛阳安静等待。

徐凤年揉了揉脸颊，孤身赴北后第一次吐露心声，轻轻说道："见一个极为重要的人。二十年过去了，连我爹也不知道他是否还值得信赖，要想确认这一点，除了徐骁和我这个世袭罔替的北凉世子，没有谁有资格去证实答案。要想见到他，我就得做一些让他以为斤两足够的事情，否则光是一个世子身份，根本不管用。再多的内幕，我不能，也不想跟你说。反正我知道，他若是真反了北莽再反北凉，我这趟北行，就注定要死在北莽。"

洛阳点了点头，比较满意徐凤年的实诚，说道："该你问了。"

徐凤年小心翼翼问道："黄宝妆真的死了？"

洛阳直接不予作答，跳过以后，面无表情问了第二个问题："你要是一场豪赌功成，将来就能坐稳北凉王的位置？"

徐凤年没好气说道："还是不能。"

洛阳冷笑道："好可怜的世子殿下。"

徐凤年也不计较，问道："你去宝瓶州做什么？"

洛阳扯了扯嘴角，回答道："北冥有鱼。拓跋菩萨等了一样兵器，已经整整三十年，我要坏了他的好事。最不济也要战上一场。"

先是跟邓太阿比剑，然后是阻挠种家寻宝，接下来还要去找北莽军神的麻烦，你这个娘们儿就不会消停一点？！徐凤年被惊骇得无以复加，不过很快恢复平静，洛阳如果可以拿常理揣测，也就不会是魔道第一人了。

洛阳问了一个棘手并且晦气的问题，"你要是死在北莽，可需要我帮你收尸送还北凉？"

徐凤年叹气道："那先行谢过。"

洛阳骤然笑靥嫣然，"其实在极北冰原，我若死在拓跋菩萨手上，你也逃不掉，到时候谁后死谁收尸。"

徐凤年苦笑道："你就不能别跟拓跋菩萨拼命？你还年轻，等到了陆地神仙境界再去厮杀，不就稳妥了？"

洛阳眼神生疏迷离，望向远方，"十拿九稳的事情，乏味。"

徐凤年轻声道："也就是我打不过你，否则就要说你真的很矫情。"

玩了一个文字游戏的徐凤年很快就被打陷入墙，落地后拍了拍灰尘，缓缓吐纳，平稳气机，敢怒不敢言。

徐凤年突然泛起一个古怪笑脸，小声问道："听说你一路杀到了北莽皇宫外，慕容女帝站在城头上，你站在城墙下，是啥感觉？"

洛阳仿佛从未深思过这种事情，在徐凤年以为她又要揭过不提，不料她缓慢吐出三字，"老女人。"

徐凤年呆滞片刻，捧腹大笑。

原来这尊女魔头刻薄起来，比起武功还要可怕啊。

北莽女帝听到以后会不会气得半死？

下楼时，徐凤年还在偷偷乐呵，洛阳问道："你刚才在墙壁上抹去了什么字？"

徐凤年停顿了一下，"只是很晦气的东西，眼不见为净。"

洛阳没什么好脾气和耐心，"说！"

徐凤年笑道："雁已还，人未南归。"

洛阳留给他一个背影，轻轻说道："矫情。"

武侯城竟然骤雨忽至，忽又瓢泼停歇，跟逗人玩似的，不过徐凤年将其当作一个好兆头，整年也遇不上几场大雨，恰巧就给他撞上了。大雨渐小，总算彻底没了雨丝，徐凤年凭借鲜明记忆，领着白衣白鞋的洛阳走在陌巷小弄里。胡同里三五成群的稚童女娃欢天喜地，去湿漉漉的墙根底下掀翻起瓦砾石块，抓出几只长须犄角的水牛儿。徐凤年倒是没料到西河州这边也有这类小虫，想起了许多童年趣事，眼神也就温暖了几分。孩子们拎起水牛儿放在台阶上，拿绳线在水牛儿身上系上小石子，小家伙们走得缓慢，孩子们也瞧着欢快。这些比邻而居可谓青梅竹马的孩子占据了大半巷弄，徐凤年贴着墙根绕道而行，可后边的洛阳却径直走过，一脚就踩死了一只不幸遭遇灭顶之灾的水牛儿。主人是个扎羊角辫的白净女娃，见到才到手的宠物死于非命，愣了一下，先瞥了眼洛阳，不敢生气，只好哇哇大哭，男童们也没胆量给她打抱不平，只是怔怔望着那个白衣姐姐，漂亮是漂亮，就是脾气太差了些。徐凤年生怕这群孩子无意中惹恼了女魔头，赶忙先给洛阳打了个手势，再屁颠屁颠去墙脚根忙碌一通，揪出两只水牛儿递给羊角辫女孩，当作赔偿。

孩子们心性单纯，得到什么，失去什么，开心和不开心都来去匆匆，也就不跟这对哥哥姐姐计较，稍稍离远了他们，玩耍着水牛儿，聚在一起窃窃私语。徐凤年看了眼洛阳，无可奈何，心想莫非这就是伴君如伴虎？真不知道人猫韩貂寺怎么熬过来的，是叫韩生宣？听说擅长越境指玄杀天象，也不知真假，对上洛阳搏命，有四分胜算吗？

徐凤年浮想联翩时，洛阳拐过了巷角，在一座摊子前停下了脚步，徐凤年抬头望去，是个贩卖烧羊肉面的狭窄店铺。洛阳率先落座。店铺老板是个肥胖妇人，不过长相面善，一看就是乐天的性格，见这对年轻男女都贵气，越发热络，自卖自夸起自家的羊肉面，说羊肉是前腿儿和腰窝子的嫩肉，而且润味的小料纯正，是传了好几代人的老方子，甘草陈皮黄酱，妇人一口气说了将近十种，明显生怕客人嫌弃店小物贱。徐凤年笑着要了两碗宽汤过水的羊肉面，妇人虽是生意人，却也难掩厚道本性，肉足汤多不说，还撒上了大把的鲜花椒蕊和青绿香菜末，再递了两根生脆大葱。徐凤年赞不绝口，他没啥孩子缘，不过跟女人尤其是妇人打交道，委实是有天赋。店铺子生意冷清，老板娘就坐在附近桌上，笑个不停。羊肉汤面做得利落，徐凤年吃得也利落，洛阳倒是吃得缓慢，徐凤年干脆再要了一碗。吃完结账，碎银太重，铜板太少，略有亏欠，徐凤年本意是多付一些也无妨，不过妇人豪爽，也不知是下定主意要拉拢这两位回头熟客，还是惦念徐凤年与粗糙汉子截然不同的俊俏，只要了铜钱，临行前徐凤年说离城前肯定还要来吃上一顿，老板娘娇笑不停，还说了几句类似早生贵子的喜庆话，把徐凤年吓出了一身冷汗，

好在洛阳置若罔闻，径直离开铺子。

一路悠悠回到客栈，洛阳要了一间上等独院房屋，两人约好子时相见。徐凤年回到屋子，见到一切安好无恙，就开始闭气凝神养金莲，期间默默养剑，一直到离子时还有两刻时光，才开始准备欢喜泉之行。其实有洛阳随行，利弊皆有，坏处自然是这尊魔头心性叵测，不知道会出什么幺蛾子，好处则是再坏的境地，徐凤年都不至于身陷死地，哪怕是种神通和种凉一起出手，敌得过天下第四的洛阳？夜幕深重，徐凤年负剑春秋，佩刀春雷，来到洛阳所在别院，她正坐在台阶上仰望满天繁星，武侯城楼高天低，景象异于南方太多。洛阳给了一个眼神，徐凤年跃上屋顶，一掠而过，也不用去想洛阳是否跟得上，她若是都跟不上，徐凤年早可以去离阳王朝的皇宫随便拉屎撒尿了。

洛阳如影随形，徐凤年换气时好奇问道："种凉只是排名第四的魔头，为何你说仅在你之后？"

洛阳闲庭信步，言语冷清，"你那个暖房丫鬟，不一样缩头缩尾，只愿意排在末尾。"

徐凤年笑道："当然都不如你。"

## 第五章

### 徐凤年他乡遇故，徐龙象学成下山

徐骁一只手掌按在地图上，说了一句话，『我儿子在那里，这个理由够不够？』

欢喜泉南北皆权贵，有劲弩甲士巡夜，南方尚好，到了泉北，几乎三步一哨，暗桩多如牛毛，好在徐凤年对于军旅夜禁和城防布置并不陌生，也亏得洛阳乐意放低身架跟他鬼祟潜行。来到种家府邸墙外，徐凤年拣选了一处灯笼稀疏的僻静死角，正要翻越墙头，却被洛阳一把拉住，她起身后身体在墙头扭曲出一个诡异身姿，徐凤年这才知道城墙上头有门道，依样画葫芦，这才知道墙头上拉有悬铃的纤细银丝。翻墙落地前余光瞥见洛阳离墙几尺处浮空而停，眼神戏谑，徐凤年肚里骂娘一句，定睛一看，换气止住坠势，身体如壁虎贴在墙壁滑下，这才躲过了层出不穷的玄机，不过也就她可以站在细丝上而不颤动铃铛分毫，徐凤年自认尚未有这份能耐。主要是北凉王府一向外松内紧，即便包藏祸心，那也是喜欢关门打狗；相比之下种府就要谨小慎微太多，明摆着拒敌在先，让人知难而退，不求如何杀人，这恐怕也是种家这条过江龙在别人地盘上刻意摆出的一种低姿态。

庭院建筑只要是出于大家手笔，内里自有法度，就必然有法可依，气象巍峨的北凉王府是集大成者，种府在欢喜泉算是一等一的气派，比起占山为王的北凉府还是不值一提。徐凤年走得十分轻松惬意，听声遇人便绕，好似自家散步，带着白衣魔头绕梁过栋穿廊，不过起先还能感受到洛阳的气息，一刻钟后就感知全无，徐凤年也懒得杞人忧天，根据身份去揣度，不去种神通种凉兄弟那边惹祸上身，来到贵客陆归的清雅院子。愈是临近几座主要院落，戒严程度愈是松懈，这也是种家的自负。

徐凤年如燕归巢，挂在不映身影的檐下。屋内有明亮灯光，驾驭金缕刺穿窗纸，徐凤年看到一名跟陆沉有六分形似的中年男子捧书夜读，眉宇阴霾，还有一名麻衣老者相对而坐。老者相貌清癯，十指交叉放在桌上，最为醒目处在于嘴唇发紫，与北凉青囊大师姚简如出一辙，分明是常年尝土认穴导致，可见种家西行，的确是要借用陆家的堪舆术去探究秦帝陵。麻衣老人手边有一盏精巧黄铜灯，他与陆归都忧心忡忡，并未因有望开启帝陵分一杯羹而欣喜。徐凤年还算有些理解，到了秦帝陵墓这种人间千古一帝的可怕规格，机关术只是小事，气数沾染才是棘手的大事，阴气过重，别说入墓之人往往暂时得宝却暴毙，恐怕还要祸及子孙数代；那盏铜灯又称作换气灯，盛放童子精血，点燃以后，可趋避阴秽。

屋内老人叹气道："三十六盏灯，到底还是少了。占卜也显示凶多吉少。"

陆归一脸疲惫，语气无奈道："事出仓促，到哪里去凑足大周天数的阳灯。"

老者冷笑道："种家莽夫自恃武力，哪里知道这里头的学问，根本不是人力可以匹敌。"

陆归轻声道："隔墙有耳。"

老人哑然失笑，"家主，种家兄弟这份胸襟还是有的。"

陆归摇头道："小心驶得万年船。大富贵面前，人人小肚鸡肠。"

话已至此，老人也就不再言语，十指轻柔抚摸雕刻佛像的黄铜灯。他虽出身贫寒，却大有一技之长，自幼跟一位不显声名的佛门大师学习造佛，那位释教大师去世以后才被重视，誉为敦煌佛窟重兴之祖，死后被追封全山方丈，尤其擅长制作观音立像。老人虽非僧侣，但独具匠心，青出于蓝而胜于蓝，所造佛像不拘泥于观音，号称万佛在心，三十二相，相好光明，八十种好，妙状无穷。换气灯是他首创之物，需知《戒大教王经》有言若是佛像的量度不够如法，佛菩萨即使被高僧开光，也不来受寓。通俗来说，市井间只知道请佛不易，却不清楚是到底如何一个不容易，事实上佛像法相不佳，就会真佛不来而邪魔住，因此许多所供奉的场地，非但没有福祥庇佑，反而诸邪横生，这才导致供佛佛不灵，发愿愿不应，这就是并非菩萨不显圣而是供佛不如法的根源了。老人深谙个中三昧，所造佛像才极为灵验，广受王侯功臣的追捧。

尤其是这盏黄铜灯，粗看不起眼，细看眉如新月，神韵尽出，可算是麻衣老人此生最高的成就，如果不是有他有灯，陆归恐怕不管如何精于风水，也不敢来西河州蹚浑水。

陆归举杯小酌一口醇酒，缓缓说道："竹简上记载秦帝当初发动数万民夫截断大江，在浮出水面的山壁上开凿陵墓，封死以后，再开闸放江水，民夫和近千监工将士则被御林铁卫全部坑杀。其造穴手法之妙，隐藏真相手段之狠，都是前无古人后无来者。生为帝王当如此啊。"

陆归继续说道："我们要重开秦帝陵，就不得不要和持节令赫连威武勾连，否则如何做得来断江的浩大工程。至于种家如何说服这倔强老头儿，我们就不得而知了。也好，少知一秘事，少惹一是非。"

挂在檐下的徐凤年皱了皱眉头，八百年前秦帝陵，大秦皇后的骊珠，吐

珠的白衣洛阳，怎么感觉快要串成一线了。

被邓太阿毁去那颗骊珠的洛阳，是要坏种家的好事，还是要成就自己的好事？

为虎作伥的徐凤年那叫一个愁啊。

麻衣老人怀揣黄铜佛灯离开别院，陆归挑灯夜读一套与西河州官府索要而来的旧版地理志，盗取帝王陵墓，牵一发而动全身，要想从细微处入手，起码得有个没有偏差的大局观。早已是深夜，仍有客人造访，徐凤年敛起气机，没有动静，在那对年轻主仆敲门时，轻易辨识身份——种桂的族兄——种檀。这位种家的嫡长子身边跟着一个中人之姿都称不上的贴身丫鬟，身段偏丰腴，可惜容貌太过不入眼，以种家子弟的底蕴财力，找这么个女子当婢女，事出无常，徐凤年就上了心，多瞧几眼，记住了诸多常人不会在意的细节，例如腰间那枚作熏衣祛秽之用的小香囊，绣有半面琵琶妆女子花纹，让徐凤年记忆深刻。婢女似乎犹豫是否要跟随主子一同进入屋子，停顿了些许。提有两只壶的种檀看似大大咧咧，其实心细如发，嘴上嚷嚷着"陆祠部，叨扰了，知道你是老饕，来，尝尝小侄觍着脸跟隔壁求来的醉蟹，酒是当地土法酿造的黄河蜜子酒，这黄蟹跟中原那边风味不同，到了八九月，可就老得无法下嘴喽，这会儿才是酒熏下嘴的绝佳时间。咱们啊，来得早不如来得巧，有口福了。"

说话间，种檀拉了一把婢女，也不管别号敬称陆祠部的陆家家主是否允诺，就跟她携手进入幽静屋子。一壶酒一坛醉蟹，种檀进入屋子，献宝一般火急火燎掀开了泥封油纸壶盖，连徐凤年都闻到了扑鼻的诱人香味，感慨这位种家嫡长子真是个会享受的主。陆归笑着起身，跨过门槛迎接。种陆两家是世交，他虽是长辈，只不过陆家在南朝一直被视作依附种家大树的枝丫，陆归更是大将军种神通的应声虫，被取笑是一名御用文人，陆归此时殷勤做派，底气是大是小，可见一斑。不过种檀素来八面玲珑，陆归给面子，他也不一味端着高华门第嫡子的架子，入了书房，从婢女手上接过碗碟和酱醋，做起下人的活计。陆归随手推去桌上书籍，笑语打趣道："老饕老饕，贤侄是取笑叔叔上了岁数啊。"

种檀一拍额头，"老饕这个说法实在讨打，陆叔叔是南朝首屈一指的食客，曾作《素篇》，连皇帝陛下都笑言陆祠部是我朝当之无愧的清馋，比起老饕这个名头，清馋可要雅致很多。"

对于女帝御赐"清馋"二字，陆归一脸欣慰笑意，却之不恭，并未自谦，不急于下筷，低头弯腰闻了闻盘间醉蟹香气，陶醉其中，又抬头望向女子腰间，啧啧称奇道："稻谷姑娘香囊里新换的蚁沉香，成了极好佐料，酒香蟹香沉香，三香相宜，让陆某人大开眼界，原来稻谷姑娘才算真正清馋之士。"

女子面无谄媚，也无娇羞，平声静气说道："不敢当，是刘稻谷贻笑大方了。"

这位女子是种檀的软肋，夸她比夸他要受用无数，只不过世人溜须拍马，要么是称赞刘姓婢女花容月貌，要么是说她气韵芙蓉，都拍不到点子上，徒惹种檀厌烦，境界远远不如陆归对症下药。不用种檀开口，陆归就邀请女子一起品尝异乡风情的醉蟹。果真如种檀所说，黄河打捞起的夏蟹，滋味半点不逊中原熟于桂子秋风的湖蟹，一手酒杯一手持蟹脚，陆归吃得慢而津津有味。刘稻谷倒酒时，有倒酒在桌面，拿纤手缓缓抹去，种檀也不介意这类无伤大雅的细枝末节，望向陆归笑道："陆叔叔，小侄这趟冒昧拜访，也有给赫连威武捎话的意思，这位持节令肯交出这坛子醉蟹，归功于他慕名叔叔你的那一手写完亦自不识的狂草，这不才给你带了酒，想让叔叔借着酒劲写幅字，持节令说随便写都无妨，他还要猜猜到底是写了啥。"

陆归指了指种檀，调侃道："你啊，俗人一个，哪里比得清气入骨的稻谷姑娘。"

种檀哈哈笑道："不否认不否认。"

吃过蟹喝过酒，陆归也写了一幅字，潦草无边，将近二十个字一气呵成，锋芒毕露。种檀性子无赖，认不得一个字，但是问过了所写内容，是"利民之功一二，远胜道德文章八九，几近圣人"。这句话显然有吃人嘴短的阿谀之嫌，不过陆祠部书法功底和清贵身份到底是都摆在那里，这幅字送出去，如他先前三香相宜所说，是陆归、种檀、赫连威武三方尽欢，而且陆归本是做道德文章的读书人，以贬低自己来抬高身为武夫的西河州持节令，不惜以"几近圣人"四字去点评，可以说读书读出了灼然学识。

种檀送蟹酒而来，拿字幅离去，都是拿别人人情做两面讨喜的事情，他和女子跨过房门，走向院子。徐凤年没有去打量这对男女的背影，而是直直盯住窗孔内陆归的神色变化，当看到陆祠部望向窗口，流露出一抹紧张时，

徐凤年便心知不妙，那时候婢女背对自己倒酒不慎，以手指而非袖口涂抹，徐凤年就起了疑心，虽然不确定她如何得知自己的行踪，但联系陆归的异样，种檀十有八九要去喊人来收网，徐凤年可没当一只闷坛醉蟹的兴趣，春秋先发制人，刹那间气机浩浩荡荡如银河倒泻，从上往下。不出所料，种檀只是转身旁观，有个粗俗名字的婢女则出手如惊雷，纤手添得香研得墨煮得酒，一样杀得人，轻轻一抬手，竟然隐约有宗师风度。徐凤年北行路上孜孜不倦钻研刀谱，加上许多生死搏杀的砥砺，刀法臻于圆润如意，春秋折了一个角度，急落急挑，撩向刘稻谷的手臂。她兵来将挡水来土掩，顺势五指成钩，不退反进，也非敲指剑身或是硬扛剑锋，而是指尖汇聚如磨刀石，发出的摩擦声响，让人耳膜刺疼，春秋剑一瞬颤抖起伏三十下。徐凤年不曾想已经足够重视这名古怪女子，却还是小觑了她的身手，急忙抽剑而还。一阵火星四溅，徐凤年一剑无法功成，干脆收剑入鞘，准备近身厮杀，没料到女子一副得理不饶人的架势，踏出一连串赏心悦目的小碎步，小院无风袖飘摇，双手十指令人心寒。徐凤年练刀以来，翻阅过的刀谱剑谱可以堆出一座小山，其余秘笈，只能算是泛泛，如女子这般外门功夫，也认识几门形意龙爪的手法，当下也不好追究，既然她舍不得春秋剑，徐凤年就遂了她心愿，春秋离手以气驾驭，气焰暴涨，小院顿时剑气纵横，寸寸杀机。

婢女落了下风，种檀犹有兴致笑道："你这人挺有意思，跟我一个德行，不看脸，就都是英俊潇洒的公子哥，一看脸，喜好小白脸的婆娘们儿就都要失望。难道你是我失落多年的兄弟？这位好汉，你姓啥名甚，要不说来听听？等会儿不小心死了，可就不明不白，太冤枉。"

徐凤年出客栈前换上一张面皮，成了个面目狰狞的虬须大汉，如同雷鸣寺里的一尊怖畏力士，跟上一张面皮的儒雅书生形象大相径庭。女子虽说不占优势，却也不是毫无招架之力。女子打架，挠人脸面，这姑娘还真是挠出大意味了。徐凤年懒得恋战，一剑扶摇式，气势如虹，种檀终于脸色微变，踏出一脚，地面被他踩得一大片龟裂。徐凤年一剑半出复还，身形扶摇而退，跃过院落墙头，随后几个兔起鹘落，消失于夜幕，继续娴熟潜行，这也符合刺客的行事风格，一击不成，当退则退。

种檀摇头阻止刘稻谷的追杀，吹了一声尖锐口哨，整座府邸顿时灯火通明，仆役点灯挂笼，士卒披甲持矛，死士择地蛰伏，一切毫无慌乱，可见种家习惯用治军之法治家。

种檀伸了个懒腰，笑道："这家伙估计就是杀种桂的那个，确实厉害。你脱胎于公主坟独有书艺的写碑手也没占到便宜，种桂不死才怪。"

他瞥了眼屋内，嘴角冷笑，陆归肯定当缩头乌龟去了，出来做官的读书人哪有不怕死的。

刘稻谷神情凝重，咬着嘴唇，"此人实力近乎一品。"

种檀老神在在道："天塌下来有高个扛着，你当我爹和叔叔都是摆设啊，咱们就别操这个心了，他要还敢乱窜，迟早一个死字。别说近一品，就是货真价实的指玄，也得照死不误。"

女子轻声问道："那这幅陆归的草书？"

种檀抖了抖墨迹未干的字画，道："算了，鸡飞狗跳，就不给持节令大人添堵了。明天再送。"

种檀嬉皮笑脸离开院子，仍有大好心情吆喝道："黄蟹六只，洗净沥水，好盐一斤二，尖椒一两，下锅入壶凉透喽。"

刘稻谷安静跟在身后，笑而不语。

"南朝首推名士，然后重农轻商，不过陆归这些个文伶字臣，说到底还不是生意人，不过是贩卖肚子里的货物，嘿，就能装清高了？我呸。像他这样饱读诗书并且琴棋书画样样精通的渊博大儒，我一个能打几百个。"

种檀念念叨叨，百无禁忌。

婢女忍俊不禁，轻声道："公子别忘了自己是差点成为状元郎的读书人。"

走在前头的种檀这才后知后觉，汗颜道："说得起兴，给忘了。"

徐凤年没有托大继续在种府逗留，在种家厚薄有分的势力收网前一刻，两害相权取其轻，翻过墙头到了隔壁府邸。宅子很大，装饰很简，素朴得根本不像是一位持节令的住所，比起邻居动辄拿紫檀金丝楠当杉木使的豪奢阔绰，就跟家徒四壁的穷酸老农对比家财万贯的富家翁，实在是丢人现眼。这让徐凤年难免有些感触，北凉铁骑战力雄甲天下，这一点毋庸置疑，只不过徐骁当上北凉王后，尤其是北凉军新兵换老卒，许多老将大概是自觉乘龙无望，既然做不成开国勋贵，占据一隅之地，在二皇帝徐骁治下当个小小土皇帝也不错。乱世从军，尤其是北凉军将士，如狼似虎，更是泥沙俱下，比起忠义寨那些提刀成排砍杀百姓的山寇好不到哪里去，没几个一开始就冲着经

世济民去的，谁不是想先好好活下来，然后博取功名光宗耀祖，大富大贵大安稳以后，也就以为一劳永逸了，可以躺在功劳簿上作威作福。对于下属老将的为非作歹，只要不是太过火，徐骁也多是睁眼闭眼，偶尔敲打，也不太会折人颜面寒人心。二姐徐渭熊曾屡次劝说，徐骁也是一笑置之，总是说再等等，结果这一等，就等了差不多十多年。徐渭熊去上阴学宫求学前，替徐凤年这个弟弟打抱不平，当面对徐骁愤愤然说了一句，要么杯酒释兵权，要么干脆再心狠手辣，要学那吕毒的帝王术，趁早替子孙拔去刺手的荆棘，越早下手越适宜，再晚了，根深蒂固，徐家交给下一代的家业，就是个根子烂透四处漏风的摊子！但是徐骁仍是笑而不语，也难怪二姐每次返回北凉，他都是又喜又怕。次女的忠言逆耳，实在是让这位北凉王头疼。

徐凤年心中唏嘘，悄悄行进在持节令府邸，这里夜禁稀疏，也不是那种暗藏杀机，是真正从头到尾的宽松。换个角度说来，这儿才像是一个家，而不是一座变相的军营。

然后，徐凤年在湖边见到了两名故人，一位很故，一位很新。

饶是心志坚定的徐凤年，望向这一对意料不到的人物，也有点瞠目结舌。

很故的那一位，他乡遇故知。白发带刀。

至于相对很新的，不卖瓜了，来持节令府邸钓鱼？

人在他乡，危机四伏，没有什么比见到故人如故更值得高兴的事情了，红薯是这样，白发老魁也是如此。可惜徐凤年还没来得及高兴，当初被他从听潮湖底放出来的老魁就犯浑，两柄钉入琵琶骨的雪亮大刀肆意飞舞，朝徐凤年飞旋而来，先前种府刘稻谷的写碑手，那是女子绣花的手腕，到了老魁这边，可就是大泼墨了，一时间持节令内府湖畔风卷云涌，卖瓜老农才要咬饵上钩的游鱼感知到涟漪，也就摇尾逃离。徐凤年也不言语解释，暂时示敌以弱，然后骤然发力，搭配野牛群中悟得的游鱼式，用偷师而得的胡笳拍子拍散一连串凌厉刀势，再猛然跃起，一记仙人抚顶，把始终蓄力三分的白发老魁给砸入地面。老魁屈膝站在坑里，不怒反喜，一张老脸眉开眼笑，老到成精的人物了，自然知道轻重，不宜朗声作豪迈状，只是啧啧道："好一个世子殿下，没出刀就有老夫两三分火候了。"

徐凤年苦笑道："楚爷爷谬赞。"

老魁跳出泥坑，一把搂过徐凤年的脖子，半点生分都没有，"哪里哪里，你小子出息大发了，老夫算你半个师父，看着也舒坦。"

徐凤年龇牙咧嘴，也没好意思反驳。被晾在一边的钓鱼翁神态自若，都没望向这边，很识趣，却不合理。白发老魁藏不住话，拉着徐凤年坐在湖边，竹筒倒豆子，一气说完，牵带出许多骇人内幕，"这老头儿就是西河州的持节令，叫赫连威武，跟老夫一样，都是公主坟的客卿，不过咱俩路数不同，他偏文我偏武，明摆着我更厉害一些。知道你小子心眼多，肚肠弯来拐去，不爽利，老夫就不卖关子，你听着就是，信不信由你。当年徐骁带着二十几万兵马杀到这边，赫连武威武艺不精，行兵布阵的本事也马虎，差点给一头姓褚的肥猪给宰了，是徐骁放了他一马，相当于有过救命之恩，就算赫连老头知道你的身份，也不会给你穿小鞋，大可以在这边吃好喝好睡好，不过府上丫鬟女婢姿色一般，大多上了年纪，你要是实在憋坏了，熄灯以后，将就着也还能凑合。至于老夫为何会跑去跟剑九黄打架，被关在湖底，不提也罢，不是啥光彩的事，而老夫怎么成了公主坟的客卿，有规矩，不能说。"

赫连武威终于插嘴，先向徐凤年温煦一笑，继而剜了一眼认识了半辈子的老友，不留情面地讥讽笑道："有什么不能说的，不就是你这色胚没眼力见儿，见着了公主坟的姑娘，垂涎人家的美臀如满月，结果没能霸王硬上弓，反倒给一个婆姨硬生生打趴下，沦为阶下之囚。客卿一说，也是你没脸没臊自封的，公主坟的客卿，三百年才出了六个，前五个都死了，第六个坐在你身边，你瞎掰扯个啥，死要面子活受罪！要不是琵琶骨钉入双刀，被迫弃剑练刀，你在剑道歧途上走上十辈子都没当下的武学成就。"

老魁不是恼羞成怒至交朋友的揭短，而是流露出一抹恍惚，盘膝而坐，望向湖面，喃喃道："真是个好姑娘啊。"

赫连威武嗤笑道："现在你再去看上她一眼，要是还能说这种话，我就服气。"

老魁哈哈笑道："都一大把年纪，是快入土的老头老妪，不用见了，留个当年的好念想就行。"

徐凤年站起身执晚辈礼，毕恭毕敬作揖说道："徐凤年见过赫连持节令。"

赫连威武也不拿腔作势，将鱼竿搁在一边，摆手道："不用客套，城外

相逢，你我言语投机，脾气相近，能做忘年交才好。你若仍然放不开，你我叔侄相称即可。"

老魁讶异道："赫连老头，以前没见过你对谁家后生这般好说话啊。咋的，因为这小子是徐骁的长子，你要为投敌叛国铺路？"

赫连威武骂道："放你娘的臭屁！"

有白衣踏湖而来，徐凤年顿时头大如斗。不过当他看到身边两位老人的做派，就直坠云雾，完全摸不着头脑。仅在几人之下的堂堂北莽西河州持节令拍了拍衣袖，从小竹凳上站起，双手叠腹，摆出恭迎贵客的模样，老魁虽说有些不情不愿，仍是屈膝跪地，双手撑地，瓮声瓮气说道："公主坟罪奴参见大念头。"

公主坟是位列北莽前五的顶尖宗门，跟提兵山、棋剑乐府这些庞然大物并驾齐驱，神秘异常，八百年传承，与外界几乎从不沾染因果，徐凤年在听潮阁密卷上也只知道公主坟内有大念头小念头之别，各有势力划分，红薯亲手调教出来的敦煌飞仙舞便起始于公主坟的彩衣飞升图，是典型小念头一脉的沉淀硕果。徐凤年打死都没有将魔头洛阳跟公主坟联系在一起，况且还是公主坟大念头身份，在徐凤年原本印象中，洛阳就是那种横空出世的天人，孑然一身，一骑绝尘，孤苦终老，死后无坟无凭吊。

洛阳驾临以后，气氛诡谲。她弯腰捡起赫连威武的钓鱼竿，换了鱼饵，挥竿入湖。另一层隐蔽身份是公主坟客卿的卖瓜老农恭敬，却也不畏惧，坐回凳子，转头笑道："凤年，我问你公主坟何为公主坟？"

徐凤年摇头。

赫连威武缓缓道："公主坟乃是当年大秦开国皇帝心爱幼女的坟茔，父女同葬，同陵不同穴。后世公主坟女子，都是守灵人。"

徐凤年疑惑问道："大秦皇后陵墓却是在龙腰州？"

赫连威武扭头望了一眼洛阳，这才轻笑着说道："这就是一些上不得桌面的帝王宫闱秘闻了，你想听？"

徐凤年也没把自己当外人，"方才在隔壁府邸那边，不小心成了刺杀陆祠部和种家长公子的刺客，闻到了伯伯秘制的黄河醉蟹，要是用来下酒……"

赫连威武踢了老魁一脚，"仅剩几坛子醉蟹都给你这老不修的家伙偷藏起来，去去去，拿来。"

老魁挠挠满头白发，轰然起身，带起双刀铁链子哗啦啦作响。没多久捧了几只坛子返身，一一丢给赫连威武和徐凤年，不过后者那一坛飞至半空，就给白衣女子剪径抢了去，撕掉油纸坛封，也不撕蟹，只是仰头，暴殄天物地灌酒。男人说起女人，尤其是有故事的女子，总会格外唾沫四溅。三个大老爷们儿，一个位高权重的持节令，一个莫名其妙的北凉世子，一个行走江湖的刀客，就这么跟婆娘般说起了李家长王家短，十分没品掉价。赫连威武含糊不清说道："我听长辈提起过，秦帝心仪的女子给善妒的大秦皇后鸩杀，只因皇帝私下带那女子在骊山瞭望台，说了寡人一统天下，终于可以爱美人不爱江山了，这么一句情话，不知怎么就入了皇后的耳朵，第二天女子就被鸩杀，而那女子才怀上龙胎，这让秦帝暴怒，不顾群臣反对，下密旨不准皇后死后同穴而葬。后来大秦皇后抑郁而死，秦帝似乎心有愧疚，将那颗骊珠赐给陪他一起打下江山的皇后，让她衔珠入棺。"

徐凤年不知死活地说道："然后就给洛阳抢了去？"

老魁笑容古怪，赫连威武停顿了一下，打趣道："想知道答案，你自己问去。"

徐凤年破罐子破摔，喂了一声，问道："你怎么成了公主坟的大念头？"

洛阳直视湖面，静等鱼儿上钩，冷冷清清答复道："你找死？"

徐凤年尴尬笑了笑，老魁一脸幸灾乐祸，落井下石道："小子，你真给男人丢脸。"

洛阳甩竿而起，鱼钩上无鱼。

她钓起的是一整座湖水！

好一汪大水。

如此一来，连老魁都噤若寒蝉。

洛阳抛竿入湖，起身离去，依旧是神龙见首不见尾的高人风范。

赫连威武笑道："这位大念头什么都好，就是脾气……"

老持节令也未继续说明，当作留白余味。

他换了一个话题，解释道："种家几年前就在离黄河稍远购有千里土地，这次借口改换河道，表面意思是要让种家贫田作良田，我若不是公主坟的客卿，也就被他蒙蔽了去。种神通许诺五年内有二十万斤铁器运入西河

州，廉价卖给控碧军，这对我来说，实在是不得不去死死咬住的鱼饵。家丑也不怕外扬，魔头种凉是公主坟小念头的姘头。不光如此，这次截河盗陵，也藏有洪敬岩的身影。此人心机深沉，野心之大，整个北莽江湖估计都填不满他的胃口，大念头当初能够吞珠，便是他存了让大念头养珠的凶恶心思，好在天底下就没有算无遗策的人，洪敬岩算漏了大念头的境界攀升，珠熟时，非但没有取走大念头的境界，反而落败，差点就走火入魔。"

徐凤年感慨道："怎么听上去，洪敬岩比拓跋菩萨还要可怕。"

赫连威武点头道："拓跋菩萨跟徐骁是一路人，就算输给他们，也心服口服。洪敬岩则不同，性子很是阴鸷，不可不防。此人前段时日与捧盘铜人一同去了趟凉莽边境，明面上是跟陈芝豹战了一场，内里如何，天晓得。"

徐凤年望向渐渐平静如镜的湖面，感到一种风雨欲来的窒息。

老魁突然说道："小子，你可知道两禅寺龙树僧人到了道德宗，在那座天门前坐了三日三夜？真是可怜，被麒麟真人打了三天。"

徐凤年忧心忡忡，"老住持死了？"

老魁摇头道："还没，佛陀金刚身，确实了得。不过估计也扛不下多久时分了。这场道首对阵佛头，我看老和尚比较悬。"

徐凤年心知肚明，看似道首杀佛头，其实就是道教灭佛门了。

赫连威武笑道："见过了老和尚的菩萨低眉，接下来也不知道能否见到白衣僧人的金刚怒目。"

徐凤年想起了东西姑娘和南北小和尚。


种府经历刺杀以后，府中上下明暗各处，依旧井然有序，大将军种神通甚至都未露面，只有种凉在陆归别院站了片刻，不痛不痒问婢女刘稻谷几句，再看了几眼被剑气波及的地面，也没有半分凝重表情。见到身材魁梧的种凉，陆归松了口气，他虽然年少时便不喜此人的离经叛道，但某些时候不得不庆幸自己并非种家老二的敌人。在陆祠部眼中，种凉行事荒诞，根本看不透，当自己和同龄人种神通还在家学私塾寒窗苦读时，少年种凉就已经杀过许多人，据说及冠前去了一趟公主坟，以至于错过了及冠礼，后来成亲，新娘子是八抬大轿抬入了种家府邸，可新郎官却不见了。劣迹斑斑，把种家老太爷气得七窍生烟，老太爷归西时，种凉也没能见上一眼。

陆归的如释重负，除了见到有魔头种凉坐镇府邸，还有不为人知的原因。关于种桂的暴毙，他已经听过女儿陆沉的说法，打心底半点不信，可既然种桂前脚刚死，后脚就有高明刺客堂而皇之入府针对种檀，等于侧面证明了陆沉的说法，这对陆家是天大的好消息。福祸相依，女儿破相，加上冥婚，还有接下来的进入秦帝陵墓，一旦回到南朝，整个陆家都会得到一笔丰厚的报酬。陆归想起可怜的女儿，说了一句自相矛盾的言语："可惜是女儿，幸好是女儿。"

持节令赫连武威的那个家，唯一配得上持节令身份的，大概就是引泉入府做湖。夜已深，睡意却浅。没了洛阳在场，三个男人谈兴正浓，都是粗人，少有引经据典的高谈阔论，经过交谈，徐凤年才知道在老持节令眼中，徐骁六名义子，陈芝豹是当之无愧的帅才，但接下来稍逊的两位将才，褚禄山竟然还要在袁左宗之前。说起这个带给老人兵败被俘耻辱的死胖子，持有一州权柄的老人非但没有记恨，反而毫不掩饰其欣赏之意，说褚禄山治军严酷，尤其是擅长率领一支孤军，深入必死腹地，是真正意义上沙场百战九死一生的福将和猛将，智勇兼备。徐凤年因为年纪的关系，错过了春秋时期那些举国大战，对于褚胖子，只记得他那张笑眯眯白嫩嫩的肥脸，臃肿到几乎见不到眼睛和脖子，很难想象他领兵陷阵杀敌的画面。今天听过了赫连武威的赞誉，才惊觉褚禄山要是真反了，似乎比袁左宗暗中靠拢陈芝豹还来得后患无穷。

赫连武威喝了口酒，满脸红光，肌肤褶皱如松纹，越发像个老农，"听说过一些个得天独厚的门阀公子练武最终练成高手，还真没听过有藩王嫡子成就大气候。"

白发老魁拆台道："这小子运气好，有剑九黄和李淳罡这样的领路师父。老夫要是打小就有一座听潮阁，保准十八岁之前就入一品。再有高人指点，三十岁之前绝对到达指玄境界。"

赫连武威斜眼道："你要是来做北凉世子，早投胎十八回了。"

老魁瞪眼怒目，赫连武威哪里会惧怕他的示威，懒得理睬。徐凤年坦然自嘲道："是运气好。道教有说人自受胎时算起，男子的先天禀赋，以八为准，七八五十六岁之后，就已经生气全无，只留后天余气强撑，所以富贵老者，年迈再信黄老，去求道修长生，往往成为奢望，也仅是稍微延年益寿。

练武确实八岁前筑基炼体极为重要，十六岁前要是还没有下苦功夫，想成为高手，跟做梦差不多。我小时候自己倒是也有成为顶尖剑士或是一流刀客的想法，不过耽误了，后来归功于上武当山，被王掌教灌输大黄庭，后边的境界攀升才能一日千里。说到底，靠自己的很少，靠家世的占多。"

赫连武威摇摇头，"我不爱听这种话。我是过来人，知道其中的艰辛。"

白发老魁总算说了句良心话，"其实你小子还是有些韧性的，这个老夫还真不好意思否认。不过说句泼凉水的话，你这辈子啊，是追不上大念头这些怪物了。"

赫连武威骂道："就你屁话最多！"

徐凤年笑道："武功这东西，说到底还是练了再说。"

老魁愣了一下，嘀咕道："跟剑九黄一个德行。"

徐凤年好似没有听到这句话，问了个关键问题："赫连伯伯，那这次是否答应截河，让秦帝陵浮出水面，重现天日？"

赫连武威眯眼喝酒，沉思良久，才缓缓说道："原先老头儿我不打算咬饵，后来大念头来到府上，就变了主意。谁是蝉，螳螂，黄雀，弹弓，就看各自天命了。"

徐凤年突然笑道："赫连伯伯，治军治政两事，都要跟你学学，能学到几分皮毛是几分。"

老持节令爽朗道："不藏着掖着。我膝下无子也无女，好不容易攒下点墨水学问，总不能都带进棺材。事先说好，你要真心想取经，还要跟我一起走走看看，书上东西，我知道得少，也不乐意教你。"

徐凤年笑着点头，老魁咕哝道："你们这些当官和将要当官的，一刻没得清闲，比习武还无趣。"

一老一小相视一笑，跟老魁说军政，不是对牛弹琴是什么？

喝酒之余，徐凤年在心中默默算计，如下棋局。

公主坟一分为二，大念头洛阳，听上去除了客卿赫连武威，再无其他可供驱使的势力，致命的是这位持节令不好陷入太深，隔岸观火，即便有实质性的支援，也不可能明目张胆地调动兵强马壮的控碧军。好在有白发老魁楚狂奴不出意外会亲身涉局。

小念头那边，与种凉有所勾结，应该对开启帝陵一事起码会是睁一只眼闭一只眼，甚至极有可能就是想摆脱八百年守灵人身份的枷锁。

种陆两家不用多说，连跟赫连武威一个级数上的权臣种神通都亲临西河州，倾巢出动的门阀势力注定惊人。

这之外，会不会有趋利而至闻腥而来的杂乱山头，尚未明了，但板上钉钉地会有，而且不容小觑。

徐凤年则是被洛阳强行捆绑到一根线上，出力多少，得看局面的险峻程度，按照徐凤年的本意，这种吃力不讨好的浑水不蹚才稳妥，他这么一个从小在听潮阁爬上爬下的家伙来说，对于秘笈和宝物，实在提不起兴趣。浑水摸鱼，那也得摸鱼的人喜欢吃鱼才会使劲。

一场乱局。

徐凤年皱着眉头慢慢喝酒。

赫连武威瞥了一眼，笑意老辣而玩味。


两禅寺贵为天下寺庙之首，住持龙树僧人更是被尊为佛门佛头，但其实真去了那里，才知还远不如一些地方州郡名山上的寺庙，一点都不大山大寺大佛大殿，尤其是老住持龙树和尚的住处，尤为简陋，跟山下乡野村人无异，一栋还算结实的茅屋，庵庐逼仄，庭户也算不上平宽。只遥遥听得溪泉潺潺，却不见溪水，墙隅老鸡新树栅，多走几步，指不定还会踩到几坨鸡粪，屋后有一株古柏，也无什么玄乎的说法说道，树荫下有一口大水缸，两禅寺的僧人在住持带头表率下，务实力行，不可视耕作为耻，龙树和尚每次在黄昏里劳作归来，就会去水缸洗去泥土，缸底便沉淀了许多淤泥，倒是听说有江南名士拿这些泥去制了一柄名壶，广为流传。这会儿一对男女就站在水缸前交头接耳，老住持出寺下山，要去万里以外的北莽跟人吵架，这些鸡鸭总得有人养活，就交给了这两个打小在山上长大的孩子，反正他们也常在这边玩耍，最是熟门熟路，老和尚放心得很。小和尚披了一件崭新洁净的青傧玉色袈裟，两禅寺跟龙虎山天师府不同，哪怕有朝廷赏赐，也不喜欢披紫，小和尚的袈裟已是寺内极少数高德大僧才能穿上的规格，不过当下唇红齿白的清秀小和尚一脸惆怅，言语中满是犹豫，"李子，又有人来寺里讨要这口大缸里的泥垢了，你说咱们给不给啊？"

女孩伸手搅浑一缸清水，顺带白眼道："不给！天底下哪有做客人的登

门却白拿物件的道理，也忒不要脸皮了。"

小和尚眉头都要皱在一起了，"可老住持只要有泥，每次都会答应啊。"

少女瞪眼道："这会儿老住持不在，就是我当家，我说了算！"

"师父师娘要是知晓，可又要念叨我不懂待客之道了。"

少女明眸一亮，扬扬得意，自以为找了一个折中的周全法子，"要不咱们一两泥土一两银子，卖给那个人？"

小和尚是个不开窍的死脑筋，显然没这份聪慧，一脸为难，也不敢反驳少女，只好不说话。

少女想了想，一本正经说道："一两泥卖一两银子，好像是有些太欺客了，算了，不管他扒走多少，咱们都只要他一两银子。出门在外行走江湖要精明一些，既然在自己家里，还是要厚道。你看上次去北凉王府，徐凤年都对咱们出手阔绰得很，那才叫大气，我也不能小气了。"

南北小和尚咧嘴灿烂一笑。

东西姑娘从水缸缩回手，小声叮嘱道："回头到了我娘我爹，还有老住持那里，你可不能说我挣了一两银子，记住了没？"

小和尚憨憨笑了笑，想了个可以不用打诳语的笨办法，"等会儿卖泥的时候，我去山上把鸡鸭都赶回笼子里，什么也没看见。"

东西姑娘丢了个白眼，"你以后上了年纪，肯定也是笨死的，哪有可能成佛烧出舍利子。"

小和尚摸了摸光头，有些难为情。

正在东西姑娘准备去找厚着脸皮待在寺里不肯走的江南名士做买卖，就看到一位身材高大的白衣僧人慢悠悠晃荡过来，她双眸笑成月牙儿，小跑过去，喊了一声爹。正在学鸡叫拐骗那些老鸡回笼的小和尚也扬起一个笑脸。白衣僧人揉了揉女儿的脑袋，让她忙自己的事情去，小姑娘天真烂漫，无忧无虑，给了笨南北一个别说漏嘴的眼神，这才蹦蹦跳跳远去。笨南北其实不笨，只看了一眼师父的神色，就知道有事情，停下手上赶鸡回舍的滑稽动作。白衣僧人李当心犹豫了一下，说道："你师父的师父吵架不行，打架更不行，我得出门一趟，我不在的时候，你顾着点李子。"

笨南北使劲点了点头，随即问道："师娘知道啦？"

李当心笑道："小事听她，大事随我，这些年都是这么过来的。"

笨南北撇过头，心想自打他记事起，就没见过一件有啥是听师父的大事，可不都是听师娘的。

白衣僧人摸着自个儿那颗大光头，知道这个笨徒弟心中所想，哈哈笑道："这次不就是大事了吗。"

笨南北小心翼翼问道："师父，能和老方丈一起回寺里吧？"

白衣僧人叹息一声，"不知道。"

南北小和尚二话不说，追李子去了，一会儿就带着怒气冲冲的东西姑娘回来。白衣僧人无奈一笑，家里四个人，媳妇说话不如女儿管用，他也就能叨叨这个徒弟了，可惜这个笨蛋还胳膊肘总往她们那边拐。

小姑娘叉腰道："爹，你要下山，为什么不跟我知会一声。"

白衣僧人讪讪笑道："怕你不许。"

李子姑娘脸色很快由阴转晴，正要说话，知女莫若父，李当心摇头道："李子，你不能去。"

小姑娘脸色黯然，低头望着脚尖，似乎隐藏自己红了眼睛的神情，问道："娘答应了？"

白衣僧人嗯了一声。

李子姑娘走近他，轻轻扯了扯袖口，"要不我去跟娘求一些银钱？"

"不用，留着买胭脂水粉，打扮得漂漂亮亮，爹光是想着家里的李子，想着想着就能不冷不饿。"

"又吹牛。对了，爹，寺里有很多大光头老光头都会打架啊，要不喊上跟爹一起去呗？"

"不用，爹走得快，他们跟不上的。"

"哦。"

"爹不在家里，要是闷得慌，就跟南北下山去走走玩玩。太安城你不是没去过吗，那里的胭脂才好。爹是没钱，不过你爹师父的方丈室有很多好东西，拿去卖了值钱，比起卖水缸里的臭泥巴可赚许多，就像老方丈那个经常禅定的蒲团。"

"这样不好吧？"

"有啥不好的，回头让南北给编织个新的。"

"唉，走吧走吧，还有，不许勾搭那些投怀送抱的女子，让娘亲生气。"

"哪能呢，在爹眼里，除了李子和你娘，就没女人了。"

上山路上，许多香客都看到一位僧人白衣飘飘。

一些年轻女子和妇人，都下意识多瞧了几眼。

江湖百年，佩有木马牛的青年剑神李淳罡，是真风流。白马白衣还太安，皇帝亲迎牵马入宫，那时候的李当心，也是真风流。

离远了两禅寺，四下无人处，有白虹掠空。

江湖上开始盛传一名横行无忌的年轻人物，黑衣赤足，一头乱发，如彗星般崛起。他带了头体型得有寻常老虎两只大的巨型黑虎，先是南奔上阴学宫，然后笔直冲向北凉，一路上也不曾主动伤人。少年不苟言笑，既不做行侠仗义的好事，也不做恃武为恶的歹人，不过若是有人主动寻衅，拦在路上，迄今为止，没有谁留下一具全尸。黑衣少年宛如北莽王朝的白衣洛阳，势不可挡，很多江湖中不知轻重的愣头青欺负他单枪匹马，掂量掂量了斤两，觉着可以拿他做积攒声望的踏脚石，大多都给撕裂四肢，或是被黑虎吞食。一人一户过境时，消息略微灵通的当地大门大派都按兵不动，告诫宗门里的年轻后辈不许去凑热闹。期间又有六七拨来历不明的杀手，前赴后继，下场尤为凄惨。那少年根本就是刀枪不入，一身蛮力之巨，可以掀船摧城。

三百铁骑疾驰出凉州城，迎接黑衣少年徐龙象。

黄蛮儿面无表情地回到空荡荡的北凉王府，在梧桐院见着那个只有形似并无神韵的伪世子，若非被几位他还认得的丫鬟姐姐不惜性命去拦着，就要给当场轰成肉泥。少年没有见着哥哥，也没能见到还在边境巡视的徐骁，似乎有些不知道该干什么，在听潮湖边发了会儿呆，又去梧桐院子里蹲着，谁也劝不动，也少有敢劝的，何况小王爷身边还有一头恐怖黑虎。然后黄蛮儿就烦躁不安起来，似乎发现自己迷了路，开始在北凉王府内横冲直撞，那些层层树立的院落墙壁都给撞出窟窿，无人敢站在小王爷的前方。

北凉王府都知道世子殿下迎回了两名姿色绝美的外乡女子，年轻一些的就住在梧桐院，深居简出；少妇风韵的那一位，美得让人恨不得多生出一对眼珠子，可惜比起偶尔还会去湖边散步的女子，她只在那植满芦苇的一亩三分地上，从不踏出半步，留给众人的婀娜身影，也多是惊鸿一瞥，便再难释怀。弟弟神秘失踪以后，慕容梧竹过得寂寥，可也不悲伤，她在梧桐院寄人篱下，好在她那打娘胎带来的没火气的温婉性子，让她比较芦苇荡里的孤清裴南苇，相对容易被二等丫鬟们接纳。都是离乡漂泊的外人，慕容梧竹时不时会去临水芦苇那一片探望裴南苇。今日两人听闻王府动静，慕容梧竹忙不迭拎着裙角，跑出屋子，站在高台眺望，没能看到熟悉的修长男子，只看到一个疯魔般的赤足少年，她除了畏惧，还有无法掩饰的失落。

裴南苇始终没有离开屋子，见到失魂落魄的年轻女子返身坐下，心中悄悄叹息。那个姓徐的浪荡子，值得你如此牵挂吗？

慕容梧竹定了定心神，柔声道："裴姐姐，我见着了从龙虎山修道归来的小王爷，长得可跟他不像。"

裴南苇促狭问道："他？是谁？你弟弟，还是北凉王？"

慕容梧竹满脸通红，低头揉捏着衣角。

裴南苇看着她，没来由生出一些羡慕。女子在年轻时候能娇羞便娇羞，上了岁数，就要面目可憎了。

慕容梧竹生怕还要被取笑，找了个借口离开，裴南苇也未起身相送。她的小宅子属于临湖填水而造，这才可以四面环苇，盛夏时分，芦苇青绿，几对野生鸳鸯交颈浮游。她走出屋子，屋外没有铺就石板，尽是泥地，她脱去鞋袜拎在手上，走在好似与世隔绝的芦苇丛中，轻轻抬头北望。

给王府解围的是仅率几十骑紧急赶回的袁左宗，对于这位北凉王义子，黄蛮儿还算认他。外人也不知袁左宗说了什么，小王爷立即安静下来，几十精骑来不及用膳，就出府出城，一路马不停蹄，来到武当山山脚，徐龙象一路赤足狂奔，速度犹有胜出奔马。上一次世子殿下来武当，只有老掌教王重楼下山迎客，今日"玄武当兴"四字牌坊下，也只站着一个道袍素朴的年轻人。袁左宗与这名李姓道士点过头，下马站定。黄蛮儿兴许是在龙虎山小道观待久了，跟老天师朝夕相处，对道人并不反感，反觉亲近，安静登山。到了小莲花峰峰顶，道士李玉斧就不再靠近龟驮碑，黑衣少年和通体漆黑的巨虎一同来到崖畔。

此地，一袭红衣飞升。

此地，洪洗象自行兵解，与天地扬言要再证道三百年。既然这位不到三十便成地仙的道士是吕祖转世，更是齐玄帧转世，那谶语上的真武大帝，显然另有其人。在斩魔台久染道法的齐真人座下黑虎，性子暴躁，到了这里却异常温驯，趴在地上。别忘了洪洗象既是吕祖转世，也是那齐玄帧转世修行，洪洗象本就是黑虎的旧主人，黑虎通灵，自拥神通，竟然摇头晃脑呜咽起来。李玉斧站在远处，见到这一幕，也是伤感，对他而言，小师叔是当之无愧的神仙人物，风采卓绝。李玉斧尊敬师父，却崇拜小师叔。洪掌教若是不要飞升，与那红衣女子结成神仙眷侣在世修行该有多好啊。

突然，徐龙象双手握拳，仰天哀嚎。

黑虎亦是嘶吼。

地动山摇。

随着徐龙象的宣泄，气机如天外飞石砸在湖心，汹涌四散，上山没几年的新任小师叔李玉斧如小舟浮沧海，摇摇晃晃，偏偏不倒不覆。

迎上山，又送下山，李玉斧望着一人一虎跟随铁骑远去，叹了口气。弟弟就已是这般霸道，想必那位连掌教师叔都没办法降伏的世子殿下，是真如传言的无法无天了，以后知晓他要上山，看来得找个借口不见才行。李玉斧本身并不知道洪洗象兵解之前，留有"武当当兴，当兴在玉斧"的九字遗言，他师父俞兴瑞在东海捡了他这么个渔民孤儿做徒弟，虽然寄予重托，却也不做拔苗助长的蠢事，再者武当山几百年来一脉相承，最是喜欢自然而然。李玉斧近年来除了跟随师伯们修道，晨暮两次在主峰宫前广场领着打拳，还要负责喂养青牛，打理瀑布那边的菜圃，连掌教师叔至交好友齐仙侠的僻静竹庐，也一并交由他清扫，每日往还在几座山峰，光是路程就有五六十里山路，途径道观就有六座，许多做完功课的小道童就喜欢守株待兔，帮着给小师叔牵牛放牛，只为了听小师叔说些山下的人和事。佛门依法不依人，道教修道修自然，李玉斧没去过压了武当山数百年的道教祖庭龙虎山，也只觉得掌教小师叔舍不得下山是有道理的，这儿人人相亲，风光还好。

他还清晰记得第一次也是最后一次跟小师叔聊天，那时候的掌教师叔正值如日中天，骑鹤下江南，飞剑千里镇龙虎，斩去几国气运，在太安城出入如无人之境，天底下再没有人敢轻视武当山。李玉斧被师父带去小莲花峰，两手手心俱是汗水。师父也没有出声安慰，只是笑了一路。到了山峰腰间，就撞见了正在放牛晒太阳的掌教，师父走后，洪小师叔朝自己招了招手，两人就坐在树底的荫凉大石上，小师叔见他局促，笑道："你初次上山时，我本该去接你的，可惜当时没在山上。"

李玉斧紧张万分，正襟危坐，摇头道："不敢。"

还不到三十岁的年轻掌教温声道："记得我小时候上山，正巧下大雪，好一场鹅毛大雪，怎么扫也扫不干净，大师兄就站在牌坊下等我们，我当时还以为是武当道士弄了个大雪人堆在那边，师兄一笑，抖落了雪花，我才知道是个活人，吓了一跳，差点哭出声。当时背着我的师父出言训斥了半天师兄，师兄也不恼，上山时候我一转头偷偷看他，他就笑。"

"你大师伯他融会贯通，什么都懂。孟喜的卦气，京房的变通，荀爽的升降，邓玄的爻辰，虞翻的纳甲，他都深究义理，最后才能修成大黄庭。他对我说，先古方士修神，妙趣横生，其后炼气，再后炼精，著作越多，离道越远。修命不修性，此是修行第一病。他还说我辈道人修力，与武夫何异。不过大师兄说了很多，我当时也听不太懂，好在他不责怪。"

"掌教也有不懂的地方？"

"你这话说的，哈哈，很像我。以后见着了那位世子殿下，记得也这般言语，那家伙耳根子软，就吃这一套。对了，玉斧，你这名字不错。"

"回禀掌教，是师父帮忙取的。"

"你师父学问大，修为深，不显山不露水，你要珍惜。"

"嗯！"

"玉斧，你修道想修长生吗？"

"掌教，这个……还没想过。"

"不用急着回答，我也就是随口问问。"

"等我想通了再来禀报掌教。"

"喊我小师叔就行，来，教你各自一套拳法和剑术。等学会了，再下山。"

"小师叔你说，我用心听。"

追忆往事的李玉斧闲来无事，有些感伤，就一路闲适走着，走着走着就来到了主峰主殿，见到了那尊真武大帝像，李玉斧看了许多次，次次失神。这一次也没有例外。

我看真武，真武看我。

北凉边境上，一万龙象铁骑蓄势待发，铁甲森森。

身穿一套旧甲的徐骁站在军前，朝身边黑衣少年指了指北莽方向，轻声

说道:"去接你哥。"

黄蛮儿看似憨憨一笑,却透着一股血腥壮烈。

徐骁转身笑问道:"龙象军,敢不敢长驱直入一千里?"

将士沸腾:"死战!"

少年骑上黑虎,拿出一根丝带,双手抬起绕脑后,系起了那一头披肩散发。

动作与他哥如出一辙。

一万龙象军紧急拔营,匆忙行军,在震天号角声中奔赴北莽,别说寻常北凉士卒,就连韦甫诚、典雄畜这些个手握实权的将军,都感到不可思议。

先前陈芝豹跟洪敬岩那一战,棋剑乐府捧盘铜人一旁观战,打得跌宕起伏,陈芝豹事后去绿意深重的净土山避暑疗伤,韦甫诚手握北凉三分之一的白弩羽林,典雄畜更是带有六千铁浮屠重骑,都算是陈芝豹麾下的心腹嫡系,此时不光这两位碰头,还有几个在凉莽边境上凭借军功崛起的青壮将军也都不约而同聚在一起。物以类聚人以群分,陈芝豹的嫡系势力分作两股,泾渭分明,并不融入一团,另外一堆是文官集团,尽是书生幕僚,重谋略而轻骑射,大多出身优越,双方井水不犯河水,都不如何看得顺眼。

大将军徐骁宠溺子女天下皆知,北凉军中三支人数近万的劲旅都以子女名字命名,唯独嫡长子没这福气。又以一万人马的龙象军声名尤其显赫,是实打实的百战骁骑,不说主将位置,连副将都一直如同空悬,这些年都是袁左宗遥领副将一职,不过也从不插手具体事务。但北凉军中每每有精锐甲士冒头,大半都会被送入龙象军磨砺锻炼。这支介于重骑和轻骑之间的骑军,可谓北凉军的宠儿,凉莽边境近十年罕有人数达到五六万以上的大战,但是只要有仗打,有军功挣,龙象骑兵肯定是第一个赶赴战场,血战恶战死战,从未有过败绩。这也带给北凉军一个印象,以后那位纨绔的嫡长子世袭罔替北凉王,肯定要靠天生神力的弟弟去冲锋陷阵,才坐得稳,否则凤字营八百轻骑,单人再如何悍勇善战,也不过是千人不到,凉莽一旦全面开战,各条线上动辄便是投入数万兵马的大军团作战,一支可有可无的凤字营塞牙缝都不够看。

正是陈芝豹让整个春秋时代领会到了诸多兵种协同参战的恐怖,他在指挥时的军令,号称可以精准到每一位百人小尉头上,大军结阵换型,进退自如，真正达到了如臂指使的境界。兵圣叶白夔哪怕身负血海深仇，被陈芝豹害死妻女，对敌时仍是不得不由衷赞叹一句"此人排兵布阵，滴水不漏，出神入化"。

记得当今天子一次熬夜读兵书，废寝忘食，早朝后笑问殿上满朝英才济济的文武百官：众位爱卿，试问仅以兵法而言，谁能比肩陈芝豹？

那时候正当北凉军声望最隆，文官自然噤声不语，眼观鼻鼻观心。武将们则眉头紧皱，一些日后成为顾党中坚的将军则面面相觑，然后不约而同望向顾剑棠大将军，后者始终闭目养神。西楚老太师孙希济面无表情地回答道："无人能出其右。"

净土山有一座不大的庄子，遍植绿柳，庄子至今为止还没有女主人，这些年也从没听说有女子入得陈芝豹的眼。庄子上的仆役也都是退出军伍的伤残老卒，名分上是仆役，不过都活得滋润，温饱而安稳，一些还结婚生下子女，这些孩子跟他们爹娘一样，也毫无贱人一等的认知，见着了那位不常笑的白衣将军，半点不怵，那些在庄子里慢慢长成少女的女子，更是一副天经地义世间除他再无男子的心态。

外边都在流传陈芝豹跟天下第四的洪敬岩搏命厮杀，受了几乎致命的重伤，可是此时陈芝豹一身白袍，面容不见枯败，坐在柳树下的石凳上，庄子无外墙，一眼望去便是黄沙千万里。有少女端盘将切好的西瓜送来，或是一壶冰镇的梅子汤，陈芝豹也没有出声，少女们也都习以为常，偷偷用力看上几眼就转身离去，不去打搅主子的安静沉思。陈芝豹公认熟读诗书，满腹韬略，而且琴棋书画的造诣都不浅，比士子更名流，不过极少从他嘴里听到文绉绉的言辞道理，更从未见他跟读书人吟诗作对的场景。大多时候，在北凉军中积威深重只在一人之下的他都是喜欢独处。

极少有人去在意这位白衣战仙心中在想什么，韦、典诸人也仅是习惯听命行事，从不怀疑，恐怕就算陈芝豹跟他们说当将军当腻歪了，要去京城把皇帝拉下龙椅，他们也只会叫好。

陈芝豹冷不丁笑了笑，因为他想起了很多有意思的事情。当年战火硝烟平复，春秋落幕多辛酸，也多趣事。像那南唐后主嗜好戏剧，自封梨园老祖，痴迷其中不可自拔，不理朝政十年，与戏子厮混，浑浑噩噩，亡国时终

于说了一句明白话，穿了件不堪入目的戏服坐在殿上，指着群臣大笑着说道："都是戏子！"

陈芝豹眼神冰冷，轻声笑道："得不了几个赏钱的戏子啊。戏子无义，看戏人就有情了？"

龙象军毫无征兆地突袭北莽，次子徐龙象一骑当先，袁左宗殿后。

徐骁回到军营，一位老书生在里头正对着一局棋聚精会神，正是徐渭熊的授业恩师，上阴学宫祭酒王先生。当年徐凤年在清凉山仙鹤楼外见过他跟臭棋篓子徐骁对弈一局，见过祭酒悔棋十几次，从此就对所谓的棋坛国手一说有了不可磨灭的心理阴影，王先生自诩的未尝一败也太市井无赖了。不过王祭酒既然能当徐渭熊的师父，兵法一事，肯定不会含糊。

徐骁坐下后，不急着催促王先生下棋落子，笑道："代黄蛮儿谢过先生这些年暗中调教龙象军。"

学宫祭酒捻起一枚白棋，重重落下，脸上满是胸有成竹神色，抚须一笑："大局已定，大将军你又输了。"

徐骁也不揭穿这位先生偷偷篡改黑棋位置的恶劣行径，假装服输，"输给先生，徐骁虽败犹荣。"

几乎没有棋品可言的老先生毫无愧疚，自顾自神清气爽，"跟大将军下棋，确是一桩人生幸事。"

徐骁站起身，来到北莽地图前，用手指慢慢画出一条行军路线，王先生眯眼盯住地图，许久不言语。

徐骁也不动声色，还是学宫祭酒率先熬不住，轻声说道："乱，很乱。南朝那边有曹长卿推波助澜，都快要闹到台面上。北边女帝一直不喜佛门，想要尊道灭佛，统一宗教，化为己用，成为裙下第二个江湖。结果谁都没料到龙树和尚独身去了道德宗，讲道理也不讲道理，就坐在那里，已经硬扛了整整一旬时分的箭潮剑雨。大将军，你这时候出动龙象军，就不怕让北庭南朝拧成一股绳，一致对外，对付你的北凉铁骑？"

徐骁后背微微伛偻，望着地图平静道："北莽比不得中原富饶，王庭皇帐这些年缺钱，喂饱十二位大将军，跟我北凉军还有东线的顾剑棠保持对峙，已经是极致，距离那老婆娘要一口气吞下北凉的初衷，还有很大距离。

军力要强，就少不得真金实银，钱从哪里来？天上掉不下来，这不和尚们香钱无数，富得流油，这么一头肥羊，她岂能不眼红，以前是不敢下手宰肉，因为拓跋菩萨和几位持节令都不赞同，但是如今有评为道教圣人的麒麟国师坐镇，又新获得几位大将军的支持，拓跋菩萨也就只会冷眼旁观，灭佛一事，已经是箭在弦上，我出兵与否，都不耽误那老婆娘的下手。别说一个两禅寺住持，除非是佛陀显身，才行。她啊，也的确是被近年来我朝的边境政策给逼急了，张巨鹿和顾剑棠联手，还是卓有成效的。这两个鸡贼家伙何尝不是逼着北莽倾尽国力来跟我的北凉铁骑死战一场。北莽女帝要先吃下国中佛教财力，再来一口气吞并无救援的北凉，才好绕过越来越稳固的东线，举兵南下，占据旧西蜀南诏等地，有了粮食和兵源，就是时候跟离阳王朝争夺整个天下。这份心思，有资格说话放屁的人，都心知肚明，这便是张巨鹿庙堂阳谋的功力所在了。本来若是东线太弱，北莽大可以直接在西线借走几位大将军和十数万兵力，堆出四十万铁骑去东线肆掠，将东线碾成筛子，先入主太安城，成为天下共主，回过头最后针对北凉。如此一来，我就要活得比他和顾剑棠都要长久，相信全天下也就那隔三岔五撩拨老子抛媚眼的骚婆娘乐意见到，除了她，再没有第二个人了。"

王先生点了点头，深以为然，"碧眼儿如我一般，都下得一手好棋妙棋。"

徐骁笑道："本来是一个少说还要持续二三十年平局的棋面，可两边都没耐心，相对北莽女帝还要更心急一些，因为张巨鹿一手抓北线军政，一手消化南边春秋旧八国的国力，尤为关键的是这位首辅大人相当程度上阻止了皇帝试图重文抑武的迹象，使得我朝张力远胜资源匮乏的北莽，拖得越久，优势越大。咱们离阳啊，一统春秋以后，才算真正家大业大，就是经得起折腾，加上有了张巨鹿这么个勤勤恳恳的缝补匠，我要是北莽的皇帝，也会浑身不得劲。谁他娘想跟一个家底殷实还读过书的壮汉当邻居？那可不就是天天受气吗？"

学宫祭酒笑道："大将军话糙理不糙。"

老先生感慨道："高居书楼说太平，总以为自己只要走出去，就可以经世济民，挽狂澜于既倒，搞得治政平天下就跟写几个字一样信手拈来，危害不下于藩镇割据。这话是碧眼儿在御前亲口说的，身为状元及第的读书人，能说出这样的道理，可见当个首辅，很合时宜。难怪张巨鹿可以跟大将军当

对手。嘿，大将军，咱们可都离题万里了。"

徐骁继续指向地图，笑道："我跟先生想法不一样。龙象军这次赴北，不光仗要打，还得打硬仗，拣软柿子捏，不是我北凉军的脾气。先生担忧龙象军打赢了仗，南朝那帮得了富贵就忘宗背祖的士子会更加仇恨北凉，其实在我看来，要是北凉铁骑不给他们长长记性，那些年少时跟着父辈北逃然后新冒尖的南朝新贵，尾巴早就翘到天上去了，就得狠狠抽打一番，才知道什么叫怕，我就是要他们怕到骨子里去。这些兔崽子，根子跟当初的春秋读书人一样，都记打不记好。所以这一次龙象军，第一个要死磕的军镇就是龙腰州战力排在第一的瓦筑，接下来其余军镇，君子馆、离谷、茂隆，都是硬骨头，不在一条线上，龙象军就偏要绕道疾行，一个一个吃过去。"

老先生忧心感慨道："可是龙象军才一万啊。不计算沿线兵马，光是五镇兵力就有精锐甲士六万。还得跟两位北莽大将军面对面，行吗？一万龙象军，撤得回来多少人？"

徐骁打了个哈哈，"忘了跟先生说了，咱们北凉的大雪龙骑军，也马上要出发了。"

北凉铁骑甲天下，大雪龙骑雄北凉！

老先生在这大夏天的，像是感到了凉意，搂了搂袖子。

他喃喃自语道："可这不就意味着要真打起来了吗？不妥啊，委实不妥啊。"

徐骁一只手掌按在地图上，说了一句话，"我儿子在那里，这个理由够不够？"


京城越来越居不易了，不光是外地生意人如此感慨，就是那些京官都要愁得揪断几根胡子。本朝太安城前二十年每亩地皮不过六百两纹银，如今仍是贵银贱铜，已经上涨到瞠目结舌的每亩两千五百两，难怪门下省左仆射孙希济有尺地寸土与金同价的说法。一栋小院，即便在京城最边缘，也要价到将近千两，进京会考的士子们都叫苦不迭，好在有因时而生趋于兴盛的同乡会馆，才让大多数囊中羞涩的读书人没有走投无路，再者有寺观可供租住，一般读书人也支付得起租金，才没有怨声载道，只有那些个空有清誉没有金银的大文豪大士子，一辈子都没钱在京城买下住所，会经常聊以自嘲写上几首诗，既能抒发胸臆，又能博取寒士的共鸣，一举两得。一些出过大小黄门或是翰林的会馆，往往挂出"进士吉地，日租千文"的招牌，这些个风水宝地，倒也供不应求。

京城会馆大小共计六百家，大多数毗邻而落，位于太安城东南，每逢科举，热闹非凡。人不风流枉少年，这一大片会馆区食色尽有，酒楼和青楼一样多如牛毛，本来赴考士子还担心人地生疏，那一口乡音被京城当地人唾弃白眼，进了太安城，住进会馆，才发现周遭都是故乡人，没钱的也开心，身世家境稍好，兜里有钱的，更是恨不得一掷千金尽欢娱，当真以为这些子弟是钱多人傻？自然不是，有资格进京赶考的同乡读书人，大多是寒窗苦读，只差没有捅破最后一层窗纸，一旦跳过龙门，总会记起寒酸时候别人才几文钱一张的大饼，或是几两银子的一顿饱饭，他日飞黄腾达，只要力所能及，岂会不乐于扶衬一把当年有恩惠于己的同乡？所以这块被誉为鱼龙片儿的会馆区，几乎所有店面的生意比起其他市井，都显得格外好，而且许多已经在京城为官掌权的外地人也喜欢隔三岔五来这边呼朋喊友一同相聚，给同乡后生们打气鼓劲或者面授机宜。

这幅场景，不过是离阳王朝四党相争的一个小缩影，可惜随着死党之一的青党逐渐凋零，往年财大气粗的青州士子就成了无根的孤魂游鬼，在鱼龙片儿这一带说话声音越来越小。

白狮楼本来不叫这个名，叫天香楼，那会儿生意平平，这一年来财源广进，算是赚了个十足饱，归功于去年青楼魁首李白狮寄寓了附近的一家大勾栏，这名大美人不需多说，是胭脂评上唯一的妓女，对京城男人来说，光凭这一点就足矣。李白狮被誉为声色双甲，名声极好，当朝几位正红的名流清官都曾被她资助，她又是东越官宦出身，本身家世又极具渲染力，不光是白狮楼，附近很多酒楼都沾了大光，人满为患，都是慕名前来的富裕公子哥。白狮楼也有几样拿手菜肴，做得辛辣无比，对于口味偏重的食客而言，无疑是一处花钱不多就能大饱口福的好地方。今日里来了一拨客人，人数不多，才三人，但身家不同往日的酒楼老板仍是给足面子，亲自下厨伺候着，没其他理由，带路的那位赵公子会做人，跟掌柜的相识多年，经常一起打屁聊天，对胃口。姓鲁的掌柜一点都不鲁钝，不光是下厨，连端菜都自己上，除了有跟赵公子多年积攒下来的香火情，还有就是赵公子身边两位朋友都瞧着不像俗人，其中一位嘛，女扮男装，手法稚嫩，哪里逃得过鲁掌柜的火眼金睛，一看就知道是了不得的大家闺秀，敢情是赵兄弟给达官显贵的女儿给看上眼了？嘿，这倒是好事，以后要是能喝上几杯喜酒，见识见识京城里的大人物，就更好。至于另外一位面白无须的男子，鲁掌柜可就不敢多瞧一眼了，穿了一身说不上手工如何精致的陌生缎子，以往见过的有钱人装束，一经对比，好似都成了土财主的小气派。

赵公子在单独隔出的雅室落座后，对那个掩饰拙劣的女子笑问道："我的隋大公子，这地儿如何？"

她冷哼道："寒酸至极！"

赵公子对于这个答案不感到奇怪，笑眯眯说道："做出来的菜式也不好看，就一个特点，辣。不过你不总说自己能吃辣吗，到时候有本事别喝一口水。"

她白眼道："我渴了喝水不行啊，赵楷，你能拿我怎么样？"

被称作赵楷的青年靠着椅背，伸出大拇指，"隋珠公主真性情，佩服佩服。"

女子柳眉倒竖，一拍桌子，怒道："姓赵的，喊我隋公子！"

赵楷无奈道："得得，谁让你是我妹子。隋大公子就隋大公子。"

女子不知是赌气还是真心，十分伤人说道："反正我不当你是我哥，你怎么认为是你的事。"

赵楷一脸忧伤，女子雪上加霜，一脸讥笑道："还跟我装！"

赵楷不以为意，哈哈大笑，反而很开心。

本是三人中最为像官家大人的男子则束手站立，毕恭毕敬。看着两个年轻男女斗嘴，面无表情。

赵楷转头笑道："大师父，来坐着，这里又不是规矩森严的宫里头，咱们啊，怎么舒坦怎么来。"

两缕白发下垂胸口附近的男子摇头道："咱家不用跪着就很舒坦。"

此"咱"谐音"杂"，向来是本朝宦官自称，还得是那些有些地位权势的太监才有这份资格和胆量。不过既然年轻男人是赵楷——当今天子的私生子，而女子则是皇帝陛下宠溺无比的隋珠公主，那这名被赵楷敬称大师父的宦官的身份也就水落石出，王朝宦官第一人——韩貂寺。这个称不上男人的老太监，绰号"人猫"，如果不是他做皇宫大内的定海神针，次次阻挠，西楚曹长卿恐怕早就摘去皇帝的脑袋了。能将上一代江湖翘楚的四大宗师之一符将红甲，给活生生穿甲剥皮，韩貂寺的指玄境界，也太玄乎了。这么一号满朝臣子都要畏惧的该死阉人，每次鲁掌柜敲门上菜后，都要说一声"告罪"，然后先尝过一口，这才让两位小主子下筷。

才吃过了两道菜，隋珠公主突然放下筷子，闷气道："这么吃菜跟在宫里有什么两样，赵楷，我们去楼下挑张热闹桌子！"

赵楷笑道："听你的。大师父，今儿隋大公子说话最管用，我们都听她的，行不？"

韩貂寺破天荒嘴角扯了扯，轻轻点头。人猫并非取笑隋珠公主的孩子心性，而是感激小主人刻意安排让自己同桌而坐的恩赐。这世上，你对他好他却不惦念这份好的人，韩貂寺见识过太多太多。当韩貂寺还只是一个普通太监时，跟随大主人微服出行，遇见了那名身份卑微的女子，她也这般诚心邀他一同入座吃饭，哪怕知道了他的阉人身份，也一如既往，那些顿粗菜淡饭，韩貂寺会记住一辈子。

人若敬我韩生宣一寸，我便敬他一百丈。人若欺我韩生宣一时，我便欺他一世。不知多少被这只人猫满族虐杀的文官武将，临死之前都要庆幸没有来世可以再遭罪。

既然是鱼龙片儿，白狮楼当然鱼龙混杂，有士子书生，也有豪绅富贾，更有一些寄身青楼当打手的泼皮无赖，鲁掌柜对于换桌一事也无异议，有钱人还不是怎么开心怎么行事。

酒楼生意好，又是吃饭的点，掌柜的好不容易腾出一张空桌，让伙计麻利儿收拾干净，赵楷三人坐下，就听到隔壁桌一位袒露胸口的汉子一脚踏在长凳上，抠着牙缝骂道："他妈的，前几日来我们定风波嫖女人的小白脸，兜里没银子装大爷，就拿几首狗屁不通的文章来忽悠，诗不像诗，词不像词，听着聒噪，老子当场就要拿棍棒收拾这个皮痒嘴欠的小王八蛋。"

同桌是几个手头不算太宽裕的外乡士子，在那家名叫定风波的青楼厮混久了，为首牵头负责掏嫖资的读书人苦于钱囊越来越瘪，姐姐妹妹们的价钱又高居不下，想着长此以往也不是个事，就寻思着能否跟眼前这个护院头目拢好关系，不说奢望价目降低，进院子后上床前，好歹也能去掉一些没必要的赏钱。妓院勾栏，门道繁多，面子这玩意儿想要撑起来，十分耗钱，在丫鬟奴伶身上的额外开销，一点一滴累加起来，碎银子的数目也很吓人。

一位面容古板不像伶俐人的士子犹豫了一下，不开窍说道："听说过这人，是吟诵了三首词，这会儿鱼龙片儿都知晓了，都算不错，其中'孤光自照，肝胆皆冰雪'，'东风春意，先上小桃枝'几句，可算佳句。"

护院壮汉脸色大变，毫不留情地呸了一下，起身就要走，牵头的士子精于世故，好说歹说才给拉回座位，亡羊补牢道："词写得再好，也只是小道，上阴学宫诗雄徐渭熊也说词不过是'诗余'，当代文坛词家，大多仅是在前辈诗人的故纸堆里捡漏，称不上真才实学，更别提自立门户。要我来看，什么肝胆冰雪，要是真冰雪了，会去青楼瞎嚷嚷？这不还是落了下乘的噱头，论品性，远远不如洪教头这般耿直豪爽！"

壮汉这话爱听，撕咬了一口肥腻辛辣的鸡腿，眼角余光瞥见附近桌上一个公子哥模样的年轻人在那边乐呵，瞪眼道："你小子笑个卵？！"

赵楷一脸实诚说道："壮士说得在理，那些沽名钓誉的读书人，就该打上一顿。"

汉子见他神情不似作伪，不像在反讽，这才笑道："你小子挺上道，哪天去定风波，报上我洪三龙的名号，姑娘们的价钱保管公道！"

赵楷抱拳一谢。

隋珠公主低头白眼。

那汉子应该在这一片有些势力，话题多了后，越发言谈无忌，十分粗犷刺耳，"打从娘胎出来起就过着苦哈哈日子，你还要老子替那帮富家子弟说好话？管他们是好是坏，比老子投胎要好，老子就恨不得剁死他们，见不得他们半点好。"

"那些个富贵子弟若是勤于读书，待人为善，那就更该死，还给不给咱们活路了？"

"哈哈，柳公子，放心，洒家不是说你，你小子厚道，出手也不含糊，是好样的。既然一锅粥里会有苍蝇屎，那么一坨屎里也可能会有几粒米饭嘛。"

被猛拍肩膀的柳姓士子笑容尴尬，被夸比被骂还难受。

韩貂寺眯眼轻声道："升斗百姓，也敢带一个'龙'字。"

对大师父再熟悉不过的赵楷连忙笑道："这些小事情就不理会了。走，等隋大公子喝足茶水，不渴了，就去见识见识那位李白狮。"

辣得不行的隋珠公主在桌下一脚踩在赵楷鞋背上，不忘狠狠一扭。

赵楷摆出一张苦瓜脸。

结完账离开白狮楼，赵楷小心翼翼提醒道："到了那边肯定要等候，你千万别生气，既然是偷偷出宫，你总不能随着性子胡来，否则大可以在身上挂个牌子说自己是公主殿下。"

隋珠公主没好气道："怎么不是你挂个皇子的牌子？岂不是更有用？"

赵楷嬉皮笑脸轻笑道："宫外有几人知道我这么一个皇子，说破了嘴也没用啊。"

她愣了一下，撇过头说道："亏你还笑得出来。"

赵楷双手抱在脑后匀，走在街上，"大师父说站着就比跪着好，不会去想坐着，这就是知足啊。那么我觉得能笑一笑，也总比哭鼻子来得喜庆，也更不惹人厌恶，是不是？"

她犹豫了一下，"那你被徐凤年抢走几具符将红甲，是笑还是哭？"

赵楷笑道："反正是我小舅子，一家人嘛，东西搁置在谁那里都一样。"

她讥笑道："你们一个姐夫一个小舅子，结果到头来还是要杀来杀去，好玩得不行，我真是想哭都难。"

赵楷突然说道："北凉那边要乱了。"

隋珠公主言语讥讽意味更浓，"反正那家伙当世子殿下没出息，后来练刀也丢人得很。北凉真要乱起来，只会躲起来。哼，比你还不如。"

赵楷叹气道："没有末尾一句话多好。"

她看似漫不经心地说道："父皇对于你引荐的那位红教女菩萨入宫廷，比较满意。对于那边的红黄之争，以及你提出的银瓶掣签定活佛一说，很感兴趣，以后可能让你跟她一同去西域。"

赵楷也漫不经心地哦了一声。

第六章　太平令指点江山，徐凤年帝陵惊魂

徐凤年笑了笑，绑好剑匣，还有心情用北凉腔唱喏一句：「世间最远途，是那愈行愈远离乡路。」

徐凤年跟赫连武威走了很多地方，除了军机大事没有掺和，其他不管是涉及民生的大事还是鸡毛蒜皮的小事，都有旁观，甚至一些军政批文，老持节令都不介意徐凤年翻阅。五天奔波下来，徐凤年对西河州轮廓有了个粗略认知，一年老一年轻在今天总算忙中偷闲，去驿道附近两人初见地方卖西瓜，徐凤年也不隐藏，坐在小板凳上等顾客的时候，直接说道："从伯伯这边到手有关龙树僧人在道德宗的消息传递速度，看得出北莽对于驿站驿道的重视，不输给在春秋中一手打造驿路系统的徐骁，尤其是西河州所在的这一条东线，已经完全可以跟凉莽对峙的西线媲美。我这一路走来，看到很多不起眼的小事，其实都是北莽在慢慢堆积军力。"

赫连武威欣慰笑道："见微知著，不错不错。"

转头看到徐凤年一脸凝重，持节令递过去半个西瓜，浅淡笑道："其实一个朝廷，哪怕是春秋中亡了国的那几个，也肯定有许多高瞻远瞩的聪明人，不过是否可以上达天听，使得龙颜大悦，让那些包含志向或是野心的条令律法顺利往下施行，才是难处症结所在。你们离阳皇朝栋梁辈出，尤其是有张巨鹿居中调度，庙算先天就高人一筹，说心里话，我这个军伍出身的西河州持节令，每次想起都跟你现在这个样子，忧心忡忡。论战力军备，十二位大将军的甲士，不弱，但比起北凉军，就算拓跋菩萨，也没脸说自己天下无敌。好在北莽知耻而后勇，吃过大苦头，才知道南边的汉子，也不都是手无缚鸡之力的读书人，会有徐骁和顾剑棠这般杀人不眨眼的屠子。这些年，北莽终归是在慢慢变强。咱们这边啊，我这老头儿思来想去，就有一点觉得很遗憾，凤年，你猜得到吗？"

徐凤年笑道："很多逃亡北莽的春秋士子，有资格为持节令或是大将军出谋划策，但还是少了一位可做帝师的超一流谋士。"

赫连武威啃了一口西瓜，抬头瞪眼道："你小子别忙着笑，北莽不是没有，只是还没走到台前而已。"

徐凤年放低声音问道："编织蛛网的李密弼？"

赫连武威侧头吐了口唾沫在地上，嗤笑道："这条老狗害人本事天下第一，治国？差了十万八千里。也就是李老头儿有自知之明，没瞎捣鼓朝政，否则我非要跟他拼命。"

徐凤年好奇道："不是他，能是谁？"

赫连武威含糊不清道："是棋剑乐府的府主，失踪快二十年了。中年时被女帝陛下轻视，一气之下就彻底消失。我猜去了你们离阳，至于做什么，可就无从得知，估计连咱们陛下都不清楚。我不信这种人会悄无声息死在南边。"

徐凤年哦了一声，"听我师父李义山说过，这家伙下棋很有实力，差一点就算是能跟黄龙士旗鼓相当。"

老人感慨道："我这辈子见多了志大才疏的人物，唯独这个棋剑乐府的当家，心大才大。棋府有一生落子百万次的修行法门，你可知那家伙落子多少？"

徐凤年讶异道："总不可能到千万吧？那还不得生下来就守在棋盘前下棋，这种棋痴也不会有大出息吧？我师父就常说棋盘上下棋只是死棋，下棋下成一流国手，也没什么了不起，跟做人是两码事。"

老人开怀大笑，"你小子聪明反被聪明误了，那家伙下棋盘数极少，屈指可数，估摸着落子怎么都不到七八千。"

徐凤年皱眉道："满打满算不到一百盘，堂堂棋剑乐府的棋府府主，怎么跟下一盘棋就跟赌命一般？"

老人缓缓道："你可知这人最后一局棋是怎么个下法？他输给黄三甲后，闭关钻研，棋艺大成时，跟老府主对弈，一场生死局，谁输谁死。"

徐凤年啧啧道："两任府主都是大狠人啊。"

赫连武威幸灾乐祸笑道："你就求着这种人没能活着回到北莽吧，否则到时候你万一世袭罔替成为北凉王，这家伙如果还活着，有的你受罪。"

徐凤年一本正经道："明儿就去雷鸣寺，咒死这老头儿。"

赫连武威哈哈大笑道："那记得连我一起咒死。有我在西河州，徐骁也得怕上几分。"

徐凤年跟这位老人不用客套，玩笑道："赫连伯伯，你这脸皮比我还厚啊。"

赫连武威点头道："人啊，只要上了年纪，就跟我骂李密弼是鸡贼一样，其实也在骂自己，都皮糙肉厚，怕死还贪生，对于生死，反而不如血气方刚的年轻时候那样看得开。"

徐凤年咬了口西瓜，想到了比起赫连武威还要年轻一些的徐骁和师父李义山。

赫连武威缓缓说道："带你见过了本州政事，有些话也好跟你直说了，别的将军和持节令，我不好说，但就我赫连武威而言，我从不奢望麾下将领治下官吏个个是圣人，贪钱无妨，别太多，自赚声望的迂腐清官，在我看来，不如中饱私囊之余却可以造福一方的能吏。不越雷池这底线，我自认很好说话，过了，那对不住，甭管你是老头儿我的亲戚还是心腹，该杀的杀，该抄家的抄家，绝不手软。这叫没有规矩不成方圆。如何识人是一难，如何用人又是一难，如何让人才各得其用更是难上加难。这是大学问，圣贤书籍上学不来，因为读书人爱惜名声，没胆量去写那些城府腹黑的处事学问，而且大多数书生，也没本事写出。你去数一数你们离阳王朝的状元，除了张巨鹿，能有几个做上了一二品大官？反倒是那些普通进士，更能走上去。"

徐凤年嗯了一声，默默记在心中。

赫连武威说道："那位府主年轻时候有一篇《九问》，问苍天，问后土，问鬼神，问帝王，问佛道，问美人，问前生，问来世。"

徐凤年纳闷道："还少了一问啊。"

赫连武威笑道："说是九问，其实只有八问，估计是那家伙代替咱们这些有疑惑的笨蛋问上自己一问了。"

徐凤年气笑道："这老头果然心机深沉！不行，我得马上去雷鸣寺。"

说话间，有口渴的客人走上前来，徐凤年连忙起身，口若悬河地帮着老持节令卖起西瓜来。

客人不知跟他讨价还价的年轻人是谁，更不知道那老农会是本州持节令。

徐凤年也一样不知道有北凉两支铁骑以雷霆之势突袭了北莽。

更不知道获知军情的北莽女帝因为一人露面，而打消了御驾亲至南朝的念头。

这个背书箱入宫的老儒生，身后跟着北莽剑术第一人，剑气近。

相比好似九重天阙的太安城皇宫，北莽的宫城实在像是小孩子过家家，经不起腿脚利索的宦官几番散心。大太监孙丁盛每次站在稍高位置俯瞰皇宫，都会感到一些遗憾，他的身份与韩貂寺大致相当，不过北莽王庭不兴阉

人，宫城里头满打满算才三千多，还不如南朝廷来得多，这让孙丁盛很是烦闷，女帝临时更改行程，取消了去南朝的御驾巡视，更让好不容易出宫透口气的孙丁盛暗自恼火，只不过当他今天秘密守候在宫门，见着了负笈老儒和背剑男子，猜到身份后，忍不住倒抽一口冷气，然后只觉得莫大荣幸降临，笑容越发恭谨诚心，也不敢多说一句话，默默领着两人走入宫中。不曾想还是那位贵客主动开口热络，"孙总管，身子骨可还好？"

孙丁盛受宠若惊，他只与老人在十几年前见过一面，当时自己还只是个初入宦官枢机重地的角色，何况北莽宦官本就无权柄可言，哪里敢奢望被这位老人记住脸孔，更别提姓氏了。一直小心翼翼走在前头，却只能拉开半步距离的孙丁盛连忙弯腰更甚几分，轻声笑道："回太平令的话，咱家还好，性命都是陛下的，可不敢胡乱生病了去。太平令气色也好，这才是北莽的万幸。"

老儒生哈哈笑道："孙总管，借你吉言喽。"

孙丁盛弯着腰带着路，笑道："哪敢哪敢。"

老儒生点到即止，不再客套寒暄，双手插入袖口，眯眼望着有些陌生的宫城，拾阶而上，过了朱门，下了阶梯，就是主殿外的玉石广场，上下之间，与人生起伏何等相似。老儒生回头看了眼五步以外的后辈，有些愧疚道："害得你没能跟邓太阿比上剑。"

中年剑士摇了摇头，犹豫了一下，说道："先生有九问。我只有一问，问道。"

"问剑道？"

"问道。"

"一字之减，相差万里。说得好啊，邓太阿小觑你了。"

负剑中年男子在北莽王庭久负盛名，剑气近，这个词牌名实在是名副其实得不行，李密弼如此深得女帝器重的权臣，一双手几乎掌握了王朝所有阴暗势力的血腥刽子手，近十年中多次被剑府府主偷袭刺杀，有皇帐权贵戏言朱魍这些年能够不断完善，得感激剑气近擅长找寻漏洞。剑气近是一个很无趣的男子，长相无趣，性格无趣，那个普通姓名早已被词牌名替代，除了练剑，没有任何兴趣可言，不近女色，不近权势，不近口舌之快，只近剑气。但李密弼对于这个屡教不改连女帝陛下都震怒的生死仇敌，评价颇高，说剑气近的剑气，也仅是展露六七分，因为他只允许自己功败身退，并未抱有杀人赔命的兴趣。李淳罡年轻时曾说北莽无剑，邓太阿成就剑仙境界后也说北莽的确无剑，北莽本以为剑府府主会拦截桃花剑神，不说战败邓太阿，好歹也要他收回那句话，但剑气近却让人大失所望，始终没有露面，看来在此人眼中，护送老儒生赴北入宫，比什么都重要。

孙丁盛微微加快步子。

北莽王庭主殿前羊脂玉阶有九级，一位面容冷峻的妇人高高站定台阶之上。

一身明黄，龙袍加身。

老儒生笑呵呵道："快到了。"

马上就要面圣，跟那名天底下最富威名的女子面对面，老人竟然还有闲情逸致转头问道："黄青，今日过后，你去趟离阳王朝，总不能北莽尽知李淳罡、邓太阿，离阳却不知黄青也有剑。"

剑气近点了点头，几乎跟大太监孙丁盛一起开始止步，不再向前。

老人继续往前，没有朝那位皇帝陛下行跪拜礼，而这名以雄才大略著称的女帝也未问罪，只是也未走下台阶，一步也没有。

老儒生抬头跟她对望。

女帝面容苍老，眉眼依稀可见年轻时确是绝美的女子，身侧无人搀扶伺候，孤零零站在台阶上，冷冷看着这个当年负气离开北莽的太平令。沉默许久，她总算展颜一笑，开口说道："按照你的要求宫中都已办妥，开始？"

老儒生也不客气，走上第一级台阶，摘下书箱，抬起手一挥。

将近两百位捧缎如画轴的宫女太监们依次鱼贯进入，在广场左右两侧屈膝放缎画，低头倒退行走，各自拉起了一条长幅，无一例外，都在广场中央处背对背接应上。

女帝骤然眯眼，望向广场。

百缎成巨画。

是北莽和离阳两朝版图，细致到囊括每一座军镇每一条大川每一条雄脉。

天下尽在我脚下。

于是女帝下意识踏出第一步，走到了第八级台阶上，站得高看得远，可

她的野心自打进宫第一天起，就何止是光看而已？

两朝江山锦绣。

波澜壮阔。

北莽王朝地理轮廓以黑底写白字，离阳王朝疆域以白底描黑字。

一副棋盘一局棋。

黑白对峙。

女帝微笑道："太平令素来善弈棋，今日可是要给朕做一盘推演？要朕与你一同走在这江山之上？"

老儒生没有回答，等那些一丝不苟汗流浃背的女官太监都悄悄撤出广场，他才打开书箱，拿起一根竹竿和几块黑炭，一屁股坐下，抬头道："陛下暂时不需要下台阶，今日容我先说说天时地利人和。明天再细说我这些年在中原春秋见识到的地理人治军力风俗。第三天来说两朝边境，仅是解燃眉之急。第四天说我朝具体事宜，怎样得士子民心。第五天说如何灭北凉占西蜀吞南诏，第六天说矛头直指太安城，终平天下。第七天，再说怎样去治理江山。"

饶是女帝历经风雨跌宕，听闻此等可谓气吞天下如虎的豪迈言语，也是愣了一下。

她走下一级台阶，也学太平令老儒生坐在地上。

老人先放下稍后会用来画龙点睛的木炭，双手拄在以往用作登山涉水，早已摩挲得光滑洁净的竹竿上，望向广场上，平静道："黄龙士有言天下大势，分久必合合久必分，深得我心。春秋初定，离阳王朝灭去八国，挟累胜之势北征我朝，看似势不可挡，却不知一鼓作气之后，人力有穷时。离阳疲军伐北，北莽虽说是以逸待劳，但当初陛下才登基九五，朝局不稳，便不惜以身涉险，争取了一个殊为不易的不胜不负。其实当时天时仍是在离阳那边，只不过北莽地理形势与中原迥异，致使四十万甲士水土不服，加上离阳先帝对北凉徐骁忌惮已久，生怕北凉铁骑以虎吞狼，灭去北莽以后，当年徐骁办不到划江南北而治，此时就能成事，毕竟北莽境内崇武不崇文，北凉若是占据有足可自立的富饶河凉走廊之余，再将北地尽收囊中，这样的南北对峙，才算稳当。于是离阳先帝一封密旨，在大好局势下迫使徐骁退兵，跟北莽签订合约，算不得妙棋，也称不上昏招。这才造就了当下离阳、凉、莽三足鼎立的形势。这便是我要与陛下说的第一个道理：天时终归不如地利，地利则要不如人和。"

"一国凭仗，不在天险，在人心。人心并非民心如此简单，百姓自古随大流，重视却不可盲目。春秋士子依附北莽，于北莽而言，更是福祸相依，不得不察。

"老臣在中原各国游历，记住各色人物两千六百四十三人，一一说来，各有粗略，请陛下找女官记录在册。

"一农可耕田地三十亩，亩收米两石或三石，为两石为中，亩以一石还主家，五口之家，人日食一升，一年即食用十八石，约余得十二石，此外衣着嫁娶祭祀生老病死等，皆需费用。若遇旱涝蝗灾，捉襟见肘。老臣所讲还是苏杭嘉湖流域以及西蜀等帝国粮仓所在情况，其余等地，常有成家而生子不举，大批浮浪不根之人，并非罕见。离阳王朝所谓的海晏清平，颇有水分。

"离阳王朝已有官无封建而吏有封建的苗头，官不得当地人出任，吏则不同，世世代代为本地吏，不出百年，便要遍地皆是地头蛇。张巨鹿之急，诸多仓促政策，在于不得不急。"

"我拣选海商、盐商、茶商三种为陛下说离阳财税。

"离阳王朝新设官职起居郎，所言军国政要，每月封送是管，成为时政记。分帝系、后妃、五类礼、舆服、道释、瑞异、藩夷等二十一种。我且一一说来，陛下便可一叶知秋，二十一叶知离阳。

"龙虎山居安不思危，陛下应当趁机令国师着手编撰万卷《道藏》，让道德宗成为天下道教执牛耳者。

"西域红黄二教之争，陛下切不可只是看戏，我朝灭佛一事，可以灭禅宗大佛，却要立起密教小佛。"

天下事，事无巨细，太平令老儒生娓娓说来，白日说，女帝除去第一天坐在台阶上，第二天便走下台阶，跟在老人身后走走停停，脚踏锦绣之上。夜晚亦是不停说，灯笼高挂，灯火辉煌如昼，广场上不许别人踏足，女帝陛下便亲手持灯为老人照明。再一日，两人吃食进餐便随便或蹲或坐在缎面画幅之上，女帝甚至已经挂起一只布囊，装满温水和食物，老人若是感到口渴饥饿，也不用说话，伸手便可向她索要。每过一境就要在地面上圈圈画画的

太平令已经不知用去多少块木炭，双手十指漆黑，每次匆匆洗手，水盆尽墨。

女帝那一袭龙袍宽袖长摆，到后来她干脆随手拿丝线系牢捆紧，便于行走，顾不上半点体统礼仪。

第五日秉烛夜谈时，女帝仍是丝毫不见倦怠，神采焕发。

七日满腹学识说尽。

老人走出天底下最巨幅的地图，站在台阶底部，女帝握住他的手，背对略有褶皱的那江山锦绣，一同走上台阶，平静道："愿先生为帝师。"

西河州突然要截河更换河道，这可是一项牵扯到许多利益纠葛的大事，好在赫连持节令威望摆在那里，没有人敢当出林鸟，赫连武威也对黄河下游两岸受损的豪横家族给了不少补偿，不少门阀子弟都得以进入控碧军，官职都不大，不过也是以往做梦都不敢想的好事，加上拦河改道，也只是绕出个长度二十里的半圆，还称不上伤筋动骨，一时间西河州仍是风平浪静，仅有一些流言蜚语在高门大族私下谈论，老百姓们该如何过日子还是怎么过，只是惋惜持节令下令截河附近不许经营买卖，有控碧军负责督工巡查，否则还能多出一笔横财。马无夜草不肥，天下道理都一样。

徐凤年跟赫连武威来到投石截河处，这次盗取不见天日近千年的秦帝陵墓，各方势力盘根交错，都见不得光彩，赫连武威做的是开门揖盗的凶险买卖，不说其他过江龙，一个大将军种神通就够喝一壶，所以老持节令也不敢托大，一切都交由心腹统率的控碧军。徐凤年看到有一批儒士装束的男女在高台上从中调度，大多面容枯槁，毫无文士风流可言，不由惊讶问道："墨家子弟？"

赫连武威点头一笑，也不细说自家的家底。徐凤年换回了文士的生根面皮，当时翻墙进入持节令府邸，能被白发老魁一眼认出，除了腰间悬挂的春雷刀，主要还是因为这一老一小可以说是认识好些年数，生根层次的面皮，易容只是易相貌，终归还没有易气，才老魁被识破身份。巫女舒羞在王府拿十年寿命作为代价，打造出一张入神面皮，则是交给了远比姐姐慕容梧竹要野心勃勃的慕容桐皇。赫连武威带着徐凤年在沿河岸上缓行，前段时日遭逢一场罕见暴雨，截河初始，此时功效尚不明显，河水水面仍是高出往年许多，水势汹涌激荡，浑浊不堪，洪流奔腾声如疾雷，让人望而生畏。徐凤年将春秋、春雷都留在府上，双手空无一物，蹲在岸边巨石上。水气扑面而来，两耳闻声鼓胀，气机流转无形中受大河牵引，较之平时也要迅猛数倍。赫连武威投掷了一块石子入河，连水花都不见，不由感怀说道："年轻时经常在雨后入河游泳，偏偏喜欢逆流而上，现在可游不动了，几个扑腾估计就要给冲走。年老以后起了兴致，真要下水的话，也只会挑平缓河段。不服老也得老。"

徐凤年正要说话间，蓦地看到一行锦衣华服富贵逼人的人物缓缓走近，有说有笑，为首一名高大男子，简简单单的举手投足，极有指点江山的气魄，男子身后还有几张半生不熟的面孔，陆归陆沉这对甲姓父女，种檀和婢女刘稻谷，除了陆沉，其余都是一面之缘。徐凤年原本担心陆沉见着自己后会露馅，不曾想她瞧也不瞧一眼，比陌路人还要陌路。徐凤年蹲着没有起身，赫连武威瞥了一眼，敛起气机，平淡道："那位便是种大将军，跟北莽皇帐很有交情，做人比带兵厉害。可惜他弟弟种凉今天没来。"

种神通见到赫连武威，大笑着快步走近，跟身后众人拉开一段距离，位高权重的种大将军以晚辈自居，抱拳道："见过赫连老将军。"

赫连武威也没让种大将军热脸贴冷屁股，一巴掌拍在徐凤年脑袋上，好似长辈教训眼高于顶的不成材子侄，气骂道："还不起身给种将军行礼！"

徐凤年一脸无奈起身作揖，弯腰幅度微不可查。赫连武威一副怒其不肖的表情，叹气道："让种将军见笑了，这个远房亲戚家的晚辈顽劣，不懂规矩。"

老人随即转头瞪眼道："自以为读了几箩筐圣人书籍，就目中无人，你是考上了状元还是当上了宰相了？只知坐井望天，不成气候！远的不说，就说眼前这位种将军的长子种檀，比你年长没有几岁，就已经是实打实的井廊都尉，掌精兵三千员，更是差点就成了本朝第一位状元郎，比起你那些臭不可闻的无病呻吟文章，好上百倍！"

种神通看到这位相貌不俗的后生欲言又止，应该是顾忌种家声势，这才压抑下了书生意气，但也称不上有好脸色。对于赫连武威的远房亲戚一说，种大将军也不奇怪。赫连姓氏在西河州是大姓，枝繁叶茂，赫连武威本身便是官宦出身，只不过家族中落，才投身军伍，赫连武威身为百战将军，在北

莽是出了名的勤读诗书，几十年戎马生涯，经卷一直都没有落下，对于读书人也很有好感，若是破落家族里出了一个有望金榜题名的后辈，设身处地换作种神通也一样会寄予厚望。种神通不希望因为这种鸡毛蒜皮的小事冷了氛围，有伤长远大局，于是笑言安慰道："老将军切莫高看我那犬子，也就是虚长了赫连小侄几岁。"

徐凤年小声嘀咕道："三千兵马算什么，等我在朝堂上一鸣惊人，领三万铁骑都嫌少了。"

赫连武威一脚踹过去，瞪眼道："你那些纸上谈兵算个屁。"

徐凤年躲过软绵绵一脚，干脆眼不见耳不听背对众人，像是在外人面前给长辈看轻，有些撑不住颜面脸皮。种神通看到赫连武威瞪眼珠粗脖子的场景很有趣，做了个和事佬，说了几句类似年少存志是好事的客套话，然后两位北莽军的中流砥柱便撇开众人，沿岸走去，所说所图自然是截河断流以后接下来的凿山入墓事宜，两人都是貌似爽快的老狐狸，少不得一番钩心斗角。大体上河西精锐控碧军负责截河，以及驱逐清洗掉那些敢于靠近秦帝陵墓的江湖闲散，种家承诺带给控碧军大量价格极低的优质铁矿，老持节令清心寡欲，在北莽八位封疆大吏中口碑首屈一指，种神通也不信赫连武威会垂涎陵墓财宝而起杀心，要是换成武力犹在种凉之上的慕容宝鼎，种神通万万不敢与虎谋皮。

一场密谈相谈甚欢。

种神通回头看去，种檀和陆家父女跟那个赫连后生格格不入，想想也情理之中，没有理会。种神通缓行时，皱了皱眉头，弟弟说要去一趟公主坟，问他何事，也未作答，对这个行事荒诞不经的弟弟，也早已习以为常他的天马行空，只不过这次入墓一事，事关重大，容不得有丝毫差池纰漏，种凉跟公主坟中那位小念头的关系，种神通知晓几分，但不曾见底，种神通也不好刨根问底，只希望这次跟公主坟那帮孤魂野鬼八百年的彩衣们一同入墓，到头来不要横生枝节。公主坟作为守灵人，这次无异于监守自盗，种神通内心深处完全信不过她们。

蓦地，种神通和赫连武威骤然凝神聚气，如临大敌。

恍惚间，一条白虹踏河而来，追溯源头向上游奔走。

白虹所过河面，劈波斩浪，河水直直暴涨一丈，凶猛拍击两岸。

白虹前冲远方，有十几宛如彩蝶的翩翩衣裳从天而降，似乎要挡住白虹去路。

那些彩衣如壁画飞仙，袖长达数丈，况且每一只长袖都牵扯有一抹云雾之气，越发灵动如天人下凡。

种檀瞪大眼睛，那些飘飘乎的装神弄鬼女子，他自然认得，与叔叔种凉的描述如出一辙，是公主坟独有的彩衣，擅长双袖飞升舞。据说相互借势之下，一袖之威，可挡神佛。

一阵佛唱低吟入耳。

徐凤年听出是大势至菩萨心咒。

如虹白衣终于略作停顿，悬在河水上几尺之处，探臂一手结印。

是一位身披白色袈裟的僧人，面对十八彩衣三十六袖，当最后一字结尾，脚下黄河起异象。

如佛咒名号，刹那大势至！

白衣僧人身后河面猛然断裂，一半河水去者不留，来者硬生生停下，轰然拔高十数丈，如一条跃水黄龙，在空中画出一道圆弧，随着僧人单臂手印所指，铺天之后自然便是盖地，扑向十八位牵引天上云气的曼妙彩衣。

黄龙先行，白衣后至。

出场画面极美的彩衣眨眼便连同天上云气一同被冲散得七零八落，十八位女子有坠入河间，有跌落岸上，更有被黄龙冲撞出去几十丈之远，狼狈至极，再无半点仙气可言。

白衣僧人不理睬那些有螳臂当车之嫌的女子，继续沿河而去。

黄河之水天上来。

北莽国教道德宗便在这天上。

白衣僧人要去那座有麒麟真人坐镇的道德宗，最简单的路线也就是沿河而走。

种神通脸色阴沉道："白衣僧人李当心！"

赫连武威赞叹道："不愧是曾经让北莽第一人都无可奈何的金刚不败。"

种檀转头对女婢刘稻谷轻声打趣道："你们公主坟的飞升袖也太不堪一击了些，就这点斤两，也想跟大念头洛阳叫板？"

婢女一笑置之，拿手指点了点远方。

十八位彩衣阻挡无果，又横空出世一名身材高大的人物，隔得太远，分辨不清男女，当此人摊开双臂，竟是怪诞至极的四手之相。

当这尊怪胎抬手举臂，十八位落败彩衣如同牵线傀儡，被尽数扯到空中。

种檀讶异道："是你们小念头？那我叔叔口味也太重了。"

刘稻谷摇头道："是我公主坟一尊供奉有三百年的活死物。奉劝公子还是不要走近亲眼见到，否则会睡不着觉。除了具有四手，她生有琵琶对抱相，前后两张脸孔，一面地藏悲悯相，一面欢喜相。"

种檀啧啧道："可怕可怕。"

河上白衣僧人见到这尊秽物，终于动怒，金刚怒目。

大喝道："我佛如来！你这孽障还不自涌身往虚空中去地四丈九尺？！"

他一掌托起，蓦地天上云层下垂，无数道金光透过白云缝隙射落天地间，佛光万丈。

然后白衣僧人双手一瞬结三印，分别是法轮、净业、摧罪。

眨眼过后，长虹远逝，只留下一句："贫僧从道德宗归来，再将你彻底打入轮回！"

那尊阴物蜷缩一团，继而舒展如旧，只是十八位彩衣傀儡已经悉数毁坏。

阴物站直后，僵硬扭了扭脖子。

然后直奔徐凤年袭来。

徐凤年目瞪口呆，老子惹你了？

那头阴秽之物朝徐凤年踏河直直奔来，以欢喜相那一面示人，一张清丽面容看似女子欢愉，面皮以后，骨子里却给人一股死气沉沉的阴冷气息，毫无喜庆可言，尤其是这头存活三百年的怪胎生有四臂，飞掠大河时，四肢，是六肢摇摇摆摆，偏又穿一袭广袖拖曳的朱红袍子，更显得古怪恐怖。

徐凤年有苦自知，方才跟赫连武威精心演戏，以有心算无心，好不容易骗过了种神通这只老狐狸，假如被莫名其妙的阴物逼出原形，大打出手，别说种神通，傻子也要起疑，这个不说，徐凤年当下手无寸铁，既无春秋剑也无春雷刀，阴物虽然被大金刚境的李当心三印击败，可徐凤年哪有这份功力，不由心中骂娘，四处张望，希望有好汉或是女侠仗义相助，可惜没瞧见同为白衣的大魔头洛阳，也没有看到种神通有出手的迹象，倒是瞥见种檀这龟儿子眼神促狭，一副乐见其成的模样。跟徐凤年刹那对视，种檀都懒得掩饰，显然吃定了徐凤年要被阴物一口吞掉，不屑跟将死之人隐藏心计。到底还是老持节令宅心仁厚，踏出一步，拦在徐凤年身前，应该是想赌种神通为了盗陵大计，会去拦截那只阴物。不曾想种神通定力卓绝，眯眼不语，只是袖手旁观。

面对这场飞来横祸，徐凤年心中叹息一声，没那脸皮让武力平平的老持节令受罪，顿时一脚踏出，越过赫连武威身体，内敛气机外泄五六分，却已声势滚走如雷。公主坟豢养的阴物近在咫尺，那件鲜艳如血的大袍子一转，欢喜相变作地藏悲悯相，四手如牢笼罩下徐凤年头颅。徐凤年双脚一拧，空手作扶摇式，青衫徐凤年裹挟河边大水，宛如青龙汲水，跟那阴物初次短兵交接。红袍阴物其中两臂被扶摇弹开，仍有两臂钩住徐凤年双肩，所幸未曾深可见骨，不敢倾力拒敌的徐凤年瞬间被阴物扯起，往后抛向黄河汹涌水面。

阴物那张古板的欢喜相，看到徐凤年屈膝，蹲在河面上，一掌拍击流水，往对岸掠去，阴物直直追击，身形迅猛远远胜过倒退的徐凤年。离河面仅有两丈距离，阴物那件艳红得刺目的袍子，发出几声近乎悄不可闻的扑扑通透声响，但它仍然四手黏粘徐凤年头颅和双手，正要发力撕扯时，徐凤年望着那张几尺外的欢喜面孔，全身气沉，带着阴物朝浑浊河水中下坠。入河那一瞬，徐凤年也管不着是否露出蛛丝马迹，十二柄飞剑一齐出袖，不光如此，大黄庭海市蜃楼护体，再者依样画葫芦上次洛阳在敦煌城门处的起水千剑，抽水作剑，剑气滚龙壁，涌向那头面目可憎至极的阴物，除此之外，还有仙人抚顶配合胡笳拍子，不管不顾，对着阴物就是一顿乱拍。好在是在几近河底的隐蔽处，要是在陆地，这种好似泼皮跟悍妇醋战的下乘手法，实在是丢人现眼。不过谈不上章法，威力倒是可观，那阴物明显挨了好几记势可摧碑的抚顶，一人一怪彻底溜走于河底，几座嶙峋暗礁都给两者或折断或撞碎，俨如共工撞山。

大概是徐凤年手段层出不穷，那怪物脑子又算不上灵光，一时间竟然被

徐凤年掌握主动。徐凤年受伤不重，河水污浊，徐凤年也看不清是欢喜相还是悲悯相，有大黄庭修为和大金刚体魄支撑，一气递一气，气气登昆仑，循环不息，此番出手，打得那叫一个酣畅淋漓。

岸上众人神情各异，但不约而同都沿着岸边往下游奔跑。赫连武威脸色铁青，先瞪了一眼种神通，见这家伙一脸不咸不淡的表情，也就省了气力，心神百转，想着如何救出徐凤年，不说这小子的敏感身份，光是这段时日心有灵犀的忘年之交，赫连武威就舍不得他无缘无故死在黄河里头，退一万步说，徐凤年一旦死在他眼前，万一徐瘸子失心疯发作，当真以为北凉铁骑就没胆量一路踩踏到西河州了？虽说将军马上得军功，也就要有将军死马背的觉悟，赫连武威不怕打仗，甚至不怕什么生灵涂炭，可老人也只是想着有朝一日能跟顾剑棠兵锋相向，不希望跟有活命之恩的人屠沙场敌对。远处有十几持节令亲卫锐骑游弋待命，当阴物骤然出手伤人，便疾驰向赫连武威，老人沉声发号施令，去截河台调动一千精锐控碧军前来助阵。赫连武威本就是偏向大念头的公主坟客卿，也不怕跟小念头那一脉撕破脸皮，敢在老子眼前行凶，真当控碧军形同虚设？

局外人种檀尤为轻松，事不关己高高挂起，还能看一场好戏，奔跑时还有心情跟女婢打情骂俏，"这家伙原来是真人不露相啊，看上去柔柔弱弱的白面书生，竟然能硬碰硬扛下那秽物的袭杀，换成我的话，也轻松不了几分。事先说好，你可不能对他一见钟情。"

婢女刘稻谷腰悬绣有半面妆女子的精致香囊，下意识摸了摸小囊，有些无奈道："公子说笑了。"

陆归岿然不动，他才是彻彻底底的书生，干脆不去凑这个热闹，远离是非之地，种神通他惹不起，赫连武威也一样。一位是大将军，一位是持节令，俱是北莽第一流权贵，女帝陛下都要权衡斤两的顶尖人物，陆归惹不起总躲得起。陆沉想要跟上队伍时，被他轻声喝住，她背对父亲，肩头颤抖，痴痴望向偶有水花溅起数丈的乖戾河面。啻啻到连真实姓名都不曾告诉我的你，就这样死了吗？十八具牵线玩物般的傀儡彩衣再度站起，四面八方腾空，彩衣长袖缥缈，煞是好看，再冲入河中。

水下徐凤年忙啊，要么以开蜀式开江河，要么以十二飞剑结青丝，总之怎么不让阴物近身怎么来，压箱本领都一并使出，反正在众人不见真实情形的水底，大可以苦中作乐。阴物杀人手腕尚未流露，不过受了几十飞剑攒射穿刺，根本不见颓势，足可见它的能耐。气息浓郁的红袍始终在徐凤年四周三丈内围绕游走，阴魂不散，像附骨之疽。好景不长，当十八彩衣纷纷入水，如雷炸下，徐凤年就开始狼狈不堪，彩衣女子皆是不知疼痛的死物，没有所谓的致命伤，每一缕长袖便是一柄长剑，一次就给击中胸口，一座暗礁被徐凤年后背连根撞烂。这一场围猎，让徐凤年记起草原上对阵拓跋春隼的凶险场景，也开始阴鸷起来，满腔戾气，狠下心硬吃一袖，右手扯住袖子，往身前一拉，左手一记仙人抚顶，将那名彩衣从头到脚都给拍得稀巴烂，失去凭仗的无主彩衣上浮水面，这一抹艳丽在河面稍纵即逝，匆匆消失于滚滚东流水。

阴物耐性很好，四只手果然不是白长的，牵引剩余彩衣入水，一击不中便出水，伺机而动，让徐凤年疲于应付。突然压力骤然减轻，同时失去红袍和彩衣的气机，即便在水底掠游，徐凤年耳中仍是传来格外震颤耳膜的轰鸣声，不由在心中大骂一声，是跌水！

跟赫连武威游览黄河时，老人便说有一处壮丽观景点，两岸巨石陡峭，河口收缩束起如女子纤细腰肢，万钧河水聚拢一股坠入马蹄状的峡谷河槽，飞流直下三千尺，足可让赏景游人心神摇曳。问题关键在于徐凤年身在其中，一点都没那份闲情逸致，心知极有可能下一刻就是朱红双面阴物的暴杀。他凝神屏气，果不其然，水跌巨壶口，徐凤年被惯性冲出大水柱，有一瞬悬空凝滞，水雾升腾中，徐凤年脚下大壶中河水喧沸，而那阴物只在稍低空中，一张欢喜相脸孔，真有些喜庆的意味了。十七彩衣同时出袖，徐凤年荡开小半，还是被十余长袖绕住头颅四肢，这等手法一旦得逞，比较五马分尸可还要酷烈百倍。

身陷死地，徐凤年身体不坠落反拔高，体内气机流转如江河入海，一窍冲一窍，一脉贯一脉，两只手掌砰然一击，作僧人双手合十行礼状。

随着这一合十，一整条蔚为壮观的瀑布竟然随之一顿。

千百年来奔流到海不复回的黄河水，在这一日这一时，逆流而上。

河水出现百年不遇的断层，徐凤年身后峭壁露出真面目，惊世骇俗。

一整面九龙壁，九龙狰狞，争夺一颗硕大珠子，栩栩如生。滔滔河水冲刷近千年，龙壁依然不见丝毫模糊，当年雕工之深刻玄妙，简直匪夷所思。

紧要关头，朱袍阴物流露出一抹怔怔失神。

让奇景重现世间的始作俑者徐凤年，并不知道身后画面是何等恢宏，这个时候还敢分心的话，徐凤年多出几条命都经不起挥霍。既然阴物大大方方露出破绽，那他也就当仁不让收下了，双手合十只为蓄力，掌心贴掌心，手掌猛然拉开。照理来说，气机之气，不论道教真气，还是儒教浩然正气，都如晦涩典籍文字，自古玄之又玄，向来可冥想而不可见，这是常理，但在眉心泛出一抹紫印的徐凤年手心，却凝聚成形，出现一道肉眼清晰可见的紫气。

紫气东来。

紫中带金。

紫金一气如游龙，贯穿十七彩衣，阴物眼睁睁看着公主坟耗费无数物力精心打造的傀儡被炸毁，不由死死盯住那一抹炫目紫金，伸出舌头舔了舔嘴角，好似老饕见了人间美味，垂涎三尺。彩衣依次纷纷坠毁在脚下云雾弥漫的河槽，打了一个旋，便再也不见踪迹。十足败家子的朱红阴秽魔物张大嘴巴，腹部一缩，急速一吸，徐凤年来不及牵引自己也不曾预料到的紫气回体，就看到只剩初始三分之一粗细的紫金给阴物吸入嘴中，眼眸浸染得紫气森森，那张欢喜相越发诡谲阴寒，它腮帮鼓动，一番咀嚼，下一瞬便掠至强弩之末的徐凤年身前，四手同时砸在胸膛！

徐凤年的海市蜃楼立即溃散，如大楼轰然倒塌，此时才明确知道阴物的手段是如何辛辣沉重，它不是蠢笨，也不是实力不行，而是太聪明了，不但知道示敌以弱，一点点耗去对手的精气神，还知道在恰当地点恰当时分给出致命一击。

一击之威，没有开膛破肚，却也让徐凤年断线风筝般飘向身后雕有九龙抢珠的巨幅石壁。

头顶略作停顿的河水复尔倾泻而下。

徐凤年正要竭尽全力跟这头魔物一命换一命，眼角余光看到白衣飘来，一手按在阴物悲悯相脸面上，推向九龙石壁，跟徐凤年擦肩而过时，轻轻一掌推出，两人和朱红阴物一起掠向龙壁。

白衣一掌摁住那颗雕刻作骊珠模样的珠子，将其陷入龙壁几寸，一扇大山壁哗啦一下迅猛倒转，三人被旋转墙壁砸入壁内。

壁外，江河依旧奔流不息。

壁内，别有洞天。

龙壁翻转，便是另外一个天地了。

不过却不是那珠宝遍地的琳琅满目，而是满目漆黑。既来之则安之，徐凤年一个跟跄过后，定睛望去，大致看出是一条丈余宽廊道，帝陵自有皇家气派该有的规格，离墓穴仪门还有一段距离，这段行程注定危机四伏。徐凤年打死都不会走在前头，没有阴阳家或是机关大师保驾护航，莽撞闯入，跟自杀无异。徐凤年正想着跟白衣魔头商量商量，是不是将那双面四手的魔物丢进廊道探路，殊不料这欠男人调教的婆娘二话不说，一脚将朱袍阴物踢入其中，一手拎住徐凤年，一并丢入，既能看到两虎相斗，还能试探机密，真是一举两得。

徐凤年才腹诽骂娘一句，那头至秽之物就探臂搏杀而来。丈余宽度，施展不开灵活身形，徐凤年只得一边提防廊道隐秘，一边跟它贴身肉搏。都说双拳难敌四手，徐凤年真碰上个长了四条胳膊的，都没地方诉苦。大概是它也没了藏拙的欲望，出手远较河底来得迅猛狠辣，像雨点啪啪敲打在徐凤年身上，一记抬膝就撞向徐凤年的命根子。徐凤年本就不是没烟火气的泥菩萨，也放开了手脚去搏杀，一手按下阴物膝盖，由着这头孽障双手左右拍在耳廓附近，加上它剩余双手推在胸口，徐凤年只是拼命一拳轰在它心脏处，双方几乎同时狠狠撞向墙壁，不忘各自踹上一脚，又不约而同借反弹势头给予对方更毒辣的一击。徐凤年一指弹中阴物眉心，继而又是沉闷地撞击墙壁，两者如同皮球反复弹跃，在尺寸之地，杀机尽显。阴物朱袍翻滚如一只红蝠，专门朝徐凤年裆部下手，撩阴上了瘾头，徐凤年一身湿漉漉青衫已被气机蒸发干燥，赏赐了它几次弹指，都击在眉心上。

你来我往，若非廊道内阴暗无光，否则这种双驴打滚的斗殴，很能让看官们喝彩。

前一刻，徐凤年被它近身，双手握住脖子，立马还以颜色，抬肘砸中它下巴。兴许后一刻就是两者额头结实对撞，徐凤年几次顾不得准头，都或拳或掌打在它胸口，竟然如普通女子般软绵绵一团，兴许是先入为主，对颅后生面孔恶心得厉害，只觉得滑腻得如同一堆蛆，实在让人作呕。一路打去，饶是有大黄庭傍身，徐凤年也鼻青脸肿，满身血污，不知何种秘术饲养出来的阴物早就让徐凤年见识过它的刀枪不入，水火不侵，挨打不见少，伤势却轻微，这让徐凤年很是憋屈，做赔本买卖，不是世子殿下的风格啊。好在吃亏之外，这条通往秦帝陵的廊道并无玄机，徐凤年和阴物打了半里路，也没见触碰什么隐蔽机关，要是跟这种阴秽怪胎同穴而死，徐凤年估计真要死不瞑目。

白衣洛阳优哉游哉跟在后头，突然皱眉，"合山。"

徐凤年对风水堪舆略懂一二，立即脸色剧变。合山，就是简单的字面意思，两山合并，注定夹死其中活物。洛阳才说完二字，没有徐凤年意料中羽箭出孔的廊道眨眼间并拢，他和阴物不得不同仇敌忾，手臂摊开，挡住一壁。以秦帝陵筑造者的缜密心机，一定是入廊以后就已然触发，但避免给盗陵者返身的机会，直到廊道中段位置才开始合山，进不得退不得，合拢之势迅雷不及掩耳。徐凤年气机勃发，阴物也知晓轻重，两位仇家都没敢在这种时候互给对方穿小鞋，铆足了劲往外推去。一座陵墓建于地面，合山尚且简单，如秦帝陵这样凿壁建于河底，所牵涉的学问实在是超乎想象，不幸中的万幸，合山没有合死，被徐凤年和阴物联手巨力支撑出缝隙，便缩回原处。

徐凤年松了口气，闲庭信步的洛阳冷声道："不想死就赶紧向前滚！"

站着说话不腰疼！

合山又至。

徐凤年伸臂咬牙坚持。危机过后，阴物一脚踩在地面，廊道地板不知什么石质，一踏而下，竟然只踩出一个几寸深的小坑。徐凤年见它无功而返，僵硬地扭了扭脖子，不知是在懊恼还是迷惑，徐凤年想笑却笑不出来，这阴物的脑袋瓜真他娘灵光啊，竟然想出了挖坑躲藏的法子。若是地石硬度寻常，三人大可以在地下开道向前，不说洛阳这位早早跻身天象境的天下第四，就连徐凤年和阴物都可以缓慢向前推移。这种九死一生的险境，笨法子总比没法子等死好。但是秦帝陵督师显然已经料到这一点，这让徐凤年把那个八百年前的王八蛋祖宗十八代都骂了一遍。

合山间隔越来越短，徐凤年的换气机会也就越来越小，但仍然不见有临近尽头的迹象。双臂逐渐酸麻，墓内本就空气浑浊，阴气深重，徐凤年不知挡下几次合山，出现了练刀有成以后久违的两眼发花，这可不是个好兆头。

比阴物还要冷血的魔头洛阳总算说了句良心话，"你安心前冲，驭剑探底，换我来。"

徐凤年咬牙长奔，同时那柄唯一剑胎圆满的朝露急掠出袖。

这一段路程，度日如年，当徐凤年来到开阔处，眼界豁然开朗，大片白光刺目，徐凤年抬起手臂遮掩，眯起眼，终于见到一扇古朴铜门，篆刻有密密麻麻的铭文。愣神以后，等阴物也掠出廊道，徐凤年才记起洛阳还在里头肯定是在举步维艰，瞥了一眼虎视眈眈的阴物，骂了一句"滚开"，返身进入廊道，撑开两山。千钧重力一次次撞钟般撞在手臂上，让徐凤年几乎以为两只手就要废掉，正当徐凤年两眼发红支撑不住时，一袭白衣行至眼前，一脚将他踢出廊道。精疲力竭的徐凤年坐在地上，洛阳神情平静，但嘴角渗出血丝，被她轻轻擦拭。举目望向洞内亮如白昼中的那扇铜门，身后合山合得彻底。徐凤年起身后拿一柄飞剑试了试，竟然插入不得分毫。一叶知秋，八百年前的大秦帝国，难怪可以一统天下，李义山曾说当今堪称锻炼极致的北凉刀，正是脱胎于一种大秦制式佩刀，连大多数杀伤力惊人的凉弩也不例外。只不过大秦帝国如彗星崛起，又如彗星陨落，史学家都好似故作无视，史料稀缺，只知道秦帝暴毙后，竟是整座帝国随之殉葬，天下四分五裂，如鹿逃散出笼。徐凤年如释重负，靠着石壁，不禁感慨万千，如果能活下去，那么困扰后人近千年的谜团，兴许就要揭开一些石破天惊的隐秘。

阴物站在明暗交界处，一线之隔，它犹豫了一下，还是踏出一步，光线所及，它的脚面顿时剧烈灼烧，臭味刺鼻。它似乎丧失痛觉，不去理睬将近烧灼成炭的可怜脚背，又陷入沉思。

合山之后是雷池吗？徐凤年苦笑一声，蹲在阴阳界线上，抬头张望。穹顶镶嵌绵延如璀璨星空的珠子，熠熠生辉，左右两面石壁和地面上贴满琉璃打磨而成的小镜面，交织出一洞辉光，细一看，那些珠子竟然隐隐流动，如同四季星象，斗转星移。徐凤年内心震撼，这些珠子如何能够保存数百年之久？须知有人老珠黄一说，珍珠之流，过了年数，就会理所当然地泛黄变质。徐凤年原本一直看不惯世人一味崇古贬今，如今再看，并非全然没有道理。

洛阳站在徐凤年身边，安静不语。蓦地见她伸出一只手，在空中迅速转折勾画，就如同在抽丝剥茧。

过了片刻，她皱了皱眉头，应该是没有得出想要的答案，也不看徐凤年，只是冷淡问道："你懂星象运转？"

徐凤年毛遂自荐道："学过点果老星宗，还有舒敏卿的周天秘旨，以及陆鸿的二十八宿，可以试着推演推演。"

洛阳转头，徐凤年跟她对视。

洛阳讥笑道："你就只会用嘴术算演化？"

徐凤年忍住才没有白眼，蹲在地上，拿一柄飞剑青梅在地上刻画，时不时抬头默记群星流转。起始浅显，入门不难，可久而久之，犹如拾阶登山，越发艰辛。推演至晦涩死结，徐凤年就瞧着线条杂乱的地面发呆出神，这门活计其实要是交给号称"心算官子无敌"的二姐徐渭熊来做，不说信手拈来，也好过徐凤年这么死马当活马医。

洛阳看了几眼，见徐凤年没个头绪，就不抱希望，抬头凝望那片白昼光辉。片刻以后，洛阳说道："墓内尽是死气，你大约还可以活两个时辰。"

徐凤年干脆一屁股坐在地上，摇头道："那十成十来不及，给我两三天时间才能有粗略的眉目。"

洛阳冷笑道："只会些旁门左道的雕虫小技。"

徐凤年怒道："还不是你死活要进入陵墓！"

洛阳轻描淡写地瞥了眼徐凤年，只说了两个字："借剑。"

徐凤年问道："几把？"

洛阳反问道："你难道有十三柄？"

要搁在平时，换一名女子询问，徐凤年指不定会说一句老子胯下不就还有一剑，这会儿也不敢有这份无赖心思，顿时驭剑十二，一字排开，悬浮洛阳身前。

洛阳屈指一弹，飞赴亮光中，一闪而逝，一剑回，另一剑入，十二柄飞剑前赴后继。

飞剑不停循环，眼花缭乱，洛阳好像自言自语道："珠子一颗都不能毁坏，毁了阵法，光芒炸开，没有死角可以躲避。小婴首当其冲，你也熬不过几瞬，我便是能活，也注定打不开那扇铜门。带你入陵，是要借你的命去开启大门。"

小婴？

这阴物还有如此诗情画意的称号？

徐凤年很快醒悟，跳脚急眼道："洛阳，你给老子说明白了，什么叫拿我的命去开门？！借？这命借了还能还？"

洛阳平淡道："你身具紫金之气。既是小婴最好的补品，也是钥匙。如果是种神通一伙人来到陵墓，死的就是一名南唐宗亲遗孤。"

徐凤年想了想，一本正经说道："这样的话，我们一起死在雷池里好了。要是种家没能进来，千百年以后，后人看到你我两具尸骨，指不定会被当作殉情的男女。"

洛阳置若罔闻。弹剑如弹琴。

徐凤年看着她聚精会神驭剑往返的模样，黄宝妆？魔头洛阳？

这一刻混淆不清。

徐凤年小时候也曾想当那些名扬天下的高手，最不济也要做个快意恩仇的游侠，因此经常去听潮阁叨扰那些守阁清修的老人们，听过许多不知真假的奇遇：跌落山崖，挂枝而活，入了山洞见着高人尸骸，嗑拜以后得到一两本秘笈，出来以后就成了江湖上叱咤风云的一流高手，该报仇的报仇，该逍遥的逍遥，让幼年徐凤年恨不得拣选几座瞧着有仙气的山崖去跳上一跳。后来还是被二姐一语点醒，听潮阁秘笈数万部，你上哪儿犯痴去。

徐凤年叹气一声，转头看到阴物那张悲悯相脸孔，无可奈何道："都快死了，来，给爷换张喜庆的。"

本以为会是牛头不对马嘴，不曾想阴物红袍一旋，果真拿欢喜相面朝徐凤年。

徐凤年嘿了一声，"再换。"

悲悯换欢喜。

"再换！"

朱红大袍子旋转如同绕花蝶。

徐凤年玩得不亦乐乎，好像阴物也很开心？

洛阳没有理睬一活人一阴物的嬉戏，孜孜不倦弹剑百千，当太阿一剑以一个诡谲姿势倾斜悬停，洞内光芒骤然黯然，徐凤年这时才知道满室"星辉"，竟然是一线造就，经过琉璃镜面次次折射，才让洞内亮如白昼。洛阳的抽丝剥茧，眼界是天象范畴，手法则无疑是指玄境的巅峰，这让徐凤年心

头浮现一抹阴霾。阴物也停下动静。洛阳一挥袖，除去太阿剑，其余十一柄飞剑都还给徐凤年。她来到铭刻无数古体小篆的铜门前，篆文中阴文阳文两印各占一半。徐凤年走到门前，伸手触及，自言自语道："是大秦帝国左庶长的两封书，一封王书，一封霸书。各自阐述王霸之道，只不过后世只存有一些残篇断章，听潮阁就只存有三百余字，字字珠玑。"

洛阳问道："你认得两书内容？"

徐凤年没有直接回复女魔头，只是陶醉其中，咧嘴笑道："我被李义山逼着学过大秦小篆，回北凉以后，师父若是知道我背诵下完整的王霸双书，还不得开心坏了，保管会跟我多要半斤绿蚁酒。"

洛阳也未跟徐凤年斤斤计较，沉默不语。那头四臂阴物没了雷池禁锢，摇摇晃晃，在门外悠游逛荡。徐凤年虽然几乎过目不忘，但为了加深记忆，边读边背双书，事后闭上眼睛默念一遍，牢记于心。做完这一切，他回头看了一眼白衣魔头，见她毫无动静，龇牙问道："你还不动手？不是要借命开门吗？记得还我。"

洛阳平静道："我只知道要皇亲宗室遗孤血液做钥匙，具体如何开启铜门，并不清楚。"

徐凤年问道："你什么都不知道，就敢闯进秦帝陵？"

洛阳理所当然道："天命恩赐之物，不取反罪。"

徐凤年知道靠不住她，独自摸索铜门之秘，半晌过后，洛阳轻描淡写丢下一句话，"你的那柄飞剑还能挡下一炷香时间，洞顶星空已经全部逆转，机关已经触发，到时候我就杀了你，泼洒鲜血在铜门上。"

徐凤年一脸阴冷笑意，"倒了八辈子霉才遇上你。"

洛阳竟然点头笑道："彼此彼此。"

徐凤年瞬间阳光灿烂，"嘿，我这人说话不过脑子，你呢，千万别上心。"

洛阳一语揭穿其心思，讥讽道："死到临头还不肯多说几句真心话，你这辈子活得也太遭罪了。你们离阳王朝的藩王世子都这么个凄惨活法？"

徐凤年不再搭理洛阳，神情冷峻望向铜门，也亏得有李义山当年的治学严苛，徐凤年对大秦这种古体小篆并不陌生，加上上次游历江南道，听过那一场曲水流觞谈王霸，可以说后世争鸣，大多滥觞于眼前双书，不论顺流

156

而下还是逆流而上，都可以相互印证。徐凤年在焦头烂额时，还听到洛阳说着风凉话，只有半炷香工夫好活。徐凤年记起白狐儿脸开启听潮阁底楼的法子，咬牙亡命一搏，跃身而起，拿手指划破掌心，顿时鲜血直流，然后在两扇铜门上共计拍下拎出九字，阳五阴四，安静等了片刻，铜门岿然不动。徐凤年无需转头，都知道太阿一剑在空中颤颤巍巍，这九字属于他推测出来不合文章大义的错字，要是有一字错误，就得把小命交待在这里了。

洛阳显而易见心情不佳，不过仍不忘耻笑这位北凉世子，啧啧道："再多放几斤血试试看，别小气。"

徐凤年二话不说，划开另一面掌心，正要放血入槽，蓦地见到两扇铜门吱呀作响，在两人震惊视线中缓缓露出异象。

左手王书阳字印铜门，红亮如旭日东升。右边霸书阴文铜门，青晦如无星无月夜幕。两书六千字开始推移转换位置，如水窜流，两扇三人高的铜门最终变幻缩小成等人高的两件物品，以洛阳的心性和见闻，都是一脸玩味惊讶，足可见呈现在他们眼前的物件是何等诡异珍稀。

一件鲜红龙甲。

一件藏青色蟒袍。

红叶落火龙褪甲，青松枯怪蟒张牙。

徐凤年下意识说道："左龙右蛇，对峙了整整八百年啊。"

洛阳眯起眼，"红甲归我。念你没有功劳也有苦劳，青甲归你。"

徐凤年也不客气，一脸乐呵道："没问题，回头我送徐骁去，这套将军甲，威风大了。"

洛阳平白无故得了火龙甲，不拿也不穿上，而是让让阴物穿上。绰号小婴的它似乎忌惮公主坟大念头的手腕，无需发话，只是一个凛冽眼神，就主动披上这套古怪甲胄。说是披甲，其实阴物一臂才触及龙甲，红甲便如灵犀活物，如灵蛇般缠绕上阴物身躯，继而好似凝结成冰，将其笼罩甲内，只不过龙甲散发至阳气息，与阴物天生相克，火焰缭绕，灼烧得厉害，连不知疼痛的阴物都发出一阵尖锐怪叫，四臂拼命去试图撕下红甲。洛阳冷眼旁观，还是徐凤年生怕这阴物跟珍贵龙甲同归于尽，小心翼翼伸手一探，大概是龙甲本身受他鲜血恩惠，阳火猛然一熄，温顺得如同见着了自家男人的小娘子，阴物这才安静下来。徐凤年才试探性缩回手指，火焰便剧烈燃烧，就

像一座火炉，徐凤年搭上火甲，火炉才停下。如此反复验证了几次，徐凤年确定这具火甲果真听命于自己，犹豫了一下，没有让阴物活活烧死在甲内，先替它剥下红甲，这才自己穿上那件青蟒袍。甲胄看似厚重，穿上身才知轻盈如羽，冰凉沁人，心脾舒泰，闭上眼睛，便能清晰感受到一股玄妙气机流转。只听说过滴血验亲，还真没听过滴血认甲的。

洛阳伸手触及火龙甲，她披上以后，火焰比较阴物披甲还来得旺盛，火焰如红龙长达丈余，盘旋飞舞，热浪扑面，徐凤年看着就觉得疼，不过洛阳神情平静，徐凤年不得不佩服这女魔头的雄浑内力。

铜门消失以后，眼界自然大开。

一条道路露出在他们眼前。

俑人夹道，兵戈相向。

一眼望去，道路没有尽头。

洛阳先行，徐凤年跟阴物随后，仅就道路两旁兵马俑数到三百多个后，才见尽头，九级台阶之上，摆有一张龙椅，坐有一具枯白尸骸。

这位便是历史上唯一一位一统天下的大秦皇帝？！

台阶九级，每一级上都有双手挂剑武士，下七级皆是石质俑人，唯独第八级上左右两具青铜甲内是真人尸骨。

徐凤年对皇帝都没什么好感，也谈不上如何敬畏，毕竟直接和间接死在老爹徐骁手上的大小皇帝就不下六位，不过面对这位大秦皇帝，徐凤年还是有些说不清道不明的感触。如今都以一人之下万人之上来形容权臣权柄之煊赫，可在这位皇帝之始的君主朝廷之上，从只言片语的历史记载去推断，从无权臣一说，哪怕是那位左庶长，也只能够在皇帝眼皮底下战战兢兢，鞠躬尽瘁，照样落了一个狡兔死走狗烹的可怜下场。大秦帝国，向来是右庶长领兵，左庶长治国，右庶长死得比写有王霸双书的那一位还要早，还要更惨。徐凤年叹了口气。徐家能支撑到今天，徐骁肩上的担子，能轻到哪里去？北凉参差百万户，如今又有几户记得念这位人屠的情？在张巨鹿的治政大略里，北凉最大的作用，不过是消耗北莽国力，仅此而已。逃入京城的严池集一家子便是明证，可无奈之处在于，北凉偏偏不能说那位严老夫子是白眼狼，而且朝野上下谁不说这位新成为皇亲国戚的北凉名士有国士之风？

徐凤年一声声叹息，回神后见到红甲洛阳步步登上台阶，走到龙椅附近，一袖将那具极有可能是大秦皇帝的尸骸给拍飞头骨，看得徐凤年一阵毛骨悚然，心想你就算是天下第一的魔头，好歹对古人也有点敬畏之心。被你"鞭尸"的那一位，可是大秦天子啊！背对徐凤年和阴物的白衣女子眼神阴沉，盯住膝盖上的一枚镇国虎符，可见大秦皇帝便是死，也要在阴间手掌天下权。洛阳弯腰抓起虎符，掏出早就准备好的一缕金丝，穿孔而系，挂在腰间，随着她做出这个动作，两具披甲将军尸骨动作僵硬地拔出巨剑，转身跪拜。

八百年前的机关傀儡，与合山雷池一样，至今仍有功用。墨家的本事，委实是鬼斧神工。

徐凤年望向洛阳腰间悬挂的巴掌大小的虎符，有些眼红。

洛阳居高临下，看穿其心思，冷笑道："只要沾染一点紫金气，就可以开铜门，不算稀罕。可这枚镇国，八百年来，还真就只有我一人可以碰而不死。你要不信，拿去试试看？"

徐凤年摆摆手，"不用。"

洛阳低头看了眼气运犹存的镇国虎符，又看了眼失去头颅的大秦皇帝，哈哈大笑，既像高兴又像悲恸，在徐凤年眼中，怎么有种历经千辛万苦后阴谋得逞的妒妇感觉？你他娘的又不是当初不得同穴而葬的大秦皇后，高兴个屁？

洛阳拎住尸骨，丢下台阶，在徐凤年脚下摔成粉碎，她坐在龙椅上，深呼吸一口，双色眼眸熠熠生辉，一手握住镇国虎符，缓缓吐出几个字，"八百年后的天下。"

徐凤年看着高坐龙椅的白衣女子，比起初见洛阳入敦煌城，还要陌生。

不过反正洛阳一身迷雾，也不差这一点了，徐凤年左右观望，秦帝陵内宝物注定不会仅限于两件龙甲蟒袍，加上一枚镇国虎符和两具不同于符甲的巫甲，相信还有一些上规模的玩意儿。不同于门外空气稀薄，陵墓里头虽然阴气森森，却也不至于有窒息感，阴物自然而然如鱼得水，大口吸气，吐气极少，好像一口气入腹就能够增长一丝功力，欢喜相越发欢喜，悲悯相更加庄严。而洛阳坐在龙椅上，双手扣龙椅，闭目养神。徐凤年穿过人俑阵形，眼前是一个庞大的车骑方阵，跨门踏入左室，一座兵库映入眼帘，青铜器锈迹斑斑。徐凤年握住一柄戟头，擦去锈斑，凝神注视，作为北凉世子，徐凤

年的思虑远比常人见到此景来得深远。大秦处于勾兵日盛而辟兵渐衰的转型时期，斧钺作为大秦之前当之无愧的邦国军旅重器，已经开始逐渐退出历史舞台，但是大秦将兵器成制，工艺水平高到了一个匪夷所思的境界。徐凤年放下戟头，抓起一枚箭镞，几乎与北凉如出一辙，箭身相对窄瘦，镞锋已经有穿透力极强的菱形和三棱形式。说来可笑，春秋乱战中，如南唐诸国竟然仍使用八百年前便已淘汰的双翼镞，铤部更是远不如北凉来得长度适宜，导致中物浅薄。

徐凤年将手上镞锋藏入袖，打算拿回去给师父李义山瞧一瞧，再拎起一把青铜短剑，拇指肚在钝化的锋刃上轻轻摩挲，出现了相对稳当的金相组织，兵书上是谓大秦冶炼，金锡合同，气如云烟。不得不感慨大秦的军力之盛，徐凤年抬头放眼望去，有古代西蜀绘有神秘图符的柳叶短剑，有唐越之地的靴形钺，西南夷的丁字啄，北方草原上的整体套装胄和砸击兵器，种类繁多，称得上海纳百川。这的确才是一个庞大帝国才能有的气魄。

传来一阵沉闷撞击地面声，徐凤年转头看去，只见洛阳腰间挂鎏金虎符，身后跟着两尊巫甲傀儡，又听她平淡说道："那些寻常大秦名剑，放在今天已经不合时宜，不过有几柄短剑，材质取自天外飞石，跟李淳罡的木马牛相似，你要是不嫌累，可以顺手搬走。"

徐凤年顺着洛阳手臂所指方向，果然找到了三只大秦特有的黑漆古式剑匣，推匣观剑，俱是剑气凛然。撕下袍子做绳带，徐凤年将三剑并入一只剑匣，绑在背上。洛阳面带讥笑，"右边是宝库，其中金沙堆积成山，你要是有移山倒海的本事，不妨一试。"

徐凤年笑道："搬不动，也不留给北莽，出陵墓前我都要毁掉。你不会拦我吧？"

洛阳不置可否。

徐凤年前往右手宝库，视线所及，俱是金黄灿灿。徐凤年转身突然问道："种陆两家还进得来吗？"

洛阳笑道："我倒是希望他们进得来。"

徐凤年问道："到时候你能让他们都出不去？"

洛阳一只手把玩着那枚镇国虎符，徐凤年眼角余光瞥见她被虎符渲染得满手金辉，无数金丝萦绕手臂，然后渗入，消失。徐凤年假装没有看到，好奇问道："我们所见到的秦帝陵墓，就是全貌了？"

洛阳跺了跺脚，冷笑道："底下还有三层，一层是杂乱库藏，一层摆棺，一层是支撑整座陵墓的符阵。下一层不用看，空棺材没看头，最底层去了，你我都是自寻死路。"

徐凤年哦了一声，"那我去下一层瞧瞧，你稍等片刻。"

洛阳平静道："该走了。"

徐凤年皱眉道："你找到去路了？"

洛阳眼神冷清，"这是你的分内事。"

徐凤年突然问道："那头阴物呢？可别给我们捣乱。"

洛阳没有作答，对宝库毫无留恋，重新来到主墓，这一次没有坐在龙椅上，只是凝望那些与帝王陪葬的人俑。徐凤年坐在台阶上思考退路，按理说秦帝陵绝无安排出口的可能性，铜门卸成甲后，洛阳驭回压阵的太阿，光线炸开，雷池便已是轰然倒塌，与合山连成一片，别说徐凤年，就算是洛阳都没有这份开山的能耐，来时廊道的材质坚硬远胜金石，一点点刨出个归路，这种笨法子，徐凤年为了活命乐意去做，女魔头想必也会袖手旁观，到时候能让徐凤年刨到黄河峭壁，也要不知到牛年马月。徐凤年入陵墓以后，不记得是第几次叹息，低头观望身上那件青蟒袍，摘下剑匣，抽出一柄短剑划了几下，不见丝毫痕迹，剑锋与青甲接触，并无火星四溅的场景，青甲宛如知晓以柔克刚的通灵活物，下陷些许，等剑锋退却，才瞬间复原。

徐凤年投去视线，观察洛阳身后两具类似后世符将红甲的上古巫术傀儡，铁衣裹有将军骨，可惜只能远观，不能近看，挺遗憾。对于未知事物，在不耽误正事前提下，徐凤年一向比较富有考究心态。当下正事当然是寻找重见天日的路途，不过这种事情跟开启铜门差不多，得靠灵光一现，若是如无头苍蝇般飞来飞去，一辈子都出不去。徐凤年表现得很平静祥和，一点都不急躁，好在洛阳也不催促，像是一个远行返乡的游子，一寸土一寸地看遍家乡。至于那头阴物，只顾着鲸吞陵墓积攒近乎千年的浓郁秽气，滋养身躯，徐凤年瞧着就瘆人，如果这时候跟它打上一场，必死无疑，不由拍了拍横放在膝盖上的剑匣，有些无奈。武夫境界，实打实，步步递升，跟三教圣人不同，挤不出多少水分，一境之差，就是天壤之别，至于韩貂寺之流擅长越境杀人的怪胎，不可以常理论。徐凤年就这样呆呆坐在台阶上，因祸得

福，太阿剑在雷池中一番淬炼，剑胎初成，不过福祸相依，这柄杀伤力最为巨大的飞剑，有大龄闺女胳膊肘往外拐的嫌疑，徐凤年怀疑洛阳驾驭太阿会比他更为娴熟。

洛阳坐在比徐凤年更高一级的台阶上，鎏金虎符已经不复起初的光彩流溢，徐凤年内心震撼，纳气还有吸纳气运一说？这镇国虎符分明是大秦帝国的残留气数，一般炼气士如何有胆量这么玩，一不小心就把自己撑死了。

徐凤年头也不扭，径直问道："你是在拿火龙甲抗衡虎符蕴藏的气数影响？"

洛阳虽说性格捉摸不定，不过只要肯说，倒是少有拐弯抹角，向来有一说一，道："你倒是没我想象中那么蠢。"

徐凤年笑道："过奖过奖。"

洛阳语气平淡，"你是不是很好奇我为何要急于在陆地神仙境界之前，去极北冰原跟拓跋菩萨一战？"

徐凤年手掌贴紧剑匣。

洛阳自顾自说道："体内那颗骊珠本就被我孕育得趋于成熟圆满，再往下，就要成为一颗老黄珠，洪敬岩因此之故才出手，不过他高估了自己，低估了我。敦煌城内，骊珠被邓太阿击碎，我本来就不长久的命就更短了，原本跟拓跋菩萨一战过后，不论输赢，我都会死。想要续命几年，就得靠几样千载难逢的东西，手上镇国虎符，是其中一种，也是最有裨益的一件。五年，我还能多活五年。五年，还是不太够啊。"

然后洛阳说了一句莫名其妙的言语，"每一次都是如此，少了十年。"

她不给徐凤年深思的机会，用手指了指远处的阴物，"名叫丹婴，是公主坟近八代人精心饲养的傀儡，吃过许多道教真人和佛门高僧的心肝，至于江湖武夫的血肉，更是不计其数。它倒是可以活得很久，你羡慕？"

徐凤年白眼道："生不如死，这有什么值得羡慕的。生死事大，可儒家也有舍生取义一说，我没这觉悟，不过还真觉得有许多事情的的确确比死来得可怕。我师父曾经说过，修道只修得长生，就算旁门左道。修佛只修成佛，一样是执念。"

洛阳破天荒点头赞许道："你总提及这个李义山，在我看来，比那个李淳罡要更像高人。"

徐凤年哑然失笑，"我师父和羊皮裘老头儿本来就不是一路人，不好对比的。你也就是没见过李老剑神，才对他那么大意见，真见识过了，我觉得你会跟那邋遢老头相见恨晚。"

洛阳换了个话题，"你就不想当皇帝？"

徐凤年摇头道："做不来。"

洛阳故态复萌，"确实，你没这本事。"

徐凤年突然会心一笑，"不说这个，想起一个朋友说过的女子划分，独乐乐不如众乐乐，说出来给你听听。那家伙吃过很多苦头，虽说大多是自作多情，不过说出来的道理很有意思。他说最讨厌三种娘们儿。一种是兰花婊，那是相当得空谷幽兰。往往是大宗高门里飘出来的仙子女侠，走路都不带烟火气，搞得世人都以为她们不用拉屎放屁。第二种叫作白花婊，出身小门小户，杀手锏是梨花带雨，楚楚可怜。往往姿色中等，看似性情婉约，可一旦耍起心计，都能让男人几年几十年回不过神。第三种称作女壮士婊，大大咧咧，一副老娘就是出口成脏就是喜欢打人就是不喜欢身材苗条，就是喜欢跟男人做兄弟，琴棋书画女红胭脂都滚一边去的豪迈气概。"

洛阳笑道："我算第一种？还是单独算第四种，魔头婊？"

徐凤年哈哈笑道道："言重了。"

洛阳一笑置之。

她站起身，"走了。"

徐凤年一头雾水。

女魔头扯了扯嘴角，"我记起了归路。"

徐凤年忧喜参半，"出去了还得跟你去跟拓跋菩萨较劲？"

她冷笑道："得了便宜还卖乖，要不是你还有些用处，早就死得不能再死。"

徐凤年笑了笑，绑好剑匣，还有心情用北凉腔唱喏一句："世间最远途，是那愈行愈远离乡路。"

阴物丹婴虽然恋恋不舍陵墓，不过还算知晓轻重，跟着洛阳和徐凤年走向所谓的归路。

第七章 红袍怪一路偕行，北凉军兵锋北指

徐凤年一掌贴在洛阳后心偏左，一柄金缕剑，彻底穿透女子心。

白衣坠河时，转头眯眼笑。

黄河倒流时，水面向后层叠褶皱，水势格外凶悍，所有人都看在眼中，连赫连武威都不相信是徐凤年的作为，只当是阴物在河底为非作歹，凶相毕露。

老持节令疾奔至那座蛮腰壶口，默默站在石崖边，眼神黯然。大水猛跌谷口，涛声炸响，以至于一千尾随而来的控碧军马蹄声都被掩盖。水雾打湿衣衫，没过多久赫连武威就衣襟湿透，为首十几骑将来到老将军身边，下马后也不敢言语。赫连武威收回视线，转头看了一眼种神通，两只俱是在官场沙场熏陶几十年的狐狸相视一笑，一切尽在不言中。

赫连武威是气极而笑，恼火种神通的见死不救。而种神通则是心安理得。阴物出手，毫无征兆，控碧军要怪罪也要怪到公主坟那边，与种家无关。公门修行，谁不是笑面相向袖里藏刀，不落井下石就是天大的厚道，你赫连老头儿要是敢迁怒于种陆两家，我兄弟二人也不是软柿子可以任你拿捏。

赫连武威苦等不及，只得带领控碧军返回。

种神通等了更久时分，遇上神出鬼没的弟弟种凉，也一同返回。

山合拢，竟然再有机关术去开山。

走过不再凶险的廊道，龙壁翻转，白衣红甲洛阳，青甲徐凤年，阴物丹婴一起随龙壁掠出河壁，掠入河槽。

徐凤年一掌贴在洛阳后心偏左，一柄金缕剑，彻底穿透女子心。

白衣坠河时，转头眯眼笑。

暮色中，青衣青甲的年轻男子盘膝坐在形如女子蛮腰状的崖畔上，眼底河槽激起大片紫烟，他身后站着双面四臂的阴物丹婴，一人一物入陵墓前打得天昏地暗，大有不共戴天之仇的架势，谁能想象这两位满肚子坏水的货色在短暂的秦帝陵之行之后，几乎没有言语交流就形成了攻守同盟，矛头开始一致对向魔头洛阳。这也是形势所迫，洛阳在常态时可以轻松碾压两位，谁要与洛阳站在一边，除了与虎谋皮，还能有什么好下场？

徐凤年入陵前就想杀洛阳，当时单独走出廊道复返还，那不是徐凤年菩萨心肠，只不过那时候即便洛阳死在合山之中，他也要十成十死在陵墓中，不划算。之后他和阴物玩换脸游戏，看似无聊，但哪怕仅是简单的视线

交换，竟有了将心比心的意味。后头阴物吸纳污秽死气，别看徐凤年一副胆战心惊的表情，心底其实乐得它吸取得一干二净。洛阳开山时，龙壁翻转，才是一记堪称徐凤年这辈子最为精妙的一招无理手，看似无理，实则步步为营。洛阳目中无人，开山之际，她始终在拿红甲的红龙之气抗拒虎符气运的冲击，须知红甲到底还是认主之物，这个主子，是徐凤年而非洛阳，洛阳可以借用，但徐凤年执意收回，后果将会如何？在陵墓中，徐凤年戏弄穿上火龙甲后遭受火焰灼烧的阴物丹婴，就已经得到部分印证。当龙壁旋转，洛阳率先冲出，那一瞬间，阴物吐出体内积蓄如洪的秽气，牵制住洛阳身形，尽量消弭这尊大魔头原本可以说是取之不尽用之不竭的罡气，徐凤年同时以驭剑术驾驭红甲，如同神怪小说中的仙人定身术，将洛阳牢牢钉在空中，只是刹那，便足矣。

刹那一剑穿心，刹那手掌贴至，大黄庭倾力刹那流转四百里，在洛阳体内炸开，力求炸烂其心脏。

如果徐凤年试探时，洛阳没有坚持将他带往极北之地对阵拓跋菩萨，又是一场九死一生的涉险，如果徐凤年没有步入金刚境界，如果她已经晋升陆地神仙，如果阴物丹婴无法配合默契，如果只是少了任何一个"如果"，那一剑就根本不会递出。

徐凤年有青蟒袍护身，水雾不得靠近，此时手中握有一柄沾血的飞剑金缕，神情木讷，百思不得其解，她坠河时笑什么？笑她聪明一世近乎举世无敌，却在阴沟里翻船？还是笑自己肝肠歹毒更胜妇人心？徐凤年对着河水轻声说道："最远途是离乡路，已经说给你听。但路再远，我也不怕，我怕的是回不去北凉。我很怕死在北凉以外。"

背有剑匣三柄剑的徐凤年伸了个懒腰，转头问道："轮到咱们两个拼命了？"

阴物以悲悯相面朝徐凤年，默不作声，没有任何要出手的迹象。这倒是奇了怪哉，徐凤年问道："我大致猜得到你第一次出手，是贪图我积攒的大黄庭和残留的佛陀金血，以及本身紫金气，这会儿你我胜负三七开，你七我三，不过我逃走的机会也不小，但是以你的贪嘴，不想生吞了我吗？万一得逞，修为暴涨，大念头洛阳已死，小念头估计也很难再去禁锢你，天高地远，你就以小长生之身逍遥天地间，换作我，早做这笔稳赚不赔的买卖了。"

阴物模仿徐凤年坐在崖畔，双手托腮凝望远方，剩余双手十指交叉叠在腹部，悲悯如地藏菩萨怜众生。

徐凤年自嘲道："反正只要你不主动杀我，我也不会跟你过不去，咱们井水不犯河水，是顶好不过。"

阴物万年不变的面容，轻轻望向徐凤年，做了一个伸手捞物的手势。徐凤年擦拭金缕飞剑上的鲜血，对于阴物略带嘲讽的临摹动作，没有反应。

你为何而笑？

怔怔出神的徐凤年和一直发呆的阴物丹婴不约而同蓦然扭头，只见白发老魁出现在身后，丢过一只书箱，瞥了眼公主坟头号阴物，面无表情地说道："东西给你带来了。其他事情爷爷我也懒得问，总觉得你小子不该死在这里。赫连老头的本意是要是沿河向下，找你一晚不见踪影，就由我带着这些遗物去北凉，也算对徐骁马马虎虎有份交代。"

徐凤年霍然起身，问道："你不问大念头去了哪里？我这身上青甲是何物？不问丹婴为何没有跟我搏杀？"

老魁一脸不耐烦地嗤笑道："哪来那么多狗屁问题，老子撑死也就是一个身不由己的刀奴，赫连武威才是公主坟的大客卿，要问也是他火烧屁股带骑兵去追你，老夫跟那老头交情不俗，跟你小子关系也不错，反正哪边都不偏袒。等天亮以后，老夫再回城，以后你小子自求多福，甭得寸进尺想着爷爷给你当保镖，咱们香火情还没好到那份上。"

徐凤年作揖道："谢过楚爷爷。"

白发拖刀老魁流露出一抹遗憾神情，挥了挥手，"别婆婆妈妈，快滚！"

装有三柄古剑的漆黑剑匣不大，徐凤年将其放入书箱，跟春秋、春雷一并放好。持节令府邸确实已经不合适再去，只要让赫连武威知道自己没有死在黄河中就已足够，至于种陆两家的截河盗墓，徐凤年不愿去插手，能否找到龙壁，是成是败，就看种神通是否对得起姓名中的"神通"这两个字了。秦帝陵中火龙甲和镇国虎符已经随洛阳流逝沉底，那黄金兵甲堆积如山，也在洛阳开山之后彻底倒塌封死，这项浩大工程，比起截河可要艰辛百倍。徐凤年一掠跃至黄河对岸，身形在空中，曾低头望了一眼。

老魁爽朗声音遥遥传来，"要是有机会，就替老夫给老黄上坟敬酒，捎一句话给那榆木疙瘩，这辈子跟他比拼，输得最服气。"

徐凤年掠出几里路，察觉阴物一直吊尾跟随，不由停下皱眉问道："你要做什么？"

红袍丹婴伸出猩红舌头舔了舔嘴角，僵硬抬手，指了指徐凤年身上的青甲。

徐凤年想了想，权衡利弊，这一袭蟒袍甲胄实在不宜披穿出行，干脆卸甲褪下，丢给大红袍阴物。与火龙甲跟阴物天生相克不同，青蟒甲有助于丹婴的修为增长，徐凤年虽说有些遗憾没办法将青甲穿回北凉，不过也胜过在北莽招摇过市。青甲实在是太扎眼醒目，不说别人，顺藤摸瓜的公主坟和魔头种凉就要头一个拿他开刀。阴物不知如何在不脱红袍的前提下穿上青甲，四臂摇晃，好像手舞足蹈，开心至极。徐凤年觉得滑稽荒诞，笑过以后，就开始前奔，可一刻之后，就再度驻足转身，杀机浓郁道："你真要纠缠不休？我有春秋一剑，斩杀你这等秽物十分适宜，别以为你可以稳操胜券。"

阴物红袍旋转，欢喜、悲悯二相不断反复。

徐凤年疑惑问道："你不回公主坟，想跟着我？"

一身艳红的阴物歪着脖子，直勾勾盯住徐凤年。

徐凤年继续问道："你是想把我当作天底下最美味的补药食材，也不杀我，只是慢慢进补？"

阴物悲悯相变作欢喜相，答案显而易见。

估计世间也就只有徐凤年会一本正经跟朱袍丹婴做生意了，"好处不能你一个人独占，我带着你那就真要得不安生了，这比起我自己穿着青甲游历，已经是差不多性质。"

阴物一手遮掩半张脸面，一手做了个抹脖子的姿势。

徐凤年气笑道："你真当我是神仙啊，你随便比画两个手势，我就知道你在说什么？"

阴物每次思考，脑袋倾斜，动作都尤为呆滞，然后它指了指黄河龙壁方向，画了一个大圆，再重复一遍掩半面抹脖子的动作，画了一个小圆。

徐凤年一阵思索，半信半疑问道："你是说洛阳是大念头，还有个半面小念头，会杀我？所以你只要被喂饱，就会护着我？"

欢喜相。

一波未平一波又起，真是不消停。徐凤年问了一个至关重要的问题，"那你说说看大念头和小念头谁更厉害？"

阴物犹豫了片刻，先画大圆再画小圆，在自己脖子上一抹。徐凤年顿时了然，才略微松口气，它便画小圆，然后指了指徐凤年，再抹脖子。

徐凤年倒抽一口冷气，"我在一名种家婢女香囊上见识过犹抱琵琶半遮面的绣花，你家那位小念头是个半面女子？"

阴物刻板点头，转为一张悲悯相。

徐凤年转身大手一挥，"得，咱俩大不了为各自前程，再并肩作战一次。风紧扯呼，走一个！"

河槽那边，白发老魁在原地站立许久，啧啧说道："这都没遭殃，你小子可以啊。老夫当年不过调笑了公主坟婆娘几句，就给锁住了琵琶骨，一辈子做奴，这么看来，你小子确是有些道行。"

老魁一边拖刀慢走一边感慨。

当年那个潜湖初见的俊逸少年，真是长大了啊。


黄河在壶口瀑布处跌水入大槽。

一抹青丝一抹白浮出水面。

如莲出水。

她仍在笑。


带上个红袍阴物，徐凤年即便说不上昼伏夜行，也只得拣选那些荒僻野径往北而去，不过这离初衷不算差得太远，习惯了大漠粗粝风沙，这点苦头不痛不痒。让徐凤年吃下一颗定心丸，打定主意带上丹婴的关键所在，是阴物竟然是一位反追踪的大宗师，消除那些连徐凤年都意想不到的残留气息极为精湛内行，有这么一张护身符甚至有可能是救命符傍身，徐凤年心安许多。再看它双脸四臂，也就不那么面目可憎，中途偶有停留歇息，还能跟它玩一些常人看来十分幼稚的小把戏。徐凤年行走在一望无垠的戈壁滩上，按照地理志描绘，上古时代这里曾是一条宽达三里的通天河，这简直就是让后人瞠目结舌。徐凤年站在一块曝晒在毒辣日头下的枯木上，自言自语道：

"按照你我脚力，再往西北走上小半旬，就到了宝瓶州，我要见的人就在那里，在弱水河边隐居，我之所以拿命去拼死洛阳，是因为去晚了，一切就徒劳，那老家伙委实难伺候。不过设身处地想一想，也不好怪他，本就是享受过位极人臣滋味的大人物，凭什么要冒着晚节不保的巨大危险，还捞不着太多实惠，去跟我一个嘴上无毛的年轻人谈事情……"

说到这里，徐凤年下意识摸了摸下巴，嘿了一声，骂骂咧咧："原来已经都是胡茬子了。"

拿黄桐飞剑刮去有些扎手的硬青胡茬子，趁这个空当，徐凤年掂量了一下目前家底：步入金刚初境毋庸置疑，十二柄飞剑，朝露、金缕、太阿三剑已成气候，还扛了一对春雷、春秋，外加三柄小号木马牛，就趁手兵器而言，连徐凤年自己都觉得吓人。这身行头，都能让那些一辈子也没摸过名器的大侠女侠活活眼馋死。刀谱青丝结一式成了拦路虎，徐凤年停滞不前，还能始终熬着耐性不去翻页，好在有开蜀、扶摇和仙人抚顶等招式翻来覆去，越发烂熟于心熟稔于手，百般无聊，还能喊上阴物丹婴过招热手，一路奔一路打，极有气势。徐凤年如野马出槽奔走了将近一个月，几次静心冥想，都从冷汗淋漓中回神，屡屡扪心自问，黄河跌水的那一场豪赌，回头再来一遍，哪怕依旧占尽天时地利人和，但真的还有勇气去袭杀洛阳吗？

"公主坟在哪里？

"大小念头，分别是个啥念头？

"女子半脸妆，半张脸再漂亮，也跟女鬼一样，种凉的口味可想而知……"

徐凤年正因为明知阴物不会作答，反而更喜欢絮絮叨叨。越是临近宝瓶州，天阔地宽，羁旅独行人，就越发感到自己的渺小寂寥，有时不时消失于视野的阴物结伴同行，这一路走得倒也不算太乏味。

这趟北莽行，初时尾随鱼龙帮，后边带了个小拖油瓶陶满武，再后来是陆沉，如今捎上阴物丹婴，则是最轻松的，它本身实力不俗，而且徐凤年不需要对它的生死负责。宝瓶州边境有一条大河，叫作弱水，据说水弱不浮芦毛，徐凤年终于到达弱水畔，掬水洗脸，心旷神怡，能感受到些许阴物气息，转头查看则注定无用。徐凤年敛起气机，沿河行走，想要过境就要过河，蓦地看到一个渡口，有羊皮筏子靠近对岸，显然弱水之弱纯属无稽之谈，这让徐凤年大失所望。走近渡口，有一对衣着寒酸的爷孙，老人着一件破败道袍，背绣阴阳鱼，拿一截青竹竿做拐杖，跟徐凤年一样背着书箱；孩子晒黑的整张脸好似只剩下一双小眼睛，看人时滴溜溜转，不像是个性子质朴的孩子。爷孙二人也在等筏渡河，孩子蹲在渡口边沿，闲来无事，撅起屁股丢石子入河。徐凤年确定老道士并无武艺在身，就安静眺望对岸。

孩子扭头看了眼士子模样的徐凤年，不敢造次，抠了抠脚上草鞋，脚拇趾早已倔强地钻出鞋子，对老道士可怜巴巴哀求道："师父，给我换双鞋呗？"

老道士瞪眼道："就你身子骨金贵，才换过鞋子走了三百里路，就要换？早让你别瞎蹦跳，偏偏不听！"

孩子委屈道："鞋子还不都是我编的。"

老道士约莫是有外人在场，不好厉声训斥，只得拿大道理搪塞孩子，"天将降大任于斯人也，必先劳其筋骨，饿其体肤。"

老人不说还好，一说到饿其体肤，孩子立即肚子咕咕作响，老道人做了一个背对徐凤年临水独立的姿势，故作不知。熟悉老头儿脾气的孩子只得白眼挨着饿。羊皮筏子返回这边渡口，老道人小心翼翼问了价钱。北莽道教这二十年香火鼎盛，对于道士，十分尊崇，甚至带上点畏惧，不过撑筏汉子见眼前这位半点不似记录在朝廷牒录的朱箓道士，倒也敢收钱，却是压了压价格，且不按人头算。老道士伸手在袖子掂量了钱囊，够钱过河，如释重负，继而给徐凤年使了个眼色，再对撑筏汉子说了一句三人同行，算是给了徐凤年一个顺水人情。那汉子心知肚明，不过也不好戳穿窗纸，当是得过且过，卖个面子给道人。上筏时，徐凤年朝老道人点头致意，老人轻轻摇了摇袖口，示意徐凤年无需在意这点小事。弱水水势远不如黄河汹涌，河静水清。孩子顽劣，趴在羊皮筏边上，伸手捞水，然后尖叫一声，猛然往后一靠，撞在老道人身上，差点给撞入河。汉子怒目相视，这趟买卖本就赚不到几分银子，若是有人坠河，平添惹多烦事，他如何能高兴得起来。孩子颤颤巍巍手指着江面，支支吾吾道："有水鬼！"

老道士嫌他聒噪多事，大声教训道："子不语怪力乱神！"

老人满嘴儒家经典，若非身穿道袍，还真就是个乡野教书授课的迂腐老

学究了。孩子惊吓过后，涨红了脸，"真是水鬼，穿了件大红衣服，还是女鬼！"

徐凤年眼角余光瞥见一袭红袍在皮筏附近如红鲤游弋，一闪而逝，就贴在羊皮筏底部。老道士显然不信孩子的信誓旦旦之言，怒喝道："闭嘴！"

孩子气得踢了皮筏一脚，所幸撑筏汉子没有瞧见，否则估计就得加价了。到岸时，徐凤年率先掏出碎银丢给汉子，老道人愣了愣，会心一笑，倒也没有矫情，黝黑孩子估计是被红袍女鬼吓得腿软，率先跳下筏子，摔了个狗吃屎，看得老道人一阵无奈。三人走上简陋渡口，同是南朝人士，老道人也有种异乡相逢同乡的庆幸，拱手打了一个小稽首，"贫道燕羊观监院九微道人，俗名骆平央。公子喊我俗名即可。"

徐凤年毕恭毕敬拱手还礼，"见过骆监院。在下徐奇。"

道教与佛门相似，亦有丛林一说，尤其是北莽道德宗势大，逐渐权倾三教。一般而言，监院作为一座道观屈指可数的大人物，非功德具备不可担任，还要求精于斋醮科仪和拔度幽魂，不过徐凤年看道人装束，也知道大概是一位不知名小观的监院，那燕羊观有没有十名道人都难说，这样光有名头的监院，还不如大道观里头的知客道人来得油水足。徐凤年此时负笈背春秋，衣着称不上锦绣，不过洁净爽利，那张生根面皮又是儒雅俊逸，论气度，骆道人与之比起来就有云泥之别了，也难怪老道士有心结交。照理来说渡口附近该有酒肆，果不其然，孩子雀跃道："师父，那儿有望子！"

望子即是小酒肆常用的捆束草秆，竿头悬在店前，招引食客。老道士囊中羞涩，如果没有外人，跟徒弟二人知根知底，不用打肿脸充胖子，只要两碗水就对付过去。渡河钱是那公子哥掏的，要是在酒肆坐下，委实没有脸皮再让陌生书生花销，可自己掏钱的话，恐怕几碗酒下来，就甭想去道德宗那边参加水陆道场。徐凤年对于这点人情世故还是懂的，立即说道："走了半天，得有小一百里路了，前不着村后不着店，实在饿得不行，骆监院要是不嫌弃，就跟在下一起坐一坐？恰好徐某也信黄老学说，可惜大多一知半解，还希望骆监院能够帮忙解惑。"

老道士笑道："徐公子有心向道，好事好事。"

一路缓行，孩子偷偷打量这个人傻钱多的公子哥，老道人赏了一个板栗给他，这才对徐凤年说道："世间根柢在道教，不过贫道学识浅陋，不敢自

172

夸，唯独对子午流注和灵龟八法倒是知晓一二，炼气养丹之道，只能说略懂皮毛。"

徐凤年点了点头，一行三人落座在酒肆外的油腻桌子旁，要了一坛酒和几斤熟牛肉。在离阳王朝，诸多州郡酒肆都不许私贩牛肉，而擅自宰杀猪牛更是违律之事，在北莽就没这些顾忌了。孩子狼吞虎咽，就算有师父摆脸色，也顾不上。老道士心底还是心疼这个毛病很多的小徒弟，对徐凤年歉意一笑，自己要相对矜持许多，小口酌酒，撕了块牛肉入嘴，满口酒肉香味，总算开荤的老道人一脸陶醉，徐凤年摘下书箱后捧碗慢饮，孩子抬头含糊不清道："师父你怎的今日没兴致吟诗唱曲儿了？"

老道士笑骂道："你当诗兴是你馋嘴，总没个止境？"

徐凤年笑了笑。

老道士犹豫了一下，从书箱里抽出一本劣纸订缝而成的薄书，"这是贫道的诗稿，徐公子要是不嫌弃污了眼，可以拿去瞧上几眼。说是诗稿，其实小曲子偏多，不避俚俗，自然也就谈不上格调。"

徐凤年惊讶道："那得要仔细读一读，有上佳诗词下酒，人生一大美事。"

徐凤年擦了擦手，这才接过诗稿，慢慢翻页，初看几首竟都是如才子思慕佳人，不过一些小曲小句，便是徐凤年读来，也觉得妙趣横生，例如春春莺莺燕燕，事事绿绿韵韵，停停当当人人。徐凤年起先还能喝几口酒吃几块肉，诗稿读到一半，就有些出神了：肝肠百炼炉间铁，富贵三更枕上蝶，功名两字酒中蛇。年老无所依，尖风分外寒，薄雪尤为重，吹摇压倒吾茅舍。诗稿末尾，如诗词曲子所写，真是"生灵涂炭，读书人一声长叹"。诗稿由时间推移而陆续订入，大抵便是这位骆平央的境遇心路，由才子花前月下渐入中年颓丧无奈，再到年老豁然感怀。

徐凤年合上诗稿，赞叹道："这本稿子要是换成我二姐来看该有多好。"

老道士一头雾水，本就没有底气，略显讪讪然。

徐凤年默默递还诗稿，不再说话，搁在四五年前，这本稿子还不得让他出手几千两银子？

这位一生怀才不遇的九微道人估摸着处处碰壁已经习惯成自然，收回诗

稿，也不觉得心灰意冷，有天上掉下一顿不花钱的饱饭吃就很知足了。

徐凤年问道："骆监院可知两禅寺龙树僧人去了道德宗？"

老道人摇头道："并未听说。"

老人继而自嘲道："离阳王朝那边倒是有佛道论辩的习俗，要是在北莽，道士跟和尚说法，可不就是鸡同鸭讲嘛。"

道人忽然一拍大腿，懊恼道："可别搅黄了道德宗的水陆道场，白跑一趟的话，贫道可就遭了大罪喽。"

孩子撇嘴道："本来就是遭罪！"

老道士作势要打，孩子缩了缩脖子。

酒足饭饱，得知徐凤年也要前往宝瓶州西北，会有一顿顺路，三人便一同启程，走至暮色沉沉，依旧荒无人烟没有落脚地，只得以天为被以地为床了。

燃起篝火，孩子走得困乏，早早睡去。

老道士不忘摆弄一句"痴儿不知荣枯事"。

之后徐凤年问过了几个道教粗浅的问题，也不敢深问，生怕让这位骆监院难堪。

道士骆平央犹豫不决，下了好大决心才突然对徐凤年问道："有一句话不知当说不当说？"

徐凤年笑道："骆监院尽管说。"

道士一咬牙，低声说道："贫道年少时曾跟随一位真人学习观气之法，看公子面相，家中似乎有亲近之人去了，不是姓宋，便是姓李。如果可以，贫道劝公子最好还是返乡。"

徐凤年呆滞不言语。

老道人叹气一声，"贫道其实也算不得准，若是万一说晦气了，徐公子莫要怪罪。"

徐凤年点了点头。

老道士看着这位性情颇为温良的公子面对篝火，嘴皮子微微颤抖，老道人不忍再看，沉默许久，望着远方，喃喃道："风涛险我，我险风涛，山鬼放声揶揄笑。风波远我，我远风波，星斗满天人睡也。"

人睡也。

北凉五十人做一标。

一标游弩手的战力远胜寻常三百甲士，北凉游弩手可做斥候之用，却不是所有斥候都能够成为千人选一的游弩手。这一次，标长不用发话，李翰林和标内兄弟就察觉到不同寻常，绝非往常深入龙腰州腹地的小规模接触战，李十月几个将种子弟都跃跃欲试。他们都心知肚明，他娘的，等了好几年，总算等到大战了。

兵马未动粮草先行，除了粮草，必然还有大量侦查军情的斥候，像撒豆子一般撒在大军前方，隐匿行踪，悄悄斩草。作为北凉军宠儿的精锐游弩手，有资格佩有最锋利的北凉刀，持有最具侵彻力的轻弩，骑乘爆发力最好的熟马。所有游弩标骑俱是马蹄裹布，低头伏背往北奔袭。李十月性子急躁，加快马速，比标长只慢半个马身，悄声问道："标长，瓦筑方向？那儿可是龙腰州第一军镇，咱们后头跟了几万兄弟？"

标长转头瞪了一眼，本不想回答，想了想，沉声道："少废话，记住了，这次遇上北蛮子那边的马栏子，不用留活口。脑袋都不用去割，别耽误了军情！遇上大军则返，其余别说栏子，就是一股三四百人的北莽建制骑兵，咱们也要拼掉。怕不怕死，怕死赶紧滚蛋。"

李十月骂道："怕你大爷！"

戎马二十年的标长显然心情极佳，破天荒笑了笑，玩笑着多说了一句道："老子真就是你大爷，这些年给你们这些兔崽子又当爹又当娘。"

连标长那根让人皮开肉绽的皮鞭子都习惯了，更别提标长的骂骂咧咧，再说标长其实也没说错，李十月所在这个曾经被嘲讽为纨绔标的游弩标，标内轻骑，入伍前少有温良恭俭的好人，都是地方郡县上作威作福惯了的将门子孙，偶有与人无害的，骨子里也傲气，进了标，一样给拾掇得规规矩矩，标长就算放个屁，都比自家那些官居高位的老爹苦口婆心来得管用。李十月眼神熠熠，不敢跟标长唠叨，缓了缓马速，跟李翰林和那重瞳子陆斗并驾齐驱，嘿嘿道："给咱们猜中了，还真是场大战。"

李翰林没好气道："闭嘴，要不要打赏你一块竹片？"

李十月急眼道："你当老子是雏儿，这玩意是新斥候管不住嘴才用的，我丢不起那脸！"

"你跟雏儿其实也差不远。"陆斗冷冰冰说道。

李十月涨红了脸，正要骂娘，不过很快就蔫了。标内军功累积，这位重瞳子早已与标长、副标平起平坐，也就李翰林能比上一比。经过几场实打实的交锋，陆斗战功显赫，已经完全融入标内，虽说依旧沉默寡言，但连起先王八瞪绿豆的李十月都引以为兄弟，恨不得将妹妹双手奉送，陆斗跟李翰林、李十月等人的关系都算极好，他马鞍悬挂有一只矛囊，插有十数枚短矛，游弩手本就人手一支劲弩傍身，连标长都好奇询问，陆斗那犟脾气，每次都装憨扮傻，一问三不知。

李十月不再嬉皮笑脸，伸手系紧了软皮头盔在脖子上的绳带，深深勒入肉中，非但没有膈应骨头的感觉，反而有种熨帖的熟悉感。记得初入北凉军，尚未有资格骑马演练，只以步卒身份熟悉军阵，一天下来就散了架，第二日再穿上那件才不到二十斤重的锁甲，真是全身上下火辣辣疼痛，李十月扯了扯嘴角，怎么就稀里糊涂当上了游弩手？当年自个儿在郡里仗着武力为非作歹，常年负伤，虽说不怕疼，可终究还是怕死的。大概是因为被爹亲自送入军旅，望见他对着那名据说是世交关系的将军事事谄媚，临别前父子一番攀谈，李十月还骂老爹没出息，都是正四品官员，怎就当起了孙子。那会儿死要面子一辈子的爹竟是也没有反驳，只是拍了拍李十月的肩膀。谁不怕死，但李十月更怕丢人。也许是从那一刻起，李十月就想要风风光光捞个将军回家，最不济，也要风风光光死在沙场上。

李十月吐出一口气，眼神坚毅。

凉莽边境西线，是出了名的外松内紧，互成口袋，引敌入瓮。就看谁有胆识去那一大片百战之地割取脑袋攒军功了。

李十月这一标终于遇上了北蛮子，是一股精锐骑兵，比起北莽猛将董卓一手调教的乌鸦栏子只差一筹，关键是对方人数达到了两百，为首一骑鲜衣罩重甲，手无枪矛，只配一柄华美莽刀。跟李翰林、陆斗三骑潜伏的李十月知晓这是北莽校尉巡边来了。北莽皇帐宗室成员和王庭权贵子弟只要关系足够硬，会安上一个花哨头衔，跟几位大将军借取兵马往南纵马，回去以后就好与人炫耀，至于带兵人数多少跟家底厚度一致，北凉的游弩手最喜欢这类不知死活的花瓶角色，撞上了就是一顿砍杀，不过往往都是不到百骑护驾，今天这一位意态闲适的年轻世家子显然出身极为煊赫。率先查知消息的三骑不敢轻举妄动，李翰林是伍长，命令李十月一骑回去禀告军情，他和陆斗继续远远盯梢。

凉莽双方寻常斥候都各有暗号，口哨近似鸟鸣，不过这二十年相互对峙，探底也都已差不多，联络方式也就不得不千奇百怪，比较春秋时期许多蹩脚斥候闹出的笑话，不可同日而语。例如双方突袭，早已犬牙交错，由于暗号雷同，直到近身亲眼相见，还差点当作自己人。凉莽边境上的游弩手和马栏子，是当之无愧天底下最狡猾也最善战的斥候。李十月捎回标长的军令：既然敌人执意继续南下，那到嘴肥肉，要么全部吃下，要么把自己噎死，没有其他选择！

说是北蛮子，其实姑塞、龙腰两州多是春秋遗民，军伍甲士的面孔也跟北凉几乎无异。

面对毫无征兆并且悄无声息的偷袭，两百北莽轻骑没有乱了阵脚，副将勒马转身，来到那名青年皇室宗亲身边，窃窃私语，用王庭言语交流。年轻男子挑了一下眉头，脸上布满讥讽，似乎摇头阻止了副将的建议。初见北凉游弩手以稀疏兵线呈现围剿态势，劲弩如飞蝗，年轻将军嘴角讥笑更浓，除去快速两拨弩射，当几个方向同时短兵交接，己方骑兵都给那批北凉骑毫无例外地抽刀劈杀，他才皱了皱眉头，不过仍然毫无退却的念头，一手按在马背上，轻轻安抚闻到血腥味后戾气暴起的战马。副将则忧心忡忡。他除去鲜亮铠甲异于普通士卒，其余战阵装备则如出一辙，单手持矛，腰间佩刀，马鞍前有一搁架，用以放置兵器，若是长途行军，马鞍侧面或是后面可再添挂物钩，弓弩与箭囊便安置此处。

年轻人看得兴致勃勃，完全不介意自己两百骑竟然没有抢占优势。更让副将在内的亲兵都去厮杀，他独留原地，观看这一场马速快死人更快的血腥绞杀。

真实骑战不是那些演义附会而成的战役，既无两军大将脑子被驴踢了才去阵前捉对厮杀一番，谁输谁就兵败如山倒，也极少出现大将在阵中停马不前，给人围攻依旧在马背上枪矛如雨点刺杀敌人的场面。数千骑尤其是万人同时冲锋而动的宏阔骑战，除了泼洒箭雨，接下来就是一种相互通透侵彻如刀割的巨大伤害，一骑掠过，就要尽量往前奔杀，哪怕战马能够多扯出一步距离也要拼命前冲，一矛刺杀过后，因为矛不易拔出，就要弃矛换刀，速度

才能赢得冲击力，阵形急速推移中，若是己方一骑无故停滞，成为木桩，就是罪人。

如斥候这样的小规模骑战，宗旨不变，不论追杀还是撤退，仍是速度第一，但是斥候则具备更多发挥个人武力的余地。

将领铁甲过于鲜明是大忌，一则大多甲胄镶金带银十分华而不实，二则过于引人注目，就跟求着敌人来杀一样。这名不是姓耶律便是姓慕容的皇帐成员根本没这份觉悟，很快就有北凉两名伍长模样的游弩手撕裂本就不厚的阵线，冲杀而至。年轻骑将不急于拔刀，等到一柄北凉刀劈至，这才抽刀如惊鸿，莽刀撞飞凉刀，顺势斩断那名游弩手伍长的胳膊，再撩起，划破其脖颈，伍长顿时血流如注，他仍不罢休，再削去其脸颊。他那一骑岿然不动，瞬间死绝的伍长一骑擦身而过，他在收刀前不忘拿刀尖轻轻一戳，将那名百战不曾身死的伍长尸体推下马背，看也不看一眼尸体。

一连串连绵招式很花哨，但到底还是杀了人，他身负高超技击武艺，超出骑兵范畴许多，也就有这份资格。

他抖腕耍了一记漂亮旋刀，用南朝语言淡然笑道："同样是天下最出名的曲脊刀，原来北凉刀不过如此。"

马战注重速度，还在于弃剑用刀，尤其是凉莽双方的军队制式刀，两种刀皆是曲背微弯，借助战马奔跑带来的冲击力，推劈而出，接触敌人身躯，刀刃瞬间就可以带出一个巨大而连续的曲面滑动，切割力惊人，且即便误砍甲胄也不易脱手，便于收刀再战，这是同等重量的直脊刀绝对达不到的效果，这也是北凉刀能够名动天下的原因。一柄北凉刀的曲度厚度以及重量，都近乎完美。北莽刀则几乎完全照搬北凉刀而成制打造，只是刀身更长，曲度更大。步战当然是直脊刀更优，只不过不管是北凉三十万铁骑还是男子人人可控弦的北莽，谁不是以骑战解决一切战事？

战事一触即发，没有谁能够幸免，双方共计不过三百余人，阵形远远算不上厚实，因为北凉游弩手取得偷袭的先机，一拨急促交锋，成功杀去三十几名北莽骑兵，而后者又无法在第一时间在第一线聚拢兵力，第二拨接触战发生时仍有约莫六十北莽骑无法有效出刀，故而其后厮杀，仍是北凉游弩手占优。按照白衣陈芝豹堪称脍炙人口的兵法阐述，优势累积就在点点滴滴，只要后期将领谋划不出现大昏招，开局便可以注定了结局。

那名北莽皇胄一夹马腹，战马极为优良，爆发力惊人，瞬间就进入巅峰冲刺状态，一刀就将一名北凉游弩手连人带马劈成两半，其刀势之迅猛，抢刀幅度之大，可见一斑。

厮杀没有平民百姓想象中的喧嚣，只有死寂一般的沉默，杀人伤人如此，坠马阵亡更是如此。

李十月彻底杀红了眼。

就个人战力对比，游弩手稳胜一筹，只不过那名北莽年轻将军参与战事后，所到之处，轻轻松松就留下了七八具北凉骑兵尸体。

游弩手标长从一颗头颅中抽刀，毫不犹豫地冲向那名北莽青年骑将。

每逢死战，先死将军，再死校尉，后死标长伍长。

这是北凉铁律。

这里是他的官最大，没理由不去死。

若是这些年仅仅为官帽子而搏杀，他早就可以当上将军退去边境以外的北凉州郡养老享福了。

一次擦肩而过，凭借武力碾压一切的年轻人咦了一声。

这名北凉骑兵竟然没死？

标长不光虎口渗血，肩头更是被北莽刀砍去大块肉，但这名老卒仍是顺势劈杀了一名年轻人身后的北莽骑兵，冲出几十步后，转头继续展开冲锋。

第二次两马擦肩，标长被一刀破甲，肚肠挂满马鞍。

标长转身再度冲锋前，撕下一截衣衫，一拧，绑在腰间，面无表情地继续冲刺。

已经斩杀四名敌骑的李翰林看到这一幕，咬牙切齿，不顾周围追杀，策马奔去。

北莽年轻皇胄一刀将标长拦腰斩断，转头望着滚落地面的尸体，狞笑道："废物，这次爷不陪你玩了。"

他继而抬头，纵览全局，寻思着再挑几个值得戏耍的家伙下手，至于身边随行两百骑能留下多少，漠不关心。

相距十步，李翰林高高跃起马背，双手握刀，朝那王八蛋一刀当头劈开。

那人轻描淡写举刀格挡，连人带马一起后撤几步，但也仅限于此，继而嗤笑一声，也不欺负对手没有战马，干脆翻身下马，一同步战。有北凉弩箭

激射面门，被他头也不转一手抓住，拧断丢在地上。

李翰林吐出一口血水，盯住这名劲敌。

一马跃过，李翰林露出一抹错愕，竟然是那姓陆的重瞳子。李翰林被陆斗弯腰拎上马背，而陆斗自己则背囊下马步战，朝那北蛮子狂奔而去。

同时一支短矛丢掷而出。

短矛去势汹汹，杀死游弩手标长的年轻人拎刀却不用刀，极为自负，伸手就想要握住那支小矛。可惜他没能得逞，短矛划破手掌，带着血迹刺向他眼珠，仓促扭头间，又给磨破脸颊。

陆斗没有欺身近战，始终游弋在二十步以外，挤出一个阴沉笑脸，生硬说道："我陪你玩玩。"

第二支矛掷出，声势更涨。

再不敢托大，下马的骑将拿北莽刀拍掉短矛，手臂竟是一阵对他来说十分陌生的酸麻。

那该死的北凉小卒负囊而战，囊内短矛不仅飞向他，而且还有闲暇钉入四周北莽骑兵的身躯，无一例外都是破颅杀人，更有能耐在二十步圈外优哉游哉展开游猎，顺便拔回几支短矛。

没有占到半点便宜的北莽宗室青年已然怒极，顾不得风度，一心想要近战，把这个无名小卒砍碎。

他到底是顶尖名师高手带出来的武人，以一矛穿肩而过的惨痛代价换来了近身机会，距离十步时莽刀气焰暴涨，再不给他丢矛的机会。

只见那斥候小卒子一惊一笑。

故作惊讶。

然后是阴谋得逞的森然一笑。

脑子并不差的年轻皇帐成员心知不妙，只是不愿相信一个会些雕虫小技的游弩手能再有通天的本事，依旧执意近身，出刀迅捷。

陆斗不再去囊内拾取短矛，一手迎向那柄可以锋利破甲的北莽刀，手心竟是握住锋刃。出身王庭皇帐的年轻人心中一喜，骤然倾力劈下……

纹丝不动？

陆斗手腕一拧，将那把精心打造的北莽刀给硬生生崩断，然后一拳砸在对手腹部，直接给砸烂了肚肠。

原本应该在家族庇护下平步青云的北莽青年当场丧失所有战力。

陆斗双手摊开，分别扯住敌人手臂，猛然一撕，将这位不知名讳的年轻武将给活生生撕成了两半！

鲜血喷洒了重瞳子一身。

陆斗一脚踹飞死不瞑目的尸体，他不挥手擦去血迹，也没有理睬新死之人，返身继续步入战场。

这一场血战，标长副标三人一齐战死。北莽两百骑无一逃脱，根本来不及传讯。

伍长李翰林成为临时的领头人。

陆斗默默捡回全部短矛，再和李十月一同草草埋葬了标长，便站在李翰林身后。

李翰林平静道："伤员南还，带回军情。其余三十六人与我拣选战马，继续向北。我若死，再由陆斗领着你们向北。"

这种注定有一方要全军覆没的斥候之战，陆续发生在边境前线。


三日后，北莽南境第一重镇一万八千瓦筑军，在今年隐隐有趋势可与董卓齐名的青壮派骁将洪固安带领下，悉数出城，在辽阔的青瓦盆地与龙象军展开一场大规模骑战。

洪固安刚过四十，翩翩有儒雅气，用兵却极为狠辣决绝，不愿守城待援，誓要一举剿灭来犯之敌。

兵临瓦筑三十里之外，洪固安才得知是一万龙象军，不过这位儒将运筹帷幄之后，对麾下领军猛将说了一句"敬候佳音"，便洒然坐在城头，摆设棋局，与一名棋坛国手谈笑风生。

瓦筑军两倍于龙象军。

岂有不胜之理？

洪固安认定一旦棋盘获胜，城外亦是获胜，必定会成为一桩千古佳话。

青瓦盆极为利于骑兵冲锋。

双方声势皆浩大。

春秋北奔遗民大多数都已经有下一代子嗣，老人都感慨于北莽的国力强盛和军力雄壮，渐渐忘记了那些北凉铁骑带来的马蹄声。而这些年这些新人

更是不曾听说过那种马蹄声。

北凉铁骑曾经一路踩塌了春秋。

但那不是陈年旧账吗？

瓦筑城内的百姓初听战事时，还有略微恐慌，只是并没有惊惧多久，便开始一起笑话北凉少到可怜的一万人就敢来瓦筑以卵击石。

两军如两股洪流对撞而冲。

瓦筑骑军呼啸震天，看似气势远远压过了冲锋时仍是沉默的北凉骑兵。

只等相距五百步时。

北凉军同时喊出一个字。

"杀！"

城头洪固安眼皮子一跳。

眼前棋盘颤抖，幅度越来越大，到后来，已是棋子跳动。

一名黑衣赤足少年与黑虎一同奔在最前头。

将身后奔如疾雷的北凉精锐骑兵都给远远甩下。

枯黄少年系发成辫，抓起巨大黑虎就砸向敌军。

然后双膝弯曲，整个人拔高入天空，坠入敌阵。

骇人至极！

这痴儿是想要做那万人敌？

黑虎坠落后刹那滚杀三十余骑兵。

不带兵器不穿甲胄的黑衣少年只是直线而奔，与之相碰撞者，全部分尸。

瓦筑军培养一支专门击杀敌将和勇夫的武骑，人数在三百人左右，全部衣甲普通，但是身材魁梧，壮健捷疾，出身江湖名门，极为善战，但哪怕分作十队散在大军中的三百人紧急调往一处，或阻拦或追击这名黑衣少年，仍是毫无用处地让他穿透了大半支瓦筑军。两军混杂后，少年压力骤减，更是如鱼得水，直直冲向青瓦盆北方高地上的城门。一人一虎奔向城头，少年一脚踩在黑虎背上，跃上城头，问了瞠目结舌的洪固安一句话后，就将其头颅从身躯拔除。

这一次青瓦盆之役，人屠次子徐龙象首次登台，便将离阳王朝都视为猛虎盘踞的雄镇瓦筑，屠成一座空城。

北凉铁骑蹄声如雷。

一万龙象军，就是一万雷。

一万八千号称北莽铁军的瓦筑军，战死一半，降卒被坑杀，全军尽死。

北莽闻雷声。


南朝自有一座朝堂，只是同等官职，品秩比起北王庭减降半品。老一辈遗民初入北莽境内，一些资历身份都足够优越的中原世族，都曾见到皇帐里意见不合动辄打架的景象，当时倍感震惊，无法想象这样一个粗蛮朝廷可以叫板已是一统春秋的离阳王朝。后来女帝开恩，南朝得以建立，这座庙堂显然要文气雅气许多，大殿上争执不休，一些面红耳赤肯定会有，但十几年来却从没有像今天这样吵架，吵到就要变成卷袖管打架。

这一切缘于南线边境新起的硝烟，那一万龙象骑军先屠掉了边防重镇瓦筑，若是初战告捷便止步不前也就罢了，随后在北凉王次子带领下绕行突袭下一座重镇君子馆，六千龙象军竟然就吃掉了八千军马，南朝两场大败仗已是板上钉钉的不争事实，势已不仅燃眉，更有刮骨之痛，除去种神通无法赶回，其余几位手握权柄的大将军都不约而同地闭嘴不言，殿堂之上互相偶有眼神交会，也是微微摆头叹息。反倒是那些甲字大姓高华世族的文官们吵翻了天，其中又有一个身穿勋贵紫衣的死胖子骂得最凶，几乎把那个为国殉难的洪固安祖宗十八代都给揪出来骂了一遍，他不光骂那些指手画脚胡乱点兵的文官，连几位老将军都给含沙射影兜进去一起教训了。

这个胖子唾沫四溅："这个姓洪的王八蛋沽名钓誉，就算活下来老子也要拿刀捅死他！瓦筑城居高临下青瓦盆，骑兵冲锋先天占优，你轻视龙象军，出城应战就出城，竟然胆子大到让草包带兵到坡底，咋的，一心想要跟北凉骑军完完全全地展开一场公平厮杀？洪固安不是自称熟读兵书千万卷吗？读进肚子又都拉屎拉掉了？洪固安是哪位老将军的得意门生来着，我记不太清楚，谁给提醒提醒？"

庙堂诸人悄悄望向一位闭目养神的老将军，大将军鹤发童颜，养气功夫极好，古井不波，似乎不打算跟董胖子斤斤计较。

董胖子腮帮子乱颤，又指向一名执掌南朝户部的三品大员，"用瓦筑和君子馆两支大军才打掉了北凉一半的龙象军，你他娘的竟然跟老子说让离谷、茂隆两地边军主动追击，咋的，这一万四千人马不是人，都是你元稹家

的侍女丫鬟，说打杀就打杀说送人就送人？你这老儿，倒是有家大业大不怕挥霍的气魄，不过是慷陛下之慨去儿戏！"

那名上了年纪的年迈文官气得脸色铁青，正气凛然，跟那个胖子针锋相对，只是声音颤抖："我北莽国威不容辱！我南朝将士不容侮！"

董胖子言辞刻薄至极，瞪眼道："死老贼，好好守住你户部一亩三分地捞油水，再逾越规矩乱谈军事，老子给你一棒槌让你进棺材！别以为你那个一脸麻子的孙女朝我抛媚眼，老子就不会收拾你！"

老人给羞辱得当场昏厥，不得不抬了出去。

一名凭借科举跳过龙门的青年官员着实看不过去，轻声道："那北凉王次子丧心病狂，坑杀九千人还不够，事后仍要屠城，分明是个疯子。若是北凉骑军一意孤行，不理睬离谷、茂隆两镇，直线北上，可就要很快打到咱们这里了。难道真要几位大将军不顾防线布局，调兵前来？万一是那声东击西，以一支孤军牵扯住我朝太多军力，徐骁亲率精锐偏东北上，加上顾剑棠东线齐头并进，可就难以应对了。我们不能被北凉牵着鼻子走，素闻董将军领兵行军从来不计小局得失，似乎今日不太一样啊。"

这名曾高中榜眼为女帝青眼相加的新贵官员相貌堂堂，声音不大，只是老户部气晕过去，大殿上落针可闻，而他所说也非无的放矢，就格外显得中气十足。

董胖子斜眼讥笑道："迂腐秀才纸上谈兵，等你杀过人见过血再来跟你董爷爷说道理。"

年轻官员报以冷笑，也不跟这个运气好到无以复加的胖子死缠烂打，点到即止，表过态就行。以后如果被他言中，女帝陛下秋后算账，就等于踩下董胖子，无形中为自己涨了一大台阶的声势。不过还没等到那一天，一位老将军一番言论就让他无地自容，正是头一个以春秋遗民身份攫取军权的大将军黄宋濮，南朝如今虽说大有后来者居上之势，被陛下誉为可当半个徐骁的柳珪以及贱民投军的杨元赞两位大将都开始声势盖过黄宋濮，不过哪里不讲资历，而杨元赞本人曾经便是黄宋濮半个马前卒，况且也就黄老将军愿意去治一治董卓这头混世魔王，因此黄宋濮在南朝说话，分量堪称最重。酿下大祸的洪固安出自大将军黄宋濮门下，在庙堂上也难逃被那董胖子指桑骂槐。

出人意料，这一次老将军竟是与董卓站在同一个阵营，"兵书是死的，带兵的人是活的，沙场对阵，得先想一想对手的脾性。首先，这次龙象军先行冲击我朝边线，不收俘虏，甚至屠城都是必然，怀柔之策，对于凉莽双方都是个笑话。其次，如董卓所说，龙象军初衷即是要不惜绕路一并吃掉瓦筑、君子馆、离谷、茂隆四镇，至于战事过后可以活下几人，我想徐骁根本不在乎，那个武力惊人的少年就更不会上心了。用一支孤军和一战之功，不奢望打垮南朝一半军力，但击垮了南朝好不容易用十几年时间积累起来的士气和民心，这才是北凉祸心所在。下一次大战开启，北凉全军倾巢，马蹄所踏，有过前车之鉴，试问谁敢不降？第三，所猜一鼓作气北上的龙象军之后必然有后续兵力跟进，兴许是五万人马左右，是否出击，并无定数，可战可不战，若是龙象军吞掉了离谷、茂隆，那就是真要大打出手了，吃不掉，咱们才算可以缓口气。至于刘侍郎所忧虑之事，北凉军是想将我朝边陲军力往西倾斜，撕开一条口子让大军从东北方向突进，当然并非没有半点可能，不过可能刘侍郎有所不知，为了防止北凉军与顾剑棠东线合并，这些年中线那只大口袋，北凉军就算让他们一口气推进八百里，填进去十六万兵力，事后也未必填满。真到了那一步，就不是咱们，甚至不是北凉王和顾剑棠说了算，而是咱们陛下和赵家天子才能一锤定音。中线这件事情，不便多说，也无法细说，还望刘侍郎海涵。"

年轻官员诚惶诚恐，还藏有几分让南院大王黄宋濮亲口解惑的得意，拱手沉声道："是刘曙见识浅陋了。"

黄宋濮作为南院大王，名义上总掌南朝四十万兵权，不过女帝陛下一向支持北莽大将军和持节令都各自为政，自成体系，相互掣肘，再者黄宋濮这些年逐渐退居幕后，所谓的南院大王头衔，也迟早是别人的囊中物，若非这次战事紧急，不得不出面调停，他本已经淡出南朝视野。黄宋濮跟柳珪、杨元赞两名大将军素来不合，对于董卓也谈不上半点好感，只不过真到乱局，黄宋濮才觉得捉襟见肘，尤其是唯一拿得出手的洪固安战死后，更是让老将军心灰意冷。

一位甲字大宗的族长皱眉道："既然那支孤军不计后果也要攻打离谷、茂隆，难道就由着剩下的北凉四千骑在境内横行无忌？"

柳珪是众人皆知跟那胖子关系不差，不过这会儿见那死胖子眼珠子乱转，高大威武的老将军还是气不打一处来，走近了那个胖子就是使劲一脚

踹，"你这个无利不起早的无赖货色，口水都泼出去好几斤了，不就想着解决这烂摊子？咱们南院大王都替你说话，怎的这次没顺杆子往上爬？"

董卓一脸为难道："四千龙象军还好说，不过那人屠次子可真是棘手，万一双方对阵，他来一个万军之中取上将首级，把我给宰了，我家俩如花似玉的媳妇成了寡妇，还不得哭死？"

柳珪抬腿就要再踹，胖子赶忙跳开，老将军笑骂道："你家小媳妇是提兵山山主的闺女，你身边会没厉害的打手？你要不敢去，去提兵山喊帮手，最好连那人也一起带去离谷。准你带八千人马去离谷，再多也不行，如果回头陛下问责，老子替你担着！你要敢多带一兵一卒，就当老子没说过这话。"

董卓将信将疑道："当真？你可别事后翻脸不认人，这会儿满朝文武可都听见了。"

说完董卓就白眼嘀咕道："狗日的，好像到时候没一个肯站出来给我证明清白的。"

那些南朝栋梁都会心一笑。

这董胖子阴险归阴险，不过从来都不缺自知之明。

柳珪怒道："老子放屁都比你发誓来得有用！"

董胖子搓手笑道："既然这样，去茂隆送死这种吃力不讨好的脏活累活，我来我来。"

说完董卓就脚底抹油小跑走人了。

柳珪和私交不错的杨元赞也相继离开，黄宋濮还得留在朝堂上。

柳珪在殿外等候，等到杨元赞才走下石阶，后者以惜字如金著称，平静问道："董卓去茂隆而非离谷？"

柳珪笑道："明摆着吃定了龙象军会将离谷屠城。这兔崽子懒到了骨子里，能坐着绝不站着，能躺着绝不坐着。"

杨元赞古板地笑了笑。

柳珪突然问道："你怎么看待那人屠次子？"

杨元赞淡然道："战场之上，从无长命的万人敌。"

董卓一溜烟跑出去，不忘回望一眼大殿，挖了挖耳朵，叹气道："真他娘吵！唉，这儿什么时候才能只有老子一个声音？"

# 第八章

## 道德宗佛道斗法，葫芦口凉莽厨杀

白虹停顿，现出身形，白衣僧人朗声道：『贫僧还礼而来！』

来而不往非礼也。

天空挂黄河。

这名白衣僧人，扯来了一整条黄河。

道德宗建于黄河起始处，传闻天门之后有一座浮山，已经超凡入圣的国师便在那里修长生，不问世事半甲子。

麒麟真人有高徒六人，除了两位真人分别坐镇天门和山脚，其余分散北莽各地，但是当一个老和尚坐在道德宗天门雾霭之外，在外布道济世的四位神仙除了王庭那一位，竟然都回到了道德宗。

面慈目善老和尚不言不语，在天门之外落地生根而坐。

天门是高耸双峰对峙围抱而成的一座天然孔洞，内里云雾缭绕，门外有九百九十九级玉石台阶，便是拾级而上在门外近观，也不得看清内里玄机。

天门以外有道观十八座，左右各九，香客络绎不绝，终年绵延不绝的香火融入雾霭，衬托得道德宗越发人间仙境。

一条主道通往天门。

老和尚便是在第一级台阶前的平地上，安详禅定。

先是佩剑紫袍真人自天门而出，飞剑下山。

剑旋龙鸣三日不止。

唯独不得入老僧四周三丈。

继而有持玉如意真人自浮山山脚掠至天门外。

紫袍真人驭剑，一阶一阶走下。

走了三天三夜，已经走至第三百阶。

再有三名仙风道骨的真人赶来。

其中两位仙人或站立或盘膝在山脚道观之巅。

剩余一名国师最后嫡传弟子掐诀走向老僧，每一步踏出都极为缓慢，但每一次踏出触地，便是一次天动地摇。

半旬过后，老僧开始读经。

一字一句，诵读金刚经。

读完一遍金刚经，自认识字不多识法亦是不多的老和尚开始讲述佛法。

越来越多的人聚集在山脚，密密麻麻，不下万人。

从老和尚坐地以后，将近一旬时光了。

飞剑已将那件清洗泛白的袈裟划破千百次。

那名一小步一天雷的道教真人也走到了老和尚背后几尺处。

老和尚全身金黄，尽是血液。

老和尚双手合十，已经说完所懂全部佛法，轻声道："阿弥陀佛。"

许多香客都猜到那一刻会是如何画面，都撇过头，不忍踮脚再看。


一条白虹当空划过，高过天门。

身后是一条黄色瀑布！

我不入天门，我自比天要高。

白虹停顿，现出身形，白衣僧人朗声道："贫僧还礼而来！"

来而不往非礼也。

天空挂黄河。

这名白衣僧人，扯来了一整条黄河。


白衣僧人挟一大截黄河过天门，水淹道德宗。十八观内外香客们都看得瞠目结舌，本来见到黄河挂天，还生怕这和尚失心疯了将万钧河水倾斜在众人头顶，那就死得冤枉了，真正称得上是殃及池鱼。白衣僧人直上浮山而去，山脚议论纷纷，许多香客在回神后都大呼过瘾，这番异象，实在是当之无愧的仙人手笔，人间能得几回见？除了来道德宗十八观烧香的信徒，其实还夹杂有大量人士存心坐山观虎斗。道观高处建筑早已给北莽权贵瓜分殆尽。一名衣着朴素的男子站在汹涌人流中，毫不起眼，他极少抬头与人直视，也瞧不出如何气度风范，也就个子高些，他在半旬前来到山脚，衣食住行都不出奇，一样跟许多香客啃葱饼果腹，清凉夜晚随便找块空地就躺着睡去，顶多盖上一件长衫当被子，当他看到白衣僧人跃过天门，好像是要去寻麒麟真人的麻烦，就没了继续逗留的念头，正要转身，却突然温煦笑了笑，停下脚步。身边走来一个矮小而结实的肤黑汉子，长臂如猿可及膝，耳垂异常厚实，跟菩萨塑像的耳朵差不多，常人一看，也就只会说一声是长了一副福气不薄的福相。中年汉子眼神淡漠，抿紧嘴唇，跟相对年轻的素衫男子肩并肩而站。人比人气死人，本来不出彩的后者立马就被衬托得温文儒雅，但听他笑道："料到你会赶来，只是没想到还能见上一面。"

黑黝黝的汉子嗯了一声。

长衫男子抬手放在眼帘上，望向远方，见得道德宗两位真人留守两禅寺老和尚，三位陆续进入天门阻击白衣僧人，不由感慨道："龙树和尚的佛陀

金身，五大真人都没能打破，这样的金刚不坏，才是金刚体魄啊。"

中年汉子平静道："三教圣人跟我们不一样，在各自境界以内达到巅峰，就无所谓什么陆地神仙了，羡慕不来。"

三十岁上下的高大男子轻声笑道："我还以为你要出手撕裂那条黄河。"

汉子摇头道："五位真人围殴龙树高僧，做徒弟的李当心还礼道德宗，就算排场大一点，也不过分。目前看来，还是两禅寺占理，道德宗不讲理。我就是看个热闹，不凑热闹。"

而立之年的男子收回视线，竟是一双无瞳孔的银白眸子，只听他幸灾乐祸道："这一场大雨临头，道德宗成了座池塘，咱们北莽道教的面子可算丢尽了。要是国师还不出手，还怎么有脸灭佛？"

汉子没身边男人这份看人笑话的闲情逸致，言语也一如既往的素淡，从不刻意给人平地起惊雷的感觉，"那我就不知道了。"

"龙树圣僧讲解金刚经，深入浅出，你没听到真是可惜了。"

汉子皱眉道："洪敬岩，龙树和尚一辈子深读了一本金刚经，就成就佛陀金身。你却什么都要抓在手里，对你以后武道造诣并无裨益，反而有害。"

被称作洪敬岩的银眸男子自嘲一笑，"反正怎么习武也打不过你，还不如多学点花哨本事，能吓唬人也好。你看离阳王朝李淳罡的借剑，还有李当心这次当空挂江，少不得能让江湖念叨个四五十年。"

汉子好似不谙人情世故，说道："怎么劝是我的事，怎么做是你的事。"

洪敬岩哑然失笑，"你要真要谁做什么，谁敢不做？"

性情敦厚的汉子一笑置之。

被白衣洛阳从天下第四宝座打落的洪敬岩提议道："吃些东西？"

汉子点头道："这一路走得急，也没带银子，以后还你。"

洪敬岩挪动脚步，哭笑不得，"竟然跟我计较这个？"

不曾想汉子直截了当说道："你我交情没到那个份上。"

洪敬岩爽朗大笑，不再坚持己见。

附近一座道观有斋菜，只是人满为患，两人就耐心等着，期间汉子给一毛躁香客给撞了一下，纹丝不动，倒是那个瞧着魁梧健硕的香客狼狈踉跄，他伸手扶住，那香客来道德宗烧香求财，可不是真心向道信神仙的善人，吃瘪以后本来想要发火，只是见着这庄稼村夫身边站着个体魄不输自己的男子，骂了一句才离去。中年汉子置若罔闻，洪敬岩熟知这人的脾性，倒也习以为常。两人好不容易等到一张桌子，洪敬岩要了两大碗素面，相对而坐，各自埋头吃面。洪敬岩吸尽一根劲道十足的面条入嘴，含糊不清问道："我们一步一步走过来的金刚、指玄、天象三境，到底跟两禅寺和尚的金刚不败，麒麟真人的指玄，还有曹长卿的天象，根子上的差别在哪里？再者武夫境界，好似邓太阿的指玄，与我们又不太一样。"

汉子吃完面条，放下筷子架在碗上，摇头道："不擅长讲道理。你要愿意，打架即可。"

跟你打架？洪敬岩完全不去接这一茬，自问自答平静道："挟黄河水过天门，我也做得到，当然了，肯定会更吃力。但李当心得讲规矩，像他不会将黄河水倒泻众人头顶，不愿也不敢。换成我，就要怎么舒心怎么来了。道人讲究举头三尺有神明，僧人想要成佛，必定先要心中有佛。说到底，三教中人，都是借势而成。既然跟老天爷借了东西，如同百姓借了银子，拿人手软，浑身不自在。那些敢大手大脚的，就成了旁门左道或是野狐禅。说到底，他们的长生和自在，在我看来都不算真自在，至于儒家舍生取义，就更是读书人的牢笼了。说到底，唯独武夫以力证道，才爽利。"

汉子皱眉道："还是没说到点子上。"

今日全无锋芒峥嵘可言的洪敬岩轻声笑道："不说这个，你给句准话，什么时候两国再起战事，到时候我好去你那儿落脚。"

中年汉子不置可否，洪敬岩也不觉得怠慢小觑了自己，慵懒地靠着椅背上，缓缓说道："陛下整肃江湖多年，是时候开花结果，届时沙场上可就要出现很多西蜀剑皇这类惊才绝艳的江湖人了。惨啊，这些人估计能十人剩一就算不错了。真是替他们不值。"

黝黑寡言的汉子双手十指互扣，依旧一言不发。

洪敬岩突然问道："你说咱们两个，偷偷摸摸去一趟离阳王朝的皇宫，摘得下赵家天子的脑袋吗？要不就去北凉，杀徐骁？"

汉子瞥了一眼这位在棋剑乐府内一鸣惊人的男子，轻描淡写道："我虽不懂佛道，但也听说过中原有句话叫道高一尺魔高一丈，我敢肯定当你我站在皇宫门口，武帝城王仙芝早已等候多时。至于徐骁，牵扯到凉、莽、离阳三足鼎立的大局，既然你有野心，便不是你想杀就舍得杀的，再说，你也杀不掉。"

洪敬岩一声叹息。

中年汉子问道："听说你输给她了？"

洪敬岩座下的椅子前两脚离地，摇摇晃晃，这位曾经亲眼看着魔头洛阳长大的男子脸色平静道："输了。她代价也不小，自毁一百二十六窍，绝情绝意，活死人一个。后边又给邓太阿剑气击碎骊珠，活不长久。"

汉子有些遗憾。

他站起身，径直离开道观。

洪敬岩沉默许久，终于长呼出一口气，几乎瞬间全身被冷汗浸透。

一位戴帷帽抱琵琶的女子走进道观，安安静静坐在洪敬岩旁边，纤手撩起些许帷帽，露出半张脸。

洪敬岩看了一眼，再跟道观要了一碗素面，说道："他可以欠账，你不行。"

半脸女子面嫩声枯老，沙哑如老妪："她还没死，你欠的账如何算？"

洪敬岩冷笑道："你跟那个姘头种凉也配跟我要账？"

女子刹那之间按住一根琵琶弦。

洪敬岩伸了个懒腰，"别跟我怄气，你还没吃素面就给撑着了？你看我多识相，打不过那家伙，就知道乖乖请人吃顿饭。"

洪敬岩打不过的人，屈指可数。

而那尊能让洪敬岩如临大敌的大菩萨，已经渡过黄河，前往极北冰原。


一起享福是难得的好事，退而求其次，能有人陪着一起吃苦，也不差，燕羊观监院就是这么个心态，跟姓徐的游学士子一同风餐露宿，多了个谈天说地的话伴儿，委实是此次出行的幸事。九微道人骆平央自恃会些看人相面之术，虽说这位负笈士子面相与气相有些不相符，透着一股捉摸不透的古怪，只不过再不济也不会是个恶人，再说他和徒弟二人，也犯不着别人费尽心思来坑蒙拐骗，就算做肉包子，加在一起也不到两百斤肉嘛。久而久之，一些小秘密就不再藏藏掖掖，徐凤年逐渐知道这位不知名小道观的监院在很用心地传道授业，一路上都在教他徒弟如何炼气，约莫是几次住宿歇脚，都是徐凤年掏腰包给银子，老道人也不介意他旁观旁听。今日小徒弟按照师父的叮嘱，在弱水河畔的背石荫凉处盘膝而坐，双足盘起作佛门金刚跏趺状，放在道门里便是如意坐，老道人从书箱里小心翼翼捞出几本泛黄书籍，递给徐凤年，抚须笑道："实不相瞒，贫道年幼时家境殷实，也读过许多诗书，族内有长辈好黄老，研经习道，曾跟随那位长辈炼气几年，后来家道中落，不想半途而废，就干脆进了道观做了迎来送往的知客道士，这些年遍览儒释道三教典籍经书，好不容易才挑出这三本，窃以为最不会误人子弟，堪称无一字妖惑之言。"

徐凤年接过一看，是天台宗修炼止观的《六妙门》，春秋时期散仙人物袁远凡的《静坐法正续编》，最后一本竟是黄教的《菩提道次第论》。三本书对常人来说有些晦涩，只不过对三教中人而言，入手不难，只是佛道两教典籍浩瀚如烟，能挑出这么三本就足以证明老道人非是那种随便披件道袍的假道士。三书稳当妥实，讲述静坐禅定之法十分循序渐进，不像很多经书故作"白头归佛一生心""我欲出离世间"之语，只是故弄玄虚，在文字上玩花样。当然，骆监院想要凭借这三本谁都可以买来回家照搬炼气的书籍，修出一个长生法，肯定是痴人说梦，不过如果修法得当，勤恳不懈，可以一定程度上祛病延年。

老道人难得碰上有人愿意听他显摆修道心得，神态十分悠然自得，指了指徒弟背脊，有心要为这个年轻人指点迷津："徐公子你看贫道这徒儿脊梁直竖，犹如算盘子的叠竖，这可是有讲究的。"

老道士卖了个关子，笑问道："徐公子可曾见过人参？"

徐凤年笑道："也就侥幸见过几次。"

老道士眯眼啧啧道："那可是好东西。贫道年少跟随长辈习道修行，见识到几株老参，是地地道道从离阳王朝两辽地区采摘而来，粗得跟手臂似的。嘿，说偏了，不说这个，好汉不提当年勇。总而言之，万物生而有灵，尤其是这人参，一株人参的枝杈必然卷曲成结，为的便是培养本源，不让精气外泄。我辈道人静坐吐纳，也是此理。还有静坐时，得舌头轻微舔抵上颚，作未生长牙齿婴儿酣睡。说来说去，这些还仅是修道打底子，其实未过门槛，想要登堂入室，难喽。贫道遍览群书，而且手头一有闲钱就去破落世家子那边采购书籍，书中自有颜如玉千钟粟，贫道是方外之人，只想着在纸堆里寻长生，这么多年下来也没敢说自个儿真修成了什么，道教吐纳运气，有十二重楼一说，可如今贫道也只自觉修得五六楼，唉，故有'修道登楼如入蜀，委实难如登天'的说法。一些烧香百姓夸我是真人是神仙，实在是汗颜。这趟麒麟真人传言天下，道德宗要修缮《道藏》，总汇天下道书，说出来不怕徐公子笑话，贫道并非冲着水陆道场而去，只是想着去道德宗其中任何一座道观内帮忙打杂，不说其他，能多瞧几眼孤本残卷就知足，住宿伙食这些琐事，贫道和徒儿对付着过就成。"

老道士的徒弟摇摇晃晃，浑然昏昧，体力不支身心疲惫，垂垂欲睡，一副无力支撑静坐的模样。老道士紧张万分，跟徐凤年小声说道："贫道徒儿天资不错，比起贫道好上万分，你瞧他这是气海升浮的征兆，何时眼前无论开眼闭眼，都会出现或萤火或钩链的景象，就证明修道小成了。贫道当年修成了耳通和眼通两大神通后，走这一关，可是吃了莫大苦头。起先妄用守意上丹田，一时红光满面，自以为证道有成，后来才知误入歧途，如今回头传授徒儿心法，就少走太多弯路。"

骆道士说得兴致高昂，不曾想那徒弟差点摔倒，有气无力道："师父，我这是饿的。"

徒弟的拆台让老道士颜面尽失，气得一记板栗砸在孩子头上，"吃吃吃，就晓得吃。你这不上进的吃货憨货！"

孩子若是没有外人在场，被师父训斥打骂也无妨，只是他对那个年轻士子打从见面起就无好感，这会儿感觉丢了天大面子，便红了眼睛跟骆道人狠狠对视，身为小观监院的师父哪来什么高人气度，怒喝一声伸手，然后就给了徒弟手心十几下，孩子经不住打，老人又铆足劲了拍，小手瞬间通红，又吃疼又委屈，号啕大哭，瞥见那怎么看怎么不顺眼的士子似笑非笑，更觉得伤心欲绝，起身就跑去弱水边上蹲着，捡起石子往河里丢。

老道人眼不见为净，对徐凤年语重心长说道："道门修行，即便眼现萤火钩链，可要是不得正法，还是会被禅宗斥为光影门头。这一半是因为佛家从心性入手，不注重身体锤炼，更无道教内丹一说，因此视作障道；还有一半则是的确有走火入魔之嫌疑。公子如果有心研习静坐，不可不察。只是贫道也是瞎子过河瞎摸索，用自己的话说便是借假修真，说出去恐怕会让大观里的真人们笑话死。贫道限于资质，至今未能内闻檀香，不提那些证道飞升，便是那些小长生，也遥不可及。贫道这个徒儿，也是苦命孩子，虽说不懂事，根骨和心性其实不差，贫道就想着能让他以后少受些罪。徐公子莫要怪他整天板着一张臭脸，孩子太小，走了千里路，脚底板都换了好几层老茧，自小又把燕羊观当成了家，总是开心不起来的。”

徐凤年微笑摇头道："骆监院言重了，是我没孩子缘。谁家孩子见着我都少有好脸色。"

骆道人轻声感慨道："咱们人啊，就如一杯晃动浊水，静置以后，方见杯底污垢。有病方知身是苦，健时多向乱中忙。"

徐凤年略作思索，点头道："一间空屋，看似洁净，唯有阳光透窗，才知尘埃万千。道门中人入一品，一入即是指玄境，这恐怕就是在这一动一静之中的感悟。"

跻身金刚境以后，不论观瀑观河，依稀可见某种细如发的残留轨迹，若是达到指玄境，是否可以产生一种预知？徐凤年陷入沉思，秦帝陵中洛阳在铜门外抽丝剥茧，带给他极大震撼。

骆道人咀嚼一番，然后一脸神往道："一品境界啊，贫道可不敢想。"

三人一直沿着弱水往西北前行，每逢停留歇息也都是在满天星光下临水而睡，最后一次歇脚，徐凤年第二天就要与这对师徒分离，后者赶往黄河，再沿黄河乘船逆流，去道德宗参加那场声势浩大的水陆道场，徐凤年则不用拐弯，再走上半旬就可以见到此次北莽之行的最终目标人物。这一夜，夏秋两季交会，星垂苍穹，头顶一条银河璀璨，北地天低，看上去几乎触手可及。徐凤年坐在弱水河边上发呆，收敛思绪，转头看去，骆道人的小徒弟站在不远处，犹豫不决，看到徐凤年视线投来，转身就跑，可跑出去十几步又止住身形，掉头往河边不情不愿走来。

小孩不喜欢徐凤年的态度都摆在脸上，也不知道今夜为何肯主动说话，一屁股坐下后，两两沉默，终于还是孩子熬不住，开口问道："姓徐的，你听说过道高一尺魔高一丈这个说法吗？"

徐凤年点了点头。

孩子皱紧眉头，正儿八经问道："一丈总比一尺高吧？我每次问师父为何魔要比道还要高出九尺，师父也说不出个所以然，总是转移话题，你懂不懂？"

徐凤年笑道："我也不太懂。"

小孩子撇了撇嘴，不屑道："你也没的啥学问，连静坐都不会，还得我师父教你。"

徐凤年点头道："你师父本来学问就大，否则也当不上你们燕羊观的监院，我比不过他又不丢人。"

孩子一脸骄傲道："谁都说我师父算命准！"

徐凤年望向细碎星光摇晃在河面上的弱水，没有作声。

孩子说出真相，"师父临睡前让我来跟你说声谢，我本来是不愿意的，可他是我师父，总得听他的话。"

徐凤年自嘲道："你倒是实诚人。"

孩子不再乐意搭理这个家伙，把脑袋搁在弯曲膝盖上，望着弱水怔怔出神。

他转头慢慢说道："那天渡河，我是真看见了穿红袍的女水鬼，你信不信？"

徐凤年笑道："信。"

说话间，弱水中一抹鲜红游走而逝。

徐凤年想了想，从书箱拿出一沓草鞋，有三双，抽出两双给孩子，"本来只做了一双，后来见着你们，就又做了两双。你不嫌弃，就当离别之礼。"

孩子惊讶地啊了一声，犹豫了小片刻，还是接过两双草鞋，这会儿是真不那么讨厌眼前游学士子了。

孩子抱着草鞋，喂了一声，好奇问道："你也会编织草鞋啊，那你送谁？"

徐凤年平静望向水面，轻声道："你有师父，我也有师父啊。"


骆道人清晨时分睁眼，没寻见嗜睡的徒弟，奇了怪哉，这小崽子别说早起，便是起床气也大得不行，起身后眺望过去，才发现徒儿拎了一根树枝在水畔胡乱摆架子，胡乱？骆道人很快收回这份成见，负手走近，看到底子不薄的徒弟一枝在手，每次稍作凝气，出手便是一气呵成，如提剑走龙蛇，尤其贵在有一两分剑术大家的神似。骆道人瞪大眼睛，敢情这崽子真是天赋好到可以望水悟剑，无师自通？可骆平央才记起自己根本没有教他剑术，不是怕教会徒弟饿死师父，而是骆道人本就对剑术七窍通了六窍——一窍不通！骆道人没瞧见徐公子身影，等徒弟挥了一通，汗流浃背停下，这才见鬼一般疑惑问道："怎的会剑术了？"

这块小黑炭哼了一声，拿枯枝抖了一个剑花，咧嘴笑道："徐公子夸我根骨清奇，就教了我这一剑，我琢磨着等回到燕羊观，青岩师兄就不是我的对手了。"

说起那个仗着年纪大气力大更仗着师父是观主的同门师兄，孩子尤为记仇，总想着学成了绝世武功就打得他满地找牙。骆道人皱眉问道："那位徐公子还懂剑术？"

孩子后知后觉，摇头道："应该不会吧，昨晚教我这一剑前，说是偶然间从一本缺页古谱上看来的，我看他估计是觉得自己也学不来，干脆教我了，以后等我练成了绝顶剑士，他也有面子。"

孩子记起什么，小跑到河边，捡起两双草鞋，笑道："师父，这是他送给咱们的，临行前让我捎话给师父，说他喜欢你的诗稿，说啥是仁人之言，还说那句'剑移青山补太平'，顶好顶好。最后他说三十二首诗词都背下了，回头读给他二姐听。反正那家伙唠唠叨叨，可我就记下这么多，嘿，后来顾着练剑，又给忘了些，反正也听不太懂。"

老道人作势要打，孩子哪里会惧怕这种见识了很多年的虚张声势，倒提树枝如握剑，把草鞋往师父怀里一推，谄媚道："我背书箱去。师父，记得啊，以后我就是一名剑客了，你就等着我以后'剑移青山'吧！"

骆道人无奈笑道："兔崽子，记得人家的好！"

孩子飞奔向前，笑声清脆，"知道啦！"

骆道人低头看着手中的草鞋，摇头叹道："上床时与鞋履相别，谁知合眼再无逢。"

徐凤年独身走在弱水岸边，内穿青蟒袍的一袭红袍悠哉浮游，阴物天

性喜水厌火，阴物丹婴见水则欢喜相更欢喜，时不时头颅浮出水面，嘴中都嚼着一尾河鱼，面朝岸上徐凤年，皆是满嘴鲜血淋漓，徐凤年也懒得理睬。那对师徒自然不会知晓摆渡过河时若非他暗中阻拦，撑羊皮筏的汉子就要被拖拽入水，给阴物当成一餐肉食。孩子将其视作水鬼，不冤枉。徐凤年晚上手把手教孩子那一剑，是气势磅礴的开蜀式，不过估计以师徒二人的身份家底，孩子就算日日练剑，到花甲之年都抓不住那一剑的五分精髓。武道修习，自古都是名师难求，明师更难求，入武夫四品是一条鸿沟，二品小宗师境界是一道天堑，一品高如魏巍天门。骆道人已算是有心人，还是个道观监院，穷其一生，孜孜不倦寻求长生术，可至今仍是连龙虎山天师府扫地道童都早已登顶的十二重楼，都未完成一半。这便是真实的江湖，有人穷到一吊钱都摸不着，有人富到一座金山都不入眼。

徐凤年突然停下脚步，蹲在地上，把书箱里头的物件都搬出来晒太阳。

算是拿一个南诏去跟西蜀遗孤换来的春秋剑，剑气之足，徐凤年只能发挥十之五六。

那次雨中小巷狭路相逢，差点就死在目盲女琴师的胡笳拍子。

藏有大秦古剑三柄的乌匣。

由龙壁翻入秦帝陵，那一袭白衣。

一把春雷。白狐儿脸登楼否？

一部刀谱，止步于青丝结。

身上那件后两次游历都睡不卸甲的软胄。

十二柄飞剑，朝露、金缕、太阿都剑胎臻满。

一双还不知道能否送出的草鞋。这份活计是跟老黄学的，记得第一次缺门牙老头递过来一双草鞋，徐凤年跳脚大骂这也算是鞋子？后来觉得草鞋总比光脚走路来得强，穿着穿着也就习惯成自然，那次刚回北凉王府，重新穿上舒适垫玉片的靴子，竟然反倒是不习惯了。

身为世袭罔替的藩王世子，可以平白无故得到多珍稀玩意，但徐凤年不知不觉也拿命拼到了一些东西，但同时随着时间推移，会失去很多不管如何努力都无法挽留的人、物。吃了多少苦，这个不能说，说了别人也只当你猪油蒙心不知足，是在跟饥汉说荤菜油腻。所以遇人只能说享了多大的福。

徐凤年将这些家底一件一件放回书箱。

阴物丹婴来到岸上，歪着脑袋用悲悯相望向这个家伙。

离阳王朝曾经在徐骁亲历督工下，打造了一张史无前例的巨大驿路系统网，驿站是点，驿路是线，线上辅以烽燧和军事重镇以及戍堡，构筑成片，望让人而生畏。如今离阳东线边防几乎完全照搬当初的框架，而吸纳大量中原遗民的北莽，也开始不遗余力地刻印这份事实证明无比有效的战争骨架，其中烽燧烟墩仅茂隆所在的龙腰州嘉鱼一郡，便有大小总计百座，按照三线分布，十里一座，连绵相望，边烽相接，每逢战事，狼烟依次四起。女帝曾经夜巡边境，兴之所至，登烽燧而亲自燃火四炬，于是下一刻全州灯火熊熊，三条烽燧线如同三条火龙，当晚查知有一座烽燧误时失职，连同正副燧帅三人在内的九人，全部就地斩首；十燧长斩臂；一州烽燧统领降职为一员普通烽子，下旨永不得升职。

北莽有几线驿路仅供军伍通行，曾有一位权势炙手可热的皇室宗亲私营盐铁，在龙腰州境内与一队南朝骑卒冲撞，尽杀之，消息不知为何泄漏，女帝手刃这位亲外甥时说，私贩盐铁可不死，纵马驿道该死两次。然后此人的年幼嫡子就给从家中拉出来活活吊死。这以后，此类驿路再无杂人往来。

离谷军镇那一线驿路早已是惊弓之鸟，那四千铁骑一路奔袭，马蹄所至，驿站和烽燧无一例外尽毁，谁都知道离谷六千守军就已经是一只瓮中鳖，撤不敢撤，战不敢战，瓦筑和君子馆两大雄镇就是前车之鉴。瓦筑摆开架势主动出击，离谷在茂隆之前，不得不承担起拿命换命去消耗那支孤军的残酷使命，只能祈求南朝庙堂上大将军们可以迅速给出应对之策。两战过后，昔日无比倨傲的南朝都再无任何一个军镇可与北凉军精锐战力比肩的气焰。离谷面临灭顶之灾，人心惶惶，加上封镇闭城，那些在城内不得出的高门大族子弟不少都是要么抱头痛哭，要么今朝有酒今朝醉了，明日要死明日死。蒙在鼓里的百姓，因为戒严，反而不如消息灵通的权贵豪绅们那般心死如灰。离谷不好受，茂隆也是兔死狐悲，城中许多家族趁着尚未封城，都拖家带口往北逃，一如当年春秋士子北奔的丧家犬景象，竟然都是那北凉军和人屠祸害的！

茂隆梯子山烽燧，建于山岗之巅，夯土结实，夹有穿凿而过的坚硬红柳枝巨木，燧体高大，由于此山临近边军重镇茂隆，梯子山烽燧额外多配烽

子三人，一燧之内有十二人。前些年各州烽燧不管北庭南朝，只用北人，南朝人士不得担当燧子，只是近两年才得以进入烽燧，然后两者迅速持平，为此皇帐方面抱怨极大。梯子山烽燧十二人刚好南北对半，燧帅三人中有两人位是南朝人，另外一名副燧帅是个粗人，哪里斗得过其余两位，被排挤得厉害，这就使得莽人烽子十分尴尬，一日不如一日，先前还敢偷偷喝几口酒，如今一经逮住就得遭受一顿鞭刑。

梯子山资历最老的一个老烽子是典型莽人，剃发结辫，脸部轮廓粗犷，体型颇为雄伟，可惜只是个没胆的窝囊废，以往出燧后私下喝酒比谁都凶，如今甚至干脆连酒都戒了。两位南朝燧帅没事就喜欢拿他当乐子，使唤如猪狗，深夜值勤的辛苦活都安丢给他，这老家伙也不吭声。唯一一次发火是老烽子的俏丽女儿来探望，给副燧帅半路截下调戏，拖入半山小树林。其余烽子看笑话之余，也好奇这么个废物怎的就生出个如此水灵的闺女，若是不幸长得随爹，那还不得五大三粗，这辈子也就甭想嫁人了，至于那次副燧帅大人是得逞还是失手，外人也就只能闲来无事猜测几句。南朝烽子瞧不起，北庭烽子也厌恶，老家伙里外不是人，日子过得孤苦伶仃。唯独一个新入梯子山燧台的雏鸟烽子，跟这个绰号闷葫芦的家伙还能说上话。这名不合群的新丁姓袁名槐，袁在南朝是乙字姓，也属于屈指可数的大姓，只不过没谁认为这等大族子弟会乐意来做注定没有军功的烽子。

袁槐大白天的不用当值，老家伙既然不再去烽燧台外喝酒，就彻底无处可去，总是缩手缩脚站在烽燧台内阴暗处向外瞭望，看了好些年也不腻歪。袁槐是个眉清目秀的烽子，小腰纤细得跟娘们儿差不多，梯子山人尽皆知燧帅向来荤素不忌男女通吃，都寻思着这姓袁的是不是拿屁股换来的烽子身份，烽子虽说相比正规边军是既无油水也无前途的清水差事，可比起许多行当还是要舒坦，起码晒不着饿不到，每月俸钱也不落下。袁槐也不看那位老烽子，问道："你说离阳王朝有多少座烽燧？"

年岁不老只是相貌苍老的老烽子沙哑道："这会儿不清楚，前五六年得有一万两千座。"

袁槐摸了摸青头巾，好奇道："听燧帅说离阳王朝的关内烽燧，每日子时，发火一炬，以报平安。咱们怎么就不照着做？"

有一张苦相的老烽子嗓音如同风沙磨石，轻声说道："平定春秋八国，生怕内乱反复，就得靠这太平火传递讯息去太安城。"

袁槐笑道："那离阳皇帝肯定累，哪天没瞧见太平火，就没得睡，还得把文武大臣喊去禁内。"

老烽子平淡道："做什么不累。"

北莽全境烽燧不报平安火，是女帝陛下亲自下旨决断。

不平安时才燃狼烟，朕照样还你们一个太平便是。

何等自负！

袁槐叹气一声，揉了揉当烽子后黝黑粗糙了许多的脸颊，"家里祠堂的台阶肯定爬满青苔了。"

老烽子不言语。

袁槐自顾自说道："要是在家里，这会儿我喜欢抓宵烛虫子装入囊，做成一只萤囊，都不用挑灯就可以夜读。"

复又转头玩笑道："项老头，你闺女那么水灵，跟画上天仙似的，要不嫁给我算了。"

老家伙难得笑了笑，没有说好还是不好。

袁槐瞪眼道："给个准话，是不是大老爷们儿！"

老烽子摇了摇头。

袁槐转头嘀咕道："小气！"

袁槐是一阵东一阵西的毛糙性子，马上问道："项老头，你说我啥时候能当上燧帅？"

老烽子盯着他看了几眼，撇过头说道："你？不行。"

袁槐急眼道："凭啥我不行？"

老烽子轻声道："当官要深藏不露，就像女人的胸脯。"

袁槐愣了一下，提高嗓门大笑道："呦，你还知道讲道理？"

老家伙平淡道："大道理只要是个人就都懂几个，尤其是到了我这个岁数的老家伙。"

袁槐白眼道："跟你说话就是无趣。"

一名年轻烽子大踏步走入，对老家伙颐指气使道："项老头，去，跟爷去集市拎几壶酒来，酒钱先欠着。"

老烽子默不作声，就要离开烽燧给同僚买酒去，至于这些个烽子欠他的酒钱，日积月累，不说五十两银子，三四十两肯定跑不掉，不过他就是一团烂泥巴，任人拿捏惯了。袁槐看不过去，替项老头打圆场，说他去。那位把占便宜视作天经地义的烽子怒目相视，见袁槐嬉嬉笑笑，巴掌大小的脸蛋，下巴尖尖的，细皮嫩肉处处跟娘们儿差不多，心里就没了火气，可他也觉得下腹憋着一团邪火，只是这姓袁的极有可能是燧帅的玩物，他胆子再大也不敢放肆，不过能过过手瘾也好，觍着脸说"好兄弟"，就要去搂他的肩膀，被袁槐灵巧低身躲过，溜了出去。在梯子山混吃等死的烽子大失所望，狠狠盯着袁小子的屁股下狠力剜了几眼，心中暗骂自己真是想婆娘想疯了，回头再看那个老不死的晦气货色，不由吐了口浓痰，这才大摇大摆走出去。

梯子山烽燧有两匹马，一匹给燧帅临时骑了前往军镇茂隆，卖酒的集市得有二十几里路，袁槐跟看守马匹的烽子说请所有兄弟喝酒，也就得以骑马下山。

下山时，袁槐跟一小队吊儿郎当的边镇骑卒擦肩而过，为首一个俊哥儿跟烽燧里的家伙差不多德行，瞧见了他，也是眼神玩味，还吹了一声口哨，袁槐忍下恶寒，快马加鞭。

骑队总计六骑，跟为首骑兵小头目只差半个马身的一员骑卒轻声问道："不解决掉？"

那名前一刻还玩世不恭的小头目收敛神色，眯起眼，微微摇头道："放在后边杀。记住一点，重镇附近的烽燧，未必只有九名烽子。"

面容清俊的骑卒嘿了一声，"翰林哥，都杀了一路了，光是咱们就捣掉七座烽燧，心里有数得很！"

沉默时越发冷峻的李翰林呼出一口气，"小心总不是坏事，兄弟们不能再把命丢在北莽了。除掉这座烽燧，接下来就没咱们兄弟的事情。回去以后……"

李翰林没有继续说下去。

有几人能回？

李十月咬了咬干裂嘴唇，眼神阴冷，重重点了点头。

离梯子山烽燧半里路有一道关卡，一名烽子正在凉荫底下靠树打瞌睡，连并没有刻意包裹软布的马蹄声都没将他吵醒，不幸中的万幸，一根弩箭瞬间透过头颅，钉入树干，烽子死得不痛苦，仅是脑袋往后轻微抖动出一个幅度。骑卒故意在关卡稍作停留，然后慢悠悠上山。烽燧烟墩外有两名南朝烽子在插科打诨，都等着袁槐买酒回来解馋，见着身披茂隆轻甲的骑卒懒洋洋出现在视野，以为是军爷来这边找熟人，挤出笑脸上前恭维几句，六骑同时下马，李翰林笑着跟一名烽子勾肩搭背走向烽燧，随口问道："你们燧帅在不在，老子好不容易逮住机会溜出来透口气，说好了一起去今晚茂隆喝花酒，可别放鸽子！万一北凉真打过来，老子是死是活都两说，这会儿赶紧找几个娘们儿痛快痛快。"

烽子心里那个羡慕垂涎啊，嘴上赔笑道："对对对，军爷说得在理，是要痛快。军爷要是信得过，小的斗胆帮军爷领路，茂隆的勾栏，小的熟门熟路。"

步入烽燧遮挡出来的阴影中，李翰林哈哈大笑："你小子上道，爷喜欢。"

上道。

是真上道了，黄泉路。

李翰林动手的同时，李十月也拗断另外一名烽子的脖颈。李翰林给了个眼色，陆斗嘴中叼住一柄匕首，腰悬矛囊，高高跃起，双手钩入燧墙，向上迅捷攀沿，悄无声息翻身而入。

一标五十游弩手，可战兵卒也就只剩下他们六人。伍长李翰林，副伍长陆斗、李十月，还有三名俱是将凉刀换成莽刀的精锐游弩手，其中重瞳子陆斗已经干脆不配刀。

烽燧内，李翰林杀红了眼，本以为尘埃落定，梯子山烽燧除去骑马下山那位女扮男装的清秀烽子，已经全部杀尽。他让陆斗和李十月搜索燧内是否有暗室，不曾想一名老烽子莫名其妙在隐蔽处偷袭了李翰林，当时他正要去取一些烽燧文录，结果是马真斋替他挡下那记阴毒刀子，锋锐短刀将八尺北凉男儿捅了一个透心。那烽子明显是高手，一刀致命，抽刀时还撩带出弧度，整个心口子哗啦一下给拉开。马真斋死前还在说要回到北凉，就拿上银子捎带给几位战死兄弟的爹娘妻儿。老烽子出刀迅猛，李翰林艰辛招架，给那身手不俗的蛮子劈中了肩头，好在尚未发力，老而弥辣的烽子就给循声赶来的陆斗一拳轰烂后背，这还不够，陆斗按住他脑袋，砸向墙壁，整颗脑袋

如拳捶西瓜，倒地时血肉模糊，全然认不清面孔。陆斗看向李翰林，后者摇摇头说没事。

李翰林走到马真斋尸体前蹲下，帮他合上眼睛。

李十月嘴唇嗫动，还是没有出声。

李翰林平静道："陆斗，你精于追踪，骑上我那匹脚力最好的马，去追那名下山的烽子，记住，只追二十里，追不到就马上回来，跟我们在前一个烽燧碰头。"

陆斗沉默走出烽燧。

李十月一拳砸在墙壁上。

李翰林抬起头，说道："咱们龙象军根本没打算吃掉离谷，就看谁会掉进离谷、茂隆这个圈套了。"


董卓亲率八千骑兵昼夜奔驰，赶赴茂隆。

他一开始就准备舍弃离谷。

董胖子只是瞧上去很胖，实则是那种半点都不臃肿的壮实，当下一骑当先。

不断有游骑前来反馈军情。

董卓麾下的乌鸦栏子，在北莽八十栏子中稳居第一。

八千南朝首屈一指的精锐骑军，气势如虹。

董卓习惯性磕着牙齿，眼中浮现阴霾。

两刻钟后，一百乌鸦栏子竟然无一人返回。

终于，一骑疾驰而来，满身鲜血，后背插满弩箭。董卓快马加鞭，阻挡他翻身下马禀报军情的动作，"坐着说。"

这名濒死的乌鸦栏子嘴角渗血，竭力咬字清晰："前方三里，有重兵埋伏！"

说完便断气死绝。

董卓伸臂扶住尸体，不让其坠落马背，长呼出一口气，握拳抬起一臂。

全军肃然。

战意昂扬。

董卓按兵不动。

一面"董"字大旗在风中猎猎作响。

前方又名葫芦口，两头广袤中间收束狭窄。

一百乌鸦栏子想必就都死了那里。

董卓的耐心一直很好。

对面知道董卓骑兵知晓了埋伏，见他不打算向前推移，便由葫芦口急速拥出。

黑压压列阵铺成一线潮。

四千龙象军。

八千董卓军。

两军对峙，阵前一名黑衣少年手中提拽着两具乌鸦栏子的尸体，身后骑军展开冲锋以前，他将尸体朝董卓方向高高抛向空中，坠地后摔成两摊烂泥，这样的寻衅让董字大旗后的八千骑兵都咬牙切齿，加大力度握住手中利矛，下意识夹紧马腹。这些久战沙场的老卒都趁间隙抓紧留心挂钩里的兵器，一旦相互嵌入阵形，早上些许抓住莽刀，就多一分杀人机会和活命机会。一杆黑底红字的鲜艳大旗迎风招展，这对位于逆风向平原上的董字大军来说，战马奔速会得到一定程度的滞缓，只是当老卒们抬头望了一眼那个猩红"董"字，顿时心无杂念。只等董将军一声令下，就要将这仅仅半数于己的疲惫之师碾压成灰。

许多骑卒心中不约而同默念一首质朴小谣：董家儿郎马下刀马上矛，死马背死马旁。

董卓手中持有一杆绿泉枪，曾是提兵山的镇山之宝，董卓做成了女婿，就被提兵山山主当作女儿嫁妆送出。董卓身后有十八骑，战马甲胄都并无异常，只是不像董字骑那样清一色手中持矛马鞍挂物，兵器怎么趁手怎么来，其中过半人数都腰间悬剑，十八骑脸上也无老卒独有的肃杀气焰，相对意态闲适，但周围素来以眼高于顶著称的领兵校尉没有半点轻视，尤其是望向一名空手坐马背上的清癯老者，都有些由衷敬畏。毕竟提兵山第二把交椅，不是谁都有本事去坐的。

少年带着一头体型骇人的黑虎开始奔跑，董卓手中绿泉枪原本枪尖指地，猛然抬起，向前一点。

两军几乎同时展开冲锋。当两支骑军拉开足够距离，并非谁先展开纵马

前冲就一定占优，若是距离过大，一鼓作气过后往往士气开始衰竭，第一矛递出的通透力也要折损。但是此次对垒而战，碰撞前的双方距离，都可以保证将各自马速和冲击力提至极点。

大地在马蹄锤击下震颤不止，黄沙弥漫。

两线潮头向前以迅雷之势推进。

寻常骑战，不管是口哨还是嘶喊，冲锋时骑卒喜好出声以壮声势。一些马术精湛的骑卒，在对冲临近时，为了防止战马临阵退缩，损伤速度，都会有甩出遮马布，罩住战马双眼。只是四千龙象军和八千董卓军都尤为反常，皆是没有这类多余举动，骑卒与战马同时起伏，充满无声的铁血韵律。以十八骑为首的六十余提兵山武人，和四千战骑已经冲出，董卓停马而立，身后带着两千游骑，其余两千游骑绕出一个弧度，避开正面，从左右双方以锥子阵形刺向兵力相对薄弱的龙象军。

董卓静等一锤定音。

双方初次接触，便都是入肉入骨。

一名龙象骑和一名董家骑兵几乎同时将长矛刺透对方胸甲。战马继续前冲，两人弃矛抽刀，侧身而过时，又各自劈出一刀。龙象骑一刀砍去那北蛮子的脑袋，无视重创，侧头躲过一矛，正要拼死砍出一刀，不防给后边董家骑兵一矛挑落，长矛在空中挤压出一个弧度。北凉骑卒死前一手丢出凉刀，一手握住长矛，不让矛尖拔出身躯。敌骑松手抽刀，弹掉飞掠而至的凉刀，继续策马沉默前冲。

有两骑连人带马对撞在一起，战马头颅当场碰碎，骑卒跃起马背，两矛借势刺中敌人胸口，双方同时往后坠落，但都握住了矛，尚未来得及步战，以步战骑，就给双方跟上的骑兵准备一矛穿透头颅。

膂力惊人的战骑可以一矛刺落敌骑，借着战马冲锋余力抽矛再杀，一名龙象骑长狠辣一矛贯穿了两位北蛮子的胸膛，两具尸体坠马时仍是如糖葫芦串在一起。

他腋下夹住凌厉一矛，将没有第一时间果断弃矛的董家骑兵拧下马背，一刀削掉了半片脑袋和整只肩头。

有落马重伤未死的北莽骑兵临死仍然砍断北凉马腿。

两军互为绞杀，尽是瞬间高下生死立判后一冲而过，除去几名马战超群的校尉手不弃枪矛，在前冲途中不断抽杀敌骑，但也根本不可能说一骑慢悠悠前行，被十数骑兵围住，任由他一矛扫杀，更不可能因为碰上了旗鼓相当的敌将，返身再战几十回合。只有一个例外，这条漫长战线的中段位置，仍是出现一个有违常理的庞大空心圆，先前黑衣少年当空跃起时，给一名手无兵器的清瘦老者双手拍在当胸，轰然落地，紧接着被十八骑或马背或下马倾力截杀缠斗。一方大将只要亲身陷阵，在春秋时期便一直是注定要遭受潮水攻势的醒目人物，这类角色附近就成为一块大砧板，血肉尸体层层叠加。黑衣赤足的徐龙象在率军入北莽后，哪怕在瓦筑已经被刻意针对阻截，仍是直到今日才真正意义上被拦下脚步。

青衫老者正是提兵山一人之下的宫朴，内力雄浑，跟山主常年印证武道，其余十七骑尽是提兵山以一敌百的勇夫，更别说还有四十几名提兵山蓬莱扛鼎奴，个个身高九尺，天生力大如牛，习武后就浸泡在药缸中，锤炼至江湖人称伪金刚的境界。只可惜遇上了生而金刚的徐龙象，只要被少年近身撕扯住，就是分尸的下场。大圈中，已经躺下十几具缺胳膊少腿的蓬莱奴。此时徐龙象无视一名提兵山剑士的剑刺后背，一拳洞穿一位扛鼎奴的心口，慢悠悠拔出心脏，随手丢在地上；利剑刺中黑衣少年后背，中年剑士心中震骇，此子分明没有依赖气机游浮遍身去抵御利器加身，三十年浸淫剑道，颇为自负手中剑一剑刺中少年后心，竟然不论如何递加剑气，都不得入肉分毫。黑衣少年慢时极慢，快时更快，嫌那柄青锋长剑不够爽利，往后一靠，主动往青芒萦绕的剑尖上凑，不等剑士脱手弃剑，好生生一柄江湖上小有名气的利剑就给刹那压弯，然后崩断。少年后靠之势委实太快，剑客不仅长剑断去，整个人都给撞飞，胸腔碎裂得一塌糊涂，向后飘落，跌入黄土，死得不能再死。

那头黑虎仰天长啸，爪下扣住一具蓬莱巨汉的模糊尸体，轻轻一钩，就将尸体粉碎，鲜血浸透黄沙。

黑虎扑向下一位距离最近的魁梧巨汉。

不急于跟黑衣少年近身绞斗的宫朴见状怒喝一声："孽畜！"

黑虎被宫朴拦腰一掌打得侧飞出去，落地后仍是滑出去五六丈远，才摇头晃脑站起，一骑提兵山武者就提枪戳来，长枪刺背足足一尺，黑虎浑然不觉疼痛，四脚着地下陷，蓄劲后连人带马都给扑杀，持枪骑士被这头齐玄

帧座下黑虎一口咬断腰肢，触目惊心。在斩魔台被打趴下对黑衣少年认主的通神畜生，一甩硬如铁的鞭尾巴，在背后蓬莱奴从头到胸划出一道血槽，继而向前扑倒另一名悍不畏死的巨汉，后者满脸涨红撑住黑虎嘴巴，不让它下嘴，黑虎整颗头颅都向下一砸，将那巨汉的手臂折断，并且把他的脑袋砸得陷入泥土。

满脸怒容的宫朴奔至，一脚将黑虎再度踢飞，一气滚落了十几名凉莽皆有的骑兵。

徐龙象全然不管黑虎那边战事，看似轻描淡写一扫臂，就将一名提兵山剑客拦腰斩断，他拉住其上半身，旋出一个圆弧，又将一名扛鼎巨汉胸部砸了个稀烂。一名面容木讷的年迈剑客剑如梨花雨，每一剑点出刺在赤足少年身上，便借着剑尖反弹收势身形后撤几丈，来来回回，眼花缭乱，瞬间便是九十余剑，手脚头颅脸颊心口腹部，无一遗漏，一连串金石相击声，清脆非凡。老剑客试图找出这疯魔少年的命门，当一剑抵住眉心，见那凶名直追北莽洛阳的年轻魔头咧嘴一笑，才要趁着剑身微曲复原的后劲移步，将道门踏罡步斗融入身法的剑客才踩出一步，就让那瞬间赶至身前的少年一拳打在左耳侧，老者匆忙运气抵消七八分杀机，可千钧巨力所致，身体凭空离地如同倒栽葱。徐龙象握住其双脚，往地面向下一戳，如掷矛入地，久负盛名的剑道名家就给挤压得不见头颅，只见胸口跟黄沙地持平。徐龙象轻轻一脚踢断这位剑术宗师的双腿，瞥见那柄无主之剑，犹豫了一下，弯腰捡起，轻轻抛起，双掌抵住剑柄剑尖，一柄剑给合起的掌心碎成无数片。他双手握住剑片，举目望去，瞧见了两名仅剩剑客，身形暴起，吓得这两位魂飞魄散，顾不得什么名剑风流，撒腿狂奔，一名跑得不够快，被黑衣少年一掌挥中脸颊，满嘴碎片，面目全非，堂堂剑士死于被剑片儿喂饱，凄凉滑稽至极；另外一名剑士因为有蓬莱巨汉赴死阻拦，躲过一劫，但已是肝胆俱裂，再无半点恋战的心思，不管事后是否被提兵山重罚，迅速向后撤去，身形没入骑军。

徐龙象嗜杀如命，撕掉一名巨汉，正要找寻下一位目标，被宫朴以一记取名提山的肩靠给撞得踉跄几步。宫朴怒发冲冠，大踏步前冲，一步一坑，双拳巨力撕裂空气，裹挟风沙，复尔给予这位少年悍然一击。徐龙象双脚离地，一脚踢中宫朴肩头。双双后退，滑出相距十几丈的距离后，又同时止住身体，两人如两军骑兵如出一辙，对撞而去，宫朴一拳砸在少年额头，少年一拳回他胸口，以两人为圆心，一大圈黄沙向外疯狂飘荡。

徐龙象吐出一口血水，右拳砸在左手掌心，扬起一个狞笑。

宫朴鼻孔渗出两抹鲜血，被他轻轻抹去。

一旦投入兵力超过万人，然后全军死战至一兵一卒都不降不撤的战事，春秋以前不见任何史载，春秋中唯有妃子坟一战，那一战人屠义子排在第二的袁左宗仅留下他一人。他以一万六千轻骑死死拖住了西楚最为精锐雄壮的四万重甲铁骑，这才让当时还未称作北凉军的徐家军完成对西楚的战略围困，迫使西楚战力全线彻底龟缩，最终促成了号称一战定春秋的西垒壁战役。那一战，在妃子坟坟头上，护在白熊袁左宗身边的十六卒，皆是寻常士卒，因为三十余校尉将领早已死净。那一战起始，袁左宗便身先士卒，从骑战到步战，杀敌将领十六人，一杆银枪杀敌骑一百七十余，若非陈芝豹违令带兵救援，袁左宗就注定要死于妃子坟。当白衣陈芝豹走上坟头时，袁左宗双手扶枪而立，全身是血，血污得不见面孔。

一般而言，军力损耗达到三分之一，军心就会开始溃散，春秋中有无数枭雄借着乱世伺机揭竿起事，小有气候便忙不迭自封为王，自称皇帝，但这类鱼龙混杂的军伍大多数遇上精锐正规军，往往是一触即溃，不堪一击，不乏五六万起义军被数千骑军追杀百里的荒唐战事，更不提什么死战不退了。离阳王朝权臣各怀鬼胎，说顾剑棠坐在徐骁那个位置上，也可以平定春秋，却从未想过顾剑棠能否带出袁左宗这样的悍将，带出春秋大定后仍是军心凝聚的北凉三十万铁骑。


葫芦口一役，堪称惨烈。

从正午偏后时分两军开始冲锋，一直杀到了黄昏。

葫芦口黄沙弥漫，就不曾停歇过片刻。

四千龙象军跟六千董卓军几乎史无前例地从马战打成了步战！若非亲眼看见，说出去都没有人会相信。

董卓能够在南朝破例占据三大军镇，在南朝庙堂上敢跟几位大将军红脖子瞪眼，是靠着董字旗麾下共计有六万豺狼之师，这六万兵马，女帝御驾巡边时曾亲口询问这个董胖子，他日战事大启，肯不肯拿六万换六万，换一

个南院大王？言下之意，董卓六万军马足可拼掉北凉三十万中的任意六万骑军。至于那个奸诈如狐狸的董卓如何答复，自然无人得知。

董卓虽然面沉如水，但嘴角似笑非笑。

身后两千游骑兵始终没有投入胶着战场。

北莽西线驿路烽燧连同戍堡军镇在内的完整系统，看似完善，可终归不曾遭受过战事的血腥浸染，华而不实，董卓一直看在眼中，心知肚明，却不曾一次在庙堂上提及。像这次八千龙象军孤军深入，竟然一路打到了军镇瓦筑，都不见一缕狼烟。事后吞掉君子馆，烽燧曾有短暂燃烟报信，但接下来南朝就再度成了睁眼瞎，龙象军马蹄所指，离谷、茂隆前方的数百座烽燧都毫无音讯，连董卓自己都没有预料到四千龙象军竟然不是去攻打离谷，而是一路奔袭，来设伏截杀援兵。

如果不是自己调教出来的八千兵马，恐怕就真要给这支龙象军啃得骨头都不剩了吧？

董卓还在等。

这次突发战事，他的骑军虽说也是一路疾驰增援离谷，但也称不上以逸待劳，只不过相对经历两场恶战后的龙象军还是要占据优势。董卓想到了四千对四千，会陷入颓势，但没有想到两千游骑军参战，还是没能一举打垮掉如弓弦崩到极限的龙象军。

董卓抬了抬屁股，依稀可见战场上黑衣少年和提兵山宫朴的身影。

这个胖子啧啧道："真是能打啊，好不容易觍着脸跟老丈人从提兵山要来的十八骑，加上四十几个蓬莱巨汉，有宫老爷子坐镇，就还是差不多都给宰光了。这仗打完，媳妇还不得几天不让我爬上床？"

一名游骑将领策马来到董卓身边，低声询问道："将军？"

董卓摇了摇头道："不急。"

健壮将领小心翼翼问道："僵持下去，宫山主恐怕就要？"

董卓直截了当说道："就是要等到他死。"

跟随董卓多年征战的将领毫无异样，面无表情地安静退下。

当下天色就跟顽劣孩子往白纸上泼墨一样，墨越多，夜色也越来越浓。

战事终于将歇，董卓招了招手，那名将领迅速赶来，这个胖子笑道："传令下去，咱们两千骑去杀那名黑衣少年，盯着他杀，其余龙象军残余都不用理会。谁摘下那少年头颅，是去南朝庙堂当个实权四品大员，还是在我董卓麾下官升三阶，随他挑。"

将领咧嘴会心一笑，沉声道："得令！"

董卓提了提绿泉枪，终于要亲身陷阵。

六千军马，换四千龙象军和一颗人屠次子的脑袋，值不值？

董卓冷笑道："这趟老子看来是要赚大发了。"

葫芦口外五十里，八百骑兵纵马狂奔。

一律白马白甲。

为首一名俊逸高大骑将手提银枪。

暮色中的葫芦口东端战场，黄沙渐停又渐起，当一声号角响起，两军默契地停下杀伐，等待最后一场战事。

一名长了张娃娃脸的年轻龙象骑兵哇了一声哭出来，抬头对身边一位并肩作战的熟悉校尉哽咽道："小跳蚤死了。"

一身甲胄支离破碎的校尉艰难咧嘴，不知是哭是笑，也不知如何安慰这名麾下士卒。这孩子祖上几代都是北凉边境牧人，打小就马术精湛，入伍时，别的新人还得每天给战马摔上十次八次的，他倒是连钻马腹都能耍出来了，当时校尉就在场亲眼看着，满堂喝彩，二话不说就拎进了龙象军，左挑右挑，跟挑媳妇一般用心，好不容易挑中了一匹才从纤离牧场投入军中的战马，半生不熟，不起眼，唯独给这孩子相中，后来证明这匹马真是匹好马，脚力极好，爆发力也足，可贵之处在于冲锋时愿意与马队齐头并进，因为这匹马性子跳脱，熟悉战阵的闲暇时，喜欢在孩子身边蹿跳，就有了个"小跳蚤"的昵称，那孩子恨不得睡觉都去马厩，万一心爱战马得了小疾小病，给战阵演练中木矛捅肿半张脸也只会傻乐呵的孩子心疼得只会哭，真是比将来娶进家门的媳妇还要上心了。这场战事，这孩子不赖，光是被他看见的杀敌人数就有俩，也是最后一批从马背下来步战的龙象骑兵，不知多少敌骑的战马给这小子拿刀划破了肚肠砍断了马腿，校尉知道这股子伶俐劲头是殊为难得的天赋，许多百战老卒都未必有这份本事。

校尉瞥了眼孩子的下巴，胡子都还青涩着，他本想着再过一两年就给这孩子破例当个媒人，把侄女交到他手上，也算肥水不流外人田。才十九岁不

到的小娃儿，连女人的滋味都没尝到过，今天死在这里，真是可惜了。

拍了拍孩子肩头，校尉轻声道："到了下边，跟兄弟们比一比谁杀得多。咱们如果死得早，指不定还能在黄泉路上追上他们。死得晚，就多杀几个蛮子。"

娃娃脸骑兵抹去泪水，笑着点点头。

校尉瞥了一眼远处的黑衣少年，由衷崇敬。不知哪儿冒出的一股江湖顶尖高手，拿命去缠斗不休，五六名三尺青峰竟能生出剑气的剑客，四十几个刀枪不入的巨汉，好在都给小将军杀鸡屠狗般收拾得一干二净。敌军歹毒处还不止于此，先是一名打不死的青衫老先生跟小将军对殴了半天，后边又在骑兵中鬼祟藏了一名年轻剑客，装孙子装了许久，不料一剑竟然刺透了小将军的右边胸口，阴险一剑之后，便不见踪迹，彻底撤出战场。

校尉是老兵油子了，说完全不怕死那是自欺欺人，如他这般官职和阅历的家伙，早过了年少热血的年龄，再说还是拖家带口，无缘无故让他坦然赴死，校尉脑袋又没有被驴踢了！只不过能进入北凉战力名列前茅的龙象军，左右官帽子大小相当的袍泽们比起许多其他北凉将领，都要勇悍和善战，弯弯肠子不多，带出来的士卒，也要相对一根筋。对龙象军上上下下而言，只要各自上头敢冲敢死，他们就敢战，养兵千日用兵一时，怕死就不进龙象军了。校尉也是从小卒子当起，谁没有从老卒嘴中听过那些荡气回肠春秋战事？褚禄山一千轻骑开蜀道，妃子坟一万六千骑死战至最后一人，陈芝豹西垒壁一战平天下，襄樊攻守战，太多了。校尉知道葫芦口一役后，也必定会有熟人与人说起，提及自己名字，都会竖起大拇指，这些言语与抚恤银两一起传回家乡，也算对得起那些儿时跪拜过的祠堂牌位，以后自家孩子长大后，也能直起腰杆做人。

披红甲的董卓军只余下不足六百残兵，支撑着他们誓死不退，是身后那支由将军亲率的两千游骑，以及擅自后撤者立斩的董家军法。当回首望去，一股鲜红洪流般涌来，一杆大旗尤为鲜明，这些精疲力竭到一坐下就可以大睡三天的董家骑兵都如释重负，继而感到有些荒凉，所向披靡的董家精骑，六千对阵四千，竟然输了。脚边都是昔日袍泽的死尸，跟北凉人的尸体杂乱叠加，许多次步战厮杀，踩入黏稠血水中，每次抬脚比起踩在砂砾中还要吃力，许多甲士就是一不留神跌倒，就给对手劈砍而死，大战之酷烈，早已不知是死在北凉刀还是自家莽刀之下了。

因为北莽少有险地可供依据，北莽军镇布局一直呈现出进攻态势，无形中就让绝大多数北莽军误认为那北凉军，什么三十万铁骑雄甲天下不过是陈芝麻烂谷子的旧账了，春秋八国军力参差不齐，如何能跟北莽相提并论？因此提起偏居一隅的北凉军，再保守的校尉将领，也只是以为凉莽两军战力持平，北莽的问题不在于吃不掉北凉，而在于何时南下踏平。董家骑兵是公认能与拓跋菩萨十八万亲军位于一线的精锐劲旅，尤其是董家骑兵擅长回马枪，几次规模在两万左右的东线激烈战事，董家骑兵能够保证一撤百里而不散，这趟救援茂隆军镇，听闻对手只有孤军深入的四千骑兵，谁不视作唾手可得的大军功？

一名董家骑兵长呼出一口气，扶了扶头盔，低头看去，想起那首不知何时在军中盛传的歌谣，董家儿郎马下刀马上矛，死马背死马旁。家中小娘莫要哭断肠，家中小儿再做董家郎。

两军六百对九百，已经无战马可骑乘，只是以步战结阵对峙。

黑衣少年被穿胸了一剑，刺客一击得手便撤，连剑都不收回。他随后与宫朴整场酣战都未曾拔去那柄剑。提兵山副山主早已经是筋脉寸断，成了一具无骨尸体。少年摸了摸那头变得通体赤红的黑虎，四下张望，从脚边一名战死骑兵腹部抽出一柄刀，骑兵是龙象骑兵，刀竟然是北凉刀，可见这一场血战乱到了何种地步。徐龙象一刀斩去宫朴脑袋，弯腰捡起，攥着头发拎在手上，然后高高提起，九百龙象军顿时一齐嘶吼震天："死战！"

一名校尉见许多骑卒手中都握有北莽刀，沉声道："换刀！"

没有一匹战马，只有九百柄北凉刀。

六百董卓骑兵也同时换刀。

董卓不是那种喜欢亲自冲锋陷阵的将领，但这葫芦口一战，打到这个份上，他不得不战，心中也想着要亲手砍死几十号龙象骑兵。南朝不管如何唾弃这个死胖子的人品，但都不敢否认董卓的帅才，大将军柳珪甚至将这个时不时顶嘴犯蠢的后生拔高到顾剑棠、陈芝豹那个高度，认为董卓在北莽和离阳王朝那一场注定要波澜雄阔的战争中继续崛起，成为继拓跋菩萨后北莽的又一位军事柱石。

董卓手持绿泉枪，一骑当先而冲。他死死盯住那个渐成强弩之末的襄中

物——人屠次子徐龙象。

世人皆知董胖子贪生怕死，但这并不意味着董卓战力平平。提兵山这次为了他这个女婿，是付出了血本，蓬莱扛鼎奴拿出了大半，客卿出了三分之一，甚至连被誉为北莽金刚第一的宫朴老爷子都搬动出山，这样一支死士队伍，竟然都没能累死黑衣少年，何况还有一名朱魍首席杀手助阵。董卓不得不服气，换成任何一名指玄境高手，都要乖乖死上两次还不止，董卓早知道是这样，就是抱着老丈人的大腿，撒泼打滚也要求着老丈人亲自出马。

事已至此，多想无益，董卓也不是那种拿得起放不下的人，他的底线是愿意再拿一千游骑性命去活活堆死那个徐龙象。

尸横遍野，会阻滞骑兵攻速。

六百董卓步战骑卒只是拖住九百龙象军，并不恋战，当两千骑兵临近，六百步战骑卒迅速向两侧奔离战场，腾挪出一片冲锋空间。

两千游骑如洪水冲刷过九百座礁石。

类似中原农耕的秋收割稻谷。

这种蛮横无理的以逸待劳，取得了情理之中的巨大战果。

一个回合就斩杀龙象军将近两百人，己方仅损失八十骑。

董卓一杆绿泉枪，轻而易举挑死扫伤了十几名疲惫至极的步战骑兵。

阵亡的八十骑中半数是被黑衣少年连人带马撕碎。

穿透整个步战阵形，董卓调转马头，望着那个千疮百孔仍是屹立不倒的礁石群，以董卓的冷酷无情，仍是浮现一种说不清道不明的感觉，将来自家六万董家儿郎，就要跟这样的北凉军旅直面交锋吗？就算最终成为南朝庙堂唯一的权臣，又能剩下多少？董家军是他费尽心血用十年时间培养出来的嫡系，死一个就少一个，空缺极难填充，所谓的转战千里以战养战，跟东线顾剑棠交战，他还有这个信心，跟北凉铁骑过招，董卓信心不大。

董卓展开第二拨冲锋，除此之外，还拨出数百骑担当起迂回游猎之责，不给那龙象军残部任何喘息机会。

娃娃脸骑卒瞥了眼身旁连杀两骑后被一名北蛮子用矛穿透的熟悉校尉，没有什么哀伤表情，只是握紧了手中的北凉刀。

小跳蚤死了，总爱说荤话的老伍长死了，如今校尉也死了。

都死了。

214

怎么都该轮到自己了。

他咧嘴笑了笑。

第二拨冲锋过后，六百龙象军又战死三百人。

当董卓准备彻底解决掉这群冥顽不化的北凉士卒时，竟然不是他们率先展开冲锋，而是黑衣少年开始朝他奔来。

是要拿命拖延时间吗？

董卓眯起眼，上下牙齿互敲。

离谷军镇此时不出意外已经赶来清理战场了。


葫芦口黄沙骤起。

天地间只见白马白甲。

董卓狠狠吐了口唾沫，瞪眼骂娘道："我操你黄宋濮、柳珪、杨元赞这些老不死的祖宗十八代，拐骗老子来跟大雪龙骑军死磕！"

董卓毫不犹豫吼道："伍长起，下马，换马给步战兄弟。撤！"

白甲银枪的将军赶至战场，望了一眼两千董卓军，没有追击。

走到胸口插有一剑的黑衣少年身前，恭声道："末将袁左宗见过将军。"

少年只是歪了歪脑袋，问道："我哥呢？"

第九章　徐凤年终遇斯人，龙树僧安然涅槃

一剑出鞘，天下再无不平事。

洪柏轻声感慨道：「真像李淳罡啊。」

撤退时，董卓两千游骑和六百步卒拉开一段距离，显得衔接疏松，董卓在奔出三里路后，吁了一声，拉住缰绳，绿泉枪尖慢慢在黄沙地上划出一条沟壑，回首望去，很遗憾那支大雪龙骑没有趁势追击。董卓努了努嘴，摘下红缨头盔夹在腋下，也不介意在麾下将士面前露出一张苦瓜脸，唉声叹气。一名下马做步卒的嫡系校尉大步跟上游骑军，来到董卓马下，三里路佯装溃败，跑得跟丧家犬一般，停脚时其实气定神闲，满嘴脏话，不外乎唾弃那北凉第一铁骑没胆量。董胖子调教出来的将士，大抵都是这副德行。董卓将绿泉枪放置在搁架上，戴好头盔，说道："走。"

那个跟在董卓一人一骑屁股后头的校尉生得虎背熊腰，闻言问道："将军，咱们真就这么走了？不杀一个回马枪？"

董卓没有回答部下的询问，他不说，那名校尉也就打消了追问的念头。这便是董家军的默契。董卓不光善于带少数精锐骑兵长途奔袭，而且用兵极为擅长回马枪，许多激烈战事甚至可以在微小劣势乃至于局势持平的情况下一气撤退几十里甚至数百里，掉头再战，继而奠定胜局。须知回马枪战术就是一柄双锋剑，用得好有奇效，用不好就是聪明反被聪明误，假戏真做，那就真的要一溃千里，兵败如山倒。这需要对己方军心士气和敌方战力韧性都有洞若观火的透彻认知，这类拿动辄拿几百上千条性命做代价的术算推演，绝非纸上谈兵。

董卓自言自语道："六千打四千，打了个平手，龙象军的战力差不多被咱们摸出底子了。瓦筑洪固安输得不冤枉。"

校尉嘿了一声，言谈无忌讳，"将军这话说的，要是给朝廷里那些阁老们听着，又得说咱们不要脸皮了。"

董卓磕着牙齿，微微抬了抬屁股，家里那位皇亲国戚的大媳妇总调笑他屁股蛋儿长老茧，摸着硌人，让他少骑马。董卓是顶天的聪明人，看似是闺房画眉之流的私语趣话，其实言下之意，是让他这位夫君少亲身陷阵，毕竟还年轻，又有皇帐外戚身份，少些冒险挣得的军功，只要熬得住性子，总能往上爬到高位。只不过这一趟增援岌岌可危的离谷、茂隆，他不亲自带兵前来，确实放心不下。被龙象军打掉六千亲兵，说不心疼那是假话，不过董卓素来是名副其实的冷血无情，只要心里小算盘没算亏了，也就懒得故意装出如何伤心伤肺。不过董卓的六万兵马精锐所在，不在骑兵，而在于一万两千

步卒，要是后者折损六千，董卓早就去南朝黄宋濮几位大将军那边堵门口骂娘了。

前行几里路，又见董家军五百骑，这支精兵默默融入大军。董卓从来就以诡计多端著称，不太喜欢做将全部身家孤注一掷的拼命买卖，他的回马枪之所以用的次数不多，却能够次次成功，就在于每次后撤，事先都会有总兵力起码六分之一的隐匿骑军保持精气神全满，用作回马枪的枪头。

葫芦口一役，董卓原本以为龙象军既然敢设伏打援，一般用兵老道的将领负责调兵遣将，都不会倾巢出动，故而起先并未将正数八千骑投入战场，事实证明除了龙象军没有后手一事出乎意料，董卓其余的估算没有出现任何纰漏，若非那名应该就是白熊袁左宗的无双猛将横空出世，董卓不光可以吃掉四千龙象军，还可以一举绞杀人屠次子。董卓当然不是怕了大雪龙骑，真要拼，加上后头的五百余骑兵，也能彻底拼掉袁左宗，只不过想要杀死袁左宗和徐龙象就难了。董卓自认是一个很会过日子的男人，打理六万董家军就跟小家子气男人打理小家庭一般，得不见兔子不撒鹰才行。既然杀不得此行唯一的目标徐龙象，多杀几百甚至几千北凉军，对于大局不痛不痒不说，还要从自己身上剐下好几斤肉，董卓肉疼，不乐意做。

死胖子哭丧着脸，无奈道："这趟回去，以后是别想着去老丈人那里借着拜年名头顺手牵羊了。这还不止，恐怕个把月都要摸不着小媳妇的手。"

宫朴和客卿以及蓬莱扛鼎奴的全部阵亡，董卓对于眼睁睁看着他们为自己战死，毫无愧疚，只是对于以后的布局麻烦不断闹心不已，毕竟老丈人统领那座与军事雄镇无异的提兵山，也是出了名的城府冷酷。

校尉小心翼翼问道："将军，咱们好像不是去茂隆的方向啊？"

正在气头上的董胖子瞪眼道："去急着投胎啊，没瞧见北凉王的亲军大雪龙骑都冒头了？才来了八百骑，其余的呢？还不是去啃离谷、茂隆了？否则四千龙象军会出现在葫芦口等着咱们进他们的裤裆？！"

那名校尉挠了挠头，悄悄白眼道："我姐早说不让将军来接烫手山芋，将军非不听。"

董卓挤出一个灿烂笑脸，招了招手，"耶律楚材，过来过来。"

校尉毛骨悚然，放缓奔跑速度，对将军的招呼左耳进右耳出。

董卓笑眯眯道："小舅子！"

校尉乖乖上前，果然结结实实挨了一脚，出过气的胖子这才觉得神清气爽，“你见你姐长得多绝代风华，再看看你，歪瓜裂枣。我第一次跟你见面就说了，你小子肯定不是你爹娘亲生，指不定就是随手捡来的。”

身为董卓小舅子的校尉，那可是实打实的皇室宗亲，当下听到这种大不敬言语，竟也不敢反驳，可见董胖子的淫威之盛。一肚子闷气，摊上这么个无赖姐夫，实在是老天爷打瞌睡啊。

董卓突然收敛了轻松神色，“有屁快放。”

只会被人当作陷阵莽夫的校尉跑在董卓战马附近，说道：“一万龙象军赢了擅自出城的瓦筑军，不稀奇。可君子馆据城不出，竟然还能有战力齐整的四千龙象军出现在葫芦口，这里头足以说明君子馆那边有状况，咱们北莽军镇虽说不如中原边防控扼之地军镇那样高城险峻，君子馆却也不是龙象骑军就能攻下的，拿一支攻城器械完全跟不上的骑兵去攻城，实在是滑稽，这只能说明北凉对北莽边军的渗透远远超乎南朝的设想，说不定洪固安头脑发热出城拒敌，都有谍子作祟。”

董卓不点头不摇头，继续问道：“那你说说看龙象军孤军深入，葫芦口剩下的四百，加上先前剩下的伤病，整整一万北凉精锐已经剩下不到两千，这么大代价，图什么？”

经常被董胖子调戏是“金枝玉叶”的校尉想了想，说道：“瓦筑君子馆离谷、茂隆四镇，说到底都是易守易攻的军镇，除去兵力，没有太多价值，北凉军除非傻了，才会留兵驻守，等着南朝几位老将军去寻仇。说实话我也想不通这场仗打了什么，是不是北凉王老糊涂了？还是说急着把次子送入北凉军当将军？”

董卓踹了一脚，小舅子躲得快，一脚落空的胖子气笑道：“说了半天都没到点子上，你姐说得对，读兵书读死了，不知道去探究兵书以外的东西了。”

校尉习惯了姐夫的打是亲骂是爱，厚着脸皮笑道：“将军英明神武，帮着给小的说透了。”

董卓清淡笑道：“原先边线临近北凉的所有军镇，就战力而言，都相当自负，以为可以跟北凉铁骑光明正大地一对一不落下风，不光是洪固安这些将军如此认为，更有中原遗民老幼念想着返乡，想着祭奠先祖，或是怀念南方富饶安逸的水土，故而暗地里使劲推波助澜，众人拾柴火焰高，可惜都他妈的是虚火。先是南朝军伍轻视北凉军，继而是整座南朝庙堂浮躁，难免影响到北边王庭和皇帝陛下的心态，陛下急匆匆拿佛门开刀，或多或少是因为觉得可以一举拿下北凉定天下了。"

校尉犹豫了一下，说道："那就打呗。北凉军既然仅凭一支龙象军就让龙腰州鸡飞狗跳，分明可以往死里打一场。咱们南朝这般眼高于顶，真打起来，肯定吃亏啊。北凉为什么在这个时候出兵，难道被我说中，北凉王是真的老糊涂了？如今这场仗打下来，龙腰州几乎毫无还手之力，女帝陛下引以为傲在她手上编织而成的驿路烽燧戊堡大网，碰上了打造驿路系统的老祖宗北凉王，结果一下子就给打成了筛子，才知道根本没得玩。如此一来，咱们北莽用兵更为谨慎，再花上几年时间真静下心去不玩花哨的，而是认认真真打造实用的烽燧驿路，北凉军岂不是就彻底北上无望安心南缩了？"

董卓缓缓吐出两个字，"时间。"

校尉愣了一下，一头雾水问道："啥？"

董卓抚摸了一下马鞍侧的绿泉枪身，轻轻说道："徐骁这只虎老威犹在的北凉山大王，在等北凉世子有足够的实力去世袭罔替，去全盘接手北凉军。但想要让那个年轻世子在跟陈芝豹的争斗中不落下风，一来徐骁出力不讨好，怎么出手都是错，二则陈芝豹有春秋大战中积攒出来的巨大先天优势，所以徐骁必须要在这几年中慢慢雪藏陈芝豹，为他的长子争取时间。若是北莽南下太快，就算匆忙扶起世子上位，北凉军心肯定仍是多数倒向陈芝豹，恐怕到最后也就大雪龙骑和龙象、凤字营这几支亲军会留在徐字王旗之下。话说回来，这趟敲打北莽，用次子领兵的龙象军几乎是北凉王唯一的选择，既能够为两个儿子铺路，还能在陈芝豹身后那座山头那边说得过去。这次出兵北莽，没有拿你的嫡系去填窟窿，面子上过得去。说到底，徐骁的吃相很好看，北凉军内部方方面面都没理由指摘。"

董卓自言自语道："换成是我，一样会不惜代价，就算龙象军全部打没了，也不心疼。将才帅才，肉疼心疼，都是不一样的。何况龙象军还留下两千，事后重新成军，可以随便拉出八千兵强马壮的骑兵。龙象军战力减少不会太多，我用屁股去猜都知道这八千兵力肯定是某位或者几位在北凉王换代时会保持中立的人物手中的精锐老卒，如此一来，就等于新北凉王和陈芝豹的一番暗中此消彼长了。这种手笔，是兵书上读不来的阳谋。"

校尉呆了一呆，喃喃道："那人屠谋划得这么远啊。"

董卓笑道："要不然你以为北凉能跟北莽、离阳三足鼎立？我听说北凉王府听潮亭有一位谋士叫李义山，先前一直被两朝大人物们低估成只会治政一方，说他论起带兵和庙算，连死了好些年的军师赵长陵都比不上。我看啊，都是李义山的韬晦，这个读书人，正奇兼用，才是值得我董卓去敬重的人。北凉军三十万铁骑能够在十几年中保持战力，偏居一隅之地而强盛不衰，大半功劳都是李义山的。他若是死了，我很好奇谁还有资格和能耐为新任北凉王出谋划策。"

校尉嘿嘿笑道："就不能让朱魍刺杀了此人？"

董卓拿北莽刀鞘重重拍了一下小舅子的头盔，"才给你说阳谋的紧要，就动这类歪脑筋，真是茅坑里的石头，教不会！"

校尉委屈道："将军你不就是以诡计多端享誉咱们北莽吗？"

董卓破天荒没有多话，在心中自嘲：老子这叫有几分好处出几分力。

校尉受不住姐夫的沉默，好奇问道："将军，你说那人屠的次子挨了掏心一剑，会不会死？那家伙在咱朱魍里头可是有'掏心'的称号。"

董胖子想起朱魍首席刺客的那一剑，惋惜道："那一剑的风情呀，可怕是可怕，但还没能到刺死徐龙象的地步。"


葫芦口战场，白熊袁左宗望着徐龙象胸口那一柄剑，怒气横生，他是离阳王朝军中战力跻身前三甲的将领，知道这一剑的狠辣，不可妄自拔出，剑锋初始分明是刺在了心口上，只是徐龙象气机所致，才滑至左胸，一刺而入。不光是剑锋通透胸口，利剑离手，犹如一截无根柳枝，随手插入即可成荫，剑气在黑衣少年体内茂盛生长，不断勃发。徐龙象何等体魄，直到现在，胸口鲜血才略有止血的趋势。

袁左宗虽然怒极，但养气功夫极佳，轻轻咬牙，记住了这名刺客，朱魍的当家杀手，号称"一截柳枝掏心窝"。

徐龙象问了第二个问题，"还要往北才能找着我哥吗？"

袁左宗微微心酸，摇头笑道："义父说到了葫芦口就可以回家了，世子殿下很快就可以返回北凉。"

徐龙象哦了一声，"那我在这儿等等。"

袁左宗说道："不用，义父叮嘱过，殿下回家不经过这儿。"

袁左宗本以为会劝不动这位天生闭窍的小王爷，不曾想黑衣少年只是用心思索了片刻，就点了点头。

袁左宗望着血流成河的沙场，第一次期待着那位大将军嫡长子返乡。

他此时才记起徐凤年竟然已是三次出门游历。

北凉驿路上，杨柳依依，一名书生牵着位小女孩，无马可供骑乘，也别提付钱雇用一辆马车，不过走得不急，驿路杨柳粗壮，走在树荫中还算扛得住日晒。

一大一小相依为命，这一年多时间走得倒也开心，本就是苦命出身，都不怕吃苦。

"陈哥哥，我们是要去见那位徐公子吗？"

"也不一定，我想不想见他，还要等走遍了北凉才知晓。当然，他肯不肯见我还两说。他毕竟是世袭罔替的北凉世子，不是一般人。"

"徐公子是好人呀，还去许愿池里帮我捡钱呢。后边他送给我们的西瓜，吃完了用皮炒菜，陈哥哥你不也说好吃吗？"

"好人也有做坏事的时候，坏人也有做好事的可能，说不准的。"

小女孩也听不懂，只是笑着哦了一声。

书生见四下无人，偷偷折下一截长柳枝，编了一个花环戴在小女孩头上。

他曾自言死当谥文正。他曾给将军许拱递交《呈六事疏》。他曾在江南道报国寺曲水谈王霸中一鸣惊人。

这位就是携带小乞儿游历大江南北的穷书生陈亮锡。

遥想当年，阳才赵长陵初见人屠徐骁，携带丫鬟家仆浩荡六百人；阴才李义山则独身一人，也是这般落魄不堪。

五十余头骆驼成一线在戈壁滩上艰难前行，商队成员都以丝布蒙面，大多牵驼而行，唯有一名身材纤秀的人物骑在一匹初成年的骆驼上。牵驼人是名年迈却仍旧魁梧的老人，装束清爽简单，显然是这支驼队的领头人，腰间挂了只羊羔皮制成的大水囊。骑在双驼峰之间丝绸铺就精致软鞍上的人物总有这样那样的问题，大多天马行空，让游历羁旅经验极其丰富的老人都要措手不及，不知如何作答。他们这一路行来，竟然遇到了接连两次原本常人毕生难遇的海市蜃楼，两次沙蜃俱是海上孤岛仙境的稀罕画面，恐怕也就传说中的道德宗浮山可以媲美了。骑驼人物询问蜃楼的真假与起源，好面子的老人也就只好支支吾吾，实在被纠缠得无路可退，不得不转移话题，说些道听途说的野狐精怪轶事。

骑驼人言语轻柔，"洪爷爷，是不是过了这片戈壁滩就到北边大城池了？"

老人笑道："小姐，这块戈壁滩还有得走呢，记得上次火焰山吗，看着近，足足走了大半天，古人说望山跑死马，就是这个道理。"

驼背上的人物竟是女儿身，她伸手揭开一些阻挡黄沙入嘴的丝巾，呈现出一双让人倍感清凉的水灵眸子，只听她好奇问道："洪爷爷，咱们自己储水也不多，为什么还要送给那位远游士子一囊水，他说给银子，你都不收。"

姓洪的壮硕老人轻声道："出门在外，能结下善缘，不管大小，总归是一桩好事，老仆我当年在沙漠里落难，便是小姐的爷爷仗义相救，要不然洪柏今儿就是黄沙下的白骨了。再说咱们身上挂袋水囊不多，可真遇上了困境，还能杀驼取水，顶多就是少去一驼货物。银子这东西，说到底还是死的，比不得活人。"

女子点头笑了笑。

老人由衷夸赞道："小姐从小便是菩萨心肠，好人有好报。以后啊，肯定能找到门当户对的好人家嫁了。"

这趟是偷摸着混入驼队的女子又问道："洪爷爷，可是我读那些江南刻印的才子佳人小说，大家闺秀可都是对落魄书生一见钟情，没见哪位女子去找门当户对的相公啊。这是为什么啊？"

老人一阵头大，憋了半天，说道："小姐你看啊，那些书生大多也都会金榜题名，衣锦还乡，然后与女子白头偕老，小姐读这类禁书，可不能只看到大家闺秀们的荒唐，那些姑娘眼光可不差，万千书生进京赴考，鲤鱼跳龙门，能跳过龙门的就那么几条，偏偏就给她们瞧上了，这说明书上的小姐比起咱们做了半辈子买卖的生意人，眼光还要毒辣，是不是这个道理？若是姑娘不幸看走眼，上错花轿嫁错郎，写书人也就不乐意写了。"

年轻女子恍然，有些汗颜笑道："以往从哥哥们那边偷禁书，只顾着看花前月下卿卿我我，当下脸红以后也就忘掉，这个道理还真没想明白，亏得洪爷爷说透了。"

老人哈哈笑道："才子佳人若是没得团圆，那算什么才子佳人。小姐以后嫁了人可得过得好，若是被欺负，洪爷爷就拼得被老主人赶出家门，也要拾掇他。"

她摇头道："我才不愿意嫁人，爹娘和哥哥对我这般好，就足够啦。要是以后的相公三妻四妾，花天酒地，我可要哭死。"

凉莽之间除去摆在台面上的茶马古道，还有几条台面下的丝路绸道，打着各式各样的贸易幌子，多是由边境商贾往离阳王朝江南道和旧西蜀等地购置绸缎，卖给北莽王庭权贵。治国严苛的女帝对此还算有些人情味，睁一只眼闭一只眼，并未取缔那几条道路。只要有关系门户，就是一本万利的买卖，不过几千里漫长路途，赚的钱都是血汗钱，早些时候的丝路商人，不少都死在了路上，也就是这些年离阳、北莽两国安定，战事停歇，才迎来丝绸之路的鼎盛时期，因为丝绸大多以骆驼为驮运工具，江南道便有大量类似骆驼驿、白驼桥的地名。

这只驼队属于南朝澹台家偏房一支。澹台是甲字大姓，大族自然有大族的气魄，但支撑起派头的还是要靠各种生财有道，嫡长房一直以书香世家自居，君子远庖厨，两袖清风得厉害，更别提跟黄白物打交道，脏活累活就都落在不被青眼的偏房头上。澹台家族枝繁叶茂，老太爷膝下子孙满堂，未必都记得住一半的姓名脸孔。洪柏所在一支不过是小枝丫，否则那位小姐也绝不敢混入驼队。高门大阀里规矩森严，谁会允许自家姑娘去抛头露面。这名被宠坏的女子叫澹台长乐，向往澹台家族的故地西蜀，恰好商队在旧西蜀境内有千亩蜀桑，她入蜀时正是桑柔四郊绿叠翠的美景，差点不想回家。过了凉莽边境，沿着丝路向北，越发荒凉难行，好在她吃得住苦，总能苦中作乐，让洪柏负担小了许多。

这位生长在朱门高楼内的澹台小姐总有莫名其妙的问题，洪柏这次南下旧蜀北上王庭几乎把满肚子墨水都给抖搂一空，再有小半旬就可以穿过戈壁滩到达皇帐属地边缘，到时候返乡，小姐估计就顾不上问为什么。此时洪柏给她由丝路渊源说到了北凉，三句不离本行，说到了离阳王朝的官服补子，继而说到了诰命夫人的补子。说到这一茬，久经患难的老人也是感触颇深，"咱们南朝官服都是由春秋中原那边演化而来，像夫人她在庆典朝会上穿戴的补服，就是从四品，应了女凭夫贵那句话。当然也有许多女子是凭子得富贵，春秋时那些皇宫里的娘娘们儿尤其如此。"

她歪着脑袋问道："可我爹是武将，为何我娘的补子是禽纹补子？"

洪柏笑道："小姐，这有讲究的，女子娴雅为美，崇文而不尚武。不过天底下还真就有一袭女子官服，可能前无古人后无来者。"

她瞪大眼睛问道："谁的？"

洪柏牵驼走在烫人的盐碱戈壁上，笑道："北凉王妃的补服，便是那一品狮的兽纹补子，传言极为华美，称得上是天衣无缝。哪怕与北凉王的蟒袍挂在一起，也不失了半点风采。"

澹台长乐久居深闺，终归只是喜欢那诗情画意的女子，对王朝更迭从来不去问津，对于那北凉王妃，也只听说早逝，没能享福几年。洪柏却是市井草莽出身，走南闯北，也曾有几遭让常人艳羡的因缘际会，壮年时在中原江湖上也闯荡出不小的名声，至于为何裹入士子北奔的洪流，又为何在澹台偏支寄人篱下，估摸就又是一些不能与人笑说的辛酸事了。耳顺之年后，舞刀弄枪不多，反而捡起了年轻时候深恶痛绝的书籍，修身养性。老人提起这位王妃，也是自发地肃然起敬，轻声道："这位王妃，曾是三百年来唯一的女子剑仙哪。"

她自然而然问道："剑仙是什么？可以踩在剑上飞来飞去吗？"

未入二品的洪柏哪里知晓陆地神仙境界的高深，耿直性子也由不得老人随口胡诌，只好讪讪然道："约莫是可以的吧。"

她撇头掩嘴一笑，好心不揭老底，洪柏成精的人物了，老脸一红。

澹台长乐敛去轻微笑意，问道："咱们南朝有剑仙胚子吗？"

洪柏摇头道："听说离阳王朝那边多一些。剑道一途，不得不承认，自古便是中原剑客更风流，以前有我那一辈江湖翘楚的李淳罡，现在有桃花剑神邓太阿，我想以后也肯定是离阳人，轮不到北莽做剑道魁首。"

女子一脸神往道："剑仙啊，真想亲眼见上一见。"

洪柏不好明面上反驳，只是低声笑道："一剑动辄断江，要不就是撼山摧城，咱们凡夫俗子，还是不见为妙。"

天地之间骤起异象。如同脾气难测的老天爷动了肝火，蓦地狂躁起来，跟老天爷讨口饭吃的行当，如佃农耕种，如牧人赶羊，最怕这个。澹台长乐不清楚厉害轻重，洪柏却已经是脸色苍白，面容颓败，驼队里常年走丝路的老商贾也是如出一辙。澹台长乐举目眺望，天地一线宛如黑烟弥漫，遮天蔽日，正午时分，天色就逐渐暗淡如黄昏。在黄沙万里中行走，一怕陆地龙汲水，再就是怕这种沙尘暴。前者相对稀少，后者一般而言多发生在春季。如今已是由夏转秋，怎的就无端摊上这种滔天祸事？关键是这次沙尘暴尤为来势汹汹，遥望远处那风沙漫天的恐怖架势，洪柏如何都没料到会在这座戈壁滩遇上这种规模的风沙，当机立断，驼队在戈壁滩上已是退无可退，便命令驼队开始杀驼剥皮，剔除内脏，腾出一具骆驼骨架，好让澹台商旅钻入其中。五十余头骆驼汇聚一堆，再披上骆驼皮遮住缝隙，兴许可以躲过一劫。平时一些小沙暴，还可以躲在屈膝骆驼附近，今天这场巨大沙暴是万万不敢托大了。好在澹台家族豢养的骆驼骨架都大，可以一驼挤两人，至于这般全然不计后果的计较，能否躲得过风沙，就看天命了。

听说要杀驼避风，女子舍不得座下那匹处出感情的白骆驼，哭红了眼，怎么都不愿意抽出刀子宰杀剥皮。洪柏跟手脚利索的驼队成员都顾不得那批价格等金的货物，快刀杀死相依为命的骆驼，忙着摘掉内脏胃囊。沙尘暴已是近在咫尺，已经抬头可见一道高如城墙的黑沙从西北方推移而来，卷起飞沙走石无数，呼啸声如轰雷。回头见到小姐竟然还在跟那只白骆驼两两相望，老人急红了眼，顾不得是否会被小姐记仇怨恨，提刀就要替她杀了骆驼以供避难。正如老人所说，驼队所载货物很值钱，但人命更值钱，这支商旅人员俱是澹台丝绸贸易的精英，死了谁都是家族短时间内难以填补的损失，更别提澹台长乐是老主人最宠溺的小孙女，甚至连老太爷都打心眼里喜欢，她若是夭折在这场风沙中，洪柏没脸皮活着回去。

洪柏大声喊道："小姐不能再拖了！"

她满脸委屈，哭红肿了眼眸，楚楚可怜。洪柏心中叹息，提刀就走向那匹驼队中最为漂亮的小白骆驼。

澹台长乐转过头，虽然心中不忍，却没有不懂事到阻拦的地步。

她转头时，猛然瞪大那双流光溢彩的秋水眸子，只见一袭黑衫内白底的负笈书生飘然而至，她还以为看花了眼，使劲眨了眨眼，只是一眨眼工夫，他就擦肩而过，到了举刀的洪柏身边，按了按老人手臂。洪柏抬头一脸茫然。曾经跟驼队借了一囊水的书生摇摇头，好似示意洪柏不用下刀。洪柏犹豫不决时，应该是那及冠年数负笈游学的书生不知好歹地继续前掠，一掠便是飘拂五六丈，说不尽的潇洒风流。澹台长乐看得目瞪口呆，他不是那手无缚鸡之力的读书人吗？当时见他出钱买水，她还在心里笑话他不识游历险恶，竟然敢单枪匹马在黄沙荒漠里出行。

那时她曾泛起一股不为人知的女子心思，只觉得似他这般的俊逸书生，就该在荒郊野岭的破败古寺孤庙里挑灯夜读，说不定还会有狐仙去自荐枕席呢。好在那时候丝巾蒙面，也没有谁看到她的俏脸两颊起桃红。

书生孤身前掠，距离那堵黑墙只差大概三里路。

书箱有一剑出鞘。

一袭红袍横空出世，出现在书生身侧。

正是徐凤年的书生除去春秋一剑浮在半里路外空中，更祭出十二柄飞剑，在他和红袍阴物四周急速旋转不停。

一座浑然大圆剑阵凭空而生。

剑阵结青丝，十二柄飞剑应时而煅，自然有半数属阴剑，但朝露、金缕几剑都是阳剑，想要结阵圆转如意，就要借阴物丹婴一臂之力。

商旅只听书生说了一字，如道门仙人吐真言，如释教佛陀念佛音。

"起！"

沙流所至，被剑阵阻挡，两边汹涌流淌而逝，唯有剑阵前方被迫使拔高，在众人头顶就像是有一条黑虹悬空，划出一道圆弧，再在众人身后几里路外坠落。

澹台驼队完完全全位于这等异象之中，洪柏被震撼得无以复加。

竟然真能亲眼见识一位剑士能够以人力抵天时！

一炷香时间后，黑虹与沙尘一同在后方推移，众人所处位置的天地复归清平。

负笈书生早已不见踪迹。

劫后余生的商旅驼队面面相觑。

女子痴痴望向前方。

落在洪柏眼中，依稀记得五十年前的江湖，也是有许多女子这样痴然望

向那一袭仗剑青衫。

一剑出鞘，天下再无不平事。

洪柏轻声感慨道："真像李淳罡啊。"


黄昏中，徐凤年终于走到了宝瓶州边境地带的弱水源头，是一块满目青翠的绿洲，如一颗绿珠镶嵌在黄沙圆盘中，格外让人见之欢喜。徐凤年在绿洲边缘的碧绿小河畔掬水洗脸，朱袍阴物在水中如锦鲤游玩嬉戏。出北凉之前，知道的消息是这里戒备森严，不光是长年驻扎有一支六百皇帐铁骑，更夹杂有许多影子宰相李密弼麾下的捕蜓郎和捉蝶侍，交织成一张大蛛网，由一名朱魍顶尖杀手剑客领衔，既是保护那位古稀老人，也是严密监视，不论出行赏景路线，还是每餐菜肴都要尽数上报主子李密弼，加上老人自身心腹势力，两者对峙同时又相互配合，抵御层出不穷的复仇刺杀。

可在徐凤年看来实在是与先前得到的消息不符，暗桩稀疏，那支驻扎十里以外军营的劲旅也六百人骤减到寥寥两百骑。徐凤年掬几捧凉水洗完脸庞，随即释然：老人在北莽眼中再如何虎死不倒架，彻底弃权五六年后，久居幕后颐养天年，声望自然不如从前那般让人忌惮。北莽、离阳庙堂大势如出一辙，起先大抵都是南相北将的格局，若说南院枢密大王黄宋濮开了个南朝为将的好头，其实更早之前，就有人早早在北庭皇帐以春秋遗民身份，位居高位，堪称一人之下万人之上，当初每次女帝陛下狩猎，与群臣画灰议事，也唯独此人能让桀骜难驯的王庭权贵心悦诚服，北莽以后能够顺利推行书生治国，可以说正是这位老者的功劳。徐凤年此行的目的便是见这位被女帝誉为北莽柱石的老人，谁能相信一个注定跟北莽不共戴天的北凉世子过关斩将，辛苦走了数千里，就是自投罗网？

徐凤年拣选这个临水的僻静位置，没有急于进入绿洲腹地，该处分明就是一座奇门遁甲大阵，胡乱涉足，说不定就要给当成刺客擒拿。行百里者半九十，徐凤年枯等到暮色沉沉，朱袍阴物始终是那副饱暖无忧的散淡姿态。徐凤年凝神屏气，如同老僧入定，记起了小半旬前在戈壁滩上遇到的骑驼女子，不用看面相就知道是龙女相，否则以徐凤年如今的道行，也不会露面去借什么水。至于后头的出手相助，倒也没有太多念头，无非是念在一水之恩，涌泉相报。古书上记载这类蜃女每次入汪洋或者入荒漠，就会出现海市蜃楼，差别无非是海蜃或者沙蜃。蜃属于蛟龙，吐气成楼，跟共工相等天生神力不同，与那凤妃相可母仪天下也不同，蜃女相自古以来便被寻求长生不老的帝王视作寻访仙山的钥匙，凡人所见海市蜃楼自然是假，但这假象毕竟无法无缘无故浮现，终归是有所依才行。历朝历代皇帝授意方士出海寻访仙人仙山，队伍中必然会有一名龙女相伴，可如何以具体秘术指引，就不得而知。那名女子以后是否会沦为帝王的钥匙，徐凤年漠不关心，也不是他一个自身地位都岌岌可危的世子可以决定的。

世间有几人能如羊皮裘老头年轻时那般快意恩仇？大多数武夫行走江湖，吃疼吃亏以后都信奉多看少做少说的宗旨。一个徐骁，传首江湖，一个北莽女帝，纳为鹰犬，轻轻松松就让两个江湖的所有江湖人全部身不由己了。

徐凤年猛然睁开眼，望向水边踩踏而就的小径，小道尽头有一老一小结伴而来，稚童生得唇红齿白，骑竹马而来，憨态可爱。以一竿青竹做胯下马，嘴上轻嚷着驾驾驾，孩童穿了一袭宽袖道袍，神色天然，让人见之忘俗。孩子身边的老者须发皆白，身材高大，文巾青衫，自有一股清逸气，老人一手牵着竹马稚童，一手握有两卷经书，见着了没有隐匿行踪的徐凤年，似乎毫无讶异，松开小道童的手，朝徐凤年笑着挥了挥手，像是久别重逢的忘年交。

徐凤年之所以不躲不避，是猜测出了老人的身份。昔日北莽王庭第一权臣的徐淮南，出身辽东，仔细推敲起来，竟然是比徐骁年长一辈的远房亲戚，只不过这种关系可以远到忽略不计便是。徐淮南，在士子北逃之前就已经到达北莽，成为慕容氏女帝篡位登基的首席谋士功臣，学富五车，一生所学尽付与北莽朝政。离阳初定春秋，挟大势冲击北莽，正是他力劝尚未坐稳龙椅的女帝南下御驾亲征，才有了今日的南北分治天下。离阳第二次举国之力北征，也正是本已卸任归田的他重出茅庐，制定战略，使得新贵拓跋菩萨击溃离阳三线。他这些年隐居弱水畔，名义上是当年府上出了一名左右双手倒卖军情的双面谍子，惹来女帝震怒，不得不致仕退出王庭，实则是当之无愧的功勋元老徐淮南在对待慕容一族的态度上跟女帝产生严重分歧，心灰意冷，才黯然出庙堂入江湖。所谓震惊朝野的谍子案，不过是双方各退一步的一个台阶。

　　看着这位曾经步步登顶然后缓缓而下的老人，徐凤年难免百感交集。眼前这位，可是论威名、论功绩，实打实都可以跟徐骁相提并论的权臣。徐凤年恭敬作揖行礼，精神气极好的老者走近，扶起以身涉险的徐家后生，端详了几眼，欣慰笑道："我这老头子想破脑袋也没想到会是你来看我，我甚至想过有没有可能是徐骁亲自造访，委实是天大的惊喜啊，不愧是我徐家人。我很早时候就说嘛，没些胆识的魂魄，都不敢投徐家媳妇的胎。"

　　徐凤年笑意苦涩。

　　徐淮南摸了摸身边竹马稚童的脑袋，望向涟漪阵阵的河水，轻声道："放心，凉莽边境动静很大，我这边抽掉了一个很关键的朱魖剑客，因为猜到你要过来，就借机调走了大部分皇帐骑卒，这儿看上去最危险，却也最安全。清明时节，留下城杀了陶潜稚，后边又跟拓跋春隼打了一架，让那不知天高地厚的小将种吃了个哑巴亏，一路行来，趁手杀了啖人心肝的魔头谢灵，敦煌城引来了邓太阿出剑，好像在黄河那边还跟公主坟扯上了恩怨，你这后生，实在是让老夫大开眼界。当时我就说，只要你能活着到弱水，我不管如何都会见你一面。来来来，咱们坐着说。"

　　徐淮南和徐凤年坐在水边草地上，憨态稚童突然作怒容，提起竹马就要朝水中劈下，气机之重，让徐凤年出现一瞬窒息。朱袍阴物跃出水面，也是要翻江倒海的模样，好在徐淮南握住了那一截青翠竹竿，摇了摇头，稚童这才敛去气机，复归天真无邪的神情。见到徐凤年眼神异样，老人泄露了些许天机，不过点到即止，温颜笑道："我也分不清是道门一气化三清的无上神通，还是斩除三尸上十洲的生僻手段，不过身边这位，肯定是苦命孩子。这几年茅舍门可罗雀，懂得烧冷灶这种公门修行的聪慧人也逐渐熬不住性子，越发减少，亏得有这孩子陪着，才不觉得年老乏味。"

　　对道教正统而言，龙虎金丹一直是被视作仅有可证长生的正途，符箓外丹都是旁门，更别提斩三尸这种不见任何典籍记载的左道。再者徐凤年也没心思在这一点细枝末节上刨根问底，只是一名小小道童就能让阴气趋于饱满的阴物如临大敌，北莽是不是太过于藏龙卧虎了？

　　年已古稀却不见任何年迈疲态的徐淮南盘膝而坐，轻声道："既然你敢来这里，我就破例跟你坦诚相见，说几句本打算带进棺材的心底话。若是一年前，我会按约定替徐骁给北凉谋划吞莽一事，毕竟我谈不上忠于王庭，也没有做女子裙下臣的嗜好。之所以做离乡犬卖国奴，为女帝鞠躬尽瘁，只是因为是对春秋和离阳憋了口恶气，既然如此，我也就乐得见着凉莽横生波澜，这比较棋局复盘还要来得有趣。当然，我跟徐骁一样都是出了名的臭棋篓子，不过棋剑乐府的太平令，棋盘内外都是货真价实的国手。他游历离阳十数年，摸清了脉络，这次返回皇宫，对症下药，打了一局大谱，黑白定乾坤，囊括了北莽、离阳、北凉，我的谋士位置，自然而然被这位新任帝师取而代之，我这些年的待价而沽，便成了不小的笑话。徐凤年，你说王庭既然已无我的用文之地，我哪怕厚着脸皮复出，又能做什么？"

徐凤年默不作声。

言语中有自嘲意味的徐淮南不去看这位跋山涉水而来的年轻世子，"是不是很失望？"

徐凤年点头道："说不失望，我自己都不信。"

徐淮南果真是打开天窗说亮话，缓缓说道："我生时，自然是满门富贵，我死后，注定不出十年便是满门抄斩的下场。一半是因为我故意不约束族人，由着他们鲜衣怒马，为非作歹，而我做北院宰相时，也刻意跟耶律、慕容两姓交恶已久。另一半是女帝终归是女人，女子记仇是天性，她死之前注定要跟我算旧账，退一万步，就算她念旧不为难我，下一任北莽皇帝，也要拿我后人开刀。我自认对得住族人，三十余年如日中天，是寻常人几辈子都享受不到的荣华富贵。唯独一人，不能死，或是说不能死得如此之早，也算我对失信于徐骁的一点补偿。"

徐凤年抬起头，迷惑不解。

徐淮南轻声笑道："当年徐骁有赵长陵和李义山做左膀右臂，我也不是神仙，给不了两位，只能给你这将来的北凉王其中之一。你要是信得过，就放心去用，他本就是要在四十岁前活活累死的命。"

老人指了指自己脑袋，"我这一生读史而懂和自悟而得的阳谋韬略与阴谋诡计，都传授于这位不起眼的偏房庶孙。"

不用徐凤年询问，老人便笑道："他已经在出发去北凉的路上，你们该相见时自然相见。"

徐凤年正要起身致谢，便被老人摆手拦住，"本就是欠你们父子的，老夫能在北莽平步青云，也少不了徐骁的助力。"

徐淮南突然笑道："记得我年少离家时，本意是立志做一名儒家经学家，行万里路后，再读万卷书，能够训诂注疏就好。哪里会想到走到今天这一步。"

徐凤年无言以对。

徐淮南拍了拍徐凤年的肩膀，和蔼道："以后的天下，毕竟要让你们年轻人去指点江山。"

老人唏嘘以后，继而问道："听说你练刀练剑都有气候，可有北凉刀？我想瞧上一瞧。"

徐凤年摇头道："来北莽，不好携带北凉刀。只有一柄春雷短刀。"

老人拍了一下自己额头，笑道："老糊涂了，短刀也无妨。"

徐凤年从书箱里拿出春雷刀。

徐淮南放在膝盖上，凝视许久，"老夫生已无欢可言，死亦无所惧，之所以耐着不死，就是等着给那名孙子一份前程，再就是少了一个安心赴死的由头。老夫既然欠了徐骁，就再不能欠你。而且老夫也想到了一个不负任何人的做法。"

徐淮南抽出春雷刀，递给徐凤年，那张沧桑脸庞上的笑容无比豁达，"来来来，割去徐淮南的头颅，装入囊中，返回北凉，去做那北凉王。"

谈不上乘兴而来，也不好说是败兴而归。徐凤年还是那个背书箱远游子的装扮，红袍阴物依旧隐蔽潜行，只是多了一颗含笑而亡的头颅。行出三百里，见到两骑纵马狂奔去往弱水河畔茅舍，其中一骑马背上的男子玉树临风，北人的身材，南人的相貌，见到徐凤年后顿时脸色苍白，下马后跟跄行来，跪地捂住心口咬牙哽咽，嘴上反复念叨着"知道是如此"。徐凤年心知肚明，也不劝慰，冷着脸俯视这名被徐淮南寄予厚望的庶出子孙。如此阴冷的初次相逢，实在是大煞风景，哪有半点史书上那些贤君名臣相逢便恨晚的绝佳氛围。剩余一骑坐着个侍读书童模样的少年，见到主人这般失魂落魄，顺带着对徐凤年也极为敌视。

男子早已及冠，却未及三十，失态片刻后，便敛藏神情，不悲不喜，挥去书童试图搀扶的手臂，自行站起身，让书童让出一匹马，主仆共乘一马，三人两马一同默契地前往南方。

一路上经过各座城池关隘，温润如玉的男子都能与沿途校尉们把臂言欢，不过少有称兄道弟的矫情场面话。穿过小半座宝瓶州南端，绕过王庭京畿之地，即将进入金蟾州，在一栋边荒小城的客栈停马休憩，冷眼旁观的双方终于有了一场开诚布公的谈话。

客栈生意清冷，偌大一方四合院就只住了他们一行三人。夜凉如水，姓王名梦溪的侍童蹲坐在院门口石阶上，对着满天繁星唉声叹气，院内有一张缺角木桌，以及几条一屁股坐下便会吱呀作响的破败竹椅。徐北枳不饮酒，入宿时却特意向客栈购得一壶店家自酿酒，此时搁在相对而坐的徐凤年眼前，看着他倒酒入瓷杯，徐北枳平淡开口道：“都说浊酒喜相逢，你我二人好像没这缘分。”

徐凤年平静道：“这名字是你爷爷亲自取的？”

徐北枳扯了扯嘴角，“起先不叫这个，六岁时在徐家私塾背书，爷爷恰巧途径窗外，将我喊到跟前，有过一番问答，以后就改成了北枳。橘生南为橘，生于北则为枳。以往我不知道爷爷取名的寓意，现在才知道是要我往南而徙，由枳变橘。爷爷用心良苦，做子孙的，总不能辜负老人家。改名三年，九岁以后，我便跟在爷爷身边读史抄书，与爹娘关系反而淡漠。也许世子殿下不知，爷爷已经留心你许多年，尤其是从北凉王拒绝你进京起，到你两次游历，爷爷耗费了大量人力物力去截取第一手消息，我敢说他老人家是北莽内第一个猜出你身份的人。”

说到这里，徐北枳视线投向徐凤年所在的屋子，搁在膝上的一只手，五指轻微颤抖不止。桌面上一手则并无异样。

徐北枳一瞬后即收回视线，语气波澜不惊：“爷爷这么多年一直有心结。解铃还须系铃人，自然解结一样还须系结人。世子亲身赴北莽，比起北凉王还来得让在下感到匪夷所思。实不相瞒，我曾经建议爷爷不等你临近弱水，就将你击杀。既然是死结，就以一方去死为终。”

徐凤年笑了笑，一口饮尽杯中酒。

徐北枳终于流露出凄凉面容，低头望向他眼前空无一物的桌面，“只是没想到死结死结，换成了他老人家去死。之前爷爷还说就算见了你的面，谁生谁死还在五五分之间。”

徐凤年低头喝第二杯酒时不露痕迹地皱了皱眉头。

徐北枳抿起嘴唇，注视着慢饮浊酒的徐凤年，近乎质问地开门见山说道："你既然不愿做皇帝，来北莽做什么？来见我那不问世事多年的爷爷做什么？哪家藩王嫡长子如你这般疯疯癫癫？你将北凉军权交由陈芝豹又如何？"

徐凤年瞥了他一眼，拿了一只空杯，倒了一杯酒，缓缓推到他桌前。

徐北枳摇了摇头，不去举杯，神情顿了一顿，竟是隐约有哭腔，自言自语："对，我不喝酒，便不知酒滋味。"

徐凤年这才说道："我第二次游历返回北凉，来你们北莽之前，临行前一晚，徐骁跟我坦白说过，我头回跟一个老仆出门，一个叫褚禄山的胖子就鬼鬼祟祟跟在我后头，暗中联络了北凉旧部不下五十人。北凉三十万铁骑的反与不反，就在徐骁一念之间。生在乱世，都没有做乱世犬，徐骁笑称狗急还知道跳墙，他这个臭棋篓子，真要被皇帝拉扯着去下棋，万一在棋盘上输了，大不了一把掀翻棋墩子，看谁更翻脸不认人。第二次堂而皇之游历江湖，我才窥得北凉潜在势力的冰山一角，徐骁事后说这份家当，陈芝豹拿不起。当初踏平春秋六国，徐骁被封北凉王，陈芝豹原本可以去南疆自立门户，带着北凉近八万嫡系兵马赶赴南方，裂土分疆，成为离阳第二位异姓王，既然他当时拒绝了当今赵家天子，也就怨不得他这个早已给过机会的义父吝啬。在北凉，家有家规，要在国有国法之前。"

徐北枳默然沉思。

许久以后，他默念道："气从断处生。"

徐凤年换了个闲适写意的话题，笑问道："能否告知稚年道童的身份？不问清楚，我总觉着不舒服。"

徐北枳看了一眼手指旋转空酒杯的徐凤年，坦诚而生疏说道："我也不知内里玄机。只知道十年前道童来到徐家，十年后仍是稚童模样。"

徐凤年啧啧道："岂不是应了那个玄之又玄的说法？"

两人异口同声说出两个字："长生。"

这个说法脱口而出后，两人神色各异，徐凤年藏有戾气，徐北枳则充满一探究竟的好奇意味。徐北枳自幼跟随爷爷浸染公门修行，本就是长袖善舞的玲珑人，善于察言观色，见到徐凤年露出的蛛丝马迹，留了心，却没有问询，不曾想徐凤年主动透底说道："我跟一只躲在龙虎山证得小长生的老王八有恩怨，如果你真到了北凉，乐意放低身架为虎作伥，以后你着看热闹就行。"

徐北枳没有接过这个话头。

徐凤年起身道: "马上要进入金蟾州, 恐怕以你爷爷的渗透力, 在那儿通行就不如在宝瓶州轻松了, 都早些歇息。"

徐北枳欲言又止, 直到徐凤年转身都未出声, 直到徐凤年走出几步, 他才忍不住开口, 嗓音沙哑, "你取走我爷爷的头颅返回北凉, 才算不负此行。"

一张儒雅面皮的徐凤年停下脚步, 转身望向这名比自己货真价实太多的读书人。

徐北枳双手死死握拳摆放在腿上, 不去看徐凤年, "我也知道爷爷是要帮你助涨军中威望, 毕竟割走堂堂昔年北院大王的头颅, 比起带兵灭去十万北莽大军还要难得。我只想看一眼, 就一眼!"

徐凤年问道: "徐北枳, 你不恨我?"

极为风雅静气的男子凄然笑道: "我怎敢恨你, 是要让我爷爷死不瞑目吗?"

徐凤年哦了一声, 转身便走, 轻轻留下一句, "你要见你爷爷, 很难, 我葬在了弱水河畔。"

徐北枳愕然。

夜深人静, 在门口用屁股把台阶都给焐热了的侍童百无聊赖, 听闻动静转头后, 一脸不敢置信, 滴酒不沾的主人不仅举杯喝光了杯中酒, 似哭非哭, 似笑非笑, 仰头提起剩有小半浊酒的酒壶, 咕噜咕噜悉数倒入了腹中。


手长过膝的中年男子在道德宗天门外, 曾让那位素来眼高于顶的棋剑乐府更漏子汗流浃背, 可这样的枭雄人物离开道观以后前往极北冰原, 渡过黄河之前, 一路上始终毫无风波, 临近黄河上游, 也没有任何一跃过河的骇人举动, 老老实实给艄公付过了银钱, 乘筏过河, 他就如同一尊泥菩萨, 没有脾气可言。须知天下武夫, 他可以并肩的王仙芝那次近五十年头回离开武帝城, 离阳王朝便提心吊胆用数千铁骑去盯梢, 生怕这个喜欢自称天下第二的老家伙惹出是非。两朝两个江湖都信了那个说法, 只要这个男人跟王仙芝联手, 就可轻易击杀天下十人中的剩余全部八人, 足以见得这位姓拓跋的北莽军神是何等武力!

若是以为只要是个顶尖武夫, 就都得是那种放个屁就要惊天地泣鬼神的

江湖雏鸟，哪怕面对面见着了拓跋菩萨，恐怕也要遇真佛而视作俗人。

北莽皆知拓跋菩萨不信佛道，但是亲佛宗而远道门，尤其是跟国师麒麟真人同朝辅佐女帝，二十年来竟然连一次都不曾碰面。很像是死敌离阳王朝的藩王不得见藩王。

这一日云淡风轻，年轻时极为英武挺拔的拓跋菩萨走下皮筏，双脚才堪堪踏及渡口地面，黄河水面就出现了一阵剧烈晃荡，犹如河底有龙作祟，惊得艄公系紧筏子后，也跳上岸，不敢再去挣这点碎银子，渡口等待过河的众人只觉得一个晃眼，就发现先前活生生一个中年汉子不见踪迹。

空旷处，不苟言笑的拓跋菩萨瞧见一名老道人。

手持一柄麈尾，须发如雪，道袍无风自飘摇，真是飘然欲仙，举世罕见的神仙风骨。

拓跋菩萨语气平淡道："国师，可知挡我者死？"

老真人一挥拂尘，洒然笑道："我是国师，国师不是我。死不死，贫道都无妨。"

拓跋菩萨一脸厌恶道："装神弄鬼。"

下一刻，恍惚有雷在拓跋菩萨全身炸开，原本矮小的汉子瞬间高达九尺。

那一双如猿长臂再不显得有任何突兀。

泥菩萨过河才是自身难保。

拓跋菩萨过河，神佛难挡。


传言道德宗有大山浮空，离地六百丈，山上宫阙千万重。李当心扯起黄河水淹道德宗，大水由天门涌出，冲刷玉石台阶。白衣僧人飘然落地，走在一个满眼翠绿的狭窄山坳，走到尽头，豁然开朗，坳内并没有世人想象中的恢宏建筑群，仅有一座道观依山而建，是一座雕刻有一张太极图的圆形广场，阴阳双鱼相互纠缠，整座广场显得返璞归真，异常的简洁明了。阴阳鱼图案中有云烟雾霭袅袅升起，直达苍穹。白衣僧人抬头望去，有数十只异于同类的巨型白鹳盘旋递升，可见有道士骑乘，道袍长衫宽袖，衬托得好似骑鹤飞升的仙人，这些道德宗道人显然原本是逗留观中的祭酒道人，李当心挟江造访还礼，迫使他们往天上而逃。

在李当心的视线中，除去道人和白鹳，果真有一座大山浮于空中。

众位道人乘坐白鹤上浮，有一位年轻道士则是从高耸入云的浮山轻轻飘下。

这名负剑道人落于阴阳鱼黑白交会处，一夫当关。

道士瞧上去二十七八的岁数，极为男子女相，竟然有几分媚态。

李当心才瞧了一眼就嗤笑道："不愧是臻于圣人境的麒麟真人，还真是手腕了得，连一气化三清的秘法都给琢磨出来了。怎么，要请贫僧拔九虫斩三尸？只不过剩余两尊假神仙呢，不一起出门迎客吗？也太小家子气了。如今三教各出一位圣人，我师父且不去说，就算儒圣曹长卿，也是敢将皇宫当茅厕的风流人物，你这位缩头藏腔的北莽国师，对比之下，可拿不出手。"

貌似年轻的道人和煦笑道："无禅可参的李当心，也要金刚怒目了？贫道不与你做口舌之争，只是站在这儿拭目以待。龙树僧人读金刚经修成不动禅，既然你执意怖畏，贫道今日也动也不动，由着你出手。"

李当心简简单单哦了一声。

也不再多说半字废话，朝浮山方向探出双臂，一身白色袈裟骤然贴紧伟岸身躯，继而双脚下陷，地面过膝。

白衣僧人将整座浮山都拽了下来！

轰然压在那年轻道人头顶。


李当心独然入天门，单身出天门。

掠过近千台阶，蹲在地上背起了全身金黄的师父。

几位道德宗国师高徒都不敢阻拦。

老和尚已是垂垂将死矣。

老和尚笑了笑，问道："打架也打赢了？"

白衣僧人嗯了一声。

"徒弟啊，山下是不是有'情深不寿'这么个说法？师父也不知道当年答应你娶媳妇是对是错啊。"

"这可不是出家人该说的道理。"

"道理不分出世入世，讲得有道理，就是道理。佛法也未必尽是佛经上的语句，佛经上的语句也未必尽是佛法。东西和南北，尤其是你家那个闺女，就很会讲道理，我听得懂，就给心甘情愿骗去糖葫芦，当时听不懂，就不忙着给，有些时候慢慢想通了，记起要给这妮子送些吃食，小闺女还来了

脾气，不要了。"

"师父，少说两句行不行，这些事情你自个儿回寺里跟我闺女说去。"

"来不及啦。"

李当心身形再度如白虹贯日，在黄河水面上急掠。

"光说领会佛法艰深，咱们两禅寺很多高僧，都比你师父懂得多，不少还能跟朝廷官府打交道，出世入世都是自在人，师父当这个住持，实在是蹲茅坑不拉屎。唉，这些年都愁啊，也亏得出家人本就剃去了三千烦恼丝。"

"跟师父同辈的他们啊，比起师父少了些人味儿，既然尚未成佛，不都还是人。"

"这话可不能说，伤和气。"

"师父，这是夸你呢。"

"为师知道，这不是怕你以后当别人面说，你跟师父都讨不了好。"

"师父你倒是难得糊涂。南北都是跟你学的。"

"其实说心里话，灭佛不可怕，烧去多少座佛寺多少卷佛经，驱赶多少僧人，师父不怕。怕的是佛心佛法不长存。一禅的那一个禅，当下还是小乘，以后能否由小乘入大乘，师父是看不见了。"

"师父，我不希望看见那一天。"

"嘿，作为南北的师父的师父，其实也不想看到那一天，不过这话，也就只能跟你说。"

说完这一句话，满身干涸金黄色的龙树僧人吟诵了一遍阿弥陀佛，便寂静无声。

白衣僧人李当心停下身形，扯断一截袈裟，捆住师父，闭眼双手合十，往九天之上而去。

这一日，道德宗数百道士和近万香客抬头望向那佛光万丈，皆闻有《金刚经》诵读声从苍穹直下。

这一日，有数千信道者转为虔诚信佛。

## 第十章 李翰林荣归故里，徐凤年巧遇青鸟

徐骁点了点头，「离了枝的荔枝，以前听人说一日变色两日褪香三日丢味，四五日后色香味全无，半旬后更是面目可憎，比起咱们北凉几文钱一斤的西瓜都不如。离枝，这名字好，熨帖，确实也只有读书人想得出。」

一位稀客拜访净土山那座遍植杨柳的小庄子，身为主人的白衣男子亲自站在庄子门口，当他瞧见驼背老人从马车上走下，露出一抹庄上人难得一见的会心笑容，快步向前，毕恭毕敬喊了一声义父。

老人点了点头，环视一周，啧啧笑道："才知道北凉边境上有这么个山清水秀的地儿。"

若是老人的嫡长子在场，肯定要拆台反驳一句瞎说什么山清水秀，连半条小溪都无，附庸风雅个屁啊。外人看来，这么一对不温不火的义父子，实在无法将他们跟北凉王和小人屠两个称呼联系起来，市井巷弄那些上了岁数的百姓，总误以为这两位大小阎王爷一旦相聚，总是大块吃人肉大碗喝人血嚷着明儿再杀几万人之类的，可此时徐骁仅是问些庄子上肉食果蔬供应麻烦不麻烦以及炎炎夏日避暑如何的家长里短，陈芝豹也笑着一一作答。这是徐骁第一次踏足小庄子，庄子里的仆役在陈芝豹庇护下过惯了短浅安稳的舒坦日子，少有认出徐骁身份的慧眼人，好在徐骁也不是那种喜好拿捏身份的人物，根本不计较庄子下人们的眼拙，若是新北凉道首位经略使李功德这般势利人物，肯定要恨不得把那些仆役的眼珠子剜出来喂狗，陈芝豹反而云淡风轻，甚至不刻意去说上一句，从入庄子到一处柳荫中落座，从头到尾都不曾道破徐骁身份。

庄子外围不树高墙，杨柳依依之下，父子二人可以一眼望见无边际的黄沙。一名乖巧婢女端来一盆冰镇荔枝，冰块都是从冰窖里一点一点拿小锤敲下来的。荔枝这种据说只生长在南疆瘴地那边的奇珍异果，每隔一段时日就送往庄子，只不过陈芝豹少有品尝，都分发给下人，无形中让庄子里的少女们一张小嘴儿养得极为刁钻，眼界谈吐也都傲气，偶尔结伴出庄子游玩，踏春或是赏灯，别说附近州郡的小家碧玉，就是大家闺秀，撞上这些本该身份下贱的丫鬟，也要自惭形秽。庄子鸡毛蒜皮都要操心管事的老仆也不是没跟将军提过，只不过性子极好的主子次次一笑置之，也就不了了之。老管事私下跟庄子里年轻后生或是闺女们聊天，总不忘念叨提醒几句咱们将军治军极为严厉，你们造化好，要是去了北凉军旅，早给剥去几层皮了。从未见过将军生气的仆役，尤其是少女们总是嬉笑着说被将军打死也心甘情愿啦。从北凉军退下来的老管事无可奈何的同时，也是欣慰开怀，板脸教训几句之余，转过身自己便笑得灿烂，心想都是咱们这些下人的天大福气啊。

徐骁拣了一颗别名"离枝"的荔枝，剥皮后放入嘴中，询问那名不愿马上离去的秀气丫鬟，"小闺女，多大了？"

丫鬟本来在可劲儿偷看将军，被那位老伯伯问话后吓了一跳。庄子很少有客人登门，她也吃不准这位老人的身份，猜不透是北凉军里的现任将领，还是州郡上的官老爷，只觉得瞧着和蔼和亲，再说官帽子再大的人物，也不敢来这座将军名下的庄子撒野，她也丝毫不怯场，赶忙笑道："回伯伯的话，过了年，就是十六。"

徐骁囫囵咽下荔枝，也不吐核，大声笑道："那有没有心上人，要是有，让你们陈将军做媒去。"

长了张瓜子脸美人胚子的小丫头脸皮薄，故意抹了浅淡胭脂水粉的她红脸扭捏道："没呢。"

陈芝豹显然心情极佳，破天荒打趣道："绿漆，哪天有意中人，我给你说媒。"

整颗心都悬在将军身上的小丫鬟不懂掩饰情绪情思，以为将军要赶她出庄子，一下子眼眶湿润起来，又不敢当着客人的面表露，只是泫然欲泣的可口模样。徐骁觉得小闺女活泼生动，哈哈大笑，陈芝豹则摇头微笑。叫绿漆的婢女被两位笑得不知所措，不过也没了尴尬，跟着眉眼舒展起来，笑容重新浮现。徐骁笑过以后，似乎有心考校她，又拣起一颗饱满荔枝，问道："绿漆丫头，知道这是啥吗？"

亭亭玉立于柳树下的二八女子，人柳相宜，笑着回答道："荔枝呗。"

徐骁点了点头，"离了枝的荔枝，以前听人说一日变色两日褪香三日丢味，四五日后色香味全无，半旬后更是面目可憎，比起咱们北凉几文钱一斤的西瓜都不如。离枝，这名字好，熨帖，确实也只有读书人想得出。"

生怕客人小觑庄子上事物的丫鬟赶紧反驳道："老伯伯，咱们的荔枝可新鲜得很！"

陈芝豹不置一词，挥了挥手，小丫鬟不敢造次，乖巧退下，只是犹有几分孩子气挂在脸颊上的愤愤不平。

陈芝豹等她远离，这才缓缓说道："当年义父一手打造的南边驿路，除去运输紫檀黄花等皇木，以及荔枝与山珍海味这些名目繁多的贡品，仍算畅通无阻，其余就都不值一提了。若非张巨鹿亲自督促太平火事宜，烽燧这一

块几乎更是荒废殆尽。"

徐骁瞥了眼冰盘中粒粒皆似才采摘离枝的新鲜荔枝，笑了笑，"居安思危，跟知足常乐一样难。"

陈芝豹突然说道："义父，今年的大年三十，要不跟世子殿下一起来这小庄子吃顿年夜饭？我亲自炒几样拿手小菜。"

徐骁促狭道："归根结底，是想让渭熊吃上你的菜吧？"

陈芝豹无奈一笑。

北凉夕阳下山比起南方要晚上一个半时辰，可再晚，还是会有落山的时分。父子二人望向那夕阳西下的景象，徐骁触景生情，轻声说道："这些年难为你了。"

陈芝豹正要说话，就听徐骁笑问道："跟那棋剑乐府的铜人祖师以及武道奇才洪敬岩接连打了两场，如何？"

陈芝豹微笑道："虽说外界传得神乎其神，其实我与他们都不曾死拼，也就没机会用上那一杆梅子酒。"

这位久负盛名的白衣将军皱眉道："那洪敬岩是个人物，跟我那一战，不过是他积累声望的手段，以后等他由江湖进入军中，注定会是北凉的大敌。"

徐骁搓了搓手，感慨道："北莽人才济济啊。"

领兵打仗，在军中有山头，在所难免，但是陈芝豹从未传出在北凉政界有任何朋党营私，不论是李功德这种雁过拔毛的官场老饕餮，还是起初清誉甚高后来叛出北凉的州牧严杰溪，甚至众多文人雅士，陈芝豹一概不予理睬，离开金戈铁马的军伍来到清净僻静的庄子，都是闭门谢客，更别提去跟谁主动结交，可以说在人屠义子陈芝豹的身上找不出半点瑕疵。私下更是清心寡淡，无欲无求，如此近乎性格圆满的人物，让人由衷敬佩，也让有些人感到更加可怕。

陈芝豹看了眼天色，小声说道："义父，天凉了。"

徐骁点点头，站起身摇头道："真是老了。"

陈芝豹先前在庄子门口迎接，更是一路送出庄子，等徐骁坐入马车，白衣仍是驻足而立，久久没有离去。

大将军顾剑棠坐镇边关以后，边境全军上下顿时肃然。

但是边军上下疯传以治军细致入微著称的大将军，竟然收了一个吊儿郎当的玩意儿做义子！在离阳王朝，灭掉两国的顾剑棠军功仅次于那位臭名昭著的北凉王，而且顾大将军口碑不输任何一位鸿儒名士，待卒如子，礼贤下士，用兵如神，朝野内外尽是美言，不闻半句坏话。连带着顾剑棠有多房貌美如天仙的妻妾，都成了一桩神仙眷侣的美谈，长子顾东海次子顾西山都年少便投身行伍，也不曾辱没顾大将军的威名，战功颇为显赫，成就远超同辈将门子弟。殊为不易的是他们跟京城纨绔们划清界限，不相往来，从无一次觥筹交错。

这样一位与北凉王相比劣势只在于年龄，以后优势同样也在于年龄的大将军，怎就让一个姓袁的浪荡子进入家门，这让许多人百思不得其解。

做惯了丧家之犬和那过街老鼠的袁庭山比谁都坚信自己会飞黄腾达，所以即便他一跃成为天下刀客魁首的顾剑棠半个义子，也只是觉得理所应当，毫无应该感到万分侥幸的觉悟。他在江南道报国寺差点丧命于那武当年轻师叔祖的剑气之下，一口气逃窜到了北境，虽说偶尔想起还是有些心有余悸，经常从噩梦中惊醒，吓得跟掉进水缸里一般满身冷汗，握住做枕头的刀就要杀人，可这份惧意，非但没有让这名徽山末流客卿灰心丧气，反而越发掰命习武，得到龙虎山中老神仙的馈赠秘笈，境界暴涨，用一日千里形容也不为过。

自认练刀大成后，他就不知死活地去寻顾剑棠比试，硬闯军营，斩杀八十人后，给大将军麾下数百精锐健卒擒拿，却因祸得福，顾剑棠答应跟他在校武场过招，大将军徒手，袁庭山持刀，结果给大将军双指握刀，袁庭山使出吃奶的劲头都没能从指缝间拔出刀，还被顾剑棠一脚差点踢烂肚肠，被当作一条光会嚷嚷不会咬人的狗丢出军营。不曾想一旬过后，的确曾经奄奄一息的袁庭山又活蹦乱跳开始二度闯营。这一次顾剑棠没有亲自动手，只是让次子顾西山跟袁庭山双双空手技击，结果顾西山差点被不知轻重的袁庭山勒死。顾东海摘下佩刀，从兵器架上提了两柄普通制式刀步入校武场，自己留一把，一把丢给袁庭山，两人酣战了百余回合，袁庭山一条胳膊差点被劈断，咧嘴笑着说认输，事后不忘摇晃的胳膊顺手牵走那柄对他而言十分优良的军刀。一月后，开始三度闯营，得了个癞皮狗绰号的袁庭山这一次在顾东

海身上连砍了十几刀，所幸这次没下死手，只是让大将军长子重伤却不致命。

走火入魔的袁庭山拿刀尖指向高坐点将台上的大将军，叫嚣着"顾老儿有本事今天一刀剁死老子，否则迟早有一天要将你取而代之"。

那以后没被大将军当场剁死的癞皮狗就成了边境上人人皆知的疯狗。

再后来，这条心狠毒辣并且打不死的年轻疯狗无缘无故就给大将军的幼女瞧上眼。

明摆着袁庭山既是义子，又是半个顾家女婿。

袁庭山当下并无实权军职，只是捞了个从六品的流官虚衔，一年时间内倒也靠着大将军的旗帜，笼络起出身江湖绿林的百来号散兵游勇，最近半年时间都在寻衅边境上的那些门派，有着顺我者昌逆我者亡的跋扈气焰，顾大将军对此并不理睬。边境一线几乎所有二三流宗门帮派都给袁庭山骚扰得鸡飞狗跳，其中几座为人硬气行事刻板的帮派直接给袁庭山屠戮一空，偶尔会留下一些妇人老幼，而疯狗袁杀人归杀人，眼都不眨一下，倒也不去做强抢民女霸占妇人的低劣勾当。

这一次袁庭山又剿灭了一个不知进退的百人小帮派，照旧是几近鸡犬不留，期间有一员悍将狗腿子饥渴难耐，杀人灭口时见着了位我见犹怜的美妇，脱了裤子就按在桌上，才想要行鱼水事，给袁庭山瞧见，一刀就将那倒霉汉子和无辜女子一并解决了性命。

有一名女子偷偷跟随袁庭山一起意气风发仗剑江湖，骑马回军镇时，转头看着玩世不恭后仰躺在马背上的男子，娇柔问道："杀了那淫贼便是，为何连那妇人也杀了？"

袁庭山冷硬道："女子贞节都没了，活着也是遭罪。"

女子轻声道："说不定她其实愿意苟活呢？"

袁庭山没好气道："那就不关老子卵事了！"

女子还要说话，袁庭山不耐烦地怒道："别跟老子唠叨，这还没进家门，就当自己是我婆娘了？！"

出身王朝第一等勋贵的女子被一个前不久还是白丁莽夫的男子厉声训斥，竟然不生气，只是吐了吐舌头。

袁庭山阴晴不定，坐直了腰杆，嬉笑道："对了，你上次将你爹撰写的

《练兵纪实》说到哪儿了？"

正是大将军顾剑棠小女儿的顾北湖来了兴致，说道："马上要说到'行军十九要事'。"

袁庭山白眼道："行军啊，老子也懂，精髓不就是一个'快'字嘛。你看我这些手下，骑马快，出刀快，杀人也快，抢钱更快，当然一见风头不对，逃命最快。"

在京城出了名刁蛮难伺候的顾北湖兴许真是恶人自有恶人磨，在袁庭山这边却反常的温顺听话，闻言掩嘴娇笑一声，然后一本正经说道："行军可不是如此简单，我爹不光熟读历代兵家书籍，更仔细钻研过春秋时多支善于行军的流民贼寇。爹与我说过，这些寇贼虽不得大势，但贼之长技在于一个'流'字，长于行军，每营数千或数万作定数，更番迭进，更有老弱居中精骑居外，行则斥候远探，停则息马抄粮，皆是暗含章法。而且我爹还十分推崇卢升象的千骑雪夜下庐州，以及褚禄山的孤军开蜀，经常对照地理图志，将这些胜仗反复推敲。不说其他，仅说图志一项，一般军旅，绘图皆是由兵部下属的职方司掌管，战前再去职方司索要，但我爹军中却是每过一境之前，案头便必定有一份毫厘不差的详尽绘图。春秋之战，我爹亲手灭去两国，进入皇宫，抢到手的第一样东西可不是那些美俏嫔妃，也非黄金宝物，而是那一国的书图，以此就可知一国城池扼塞，可知户口和那赋税多少。"

她模仿大将军的腔调，老气横秋地微笑道："一国巨细尽在我手。"

顾北湖说得兴致盎然，袁庭山则听得昏昏欲睡，她原本还想往细了说那行军十九条，见满心思慕的男子没有要听的欲望，只好悻悻然作罢。

袁庭山冷不丁说道："喂，一马平川。"

顾北湖瞪了眼口无遮拦的袁庭山，又迅速低头瞧了自己平坦胸脯一眼，满腹委屈。

不曾料到袁庭山太阳打西边出来地说了句人话："我想过了，你胸脯小是小了点，但还算是贤内助，只要不善妒，以后娶了你当主妇其实也不错。"

顾北湖瞬间神采奕奕。

可惜袁庭山随即一瓢冷水当头泼下，"丑话说在前头，我以后肯定要娶美人做妾的。大老爷们儿手头不缺银子的话，没个三妻四妾，实在不像话，

白活一遭了。"

顾北湖小声嘀咕道:"休想,你敢娶贱人回家,来一个我打死一个,来两个我毒死一双,来三个我我……我就回娘家跟我爹说去!"

袁庭山捧腹大笑。

顾北湖见他开心,她便也开心。

娘亲似乎说过,这便是女子的喜欢了。

袁庭山低头,伸手摸了摸那把刀鞘朴实的制式刀,抬头后说道:"我爹娘死于兵荒马乱,葬在哪儿都不知道,我这辈子就认了一个师父,他虽然武艺稀松,对我却不差,一日为师终身为父,我好歹知道老家伙的坟头,你要嫁了我,回头同我一起去那坟上磕几个头。这老头还嗜酒如命,到时候多拎些好酒,怎么贵怎么来。顾北湖,你觉得堂堂大将军的女儿,做这种事情很跌份掉价吗?"

女子咬着嘴唇使劲摇头。

袁庭山咧嘴笑了笑,一夹马腹,靠近她,满是老茧的手揉了揉她的青丝。


原先只是一州境内二号人物的刺督李功德,一跃坐上整个北凉道名义上第二把交椅的封疆大吏后,为官已经有些喜怒不形于色的深厚火候了,只是一封家书到正二品府邸后,他就开始笑得合不拢嘴,逮着府上仆役,见人就给赏银,屁股后头捧银子的管事本就细胳膊瘦腿,差点手都累断了。李老爷刮地皮的本事,那可是整个离阳王朝都首屈一指的行家老手,发钱?稀罕事!

经略使大人在府内花园慢慢转悠,平日里多走几步路都要喊累的富态老人今天恐怕都走上了几十里路,却依旧精神奇佳,头也不回,对那管事笑道:"林旺啊,老爷我这回可硬是长脸面啦,那宝贝儿子,出息得不行,且不说当上了万中选一的游弩手,这次去北莽境内,可是杀了无数的北蛮子,这等掺不得水的军功,甭说丰州那屁大地方,就算全北凉,也找不出一只手啊,你说我儿翰林如何?是不是那人中龙凤?"

叫林旺的老管家哪敢说不是,心想老爷你这事儿都颠来覆去说了几十遍了,不过嘴上还是要以义正词严的语气去阿谀拍马,"是是是,老爷所言极是，大少爷如果不是人中龙凤，北凉就没谁当得起这个说法了！"

不过在曾经见惯了少爷为祸丰州的老管家心中，的确有些真切的震撼，真是老爷祖坟冒青烟了，那么一个文不成武尚可的膏粱子弟，进了北凉军还没两年时间，就真凭自己出人头地了。

李功德皱眉道："你这话可就不讲究了，当然要除了两位殿下之外，才轮到我儿子。"

林旺赶忙笑道："对对对。"

北凉境内戏谑这位经略使大人有"三见三不见"，"三见"是那见风使舵、见钱眼开、见色起意，"三不见"则是不见兔子不撒鹰、不见棺材不掉泪、不见凉王不下跪。这里头的学问，好似说大不大，说小却也不小。反正仁者见仁，智者见智。北凉官场上众多势利眼，都以李大人这位公门不倒翁的徒子徒孙自居。那些丫鬟婢女们听说那暴戾公子即将要带着显赫军功衣锦还乡，除了半信半疑，更多是大难临头的畏惧感。李功德既然不见凉王不下跪，好几次圣旨都敢不当回事，接过手转过身就随手丢弃，可想而知，这位在官场上一帆风顺的边疆权臣是何等乖戾。有其父必有其子，李翰林投军以前，作为李功德的儿子、世子殿下的狐朋狗友，无愧纨绔的名头，劣迹斑斑，若非有这两道免死金牌傍身，早就该拖出去千刀万剐了。

"老爷老爷，启禀老爷，公子骑马入城了！"

一名门房管事急匆匆嚷着跑进花园，凑巧不凑巧摔了个狗吃屎，更显得忠心可嘉。经略使大人身后的大管事瞧在眼中，不屑地撇了撇嘴。

李功德一张老脸笑成了花，咳嗽了几声，吩咐大管家道："林旺，去跟夫人告知一声。"

四骑入城，入城后勒马缓行。

为首李翰林，左右分别是重瞳子陆斗和将种李十月，还有一位寻常出身的游弩手袍泽，叫方虎头，虎背熊腰，长相凶悍，不过性情在四人中最为温和。四骑入城前先去了战死在梯子山烽燧内的马真斋家，亲手送了抚恤银两。不光是马真斋，一标五十人，几乎死了十之八九，这些阵亡在北莽境内的标长和兄弟们的家，四人都走了一遍。还有半旬假期，说好了先去李翰林这里逗留几日，李十月说重头戏还是去他家那边胡吃海喝，总得要养出几斤秋肥膘才罢休。这位父亲也曾是北凉武将的游弩手刚刚跻身伍长，他一直以

为李翰林只是那家境一般殷实的门户子弟。

当李十月望见那座派头吓人的经略使府邸，看到一本正经穿上正二品文官补服的老人拉住新标长的手，不顾官威地在大街上老泪纵横，就有些犯愣。一名身穿诰命夫人官服的妇人更是抱着李翰林哭泣，心疼得不行。

方虎头后知后觉，下马后早已有仆役牵走战马，这才拿手肘捅了捅李十月，小心翼翼问道："十月，标长的爹也是当官的啊，怎么，比你爹还要大？"

李十月轻声笑骂道："你个愣子，这位就是咱们北凉道经略使大人，正二品！你说大不大？我爹差远了。他娘的，标长不厚道，我起先还纳闷标长咋就跟丰州那恶人李翰林同名同姓，原来就是一个人！狗日的，幸好我原本就打算把妹妹介绍给陆斗，要是换成咱们标长，我妹还不得吓得半死。"

除了府上一干经略使心腹，还有一名极美艳的女子站在李功德身边，跟李翰林有几分神似，不过兴许是眼神天然冷冽的缘故，让长了一双媚眸子的她显得略微拒人千里。她见着了打小就不让自己省心的弟弟，再如何性子冷淡，也是悄悄哭红了眼睛，使劲拧了李翰林一把。北凉女子多英气，但也有几朵异类的国色天香。严东吴以才气著称北凉，而李翰林的姐姐李负真，就纯纯粹粹是以美貌动人心魄。徐凤年身为世子，又跟李翰林、严池集都是关系极为瓷实的哥们儿，可谓近水楼台，可惜跟严东吴从来都是针尖对麦芒，谁都看不顺眼；至于除了漂亮便再无奇殊的李负真，说来奇怪，她竟是比严东吴还要发自肺腑地瞧不起徐凤年，前者还会惹急了就跟世子对着尖酸刻薄几句，李负真则是多看一眼都不肯。她前两年鬼迷心窍对一位穷书生一见钟情，那会儿李翰林正幽怨世子不仗义，瞒着自己就跑出去游历四方，知晓了此事后二话不说就带着恶仆恶狗将那名还不知李负真底细的酸秀才一顿暴揍，不料不打还好，挨揍以后清楚了李负真大家闺秀的身份，守株待兔多日，寻了一次机会将一封以诗言志的血巾递给李负真贴身婢女，一主一婢相视而泣，如果不是有人通风报信，李负真差点裹了金银细软跟那书生闹出一场私奔。李翰林本想神不知鬼不觉宰了那个敢跟世子抢他姐的王八蛋，没奈何他姐死心眼，闭门绝食，说他死她便死，要做一对亡命鸳鸯，好说歹说，才给劝下。李翰林不敢往死里整那家伙，暗地里也没少跟那小子穿小鞋，天晓得这书生竟是愈挫愈勇了，连当时仍是丰州刺督的李功德都有几分刮目相看，私下跟夫人一番权衡利弊，想着堵不如疏，就当养条家犬拴在家外头看门好了。几次运作，先是将书生的门第谱品提了提，继而让其当上了小吏，等到李功德成为经略使，鸡犬升天，这书生也就顺势由吏变成官。官吏官吏，官和吏，一字之差，那可就是天壤之别。

后来徐凤年游历归来又白马出凉州，就再没有跟这位不爱男子皮囊独爱才学的女子接触。

她也乐得眼不见心不烦，恨不得那世子一辈子都不到李府才舒心。

几位一起出生入死的游弩手大踏步进了府邸，李十月三个都没有什么畏畏缩缩，早已炼就一双火眼金睛的李功德何等识人功力，见了非但没有生怒，反而十分欣慰，到底是军伍能打磨人，儿子结交的这几位兄弟，以后才是真正能相互挽扶的北凉中坚人物。

李翰林见过了府上几位长辈，沐浴更衣后，跟陆斗三人一顿狠吃。当夫人见到那个喜欢挑肥拣瘦拍筷子的儿子一粒米饭都不剩，吃完了整整三大碗白米饭，又是一阵心酸，坐在儿子身边，仔细端详，如何都看不够，喃喃自语："晒黑了，也瘦了许多，得多待些时日，若是军中催促，你爹不敢去跟北凉王说情，娘去！"

李翰林除了陆斗那哑巴，给李十月和方虎头都夹了不知多少筷子菜肴，做了个鬼脸玩笑道："娘，军法如山，你瞎凑啥热闹，慈母多败儿，知道不？"

夫人瞪眼道："慈母怎就出败儿了，谁敢说我儿子是败儿，看娘亲不一巴掌甩他脸上！"

经略使大人抚须笑道："有理，有理啊。"

丰盛晚宴过后，李功德和夫人也识趣，虽有千般言语在心头，却仍是忍着不去打搅年轻人相处。

一座翘檐凉亭内，方虎头在人领路下七绕八拐，好不容易去了趟茅厕，回来后啧啧称奇道："标长，你家连茅房都宽敞富贵得不行，今儿可得给我找张大床睡睡，回家后好跟乡里人说道说道。"

"瞧你这点出息！"

李十月拿了一粒葡萄丢掷过去，方虎头笑着一张嘴叼在嘴里，李十月再丢，跟遛狗一般，方虎头也不计较，玩得不亦乐乎。

陆斗骂人也是古井不波的腔调，"俩憨货。"

李负真安静贤淑地坐在一旁，看得目瞪口呆。

她当然不会知道在北莽那边，方虎头给她弟挡过几乎媲美北凉刀的锋利刀子，李十月也在情急之下直接用手给方虎头去拔掉数根箭矢，其中一根乌鸦栏子的弩箭就曾穿透了他的手掌。

李负真更不会知道作为先锋斥候的他们一路赴北，拔除一座座烽燧，这些游弩手曾经付出了怎样的代价。

李翰林突然转头望向李负真，问道："姐，还喜欢那穷书生？"

李负真神色有些不自然，李翰林也不想让姐姐难堪，很真诚地笑了笑："姐，只要你不后悔就好。"

感到很陌生的李负真一时间不知如何作答。

李翰林望向亭外，"以前我没有资格说什么，现在可能稍微好些。那个书生心机深沉，两年前我这般认为，现在更是如此。毕竟我自己就是个坏人，看坏人总是很准。可既然你执意要喜欢，我总不能多做什么。但你错过了凤哥儿，姐，你真的会后悔一辈子。"

李负真缓缓低头，两根纤细如葱的手指捻起一片裙角，问道："因为他可能成为北凉王？"

李翰林蓦地哈哈笑道，"当我什么都没说。"

望着去跟方虎头掰手腕的弟弟，李负真只觉着很茫然，索然无味，告辞一声，就离开了凉亭。

李功德来到凉亭远处，站得很远。

陆斗一脚踢了下忙着与方虎头较劲的李翰林，李翰林小跑到他爹跟前，嘿嘿笑道："爹，有事？难不成还是娘管得紧，跟我这个当儿子的要银钱去跟同僚喝花酒？要多少？几千两别想，我兜里也才剩下不到一百两，爹，对付着花？"

李功德骂了一声臭小子，缓缓走开。

李翰林犹豫了一下，朝陆斗三人摆摆手，跑着跟上，搂住老爹的肩膀，跟这位在北凉骂声无数却仍是他李翰林心目中最为顶天立地英雄气概的老男人，一起前行，但做了个仰头举杯饮酒的手势，就禀性难移地笑道："爹，儿子挣了银子，不多，却总得孝敬孝敬你老人家，要不咱爷儿俩喝几斤绿蚁去？"

这一天在城内离李氏府邸不远的一座雅致小酒楼里，经略使大人跟当上游弩手标长的儿子，连酒带肉，才花去了寥寥十几两银子。

那些年，这个儿子经常在老人故意藏得不隐蔽的地方偷去动辄千两银子，去凉州或是陵州一掷千金，可李功德其实都不心疼。

更早时候，为了换上更大的官帽子，出手便是整箱整箱的黄金白银，李功德也不心疼。

这一天，才花了儿子十几两银子，老人就心疼得不行。


宋玉井是一名考评中上的捕蜓郎，虽然年纪不大，仅二十五岁，却已经在李密弼编织的那张大网上蛰伏了十二年，从无纰漏，因此才得以监视在朱魍名单上极为靠前的徐北枳。

北莽版图辽阔，而捕蜓郎和捉蝶娘才寥寥数百人，若是人人都要单对单盯梢，未免过于捉襟见肘，足以见得徐北枳在影子宰相李密弼心目中的重要性。宋玉井盯了这名徐家庶出子弟已经六年，恐怕是世上对徐北枳生活习性最为熟悉的存在。徐北枳及冠以后便经常出门游山玩水，这一次携带侍童王梦溪两骑出行，宋玉井起先也并没有觉得如何异常，只是当朱魍内部代号"六"的弱水茅舍传出那个惊人消息，宋玉井可以说是如遭雷击——北院大王徐淮南给人割去头颅，身首异处！

昔年北莽第一权臣的头颅至今下落不明！

与徐淮南同朝为官多年的主子李密弼已经亲自赶赴弱水源头，就在茅舍住下。宋玉井身为掌控北莽王朝秘密的核心人物，十分清楚李密弼跟这位由如日中天渐渐到日薄西山的北院大王关系不俗，堪称君子之交，故而这些年名义上看似严密监视茅舍，却也只是派出朱魍头号杀手一截柳，并非其他精于找寻蛛丝马迹的角色。一截柳擅长杀人，自然也擅长杀同行，实则是保护徐淮南不被皇帐宗亲落井下石。那支铁骑劲旅也由徐淮南旧部将领发号施令，可以说徐淮南致仕以后日子过得还算舒坦写意，有李密弼亲自把关，不至于有不利于北院大王的流言蜚语传入皇宫王庭。宋玉井一直以为全天下能要徐淮南性命的，除了女帝陛下再无他人，可朱魍素来是陛下铲除异己的那把惯用袖中刀，既然不是朱魍，会是谁？宋玉井打破脑袋也想不通，也不敢

去深思。与天大秘密一起出现在宋玉井这边的，还有数名考评不输于他的提竿男女，男三女二，宋玉井被临时授符可以调动宝瓶、金蟾两州所有朱魍势力，外加一千两百骑的兵权，可宋玉井却毫无手握大权的激动，只有战战兢兢。

徐淮南一死，牵一发而动全身，这根北莽中流砥柱的坍塌，注定要激荡庙堂。徐家之前都是由徐淮南支撑，绝大多数子孙没有一个拿得出手，唯独徐北枳至今不显山不露水，却是唯一有希望撑起家族大梁的关键人物，是抓是请，主子在信上没有讲明，都需要宋玉井自己去把握力道轻重。只是宋玉井很快就感觉到这趟任务的棘手，除了侍童王梦溪，徐北枳与那名陌生脸孔的书生竟然凭空消失，宋玉井第一时间就撒开大网捞鱼，将大半提竿派遣往金蟾州南部或寻觅或堵截。若非侍童继续南下，而不是掉头往北，宋玉井直接就可以更加省事省心，仅留一名捉蝶女跟踪侍童。俨然成为一枚棋子的侍童由宝瓶州入金蟾州边塞，再横向行去数百里，最后竟是北行，稍作停留，才继续往南而去，走了整整一旬时光，带出一个莫名其妙的大圈子。期间宋玉井按照侍童的诡异走向，不敢掉以轻心，不断反复树立和推翻自己的推测，几次更改命令，不光是他本人，几乎所有提竿都跟着精疲力竭。偶尔碰头，他们脸上没有怨言，宋玉井也知道这些吃人不吐骨头的家伙难保不是腹诽无数。其中不乏有人提议直接杀掉侍童，简单了事，宋玉井心中讥讽站着说话不腰疼，并未接纳建议。在真相浮出水面之前，宋玉井不希望交恶于徐北枳，百足之虫死而不僵，徐家这棵大树即便要倒，也绝不是一两年内的事情，尤其是徐淮南暴毙，跟徐淮南关系云遮雾罩的女帝陛下没了那根喉中鲠，说不定还要封赏宽慰徐家那帮蛀虫。

宋玉井如何都料想不到徐北枳一直就遥遥跟在侍童屁股后头，路线大致相同，只不过都保持一日脚力路程。徐北枳从徐凤年手上戴上了虬须大汉的面皮，徐凤年亦是换了一张，不再背负书箱，而是换了一只行囊让仆人模样的徐北枳背上。两人今日在一座金蟾州闹中取静的小酒馆进食，徐北枳起先听闻要让侍童做诱饵，虽然没有拒绝，心中却已经低看了几分这位世子，只是一路行来，几次在荒郊野岭见他跟一只朱袍魔物用古怪手势交流，徐北枳才彻底重新审视起这名胆敢孤身赴北莽的未来北凉王。

两人坐在酒馆临窗位置，看似意态闲适地聊起了军情秘事如何传递一事。徐北枳最近开始贪杯，一逮住机会就会小酌几杯，至于什么酒，是佳酿是劣酒，也都不忌口，不过每次徐凤年看他喝酒都跟蹲茅坑拉不出屎一个模样，瞧着就难受。徐北枳喝酒入腹，只觉得满腹烧烫，忍不住嗝了一声，这才慢慢说道："你猜你斩杀魔头谢灵一事，茅庐这边获知消息，花了多少银钱？"

徐凤年笑道："总得有一百两黄金吧？"

徐北枳摇头道："一文钱都没有花，这件事由京城耶律子弟在青楼说出口，很快就捎到了茅舍。"

徐北枳又问道："你再猜茅庐去确定你曾经在敦煌城待过一段时日，花了多少。"

徐凤年想了想，"我还是猜几百两黄金。"

徐北枳笑道："少了，约莫是九百两黄金。"

徐凤年啧啧道："真舍得下血本。"

徐北枳明明喝不惯酒，喝酒气势倒是豪迈，一口饮尽，将杯子轻轻敲在满是油渍擦拭不净的桌面上，望向窗外，因为生根面皮而显得粗犷面容的一个糙汉子，眼神竟是如女子般柔和，所幸只有徐凤年跟他面对面，这位不知何时才能一鸣惊人天下知的读书人感慨万千："想要找一个精通易容的谍子，无异于大海捞针，我跟爷爷数次挑灯通宵去推算你的行进路线，那段日子，他老人家精神气很足，戏言这样的捉迷藏，就跟他年轻时吃过的南方糯米团子，倒也有嚼劲。你可能不知，仿照离阳赵勾而成的朱魍，其实不是出自李密弼一人之手，爷爷曾经帮忙打造了大框架，李密弼能够成为女帝第一近臣，被誉为影子宰相和第九位持节令，爷爷有一半功劳。他们两人，都是在中原春秋怀才不遇的读书人。"

说到这里，徐北枳略作停顿，望向徐凤年，"养士的本事，慕容女帝是当之无愧的天下第一人，赵家天子也不差，北凉王——"

徐凤年截口笑道："他啊，大老粗。再者春秋一战，本就是武夫铁骑跟笔杆子文士的较劲，推倒了高门豪阀后，士子们无家可归，无树可依，自然记恨徐骁，就别提去投效这个屠子了。"

徐北枳摇头道："养士也分两种，养贵士，养寒士。需知'士'这个说法，最开始也仅是游士，例如那些因纵横捭阖而名留青史的纵横家，诸子百

家中搬弄唇舌的说客，后来士子相聚成门阀，才开始养尊处优。如今大厦已倾，大多数就得为稻粱谋，何况寒士阶层的庙堂崛起是大势所趋。北凉王很多事情不好做，你可以。天下士子，本是你家听潮阁的千万尾锦鲤，如今就像那听潮阁与江河相通，豢养锦鲤与野鲤杂处，你若能拣选其中少数，就可成事。自古谋士托庇于明主，不外乎想要乘龙借势，扶摇直上。"

徐凤年笑道："你要是跟徐骁说这类大道理，他能当着你的面打瞌睡。"

徐北枳一笑置之。

弱水茅舍，一名穿一身华贵蜀锦的干瘦老者从京畿重地连夜赶到后，就一直坐在水边，身边便是被割去头颅的徐淮南。

老人亲自查过伤口和茅庐四周，就挥手让手下离远了，仅留下一名提着无灯芯灯笼的年轻婢女，似乎不想有多余人打搅他与死去的老友。

夜幕中，老人伸出干枯如老竹的手臂，手指抚摸着霜白鬓角，喃喃自语："年轻时候一起来到乱象横生的北莽，你说要做成可以剑履上殿入朝不趋的千古名臣，还笑话我气量小，不是做大事的，跟在你后头耍耍阴谋诡计就行，还能有个好死法。你看看，现在如何了，我仍是能够锦衣夜行，便是八位持节令和十二位大将军见着了我，也就只敢背后骂我几句断子绝孙不得好死。你呢，连有胆子给你奔丧披麻戴孝的子孙都没一个。"

"你器重徐北枳，一身所学尽付与他，念在情分上，我一直犹豫要不要痛下杀手，徐老儿，要不你托个梦给我？我也就放过他了。"

"本以为我能拼了半条命，也要保你死在她之后，你啊你，怎么拍拍屁股说走就走了，还走得如此憋屈，图什么？还债？还给谁？人死如灯灭，我就不刨根问底了，省得你在下头骂我。如此一来，我倒是轻松了。你放心，且不说徐北枳，到时候徐家两百多条性命，我总归会给你留下一两人的。"

自顾自念叨的老人叹息一声，沉默许久，抬了抬手臂。

提着灯笼的盲聋哑女婢便立即弯腰，将没有灯火的灯笼放在权势滔天的老人眼前，继而递出一把精致小剪。

笼中有几十只蝶。

老人摸出一只，双手如老妪灯下绣花那般轻轻颤抖，从蝴蝶中间剪成两半。

"你死以后，这笼中蝶，就数那位太平令最大只喽。"


徐北枳平时几棍子打不出个屁，唯有喝酒以后，尤其是喝高了，就会管不住舌头，什么都能说，也什么都敢说。大概是肚子里的墨水实在太多，每次不等说尽兴说通透，就已经酣睡过去。

柔然山脉贯穿金蟾州东西，南麓平畴相望灌渠纵横，入秋以后，视野可及都是青黄相接的喜人画面，与离阳王朝的南方农耕区几乎无异；柔然北部则是广袤草原。柔然山势陡峭，成为一道天然屏障，除去那些缺口峡谷构成的径道，南北无法通行，这些条径道就成为控扼南北交通的咽喉。

北莽在此设有柔然五镇，傍峡谷筑城障，设兵戍守，五镇分别是老槐、柔玄、鸡露、高阙、武川。此时徐凤年、徐北枳两人行走的蜈蚣谷白道，就在柔玄军镇辖境。柔玄径道分主辅两路，主道位于谷底，宽敞便于战马疾驰，辅道凿山而建，幽暗潮湿。柔玄军镇的名声都被一座山峰掩盖，蜈蚣道商贾稀疏，除去辅道盘旋难行如蜈蚣枝节外，主要还是因为畏惧这里的土皇帝——第五貉。这个拥有一个很古怪姓名的男子，便是提兵山的山主，私下也被称作柔然山脉的共主，因为除去柔玄军镇在他直接掌控之下外，还有老槐、武川两镇的统兵将领出自提兵山。作为北莽王朝超一流的宗派，提兵山无疑跟庙堂结合得最为紧密，人人皆卒。当第五貉的女儿嫁与南朝最有希望成为第十三位大将军的董卓后，提兵山就被推上了风口浪尖，帐庭那边马上有人跳出质疑第五貉是狼子野心，不甘臣服朝廷，所幸女帝陛下一如既往地对这位她落难时曾出手相救的江湖武夫给予信任，第五貉的独女大婚时，还派人送上一份破格贺礼，一道圣旨将她收为义女，诰命夫人的补服品秩犹在董卓官阶之上，无形中让董胖子沦为北莽南北两朝的笑柄，嘲讽董卓为软饭将军，更笑话他娶妻两次，次次都是攀龙附凤，称得上是入赘两家。

走在昏暗荫凉蜈蚣道上，小径外沿虽有简陋榆木护栏，但石板沾水地滑，只学了一些强身健体拳术的徐北枳走得战战兢兢，好在徐凤年就走他右手边，这才心安几分。这条山壁间的辅道宽丈余，高一丈五，堪堪可供一驴一骡载货缓缓通行，靠内墙根遍布青苔，壁顶不断滴水，奔跑中的战马极易打滑，一块一块青石板铺就的路径有许多缝隙，也会让马蹄打拐，若非马

术精湛，马匹又熟稔蚂蚣道，恐怕没有谁敢在这里抖搂骑术。

腰间新悬了一只酒葫芦的徐北枳惧高，怕分心跌倒，始终不敢说话。这趟南下他们原本按照徐北枳的布置，拣选商贾繁多易于鱼目混珠的困肚钩径道，但是那位被侍童取了个"柿子"绰号的徐凤年在酒肆上听到一个传闻，说有人要在提兵山再次寻衅大宗师第五貉，就拉着徐北枳兴冲冲地赶来凑热闹，这让习惯谨小慎微布局的徐北枳有些头疼，只是这颗柿子执意要见识见识提兵山的气魄，徐北枳总不可能撇下他独自走困肚钩，加上蚂蚣道险峻坎坷，这一路上他没少给徐凤年摆脸色。说到底，两个年纪都不大的豪门子弟，徐北枳远未将他视作可以值得自己去鞠躬尽瘁的明主，而徐凤年也不认为需要对徐北枳故作姿态。招贤若渴？我师父李义山一人便抵你几个徐北枳了！相比起来，徐凤年更乐意接纳永子巷十局里的那名盲棋士，或是那个相逢在江南报国寺里那位惜书如命的寒士。不过徐凤年不否认，徐北枳比起徐淮南这些久在庙堂沉浮的老姜块，仍显得有几丝稚气未脱，但比自己这个半吊子还是要超出一大筹。

蚂蚣道寂寥得跟黄泉路差不多，四下无人，徐凤年也就不为难谈不上有何武艺的徐北枳，亲自背起行囊。但即便如此，徐北枳还是要每隔十几里路就要停脚休憩，约莫是有几分感激徐凤年每次主动停歇的照顾颜面，徐北枳稍稍壮胆走在视野开阔的护栏边上，望着柔然山脉南边的千里肥沃，终于开口问道："世子殿下为何会习武？不怕耽误了以后的北凉军务吗？藩王子孙，如果得过且过，自然少不了荣华富贵，赵家天子想来会乐见其成。可要维持世袭罔替的殊荣，总是要殚精竭虑的。靖安王赵衡便是赔上了一条命，世子赵珣更是入京。富贵险中求，何况你还会是离阳王朝仅有的异姓王，担子之重，我想天底下也就只有北凉王和世子殿下你们父子可以感受。我本以为你会是那个最瞧不起江湖莽夫的人，毕竟当年北凉王亲自毁去了离阳江湖的大半生气。北凉王府内藏龙卧虎，鹰犬无数，何须世子殿下亲自学武练刀？诱以名利，一声令下，总会有不计其数的高手替你卖命。"

徐北枳不喝酒时说的话，大多是这么个强调语气，总是带着一股质询味道。

徐凤年正想着心事，干脆就不搭理这位已是无家犬但尚未寄人篱下的徐淮南接钵人。被忽视的徐北枳也不生气，自顾自说道："侠以武乱禁，但两个朝廷都史无前例对各自江湖具有统治力，北莽这边江湖直接成了朝廷的奴仆，离阳王朝也有给朝廷望风的鹰犬，窝里斗得厉害。这种苟延残喘的江湖，我实在想不通有什么必要亲自去下水。"

徐凤年突然笑了笑，一屁股坐在腐朽不堪的护栏上，看得徐北枳一阵心惊肉跳。世子殿下望向这位喜欢高屋建瓴看待时局的高门俊彦，平淡道："徐北枳，你亲眼见过飞剑两千吗？亲眼见过以一己之力让海水升浮吗？见过一缕剑气毁城墙吗？"

徐北枳平静摇头道："不曾见过。但自古以来便是一物降一物，西蜀剑皇替天子守国门，不一样被你徐家铁骑碾压得尸骨无存？成名已久的江湖人为何不愿去战阵厮杀？还不是因为怕阴沟里翻船。再者精锐军旅中往往都有专门针对顶尖高手的类似武骑，我猜你们离阳首辅张巨鹿这些年不遗余力地将帝国赋税倾斜北边，一定会让顾剑棠扶植起一支应付北莽江湖武力的势力。你别看如今提兵山、棋剑乐府这些山头十分气焰惊人，一旦被驱策到沙场上陷阵厮杀，也经不起几场大规模战事挥霍。"

徐凤年笑道："你这是在讽谏？骂我是不务正业？"

徐北枳提起酒葫芦喝了口酒。

徐凤年不怒反笑，真诚叹气道："你的看法跟我二姐如出一辙。只不过我这个世子，及冠以前也就只有不务正业一件事可以放心去做，你不能奢望我韬光养晦的同时又包藏祸心，我也不怕你笑话，至今我都没什么嫡系可言，仔细算一算，好像就凤字营两三百号人还算有些交情。我倒是希望有人朝我纳头便拜，可第二次游历，襄樊城外芦苇荡一役，府上一名东越剑士死前不过是骂了我一句狗屁的世子殿下。那时候我便知道天底下没谁是傻的。"

徐北枳抹去嘴角酒水，调侃道："原来是不敢坐龙椅，而不是不想。"

徐凤年无奈道："鸡同鸭讲。"

徐北枳缓缓说道："当下发生了几件大事，分别是我朝太平令成为众望所归的帝师，头回浮出水面的赵家皇子赵楷持银瓶入西域，白衣僧人入云说法《金刚经》，道德宗在女帝支持下开始集一国之力编撰《道藏》，张巨鹿着手抽调几大藩王的精锐骑兵赶赴北疆，其中以燕刺王和靖安王赵珣两位最为不遗余力，与天子同父同母的广陵王赵毅出兵含蓄，被兄长召见入京，当

面斥责。离阳开始流传《化胡经》，有了谤佛斥佛的端倪，据说天下各大州郡只得存留一寺，两禅寺都未必可以幸免。"

徐凤年笑道："我更好奇你们北莽剑士剑气近黄青上武当。还有就是齐仙侠携吕祖遗剑去南方观海练剑。至于那个跟我有过节的吴家剑冠吴六鼎，听说带着剑侍去了趟吴家九剑破万骑的遗迹，带走了三柄祖辈古剑，境界大涨。"

这回轮到徐北枳无奈道："对牛弹琴。"

徐凤年跳下护栏，轻声道："老和尚竟然死了。"

徐北枳疑惑道："两禅寺住持龙树僧人？"

徐凤年点了点头，不再说话。

两人一个鸡同鸭讲一个对牛弹琴，再说下去也是索然无味，就继续赶路。脚下的蜈蚣道盘旋弯曲，也没什么拿得出手的遗址景点，一样走得乏味。走到一处上山下山的岔口，见徐凤年毫不犹豫往山上行去，徐北枳皱眉问道："真要去提兵山？"

徐凤年笑道："当然，想见一见北莽女子的风情，竟然一次落败差些断了一臂，还敢跟提兵山山主叫板。要是长得漂亮，就抢回北凉，到时候可别跟我争。"

徐北枳当然知道后一句是玩笑话，他对这颗柿子谈不上如何高看，却也不敢有任何低看。一味鲁莽行事，徐凤年就是有十条命都活不到今天。只不过朝夕相处一旬多，徐北枳从未问过徐凤年的武道境界高低。行至半山腰，被提兵山关卡阻挡，徐凤年才知道旅人到这儿就得止步，不是谁都可以上山观战。看到身边那位"虬髯大汉"笑而不语，徐凤年只得乖乖败兴下山，如徐北枳所料，徐凤年还没有丧心病狂到要撞破南墙的执念。下山有两条线路，两人走了一条僻静小径，故意跟众多一样吃闭门羹的北莽观战武人岔开。适宜观景处有一座仿江南水乡建筑风格的雅致凉亭，亭外并无甲士巡视，只站了几名衣着华贵的健壮仆从，气机深厚，神华内敛，以徐凤年看来，竟然有一人入二品，其余几人也都在这道龙门的门槛附近；亭内有一大一小两女背对他们，年轻女子盘膝坐靠着廊柱闭目养神，背有一杆长条布囊包裹的兵器，小女孩托腮帮趴在长椅上。

亭内地上有大小两双绣鞋，一双青一双红。

小女孩在轻声唱着一首小乡谣，嗓音清脆。

私塾的先生在问知否知否，

是谁在树上喊知了知了。

小月亮悄悄爬过了山冈，

池塘里是谁吵醒了星光。

村头是谁摇晃了铃铛?

叮当叮当叮叮当……

徐凤年站在原地不肯离去，徐北枳看到那帮不好惹的扈从已经留心这边，虎视眈眈，就扯了扯徐凤年的衣袖。

下一刻，徐北枳心知不妙，但紧接着就只觉得滑稽荒诞。

徐凤年一掠入亭，背对徐北枳和措手不及的提兵山扈从，轻轻给那名青衣女子穿上了那双青绣鞋。


唱完"知否知了"小歌谣的女孩趴在长椅上，转头瞥见这人闯入了亭中，初时错愕以后，一张小脸蛋就像阴雨后骤放光明，无比欢喜。徐凤年给青衣女子穿上了青绣鞋，转头对这个小妮子竖起食指在嘴边，做了个噤声的手势，孩子立即双手使劲捂住嘴巴，生怕漏嘴了秘密，然后似乎觉得这样的动作太唐突，颇有淑女风范地正襟危坐起来，可惜发现自己光着脚丫，一双织有孔雀缎面的锦鞋还躺在地上，就有些脸红。

亭外提兵山扈从显得如临大敌。武人境界如何，一出手就知道大概的差距。这名书生模样的年轻人轻而易举便闯入凉亭，不由得他们不惊骇戒备。一来亭中的小姑娘是提兵山的贵客，是山主女婿董胖子留在山上的心肝，他下山时曾扬言饿着了小姑娘丁点儿，他就要每天晚上拿着锣鼓从老丈人第五貉的院落敲到每一家每一户；再则那名青衣负枪女子上山挑衅山主，虽败犹荣，北莽武人崇武情结深入骨子，敬重所有确有斤两的强者，即便她是一个不明来历的年轻女子，也并不如何敌视，提兵山上下都将她当作半个客人；最后便是震骇于陌生男子的实力。三者累加，这些都是客卿的提兵山扈从忌惮到无以复加。闯亭时，一名身居二品实力的客卿曾用两指摸着了一小片衣袖，只是不等这位小宗师发力攥紧，就给类似江湖上跌袖震水的手法给弹开，两根手指此时还酸麻刺痛。

亭子内外气氛微妙，倒是小女孩打破僵局，依次伯伯叔叔喊了一遍，然后以毋庸置疑的语气请他们先上山，这等明面上不伤和气的圆滑做派，显然师从她的董叔叔。这些时日，提兵山也习惯了小丫头的老成，加上她被那位自领六万犲狼兵马的提兵山姑爷宠溺到无法无天，一番权衡，几位被第五貉安排贴身护驾的扈从默默离开，但都没有走远，只是在凉亭视野以外静候，再由一人去山主那边禀报消息。徐北枳想破脑袋也没想到是这么个云淡风轻的结局，只不过也不去做庸人自扰的深思，便在亭外俯瞰大好风光。爷爷曾经说起江南婉约的风土人情，是北莽万万不及的，那儿的女子才真正是水做的，不似北莽女子，掺了沙子，三十岁以后往往就粗糙得不行。

徐凤年跟青衣女子并肩而坐，伸手摘去狭长枪囊，露出那杆刹那枪的真容，问道："你怎么也来北莽了？跟徐骁苦苦求来的？"

她把一面脸颊贴着微凉的梁柱，柔声道："不想输给红薯。"

徐凤年哑然失笑，"瞎较劲。"

她默然。

徐凤年看了眼她的左臂，"你就不知道拣软柿子捏啊，跑来提兵山找第五貉的麻烦，这不是找罪受吗？听说他还很给你面子，亲自出手了？"

她点了点头。

徐凤年微笑道："要不然等会儿我替你打这一阵。你家公子现在历经磨难，奇遇连连，神功大成，别说第五貉，就是拓跋菩萨也敢骂他几句。"

未出梧桐院就称不上对公子百依百顺的她摇摇头，轻声道："不打了，陪公子回北凉。"

院中仅有两位一等大丫鬟，她和红薯各有千秋。

一直被冷落晾在角落的小女孩咳嗽几声，偷偷穿好了绣鞋，瞪大眼睛凝视这个一点都没有久别重逢情绪的"负心汉"，这让满怀雀跃欣喜的她倍感失落，只得好心好意出声提醒他这儿还站着自己呢。徐凤年可以理解董卓把她安置在提兵山，只是没料到真能半路碰上，被她一眼认出也不奇怪，她本就有望气穿心的天赋，好在她没有露馅，否则给提兵山知晓底细，少不得一场疲于奔命的狩猎逃亡。个子蹿高一些的小女孩手中握着一只小漆盒，是徐凤年在飞狐城集市上给她买的奇巧，只是盒内储藏的蜘蛛早已死去，这不是如何精心饲养就能改变的结局。漆盒本就廉价，用织网去"乞巧"的蜘蛛品种也一般，如今盒内便只剩下一片稀稀拉拉的破网。董卓离山时本想偷藏起这只碍眼的奇巧盒子，给个理由说下人打扫房间弄丢了，可熬不过闺女的幽怨眼神，只得厚着脸皮从袖口里拿出，说董叔叔翻箱倒柜刨院子好不容易给找着了。徐凤年看着这个曾经也算患难与共的小女孩，百感交集，一大一小竟然还能遇见，真是恍若隔世了。

小丫头陶满武瞥了眼亭外背有沉重行囊的徐北枳，记起当初自己被这个家伙拿饭食要挟着去背那大袋钱囊，就有些替那个相貌粗野的叔叔打抱不平。她随即心中叹息，这个吝啬到连喜意姨送给她的瓷枕都惦念的小气鬼，到哪儿都不忘记使唤别人做苦力，亏得自己这些时日还担忧他会不会没银子吃饱饭。

徐凤年笑问道："我教你的那套养气功夫，没落下？"

陶满武立即按部就班将叩金梁、敲天鼓、浴面等全部演练了一遍，没有一丝一毫差池。徐凤年从她手上拿过小木漆盒，打趣道："破玩意儿还不扔了？你董叔叔可是有金山银山，你就算跟他要比你人还大的奇巧也不难。我帮你丢了。"

徐凤年作势要将奇巧丢出凉亭，陶满武可劲儿跳起，双手死死抱住他那只手臂，整个人滑稽地吊挂在那里。

青鸟眼神温暖，怜惜地摸了摸陶满武的脑袋，她也不知为何小丫头会对自己抱有亲近感，她重伤后，陶满武就黏糊在身边。她这段日子在提兵山山脚养伤，也或多或少听闻了一些小道消息，知道她爹是北莽边境留下城的城牧，无缘无故给人袭杀，传言是皇室宗亲的两姓子弟下的黑手，可至今凶手下落不明。而军伍出身的武将陶潜稚跟董卓又是亲如兄弟的袍泽，小姑娘的娘亲也不幸死在奔丧途中，陶满武自然而然就被南朝炙手可热的军界权贵董卓带在身边，前些时候凉莽毫无征兆地开战，听说董卓领兵前往离谷、茂隆救援，陶满武就给留在了沾亲带故的提兵山。

公子孤身赴北，嗜好每日杀北凉士卒的陶潜稚死于清明节，公子凑巧与陶满武熟识。

青鸟瞪大眼眸望着公子。

小姑娘无意间瞥了一眼认识没多久的青衣姐姐。

知晓她天赋异禀的徐凤年并没有阻止。

青鸟发现小姑娘松手落地后泪流满面，那种复杂至极的矛盾眼神，如同昂贵奇巧盒中的一张蜘蛛网，密密麻麻没有缝隙，本不该出现在一个天真善良小女孩的眼眸中。

陶满武只是流泪，也不哭出声。最后将小漆盒子狠狠砸在徐凤年身上，跑出凉亭。

青鸟茫然望向公子。

徐凤年苦笑道："她有看穿人心的本事。"

自知无意间酿下大错的青鸟一脸悔恨，正要说话，徐凤年摆摆手，将刹那枪重新藏入布囊中，一脸平静道："本来就没想着蒙骗她一辈子，早一天知道真相，她也早一天轻松。不过这种事情我自己说出口，也难。被她自己识破，刚好。"

虽说不明就里，但也知道有大麻烦缠身的徐北枳正要提醒可以逃命了，徐凤年却已经站起身，把刹那还给青鸟，自嘲笑道："走了走了，咱们三人啊，就等着被提兵山撵着追杀吧。"

徐凤年握住徐北枳一臂，带着毫无异议的青鸟，一同往山下急速掠去。

徐北枳只觉得腾云驾雾。

但三人没有直接向南逃亡，而是秘密折回柔然山脉中，徐北枳不得不暗叹一声真是艺高人胆大啊，善于自省的徐北枳在山中一条溪畔休息的时候，有些动摇。士子北奔时带来许多东西，象棋是其中一项，比较围棋还要更受北莽欢迎，昔年权倾北莽的北院大王在围棋上是名副其实的臭棋篓子，下起象棋则是炉火纯青。徐北枳在爷爷身边常年耳濡目染，虽说纵横十九道也十分熟稔精通，但个人喜好还是偏向棋子司职明确的象棋，也时常与爷爷徐淮南对局时下成和棋。记得老人第一次搬出一副象棋棋盘，就跟幼年的徐北枳说下此棋，何时能有想要和棋便和棋的棋力，才算徐北枳出师。但在徐北枳眼中，爷爷与人庙堂政斗，总是斩草除根，做法跟下棋手法截然相反，直到这次赴死，徐北枳才知道这一局凉莽和棋，竟然代价巨大到徐家棋子尽死只余他一人的地步。徐北枳既然是读书人，理所当然以不出九宫格的"士"自居，他瞧不起江湖莽夫，也是因此，士辅佐帝王，运筹帷幄，何须亲身杀敌？江湖高手不管如何力拔山河，高手自有高手杀，传闻创造象棋的黄龙士本身更是将"士"之作用发挥到淋漓精致的境界，那个年轻时候曾说要为天下开万世太平的毒士黄三甲，可谓毒杀了整个春秋。如此超脱庙算直达天算的人物，才是徐北枳极力推崇的。

只是这一切都建立在局面大好的情景之中棋盘之上，徐北枳才有可能大展手脚，身处劣势，被敌方杀至君主身侧，徐北枳自问能否力挽狂澜？

徐北枳突然有些理解读书入圣的大官子曹长卿为何成为天象武夫，为何三入皇宫了。

当山穷水尽，手边无棋子可摆布时，说到底还是要自己走出九宫格去。

徐北枳要入的棋局，是偏居一隅处于下风的北凉，而非已经成势的北莽或者离阳。

这恐怕也是爷爷教诲他如何下出和棋的关键所在。

求胜先虑败。

徐北枳不禁抬头望向那个坐在石头上悠闲乘凉的年轻人，那么眼前这个家伙早已想到最坏的局面，北凉全盘覆灭，不得不去孤身杀敌复仇？

可能吗？

徐北枳不相信。

青鸟从一棵大树上跃下，有些匪夷所思，"公子，提兵山没有任何动静。"

徐凤年皱了皱眉头，捡起一颗石子丢入溪水，略微出神，自言自语道："这本账看来是算不清楚了。"


提兵山那边，小姑娘哭着跑开，那些没敢远离凉亭的扈从见着这一幕，下意识就要杀下山去。只是她挤出笑脸解释说青衣姐姐跟熟人下山，她有些舍不得。众人将信将疑，也不好询问什么。不过那名女子若是可以不去飞蛾扑火，也算好事，说到底，在北莽江湖久负盛名的山主便是打赢了一名年轻女子，传出去也不好听。陶满武走了一小段路程，就不让扈从跟随，转头跑向凉亭，见到那只漆盒，弯腰捡起，就要狠狠丢到山下。

可她抬起手，抬了半天，还是没能鼓起勇气丢掉，然后好像自己又被自己的不争气给气哭，跑到亭子外，蹲下身，用小手挖了个坑，将盒子埋入土中。

擦去泪水，回到山上的雅静小院子，爬上床，抱着那个瓷枕缩在角落，

用棉被将自己藏起来。

当今天下只知梅子酒，不知刹那枪。

徐凤年坐在溪边巨石上，脱去鞋袜，将双脚放入潺潺流淌的沁凉溪水中，膝盖上摆有这一杆枪仙王绣的遗物。

王绣虽然名字中带了个柔媚的字眼，生平大半的所使枪术却都是走至刚至猛的纯阳路数。王绣天生臂力惊人，为高手领入枪术一途，成名之后以战养战，更有一人一枪深入北莽砥砺武道的壮举，几乎将那一代北莽武林给杀穿，捅出一个莫大窟窿。上一辈称雄江湖的四大宗师中，王绣又有"臂圣"一称，以有力降无力，出枪快如奔雷。刹那枪枪尖圆而钝，因为王绣臂力，加上无与伦比的出枪速度，已经根本不用在乎枪尖是否锋利。王绣武力堪称冠绝中原北方，只是口碑毁誉参半，缘于枪仙性格偏执，出手对敌必杀人，惹下无数桩仇怨，自然而然，王绣就被许多江湖人士视作武德有亏，有宗师实力却无宗师气度。王绣作为屈指可数的外家高手，在花甲之年后武道境界不退反进，枪法返璞归真，堪称超凡入圣，一生所学概括为四字诀，离阳王朝原先都不信陈芝豹能够在二十岁出头便青出于蓝而胜于蓝，光明正大耗死王绣，但随着跟洪敬岩以及铜人祖师接连两战，都不落下风，离阳、北莽都开始默认白衣小人屠是毋庸置疑的枪术第一人，而那一杆世人从未得见的梅子酒，也开始传遍天下。

青鸟站在徐凤年身边，忙里偷闲，给他大略说起自己的北行经历，"奴婢先去了姑塞州一个大宗派，名叫孙氏枪林，宗主孙白猿是南朝成名已久的枪法名家。"

徐凤年笑道："这个门派，肯定是跟风吴家剑冢的称呼。不过孙白猿这老匹夫，我在听潮阁里的秘录档案上见过，不简单，不算地道的一品高手，但跟许多另辟蹊径的武学奇才一样，跳过金刚境界，精研道法，顺势摸着了指玄的门槛，称得上是一位指玄伪境的顶尖高手。你怎么打赢的？偷袭刺杀？"

青鸟摇头道："去枪林之前，在大漠上悟得了四字诀中的'崩'。到了孙氏枪林，孙白猿兴许是久未亲身过招，枪术有些凝滞生疏，被奴婢一枪崩碎了头颅。"

徐凤年顿时哑然，笑道："那你怎么逃出来的？"

青鸟平静道："边打边逃，奴婢本就是杀手出身，精于伪装潜匿，杀了大概七十余孙氏子弟，顺便领会了'拖'字诀，又称之为回马枪，被人追杀时，身陷绝境，反杀最为适宜。"

徐凤年屈指轻弹那杆不沾尘埃的古朴长枪，点了点头。

青鸟继续说道："姑塞州的荒槊军镇有位正值壮年的校尉，是个古怪复姓，名字也记不得了，只知道号称北莽军中枪法可以跻身前三甲，都说他最大遗憾是没能与陈芝豹过招。奴婢潜伏进了军镇，此人恰好在校场上半夜练枪，阴柔至极，奴婢的崩枪也占不到便宜，几十回合后，就用一记拖枪捅烂了肚肠。"

说到这里，青鸟笑了笑，"反正也轮不到他来杀陈芝豹。这次追杀比较棘手，荒槊军镇出动了几百只马栏子，奴婢逃了整整一个月，期间又有几名朱魈提竿加入，等奴婢潜入龙腰州，他们才罢休。"

徐凤年看了眼她的冷淡笑意，轻声感慨道："这名北莽猛将姓斛律，是北边一位权势皇室宗亲的断袖娈头，杀得好，算是报了当年北莽江湖在女帝授意下成批混入北凉进行暗杀的仇，也让他们知道什么叫来而不往非礼也。你啊，跟白衣僧人的还礼道德宗，有异曲同工之妙。"

她摇头道："奴婢只会些粗劣杀人手段，哪里能和几近圣人的白衣僧人相提并论。"

徐北枳闲来无事就在一旁竖起耳朵旁听，这位原本打心眼小觑江湖武夫的读书人，早给青鸟一系列语气浅淡的直白讲述给震慑得不轻，听到这一句话，更是轻声道："杀得人，方能救人。姑娘不用妄自菲薄。"

青鸟可没有好脾气听人随口夸赞，冷冷瞥了徐北枳一眼，便让徐北枳感到头皮发麻，赶忙眼观鼻鼻观心，扭头望向溪水。

果真一物降一物，这让徐凤年忍俊不禁，微笑介绍道："这位是徐北枳，他爷爷就是北莽曾经的北院大王。徐公子的学问也很大，一肚子经世济民的锦绣才华，这趟跟咱们一起回北凉，还指不定人家乐意不乐意给我出谋划策。"

青鸟转头微微点了一下下巴，就算是致礼，"见过徐公子。"

徐北枳摆摆手。

青鸟犹豫了一下，"公子可知道一万龙象军奔袭瓦筑、君子馆在前，大雪龙骑军碾压离谷、茂隆在后？"

徐凤年平静道："听说了，黄蛮儿的一万龙象军没剩下多少，在葫芦口运气不好，跟董卓的亲军撞上，四千龙象军几乎打光，还被一个绰号一截柳的朱魍杀手刺了一剑。"

青鸟咬了咬嘴唇，默不作声。

徐凤年转移话题，笑道："孙白猿和姓斛律的虽然都是一流高手悍将，可毕竟还是远不能跟提兵山第五貉媲美。"

青鸟说道："四字诀第三诀是'弧'字。"

徐凤年立即了然。

奠定王绣大宗师地位的巅峰一战，正是这尊臂圣与符将红甲一场长达三天三夜的厮杀，王绣以弧字枪形成江河倒泻之势，硬生生让当时如日中天的符将红甲没有一次机会还手。三弧成势，九弧成一小圆，八十一弧成一大圆，以此类推，让人叹为观止。但弧字枪真正大圆满，还是等到王绣去跟同为大宗师的李淳罡寻衅。那时候的李剑神，真真正正是拔剑四顾无敌手，正处于两袖青蛇之后和闭鞘剑开天门之前。那时候的李淳罡，其意气风发，剑意之盛，公认举世无双，王仙芝尚未一战成名，李淳罡轻轻一指，就将一位南海赤足行走江湖剑仙一般的女子给避回宗门，唯有王绣算是勉强让李淳罡真正意义上的出手对敌，甚至对王绣的弧字枪赞不绝口，战后两人对饮，李淳罡更是有过一番指点。

弧字诀，大开大合，唯有遇上不能匹敌的对手，才能发挥得淋漓尽致，故有"弧枪不弧时我便死"的壮烈说法。

徐凤年没有出言安慰，只是挪了挪，拍了拍石头，青鸟犹豫了一下，肩并肩坐在他身边。

徐北枳望着这对应该是主仆身份的男女，记起凉亭中他给她穿鞋那一幕。

徐凤年轻声说道："等下第五貉来了，交给我对付。"

青鸟握紧刹那枪，沉重点头。

# 第十一章

## 徐凤年大战魔枭，世子爷一夜白头

他曾在山巅夜晚恍惚如梦中，亲眼见到天人出窍神游，乘龙而至。

他也曾站在龙蟒之间。

他曾说要斩龙斩天人。

聪明反被聪明误。

徐凤年本来凭仗着有阴物祛除痕迹，折返柔然山脉，不说一劳永逸，提兵山只要出兵追击，肯定要被朱袍丹婴牵着鼻子走上一趟冤枉路，殊不知竟然被第五貉给守株待兔了。最危险的地方就是最安全的，安全个屁！徐凤年站起身时，阴物已经如同一头猩红巨蝠倒挂在一棵树上，徐北枳也察觉到事态不妙，很默契地将行囊丢给徐凤年，做完这个动作，徐北枳便看到有十几精骑纵马奔至溪水下游，双方间隔不到二十丈，都不够一张劣弓劲射的。靠山吃山，柔然山脉蕴含丰富铁矿，五大军镇都盛产重甲铁骑，在北莽王庭极负盛名。这十几骑除去为首一名英武男子，紫衫闲适，腰间挎了一柄不同于莽刀的乌鞘宽刀，其余扈从连人带马都披有沉重甲胄。山林间无路可供战马选择，但是这些骑兵分明纵马疾驰，发出的声响，在徐北枳听来，却是可以忽略不计。徐凤年盯住佩刀男子手背上停有的一只黑鸽，皱了皱眉头。

柔然特产哨鸽，徐凤年是知道的。这家伙手上这只便是柔然山脉的六龄奴，有个昵称叫作"青眼相加"。与绝大多数信鸽不同，这种青眼在三年以后才算步入成熟期，以六年为飞信最佳时期。爆发力和远途耐力都属一流，尤其归巢性堪称绝顶。只是徐凤年本身是熬鹰斗犬的大纨绔，对鸽子也算熟稔，更别提在草原上被拓跋春隼游猎，吃过苦头，潜逃时十分小心，格外留心天空是否有鹰隼哨鸽出现，确认无误后，才敢返回柔然山脉。

这位同时执掌提兵山和一座军镇的北莽枭雄人过中年，拥有典型北莽男子的相貌轮廓，只是装束更近南朝遗民。他一手随意搭在乌鞘刀上，刀鞘由乌蟒皮制成，系绳，尾端裹有一团黄金丝缨。正是提兵山山主的第五貉一直在观察徐凤年，见这个慢慢背好一柄长剑的年轻人视线投在信鸽上，第五貉嘴角扯了扯，善解人意地轻抖手臂，六龄奴振翅而飞，只是拔高到与扈从骑士头部相等时，便出现一个急停，然后下坠，在离地三尺的高度悬浮，再如箭矢瞬间没入树林。徐凤年笑了笑，都不用第五貉言语解释，就知道了玄机，原来六龄奴的特殊在于低空而掠。

相传曾经救过北莽女帝一命的第五貉问话青鸟，视线则一直停留在徐凤年身上，"本人已经答应与你再战一场，为何不告而别？"

徐凤年代为答复，"既然打不过就不要打了，女子打打杀杀，煞风景。"

面对这样泼皮无赖的说法，第五貉也没有动怒，只是轻声笑道："北凉王绣的弧字枪，本就是置之死地而后生的搏命枪术，上哪儿去找我这么好的箭靶子。不过话说回来，之所以第一次交手没有痛下杀手，是我知道枪仙王绣幼年得女，可惜这位小姑娘的弧字枪精髓才使出四五分，就想着再战一场，要一口气看齐全了，再来定她的生死。提兵山毕竟不是那酒肆茶楼，想走？没这么容易。不过这会儿，比起领教弧字枪，我更好奇你这个年轻人是北凉哪个门派走出的过江龙？用你们中原的江湖行话，要不咱们搭搭手？"

徐凤年一脸为难道："你老人家贵为提兵山山主，又是赫赫有名的江湖前辈，跟我一个无名小卒的后生一般见识，不妥吧？"

第五貉松开刀鞘，双手叠放在马背上，一根手指轻轻敲打手背，摇头道："历来都是后浪推前浪，要是按年纪按资历算，大家都可以去当缩头乌龟了，等活到了一百岁再出来显摆。"

徐凤年笑道："山主说话风趣，相见恨晚，相见恨晚啊。"

第五貉有些无奈道："你嘴上说不跟我打，那能不能将三柄古剑驭回匣子？剑气可不小。如果决心要跟我打，那知会一声，省得到时候我出了手，你却连是怎么死的都不知道。"

徐凤年摇头笑道："不打不打。"

第五貉清晰感知着出匣三剑的凌厉剑气，冷笑道："你这德行，跟一个姓董的差不多，是我这辈子最深恶痛绝的，不过我就只有一个女儿可以嫁人，被当作免死金牌，你的运气明显就差多了。"

徐凤年还是那副欠揍的表情，"不打紧，反正你老人家身子骨还健朗着，不用急着跟我打，回山上再生个水灵闺女出来，我十八年后来找她就行。"

青鸟想笑却没有笑，憋得有些难受，握紧了刹那枪末端，果然还是杀人更自在一些。

第五貉仰天大笑，眼神开始变得极其阴沉，"真是一个模子刻出来的泼猴。"

第五貉胯下坐骑猛然四腿下跪，整条背脊都给折断，一抹紫色身形暴起，瞬间就悬在徐凤年眼前，对着头颅一刀劈下。

刀名"龙筋"，北莽女帝登基后犒赏功臣，第五貉被钦赐了这柄象征皇

帐第一武夫的名刀，连战功累累的军神拓跋菩萨都不曾有此殊荣。

徐凤年不敢丝毫托大，一身大黄庭攀至顶楼，春秋一剑横在头顶，原本想要驾驭三柄得自于秦帝陵的古剑耍一出围魏救赵，只是不等三柄雪藏八百年终于重见天日的短剑飞至第五貉身边，提兵山山主手中龙筋便压得徐凤年气机动摇，三柄飞剑出现显而易见的一丝凝滞，的确是遇人不淑，遇上剑道远未大成的主子，是不幸，遇上这般超一流对手，更是不幸。溪边泥土本就不结实，一刀之下，手提春秋剑的徐凤年双脚下陷足足一尺，第五貉身体在空中一旋，顺带龙筋抹过春秋剑锋三寸，便将徐凤年整个人给牵引得横移侧飞出去。

徐凤年脚下泥土翻滚四溅，双脚拔出地面后腾空粘黏在一棵大树上，败退的同时，三柄大秦古剑根本不去徒劳袭刺第五貉，都给他弹指分别钉入四周三根树枝，跟手中春秋剑总算凑足了东南西北四个方向。分神驭剑是完全不用去想，徐凤年清楚对敌第五貉，分心无异于自尽，只求任何一剑脱手时，能够及时换一柄剑当作兵器，贴身软甲不可能抵挡得住那柄龙筋的一刀劈砍，即便不至于当场立毙，一旦重伤，也就跟死没两样。

出刀后的第五貉气势骤然凝聚，不愧是有资格睥睨北莽江湖的大枭，他存心要猫抓耗子，不急于追击，驻足原地，冷笑道："倒是有些小聪明。可别只会些小聪明，那就太让我失望了。"

战事真正开启，生死都在一线间，徐凤年也就没有任何动嘴皮子的闲情逸致了。

徐凤年心目中真正敬重的高手，大概就只有羊皮裘老头和老黄了，都不是那种喜欢占据上风就跟人念叨大道理的剑客，更不可能位于劣势就嘴硬，一件事一剑了！一边厮杀拼命一边说些类似今儿天气不错的废话，要不就是相互感慨人生，这等婆婆妈妈算怎么回事，早干吗去了？徐凤年一呼一吸，不再贪心驾驭多柄剑之后的春秋，顿时紫气萦绕，透出剑锋长达一尺之长。自古武道竞技，都逃不过一寸短一寸险的规矩，就像那李淳罡曾有过大雪坪飞剑数千的剑仙手笔，但老剑神本人也语重心长教训过最喜欢讲排场的徐凤年，这种手段，用作蓄养剑意的捷径，可以，吓唬门外汉也可以，对阵旗鼓相当的死敌，则毫无裨益。李淳罡直截了当地举了两个鲜明例子，一丈距离以内，他自信可以用两袖青蛇击杀任何一名未到陆地神仙境界的高手，就算是吕祖转世的齐玄帧，也不敢让王仙芝近身全力一拳，倒是拉开距离以后，只要入了一品境界，谁都可以打斗得花样百出，真正的死局死斗，往往都是近身后几回合就要生死立判。羊皮裘老头最后一次传授剑道，抬臂提剑后，说剑开天门看似气势如虹，其实不过是三尺青锋三尺气，唯有这样，才有资格让李淳罡我自诩"开得天门杀得仙"。

徐凤年执意要不退反进，正合了第五貉的心意，这位已经有些年数没有酣畅杀人的提兵山山主，就怕这小子胡乱蹦跶逃窜，龙筋刀宰了他也没意思。再者江湖的有趣便在于，不管境界如何高耸入云的超一流武夫，一样可以始终博采众长，熔冶一炉，化为己用，尤其是第五貉这些几乎"定势"的顶尖强者，能看到的秘笈肯定早已翻烂，该杀的人都已杀掉，反而需要一些个惊才绝艳的后辈，去带来极为难得的那种灵光一现。某些大局未定的天才，也许距离武道纯熟还有一段路程，但往往拥有一些羚羊挂角的玄妙招式，第五貉就在等这份意外惊喜，显然这位书生剑士还真就让他刮目相看了。

剑势剑气一概翻滚如春雷阵阵。

此子剑道登堂入室，第五貉在他能够以气驭剑时就确定，但没有料到剑剑互补，气势可以这般蔚为大观，委实有些讶异。

第五貉站在原地，跟徐凤年一直保持一柄龙筋外加一把春秋剑的间距，心甘情愿成为一座箭垛子，任由徐凤年剑气肆意绞杀，他自不动如山。

提兵山山主不曾出现在武榜中，理由很简单，第五貉宁做鸡头不做凤尾，一日不曾登顶独立鳌头，跟几位后辈并列其中，岂不是丢人现眼吗？要知道如今天下第九的断矛邓茂，当年他的矛便折在第五貉手上，邓茂的境界一日千里，而第五貉却整整十年都停滞在指玄境上，离那天象终归有一层捅不破的窗户纸，这让心高气傲的第五貉如何能够忍受。第五貉的爱女第五雀，女大不中留，嫁给了他如何都看不上眼的董卓，本就憋了一大口恶气，副山主宫朴战死在葫芦口，客卿和蓬莱扛鼎奴折损严重，更是让第五貉异常烦躁，今天遇上这名闯入提兵山的年轻剑客，算他倒霉，第五貉何须计较你靠山是谁，背景厚薄？

第五貉单手提龙筋抵御剑气，淡然提醒道："该我了。"

徐凤年的剑势本已臻于圆转，深得李淳罡一剑递一剑的真传，称不上任何瑕疵，只是当第五貉轻轻一刀挑，徐凤年的剑气滚走龙壁，这面龙壁就出现了一丝不易察觉的裂纹，紧接着几乎是一瞬间就溃散。底蕴这东西，毕竟还是需要日积月累，老姜理所当然比嫩姜要辛辣上许多。徐凤年没有任何惊惧，第五貉的守势滴水不漏，他也不奢望剑气翻滚能够乱了他的阵脚，攻守一隙，往往就是转机，但对敌这样的老狐狸，徐凤年不能自作聪明地主动卖出破绽，就等着第五貉这一刻的变守为攻。龙筋撕裂了龙壁，徐凤年便一报还一报，一气不曾吐的他咬牙再纳一气，倾力一式贴身牵动的扶摇，剑气粗如一道龙汲水，拔地而起。

第五貉皱了皱眉头，刀法终于第一次由简入繁，扶摇龙卷被龙筋刀劈得支离破碎，接着踏出一步，左臂探出，一掌拍在徐凤年额头上。

徐凤年的身体断线风筝般倒飞出去，但仍是一脚趁势踩在了第五貉胸口。

一袭华贵紫衣出现碍眼的灰扑扑脚印，第五貉在一指撇去一柄毒辣暗器后，这才轻缓拍去胸口尘土，那轻飘飘一脚不过是个幌子，杀招还是刺向他眼珠的一枚小飞剑。第五貉不动声色说道："原来不光是驾驭匣内长剑，还有袖中短剑可供驱使，不过我既然被称之为北莽资历最老的一名指玄武夫，对于指玄之玄，还算有些心得感悟，不论是气机所动，还是更为隐蔽的心意所指，我都可预知七八。你若不信，如果还有些隐藏飞剑，不妨一一飞出，我闭目不出刀，如何？"

徐凤年落地后屈膝倒滑，从溪边滑入溪水中央才止住，在水中站起身后，眼中有几分不加掩饰的讥讽。

第五貉心知肚明，越发觉得有趣。这小子还真不是初出茅庐的雏儿，平常那些出自高门大派的世家子，学了些本领就想着在江湖上扬名立万，突兀遇上高出一大截的对手，这种攻心术极易得逞，未曾死战就会先弱掉大半气势，之后就更是任人宰割。第五貉见识过太多这样的初生牛犊，尽数夭折在自己这种不太惜才的前辈手上，因此第五貉栽培提兵山上的武学奇才，都是异常冷血，要么丢入军伍第一线打磨，要么派去刺杀实力比他们高出一线的强者，绝不会像棋剑乐府那般护犊子，一味宠溺在羽翼下。

第五貉提刀缓行，龙筋刀本就不彰显的刀芒越发收敛，"我许诺你要是能够离开这条小溪，我就放你一条生路。"

一旦开始想着逃命，就真不用打了。

在她面前，没有谁敢自称出身枪术世家。王绣在天下枪林的地位，如同李淳罡之于剑道。

十余柔然铁骑自恃骑术超群以及胯下战马出类拔萃的负力，同时提起长枪，只是双方相距极近，战马的血统和驯养再优良，也不能在承载一名重甲骑士的前提下进行爆发式冲击。两匹战马同时踩着细碎步子，率先杀向青衣青鞋的清秀女子。他们这十余骑皆是跟随山主久经沙场的竞技武骑，对阵军旅甲士和江湖人士都十分擅长。两杆漆黑铁枪，居高临下，一杆刺，一杆扫，左边刺向青鸟眉心，右边扫向青鸟臂膀。

青鸟曾经是个为达目的不择手段的刺客，入莽练枪以后杀人手法浑然一变，契合王绣刚猛魔怔的枪法宗旨，尤其是当王绣的刹那由女子之身的青鸟使出，更为赏心悦目。刹那枪出，明明是招式简朴的一记笔直递出，枪身竟然弯曲出一个诡异弧度，猩红枪身外弧撞在铁骑刺额一枪的枪身上，撞偏了这一枪后，刹那枪身借力再曲弧，弧口瞬间变了一个反向，把扫臂一枪又给崩掉，然后刹那枪拧直一戳，透过战马头颅点在马背上甲士的胸口，枪身一曲生弧度，枪头劲头蓄势一崩，就将那名骑士的胸甲炸裂，整个人被挑飞到空中，尚未坠地就已气绝人亡。

王绣的崩字诀，伤人身体血肉更伤人经脉气机。朱魍首席刺客一截柳的插柳成荫，可以让剑气生根，这等阴毒剑术，其实便悟自王绣的枪法。王绣一生挟技游天下，狭路相逢从不让步，出手更不留情。北莽这二十几年中有无数武夫精研王绣枪术，王绣就像一条黄河蛟龙，身死之后，后辈江湖探河寻宝，有人不过捡起一鳞半爪，有人拾起龙须，唯独一截柳抓住了那颗骊珠。青鸟自幼见识王绣这个武痴的练枪行径，近水楼台，更继承了父辈的天赋，对于四字诀的领会，远非一截柳这些外人能够想象。那会儿雄镇北凉武林的王家，总能在内院见到一个小女孩，不论寒暑，都在一步一肘练习出枪，满手老茧提一根木杆子不断抽掣。

青鸟在对撞狂奔中一抖刹那，缠住一杆铁枪，手中刹那的枪头划出一个气势磅礴的浑圆，一名骑士的整颗头颅就给摘掉。她一脚踹在擦肩而过的战马腹部，连人带马都震出三四丈外。奔袭中，脚尖一点，躲过双枪扎刺，手

心滑至刹那中端，枪式旋出一个大圆，大圆更有刹那枪带出的本身弧度，如同一条套马绳在空中晃荡，蓄势至圆满，刹那离手后，以她为圆心，二十步以内，三骑连人带铁甲再带战马都给截断，或断腰，或断头。

青鸟继续弓腰前冲，刹那恰巧飞荡在她手边，一枪震出，在一名骑士面目前三寸处急停，不等铁骑暗自庆幸这杀人如麻的女子气机衰竭，旁人就看见他的一张脸便塌陷下去，惨不忍睹。

青鸟轻拍枪杆，刹那枪环绕到身后，格挡住作刀劈的一根凌厉铁枪——弧字能杀人，也能防御。背对骑士的她双臂敲在枪身上，刹那枪顿时弹砸在那名骑士的胸口，青鸟转身，右脚后撤一大步，握住弹回的刹那，变横做竖，便是一个回马枪拖字诀，将那名本就已经脸色如金箔的惨淡骑士腹部捅出一个大窟窿，青鸟微微提枪，巨大挑力使得尚未死绝的骑士飞向天空，她抽枪，复尔一戳一搅，这名甲士的尸体就开了花。

她四周，能够站着的没几名骑士了。

仅剩下小半数目的骑士眼神交会后，都准备展开誓死一搏。

青鸟眼角余光望向小溪那边的风波。

还要杀得再快一些。


徐北枳想死的心都有了，原本不信鬼神之说的读书人此时给如同红蝠的阴物四臂扯住，吊在远离险地的一棵大树上，先前几次远观，朱袍丹婴都是一面示人，四臂齐齐缩入大袖，这会儿徐北枳近距离望着那张地藏菩萨悲悯相，清清楚楚感知到它的四条胳膊，不由默默闭上眼睛。他曾经跟爷爷争执过"子不语怪力乱神"这七字的注疏，徐淮南与历代儒士持有相同见解，将"怪力乱神"译成怪异、勇力、叛乱、鬼神四事，徐北枳则认为不应是简单建立在儒家对墨家敬奉鬼神的非议基础上，怪力乱与神之间并非并列，而是间隔，乱作动词用，神专指心智。这会儿徐北枳倒是觉得自己大错特错，又是念经念咒又是口诵真言。

阴物根本没有理会如坠冰窖的书生，那张欢喜相面孔望向远方，似乎在犹豫要不要帮忙。朱袍广袖内披有青蟒甲的阴物丢掉手中累赘，摔了徐北枳一个七荤八素，它那具不看双面四臂其实也算玲珑有致的娇躯开始缓缓上浮，高过顶端枝丫，大袖招摇，衬托得一双不穿鞋袜的赤足越发雪白刺眼。

徐北枳偶然抬头瞧见这一幕，更加战栗，难道真是从鄾都跑出来的鬼怪不成？丹婴僵硬扭动了一下脖子，它的视野中，有繁密如蝗群的众多甲士弃马步行，向山上推进。

阴物摸了摸肚皮，打了个嗝。

常人酒足饭饱才打嗝，它是饥饿难耐时才会打嗝。


溪上第五貉讥讽道："倒要看你能躲到何时！"

动了怒气真火的提兵山山主将龙筋往后一抛，他压断马背时抽了刀，系有金丝团子的刀鞘就留在了死马附近，插在地面上，这一抛刀，便将龙筋归了鞘。

第五貉本就不是以刀术著称于世，既然曾经徒手折断了邓茂的长矛，就很能说明问题。

第五貉弃刀不用后，瞧了一眼晃荡起伏的小溪下游，发出一声冷笑，也不再刻意悬气漂浮在溪水之上，跟徐凤年一样潜入水中。

徐凤年终于现出身形，浑身湿透，提了一柄剑气如风飘拂的春秋剑。

溪水从他头顶迅速退去，高度下降为腰间，双膝，最后只余下脚底的水渍。

实在是无路可退无处可藏了，第五貉所占之地，成了分界线，小溪被这名紫衣男子阻截，不得靠近那条横线一丈，汹涌浑浊的溪水在他身后止住，不断往两岸漫去，溪水张牙舞爪，像一头随时择人而噬的黄龙恶蛟。

徐凤年做了个让第五貉觉得反常的动作：将锋芒无匹的春秋剑还鞘。

刀归鞘，那是第五貉有所凭恃。

剑归鞘。

急着投胎吗？

第五貉大踏步前奔，如闷雷撼动大地，魁梧男子每走一步，身后溪水便推进一步。

徐凤年一掌回撤，掌心朝内，一掌推出，掌心向外。

十二飞剑结成一座半圆剑阵。是以那结青丝的手法造就，取了"雷池"这么个还算响亮的名字。

第五貉则是实打实一力降十会，毫无花哨手段。相距五步时，身形侧向

拧转，一拳便狠狠抢下。徐凤年一掌扶摇撑住那摧城撼山的拳头，双脚下陷泥地，没过膝盖，一掌托塔式，叠在掌背，竟是不躲不避硬生生要扛下这一拳。第五貉怒气横生，一压再压，徐凤年膝下淤泥溅射开来，迅捷过羽箭，第五貉身后的溪水一样摇晃厉害。徐凤年的剑阵凝聚不散，并不是要做那多余的攻势，而是借十二飞剑的剑胎扶衬大黄庭，人与剑阵灵犀相合！

第五貉一脚踹出，面无表情的徐凤年右掌下拍，左掌推向第五貉胸口，既没有拍散那一脚，也没有触及那一袭紫衣，徐凤年仅是卸去一些劲道，便徒劳无功地往后掠滑出去，双脚跟刀子在溪底割出一条沟壑。

不等徐凤年站定换气，第五貉一记鞭腿就扫向脖颈。

徐凤年斜过肩头，双手挡住，光是看半圆剑阵的颤抖幅度，就知道这一脚的势大力沉，整个人瞬间陷入溪岸等人高的泥泞河墙中。

第五貉一脚踏在徐凤年心口，将他后背推入泥墙几尺深，犹有闲情摇头取笑道："亏得有十二柄不输吴家剑冢的飞剑，不取人头颅，还能算是飞剑吗？"

第五貉双手探空一抓，然后五指成钩，一座由青丝结雷池的剑道崭新阵法就给巨力撕扯得摇摇欲坠。

徐凤年不给他毁掉雷池的机会，肩撞向第五貉。

第五貉一手扯住剑阵，一手横臂挥出，卸去徐凤年的气机，使之和剑阵顿时失去牵引。

第五貉一脚踩地，高高跃起，一记肘击轰向尚未稳住身形的徐凤年。

溪底出现一个宽丈余长丈余的大坑。

这还是徐凤年拿海市蜃楼削去第五貉一肘十之八九劲道的后果。

第五貉狞笑道："就这些斤两，也敢跟我叫板？！"

第五貉站定，不再追逐落魄狼狈的徐凤年，拉出一个天人抛大鼎的威武大架，当空一拳。

徐凤年气机流转速度攀至习武以来的顶峰，双手画圆复画圆，仍是无法彻底消弭这一拳的迅猛罡风。

身躯被击中后，弯曲如弓。

徐凤年嘴角渗出乌黑血迹，含糊不清道："我曾醉酒鞭名马。"

第五貉不留情地展开碾压式击杀，只见溪底紫衣气势汹汹，黑衣剑客不断被击飞倒退，在干涸的溪底，已经足足打出了一里路距离。

第五貉甚至都没有听清徐凤年的下一句，"我曾年少掷千金。"

攻势连绵如雷霆万钧的第五貉逮住一个机会，抓住徐凤年双腿，朝身后溪水丢出。

徐凤年的身体划破了汹涌溪水。

一气划出大半里路。

徐凤年单膝跪地，一指轻弹身后春秋剑鞘，"我曾春秋换春雷。"

春秋剑与剑鞘一起飞出，刺向一只行囊。

徐凤年一柄出鞘春雷在手。

站直以后，徐凤年微微屈膝，右手双指并拢，左手春雷刀尖直指第五貉。

"我曾溪底杀指玄。"

徐凤年吐出一口浊气，开口直呼名讳道："第五貉，你好歹是货真价实的指玄境高人，一而再再而三跟我这么个小辈玩心计，烦不烦？"

第五貉摇了摇头，"与人较技动不动一招取人性命，那是我很久以前才做的事情。好不容易逮着你这么条入网之鱼，实在是不太舍得杀快了……"

说话间，第五貉再度一刀劈出，手臂抡出的幅度远远超出之前招式，声势同样远胜起初压断马背的那一刀。

徐凤年体内气机流转，窍穴犹如金莲绽放。

跃出水面，迎向这一刀。

徐凤年将起手撼昆仑，融入了剑招。

身形才起，身形便坠，沉入水底，随后整条溪水以第五貉和徐凤年为一条中轴线，向溪水上下游两边依次炸开，末尾声响已是几里路外传递入耳。那一条中轴，早已裂开溪边河岸，通往密林深处。

这一刀，可不像是想要慢慢杀的手法。

前些时日柔然山脉有过一场暴雨，使得溪水比人略深，徐凤年被一刀迫入水底后，就不见踪迹。

第五貉蜻蜓点水踩在水面上，偶尔会轻描淡写劈下一刀。

一条原本平静如一位娴静浣纱小娘的小溪，溪水剧烈晃动，浸透岸边，更有沟壑纵横，向岸上蔓延，触目惊心。

第五貉耐心极好，慢慢斩动溪水，在等待那小子狗急跳墙，想要离开溪水的那一刻。

也在等待下一个惊喜，他相信这名年轻剑客还有一些如同压箱保命符的后招。

但是第五貉竟然开始惊讶地发现，自己好像有失去耐心的迹象。

趋于成熟的大指玄境界，种种玄妙，既有竹篮打水捞月的本事，也有镜花水月的法门，第五貉皱了皱眉头。

再度斩水十九。

溪水浑浊不堪。

第五貉终于不打算再耗下去。

以游鱼式狼狈逃窜的徐凤年虽然看似命悬一线，但心如止水。

借意养意。

闭鞘养意，本来就是李淳罡让后辈万千剑士拍案叫绝的独创。

徐凤年还要另辟蹊径，练剑以后，用剑意养刀意。

如今甚至有了一个更为精确的说法，是以他意养己意。

老匹夫你斩溪水，我养意！


左手刀。

溪水在两侧一泻而下，第五貉如同一座中流砥柱，眯眼望向这名不断积势的年轻刀客，按照提兵山山主二十年前的行事风格，也就早早出手破势，一举宰杀便是。可当第五貉跻身指玄境后，眼界豁然开朗，宛如一幅长卷铺开，内容是证长生，画首问长生，画尾指长生。翻看这幅画十多年，第五貉受到境界浸染，心性也都有些微妙变化，越发沉得住气，这并不意味着第五貉开始向道向善，而是到达指玄境，看待世间万物，有迹可循，有法可依。第五貉虽然不清楚徐凤年在借着自己龙筋斩溪去养神意，但第五貉何尝不在等徐凤年去帮他的那幅指玄长生画卷查漏补缺。左刀春雷，一袖盈满溪水的青气，在第五貉眼中，那就是一个肢解神意化作招式的精彩过程，正因为这脱胎于李淳罡两袖青蛇的一袖青龙太过玄奇，第五貉的耐心就格外好，每涨一分气韵，第五貉就能够了解得透彻两分，事后就裨益三分。第五貉不杀青鸟，是求弧字枪精髓，留着徐凤年，同样是不认为一个名不见经传的后生会对他造成威胁，慢慢诱引，让其使出几手压箱绝技，供他参悟，第五貉何乐不为？

第五貉悟得指玄一境中往往只有寥寥无几大真人才能获得的竹篮捞水月，简单而言，就是一种依葫芦画瓢的本领，水中捞月，竹篮提起，水波荡漾，圆月破碎，两手空空，但第五貉却可以在念识中拼凑出一块稍小的镜月，这比起过目不忘要超出太多范畴，妙不可言。江湖百年，拥有这种一眼记长生的天赋，屈指可数，真是用百年一遇都不过分。武帝城王仙芝便是一个，至今还没有听说有第二人，这也是王仙芝在成名之前嗜好观看高手过招的根源，一个门外汉看一品高手竞技厮杀，除了热闹，就算瞪大眼睛看一百遍，能看出什么门道？而第五貉的指玄，是滴水穿石而成的苦功夫，读书百遍方能其义自现，加上独到天赋以及种种机缘，才证得指玄。

刀势已如洪水满湖。

幸好无人观战，否则第五貉接下来的动作一定让人目瞪口呆。第五貉学徐凤年轻微屈膝，作握刀状，直指徐凤年。但是很快第五貉便打消现学现用的念头，弄出几分形似不难，想要神似，出乎意料的艰辛，这让第五貉有些纳闷，什么样的刀法，能让已是指玄境的自己都觉得模仿吃力？一个撑死了初入金刚境的后辈，第五貉本以为把握八分神意信手拈来，现在看来倒是小觑这名刀剑兼修的小子了。在第五貉"收刀"一瞬，春雷刀一袖青龙，骤然掠至提兵山山主眼前。

说不清是刀式道不明是剑意，第五貉眼前铺天盖地的青气，大有一气激荡三千里的气魄。这条青龙头颅直扑第五貉，身躯长达几十丈，翻滚而冲，裹挟浑浊泛黄的溪水，恰似青龙汲水。青龙所至，溪水悉数给裹离溪中，要么融入青龙身躯做鳞甲，要么荡到岸上，使得这一袖青蛇气势惊人。且不说杀伤力如何，就是气势神韵也足以令人叹为观止。第五貉心中暗暗讶异，下定决心铲除此子，江湖新起之秀，说不定就是将来有资格与自己去争夺天下十人那十张珍稀椅子的对手。

驭剑不同于一字之差天壤之别的御剑，不过一般剑士可以驭剑几丈也都算是小宗师，但也有例外，吴家剑冢就有稚童驭剑刺蝴蝶的夸张说法，所以对见多识广的第五貉而言，原先见识到徐凤年可以飞剑伤人，并不算如何惊世骇俗的手段，这让第五貉照搬不来的一袖刀，可就另当别论！

第五貉第一次流露出郑重其事的眼神，伸出一掌，挡下青龙头颅，仅是左脚往后滑出几尺。青黄一袖龙狰狞摇晃，第五貉身前一丈处好似风雨飘摇，使得他不得不左手一拳砸向将气意凝聚实质的青龙头颅，硕大头颅轰然歪向溪底，硬生生凿出一口深井，溪水不断涌入其中。三尺青锋三尺气，每近一尺杀三丈，真正杀招在第五貉拍散外泄气机后也峥嵘毕露，一直指向第五貉的春雷刀尖近在五尺之外。一袭宽大紫衣剧烈震荡，第五貉两鬓发丝齐齐往后飘去，右手屈指有二，夹住了春雷刀尖！

指玄指玄，就有那屈指叩长生的无上神通。

左手春雷递进。

第五貉身体这一次被逼退数丈，期间又屈指敲刀身百余下，一次敲击，两人身畔某处就毫无征兆地响起雷声，眨眼百声雷。第五貉的屈指一弹，次次都弹在春雷之上，叩长生，更是去叩击徐凤年气机运转的缝隙，只要流露出一点蛛丝马迹，第五貉就能够抓住机会，既让这小子骑虎难下，脱手弃刀不成，又可教他全身经脉寸断，窍穴稀烂。让第五貉第二惊的是眼前一刀蔚然的年轻后生不光是剑道走偏锋，出刀更为凶悍，关键是气机之充沛，更是到了匪夷所思的地步。大器晚成的第五貉自认在眼前小子这个年纪，恐怕一半气机都不到。弹指近百，没有抓住丝毫破绽，这让第五貉确实大动肝火，不由瞪眼轻喝一声，不再一味硬挡春雷刀尖，将短刀和那小子一起往自己身侧牵引，一拳砸向其太阳穴。

一直闭目聚神韵的徐凤年手腕一拧，春雷在左手手心旋转开来，朝第五貉便是斩腰一刀！

一死换一死。

徐凤年敢做，第五貉不舍得做。

第五貉身体扭曲如盘松，但那衰减大半锐气的一拳仍是砸在了徐凤年脑袋上，同时徐凤年还以颜色，身体晃荡倾斜如武当山上的撞钟，撞而不倒，趁势一脚再次踩踏在第五貉胸膛，这一脚比起初次的软绵绵，要凶猛无数，一直闲庭信步的紫衣山主也给踹得身形不稳。闭目的徐凤年后撤几步，并无大碍，归功于体内大黄庭孕育金莲一气绽放一百零八，每次一瞬枯萎凋零五十四，再在刹那之间怒放五十四，始终保持摇摇曳曳一百零八朵长生莲。

第五貉是千金子不坐垂堂的心态，也从不认为自己会以身涉险。

徐凤年却从一开始就真正意义上地拼命了。长生莲能够谢了又绽放，都是徐凤年拿命去孕育的。

春雷已经不在手上，但下一招本就不需要手上握刀。

徐凤年双手轻轻往下一压。

第五貉身后春雷往上一浮。

地发杀机，蜿蜒六千里。

人与春雷刀都不曾动，第五貉却不断挥拳砸出。

场景荒诞。

有些人有些事，不提起，不代表忘记。往往是能轻易说出口的人事，才容易褪散。

徐凤年不是那种一开始就城府深深的权贵子弟，也不是一开始就将心比心知疾苦的藩王世子。温文尔雅的陈芝豹，谄媚如狗的褚禄山，不苟言笑的袁左宗，等等，除了这些在北凉王府围绕在徐骁身边一张张捉摸不透背后正邪的面孔，让徐凤年躲在徐骁身后从年幼一直看到年少和及冠，唯独让心性凉薄的徐凤年发自肺腑去感激的两个老头，都已去世——缺门牙爱喝黄酒的老黄，没有机会知道年轻时候到底是如何风采冠绝天下的李淳罡。

牵一匹劣马送老黄出城，出城前，老黄好似早已知道一去武帝城不复还，那时候絮絮叨叨说了许多，其中有一句话，"少爷，俺老黄比不得其他大剑客，就只会九剑，其中六剑都是快死之前悟出来的，其实也不是怕死，就怕喝不着黄酒了，要不就是想着这辈子还没娶着媳妇，就这么来世上走一遭，亏。那时候，总怕死了就没个清明上坟敬酒的人，这回不一样了，怎么比剑都觉得值当了。"

当时徐凤年提了一嘴，说这话多晦气啊。老黄咧嘴一笑，缺门牙。

徐凤年比谁都怕死，他死了，难不成还要一大把年纪的徐骁给自己上坟？

李淳罡在广陵江一剑破千甲，事后护送徐凤年返回北凉，路途上，徐凤年问羊皮裘老头一辈子最凶险的一战是跟谁比试。

独臂老头当时坐在马车上抠脚，想了想，指了指手臂，却也没道破天机，将那个人那个名字说出口，只是笑着跑题说了一句：徐小子，牢记老夫一句话，当你将死之时，不可去想生死。

这两位都曾在江湖登顶的老人，都已逐渐被人忘却，就像每年春节，家家户户门上新桃换去了旧符。

徐凤年缓缓睁开眼睛。

阴间阳间，一线之间悠悠换了一气。

他曾在山巅夜晚恍惚如梦中，亲眼见到天人出窍神游，乘龙而至。

他也曾站在龙蟒之间。

他曾说要斩龙斩天人。

李淳罡说初次提剑，都自知会成为天下剑魁！

徐凤年用六年性命换取一刀。

大蟒吞天龙。

天地寂静，溪水缓流。

第五貉缓缓低头，心口透出一寸刀尖。

七窍流黑血的徐凤年倒拔出春雷刀，调转刀尖，一手提住第五貉的脖子，一刀，再一刀，复一刀，重重复复，刀刀捅入第五貉的身体。


好一场惺惺相惜不愧是一步一步走入指玄的巅峰武夫，除去几近致命的透心凉一刀，后续几刀，第五貉脸色竟然毫无异样，只是淡然俯视这个像是走火入魔的年轻人。不过第五貉的金刚体魄，被初始一刀击溃气机，棘手在于类似一截柳枝，杀机勃发，第五貉空有磅礴内力，短时内也无法重新积蓄起那些散乱气机，如一条大江给剑仙划出数道沟壑分流，而且后面那几刀，刀刀都有讲究，都刺在关键窍穴上，如同江水入分流，又给挖了几口大井。第五貉虽然没有任何示弱神情，但有苦自知，这回是真的阴沟里翻船了。

提兵山山主沙哑开口："最后那一刀，怎么来的？"

徐凤年眼神冷漠地望向这个指玄境界高手，没有出声，只是又给了他一刀。

这一刀来之不易，外人无法想象。借了李淳罡的两袖青蛇与剑开天门，借了老黄的九剑，借了敦煌城外一战的邓太阿和魔头洛阳，借了龙树僧人在峡谷的佛门狮子吼，更借了那一晚山顶上的梦中斩龙，一切亲眼所见，都融会到了那一刀之中。龙虎老天师赵希抟初次造访北凉王府，曾经私下给徐凤年算过命，但话没有说死说敞亮，只说世子殿下不遭横祸大劫的话，活个一甲子总是没问题的。徐凤年不太信这些命数谶纬，但这一刀，最是熟谙大黄庭逆流利弊的徐凤年掂量一下，恐怕得折去约莫六年阳寿，以六十计算，一下子减到五十四，这让从不做亏本买卖的徐凤年想着想着就又给了第五貉一刀。

"你我其实都清楚，不杀我才能让你活着离开柔然山脉，因为八百甲士已经上山，就算你剑仙附体，也斩不尽柔然军镇源源不断的六千铁骑。这恐怕也是你出刀频繁却不取我性命的原因。"

徐凤年咧嘴笑了笑，再度捅在了紫衣男子一处紧要窍穴上。被拎住脖子的第五貉真是厉害，这般处境，还照样像个稳操胜券的高人，这份定力，着实让人感到毛骨悚然。

第五貉嘴角淌出鲜血，脸色平静道："我可以答应你，今日仇我不会今日报，等你离开柔然山脉，我才派人对你展开追杀。"

第五貉并没有说那些既往不咎的豪言壮语，也没有自夸什么一诺千金，但正是这样直白的言语，在结下死仇的情景下，反而勉强有几分信服力。

徐凤年抬头问道："你不信我会在你心口上再扎一刀？"

第五貉默不作声，嘴角扯出一个讥讽笑意。

徐凤年停刀却没有收刀，自嘲道："天底下没有只许自己投机取巧的好事，我知道你也有免死保命或者是一命换一命的手腕，不过你是提兵山山主，位高权重，更别提有望摸着陆地神仙的门槛，就别想着跟我一个小人物玉石俱焚了，这买卖多不划算。我呢，接下来该捅你还是会毫不犹豫地下手，你大人有大量，见谅一个，否则你一旦接续上气机，我如何都不是一名大指玄的对手，这点小事，山主理解理解？"

第五貉笑得咳嗽起来，仍是点了点头，尽显雄霸一方的枭雄风采。

徐凤年心中感慨，经受如此重创还能谈笑风生，能不能别这么令人发指。感慨之余，他轻轻松手，任由第五貉双脚落地，但春雷刀也已经刺入紫衣男子的巨阙窍穴，而且不打算拔出。唯有如此，徐凤年才能安心。若不是在第五貉的地盘，徐凤年恨不得在这家伙身上所有窍穴都拿刀刺透了。阴物丹婴已经摸着肚皮返身，满嘴猩红，不过都是柔然甲士的鲜血，一副吃饱喝足的模样。它从林中拎回徐北枳，青鸟收起行囊背在身上，三柄大秦铁剑也藏回匣中。小心驶得万年船，徐凤年收袖了九柄飞剑，三柄剑胎圆满的太

283

阿、朝露、金缕则分别钉入第五貉三大窍穴璇玑、鸠尾、神阙，与春雷相互照应，彻底钳制住第五貉的气海。提兵山山主笑容浅淡，没有任何抗拒，任由这个谨小慎微的年轻人仔细布局。

一袭华贵紫衣破败不堪的第五貉越是如此镇定从容，徐凤年就越发小心翼翼。

不用徐凤年说话，第五貉挥手示意包围过来的甲士退下。

一行人下山走到山脚，提兵山鹿从按照第五貉命令牵来四匹战马，确认没有动过手脚后，徐凤年和第五貉同乘一马，再跟柔然铁骑要了四匹战马，青鸟、阴物、徐北枳各自骑乘一匹牵带一匹紧随其后。

第五貉完全没有让柔然铁骑吊尾盯梢的心思，让这支上山时遭受阴物袭杀的骑军在山脚按兵不动。

策马疾驰南下。

第五貉好似远行悠游，轻声笑道："王绣老年得女，又收了陈芝豹这么一位闭关弟子，能够让王绣女儿替你卖命，加上你层出不穷的花样，连李淳罡的两袖青蛇都学得如此娴熟通透，联系我先前入耳的广陵江一战，大概也猜出你的身份了，在北凉，实在很难找到第二个。不愧是人屠的儿子，徐凤年。"

兴许是表示诚意，第五貉甚至都不伸手去擦拭血迹，"凉莽和离阳都在传你是如何的金玉其外败絮其中，这些年隐藏得很辛苦吧？呵，说句心里话，你我二人虽已经是不死不休，可要是能早些见到你，我宁愿将雀儿嫁给你。溪底一战，大开眼界，对我来说，输得憋屈是憋屈，却还不算委屈。"

徐凤年语气平淡道："马背颠簸，身上还插了一柄刀，就算你是大指玄，少说一句，少受一些苦头不好吗？"

魁梧紫衣道："这点苦头不算什么。我极少问同一个问题两遍，但确实好奇你那最后一刀。"

一直留心四周的徐凤年根本不理会这一茬，皱眉问道："你竟是连六龄奴青眼都没有捎上？真要大大方方放我离开柔然南麓？"

第五貉一脸讥诮，语气冷淡了几分，"我何须跟你耍滑头。输了便是输了。"

徐凤年问道："你就不怕到了僻静处，我一刀彻底断了你生机？"

第五貉哈哈笑道："徐凤年啊徐凤年，你要是真敢，不妨试试看。"

徐凤年跟着笑起来，"算了，都说不入指玄不知玄，你这种拔尖高手的门道千奇百怪，先前我必死时，自然敢跟你拼命，既然有了一线生机，也就不舍得一身剐将皇帝拉下马了。"

第五貉啧啧道："世袭罔替北凉王，徐凤年，以后我怎么杀你？"

徐凤年笑问道："反悔了？"

第五貉望向道路两旁在北莽难得一见的青黄稻田，轻轻说道："那样杀起来才有意思。你别忘了，我还是北莽将军，柔然山脉到北凉边境，几乎是一马平川。"

复又听他突然说道："听说凉甘走廊尽头，接近西域高原，窝藏有一支成分复杂的六万蛮民，一直不服教化，挎刀上马即是一等勇武健卒，当年都曾被毒士李义山驱逐？"

徐凤年纳闷道："你想说什么？"

第五貉陷入沉思。

疾驰一宿，马不停蹄，天蒙蒙亮时，早已不见柔然南麓的沃土丰饶，满目黄沙荒凉，徐凤年终于停下马，回头望去，一直闭目养神的第五貉也睁开眼。

徐凤年握刀春雷，和第五貉一起下马，问道："就此别过？"

第五貉淡然说道："好，你我就此别过。"

"我问你一句，答不答随你。"

"知无不言。"

"我抽出短刀后，如果反悔，回过头再来杀你，你我双方各有几分胜算？"

"你一身本事，加上王绣女儿的弧字枪，再加上那头朱袍阴物，杀一个没有铁骑护驾的重伤指玄，胜算很大。"

"那加上你那暗中跟随的三名提兵山客卿？"

"被你知晓了？"

被揭穿隐秘的第五貉哈哈大笑，"持平。如此一来，才能有一个好聚好散。"

徐凤年跟着笑起来。

敢情是要离别一笑泯恩仇？

背对徐凤年的第五貉眼眸逐渐红中泛紫，气息运转则并无丝毫异样。

一生不曾受此屈辱的提兵山山主隐忍一路，怎会不送给那未来的北凉王一份离别赠礼？

他要一脚踏指玄，一脚强行踩入天象。

伪境遗祸，比起一颗未来北凉王的头颅，也不是那么不可接受。

三名盯梢客卿，无非是个各下台阶一级，使得表面上皆大欢喜的障眼法，第五貉就在等待徐凤年抽刀换气的那一瞬。

徐凤年果真缓缓抽出春雷。

春雷才离开身躯，不等徐凤年去收回三柄飞剑，太阿、朝露、金缕便主动炸出身体。第五貉披头散发，伸出双臂，仰天大笑。

有一种举世无敌的自负。

即便是天象伪境，对付三人联手，也是绰绰有余。

徐凤年轻声道："长生莲开。"

第五貉眨眼间，紫色双眸变金眸。

天地骤然响惊雷，乌云密布。

第五貉气机汹涌，已是完全不受控制，只能缓慢僵硬地艰难转头。

再给老子一炷香时间！

提兵山山主就能暂时超凡入圣，成就地仙伪境。

徐凤年笑容阴沉地走上前，春雷刀截向第五貉的脖子，极为缓慢，一点一点才得以削去脑袋，朱袍阴物已经飘飘荡荡来到第五貉身后，一嘴咬住无头紫衣男子的脖子，疯狂汲取他的修为。

徐凤年割下这颗脑袋。

如释重负。

"天象伪境算什么，我将一身大黄庭金莲缩成一颗长生种子，植入你一个窍穴，何时花开由我定，这不就直接送你入陆地神仙伪境了。这份大礼大不大？

"在柔然山上，你要是舍得由指玄坠金刚，而不是这会儿强入天象，在利弊皆有的伪境和百害无一利的跌境中选择前者，我恐怕怎么就要交待在山上。

"指玄高手了不起？就可以想着万全之策，什么亏都不吃？老子都已经豁出去拼掉整整六年寿命，连大黄庭都没了。第五貉，你不该死，谁该死？"

徐凤年喃喃自语，望着手上的头颅，又看了一眼朱袍飘摇同时两面呈现金黄的浮空阴物。

世间少了一个大指玄。又多了一名大指玄。

与此同时，徐凤年跌境了。

却不是从大金刚初境跌入二品。

而是跌入伪指玄！


汲取第五貉一身道行的阴物骤得大气运，那一张欢喜相竟然欢喜得有了几分灵气人气，卷袖一旋，身体凌空倒飞，红袍阴物如一只大红蝠飘向远处隐匿的三名提兵山客卿。徐北枳只听得传来一阵惨绝人寰的撕裂声和哀嚎声，他亲眼看到这一场莫名其妙的死斗，如坠云雾，有太多问题层层叠叠，压得他喘不过气来。徐北枳看到徐凤年摇摇欲坠，青鸟掠至身后，没有搀扶，只是背靠背而站，她身体微微前倾，让徐凤年不至于跌坐在地上。徐北枳心有戚戚然，上哪儿再去找这么一对主仆。

背靠着青鸟，徐凤年伸手抹去满脸黑如浓墨的污血，不去徒劳地运气疗伤，大黄庭都已不在，作为一方证长生的药引子植入第五貉体内，当下空落落的，正想说话，却见左手春雷刀轻轻脱手坠地，徐凤年昏迷之前仍是没能说出口让青鸟小心那头阴物。

不知过了多久，徐凤年似睡非睡，似醒非醒，恍惚之间，只觉得身处一座小池塘中，遍植莲花，可惜仅是枯残老荷，否则看那些掉落莲叶上紫中透金的花瓣，满池莲花绽放时的风景，一定宜人。

徐凤年这才记起是入秋的光景了，他只知道自己位于莲池，却不知晓是盘膝坐水还是浮立池塘上方，好似七魂六魄如一塘残荷，余韵所剩不多。徐凤年就这么漫无目的地望着池塘。期间有初秋黄豆大雨泼下，暮秋风起吹莲叶，再有冬季鹅毛大雪扑压，一池莲叶也都尽数毁去。终于等到入春惊蛰，徐凤年才看到一枝莲花缓缓从空荡枯寂的池塘中升起，唯有一朵小小紫金莲，虽然只是一枚小巧的花骨头，远未含苞待放，但徐凤年由衷喜悦，想起

了年幼时新挂桃符的喜庆。初入北凉时，朝廷户部和宗人府相互推诿，连象征性支出几万两纹银都不肯，徐骁便自己掏腰包在清凉山建成规模违制的藩王府邸，王府落成时，春联内容都由李义山制定，再让徐凤年提笔写就，其中印象最深的便是"嘉长春庆有余"六字。

徐凤年痴痴望向那枝微风吹拂下不住晃动的花苞，可它偏偏就是不愿绽放，徐凤年等啊等，等到头疼如裂，猛然睁眼时，哪里有什么小塘孤莲，就只看到青鸟的那张憔悴容颜。看到世子殿下醒来，青鸟那双没了水润的眼眸才有了一丝神采，徐凤年发现自己躺在一张垫了两张被单的硬板床上，听见青鸟轻声道："公子，我们已经穿过了金蟾州，但徐北枳说不能直直南下，就绕了一些，现在位于姑塞、龙腰两州接壤的偃甲湖上。"

徐凤年问道："我睡了几天？"

青鸟凄然道："六天六夜。"

徐凤年长呼出一口气，全身酸疼，还吃疼就好，是好迹象，不幸中的万幸，没有直接变成废人。徐凤年坐起身，青鸟服侍着穿好外衫后，他来到船舱外，站在廊道中，扶着栏杆，"我知道你在想什么，怪罪自己害我惹上了第五貉？其实不用，就像一个人从来没有小病小灾，真要摊上病事，恐怕只一次就熬不过去了，还不如那些一年到头经常患病的家伙活得长久。再说了，我进北莽以前，就有想过一路养刀，最终拿一名指玄境高手开刀，杀一个跌境的魔头谢灵，不过瘾啊。"

青鸟没有出声，徐凤年也知道自己刻薄挖苦别人在行，安慰别人实在蹩脚，就笑道："告诉你个好消息，我如今已经是指玄伪境了。"

青鸟一直小心翼翼准备搀扶徐凤年羸弱身体的手颤抖了一下。

一入伪境，往往就意味着终生不得悟真玄。大指玄竹篮可捞月，伪境指玄竹篮打水不过一场空。

徐凤年也懒得报喜不报忧，坦诚说道："照理说，我有大黄庭傍身，加上龙树僧人的恩惠，已经进入大金刚一途，失去大黄庭就等于失去大金刚，升境不如说是跌境来得准确，而且伪境的弊处在于以后极难由伪境入真境。但咱们啊，总得知足常乐，伪境咋了，那好歹也是指玄的伪境，那位在京城里威风八面的青词宰相赵丹坪都还没这境界呢。大黄庭没了，我以为未必不可以春风吹又生。一品四境，释教的金刚不坏，道门的指叩长生，儒家的天地共鸣以至法天象地，然后便是殊途同归的陆地神仙，对寻常武夫而言，四境依次递升，少有跳脱境界的怪胎，三教中人，拘束就要少很多，也不喜欢以陆地仙人自居。不管这次是提升境界还是实则跌境，我都算找到了一条路，就算是歧路，我也想要一口气走到底，看看尽头是什么样的风光。退一万步说，徐骁也不过拿不上台面的二品武夫，前段时间我跟徐北枳有过争吵，谁都不服气，其实心底我也认为他说得不错，在其位谋其政，做北凉王还得靠谋略成事。一介匹夫，既然没本事去两座皇宫取人首级，也就没太大意义了。"

徐北枳就站在不远处，苦笑道："实不相瞒，如今倒是觉得你说得更对一些。技多不压身。"

徐凤年问道："咱们走这条线路？"

徐北枳沉声道："偃甲湖水师，将领是我爷爷的心腹门生，我原本独身去北凉，就要经过这里。"

徐凤年笑道："偃甲湖水师，这是北莽女帝为以后挥师南下做打算了。南北对峙，历来都不过是守河守淮守江三件事，而其中两件都要跟水师沾上关系，确实应该早些未雨绸缪。"

徐北枳听到三守之说，眼睛一亮，可惜徐凤年没好气道："这会儿没力气跟你指点江山，再说了这三守策略出自我二姐之手，你有心得，到了北凉跟她吵去。"

徐北枳微笑道："早就听闻徐家二郡主满腹韬略，诗文更是尽雄声，全无雌气。在下十分仰慕。"

徐凤年打趣道："给你提个醒，真见着了我那脾气古怪的二姐，少来这一套说辞，小心被一剑宰了。"

徐北枳收下这份好意，望向湖面，叹气道："我爷爷一直认为北莽将来的关键，就是看董卓还是洪敬岩做成下一个拓跋菩萨，这次第五貉在你手上暴毙，可是给董卓解了燃眉之急，更去除了后顾之忧。葫芦口一役，董卓原本势必和第五貉生出嫌隙，第五貉曾说只要他在世一天，董卓这个女婿就别想把手脚伸进提兵山和柔然山脉，如今女帝为了安抚失去七千上下亲兵的董卓，再加上她本就一直想要在南朝扶植一个可以扶得起来的青壮派，我估计柔然五镇两万六千余铁骑，皆是要收入董卓囊中了。董卓一直缺乏重甲铁

骑，有了柔然铁骑，如虎添翼。"

徐凤年笑道："徐北枳，董卓想要来跟北凉掰腕子，恐怕还得要个几年吧？"

徐北枳瞪眼道："人无远虑，必有近忧！"

徐凤年嘴角带笑点头道："教训得是。"

徐北枳一拳打在棉花上，难受得厉害，冷哼一声转身进入船舱，继续读史明智去。

徐凤年趴在栏杆上，看到一张面泛金黄的古板脸孔在与自己凝视对望。

徐凤年伸手敲了敲它额头，笑道："算你还有点良心，没有过河拆桥，也没有落井下石。"

粘在战船墙面上的阴物咧嘴一笑，这么人性化的一个活泼表情，吓了徐凤年一跳。

徐凤年问道："既然你没有离去，说明我还算是一份不错的进补食材，还有潜力可挖掘？好事好事。对了，你真要跟我去北凉？"

跻身指玄圆满境界的阴物丹婴僵硬点了点头。

徐凤年笑道："我跟第五貉钩心斗角，不亦乐乎，那叫恶人自有恶人磨。但咱俩不一样，都是直来直往，我跟你说好了，只要你护着我返回北凉，那件大秦青蟒甲就送你，以后你就当北凉王府是你的新巢，如何？"

仍然没有说过话的阴物似乎想要以地藏相转换欢喜相，徐凤年一指按住，笑骂道："别转了，大白天的也瘆人，我知道答案就行。"

四臂阴物悠悠然滑下船身，一袭朱红袍子在湖中隐匿不见。

徐凤年转身靠着栏杆，看到青鸟的黯然，显然吃了阴物的醋，几乎想要捧腹大笑，不过知道她脸皮薄，也不揭穿，忍着笑意问道："第五貉的脑袋收好了？"

青鸟点了点头。

徐凤年伸了个懒腰，"这趟北莽之行，惨是惨了点，时不时就给追杀，但也一样收获颇丰啊。"

这艘规模与春神湖水师黄龙规模相等的战船缓缓驶向偃甲湖南端，三日之后，入夜，船头站着一名近乎满头白发的年轻男子。

徐北枳在远处喟然长叹。

青鸟坐在船舱内，桌面上横有一杆刹那枪。

公子才及冠，已是白发渐如雪。

徐凤年虽未照过铜镜，却也知道自己的变化，只是这三天一直脸色如常，心如止水。黑发成白霜，应该是丧失大黄庭以及杀死伪天人第五貉的后遗症，只是看上去怪异了一些，比起折寿六年，不痛不痒。他还曾跟青鸟笑着说总能黑回来的，万一黑不回来，刚好不用担心以后当上北凉王给人觉得嘴上无毛办事不牢，老子头发都白得跟你祖宗差不多了，办事还能不牢靠？实在不行，拿上等染料涂黑也是很简单的事情。

徐凤年安静望向满湖月色，相信停船以后，大致就没有太多波澜，可以一路转进龙腰南部的离谷、茂隆，赶在入冬之前，回到北凉王府。

徐凤年轻轻出声，"玄甲、青梅、竹马、朝露、春水、桃花，蛾眉、朱雀、黄桐、蚍蜉、金缕、太阿。"

如将军在将军台上点雄兵。

十二柄剑胎皆如意的飞剑出袖悬停于空中。

已是剑仙境却仍是最得指玄玄妙的邓太阿见到此时此景，恐怕也要震惊于徐凤年的养剑神速！